당신은 사랑을 어떻게 만났나요?

# 당신은
# 사랑을
# 어떻게
# 만났나요?

브리짓(bridget) 장편 소설

SCARLET ROMANCE STORY

# C o n t e n t s

#1. 무엇이 복수를 만드는가

복수라는 것은 쉽게 생겨나는 감정이 아니다.

사람이 밉다, 싫다, 진짜 싫다 이런 감정까지는 쉽게 생겨나도 찢어 죽이고 싶다, 어떻게든 피눈물 나게 만들고 싶다, 하는 감정은 그렇게 쉽게 생겨나는 감정이 아니다. 뒤통수를 아주 세게 얻어맞았다든가 믿는 도끼에 발등뼈가 보일 정도로 찍히지 않는 이상 그렇게 쉽게 복수라는 감정이 생겨나진 않는다 이거다.

TV드라마에서 점을 찍고 나타나 전남편과 내연녀에게 복수를 하는 것을 봐도, '당신 부숴 버릴 거야.' 하며 부들부들 떠는 여자를 봐도 그냥 다들 다른 세상 이야기처럼 보고 넘긴다.

일상에서 그렇게 열 받을 일도 없고, 내 인생만큼 남의 인생도 망쳐 놔야 속이 시원하겠다는 못된 심보도 쉽게 생겨나지 않으니 다들 그냥 넘기는 것이다.

어제까지 강주도 그랬다. 출근 준비할 때 집이 조용한 게 싫어서 틀어 놓은 TV. 그 속에서 아들을 빼앗긴 여자 주인공이 악녀를 처단하기 위해 일을 꾸미는 것을 보면서도 별생각이 들지 않았다. 평범한 하루의 시작이었다.

시리얼을 먹고 나와 약국으로 걸어가는 길, 건물 밖을 쓸고 있는 슈퍼 장씨 아저씨께 인사, 약국 셔터를 올리고 문 열기, 배달 온 신문 1면을 눈으로 훑고 테이블에 내려놓기, 발가락으로 꾹 버튼을 눌러 컴퓨터 켜기…….

누군가에게 말하기도 창피할 만큼 평범한 하루가 뒤엉키기 시작한 건 그 날 아침 10시쯤이었다.

쿠당, 쿵, 쿠왕…….

조용하던 건물이 갑자기 무언가로 얻어맞는 듯한 소리에 강주는 밖으로 나갔다.

쾅, 쿠당, 쿠우웅…….

2층에 붙어 있던 '용 정형외과'의 간판이 떨어지고 있었다. 건물에 대롱대롱 사람이 매달려 간판을 떼어 내는 것을 보고 강주는 새로 누가 들어오나 보네, 혼자 웅얼거렸다. 약국으로 다시 돌아가려는데 옆에서 인기척이 느껴진다.

팔짱을 낀 채로 간판이 떨어지는 모습을 보는 남자. 슬로모션이 걸린 것처럼 강주의 눈이 느리게 끔벅였다. 내가 아는…… 얼굴 같은데…… 아, 누구더라.

아무리 생각해도 얼굴이 생각나지 않았다. 강주와 눈이 마주친 남자의 표정은 전혀 변함이 없었다. 착각인가, 하면서도 강주는 뚫어져라 남자의 얼굴을 쳐다봤다. 착각이라 하기엔 너무 익숙한 얼굴이다. 쉽게 잊힐 것 같은 얼굴은 아닌데…… 으…….

그 순간 가운 주머니에 있던 휴대전화가 울렸다.

♡　　　♥　　　♡

하늘색 셔츠에 흰색의 H라인 스커트. 강주가 레스토랑 안으로 들어서자 잠시 적막이 흘렀다. 굵게 말린 머리카락을 어깨 뒤로 넘기며 그녀는 '일행 있어요.' 낮게 말하고 성큼성큼 걸었다. 또 각거리는 하이힐 소리에 맞춰서 남자들의 시선도 따라 움직였다. 31년째 모태솔로인 그녀지만 남자들의 시선을 한 몸에 받는 것 또한 31년째였다.

"어! 여기!"

신 교수의 귀국 축하 파티.

신 교수는 강주와 그녀의 친구 아영이 따랐던 교수님이었다. 수능을 보고 아빠의 강요에 못 이겨 약학과에 지원해 결국 붙었지만 큰 재미를 느끼진 못했다.

학점 잘 받아 전과나 하자, 마음먹고 있던 강주에게 신 교수는 약사라는 직업과 약학이라는 과목이 가진 재미를 알게 해 준 분이었다. 그런 신 교수의 부름이 있었으니 당연히 강주는 한걸음에 달려 나왔다.

워낙 하는 일도 많으시고 맡고 있는 중책들도 많아 만나 뵙기는커녕 연락도 잘 되지 않는 분이었다.

"교수님은?"

긴 단체석, 아영의 옆자리에 앉으며 강주는 찬물을 들이켰다.

자리에는 얼굴은 알지만 친하지 않은 약학과 사람들이 많이 있었다. 선배, 동기, 후배 모두 모인 자리가 마치 S대 약학과 동창회 같기도 했다.

"잠깐 전화 받으시러. 이강주, 오랜만에 여자 짓 했네? 화장에, 하이힐에······."

"예뻐?"

"그래, 예쁘다, 예뻐. 안 그래도 너 거지꼴로 나올까 봐 걱정했어. 오늘······."

아영이 무슨 말을 하려던 참에 신 교수가 나타났다. 교수니임, 목소리 톤이 한껏 올라간 채로 강주가 웃으며 신 교수를 껴안았다.

"오랜만이다, 인마. 너는 왜 나이를 먹었는데 더 예뻐지냐? 결혼 안 하냐?"

"아이, 반갑다 말하기도 전에 왜 잔소리부터 하세요. 난 무슨 우리 아빠 줄 알았네."

"내 성격이잖아. 본론부터 말하는 거. 진짜 결혼 안 하냐? 넌 뭐 소식이 없어, 소식이. 다들 사귀고 헤어지고 하는데 왜 너만 여태 조용해? 진짜 없어서 소문이 안 나는 거야, 아니면 있는데 아주 잘 숨기는 거야?"

"글쎄요. 뭘까요?"

헤헤헤, 7살 장난꾸러기처럼 웃는 강주를 보고 신 교수도 껄껄 따라 웃었다. 없으면 빨리 만들어라, 이놈아. 남자 후배 대하듯 신 교수가 말하자 강주는 괜히 목을 긁적였다.

연애라는 게 하고 싶다고 할 수 있는 게 아니에요.

8년간 짝사랑을 통해 배운 것 중 하나였다.

중학교 땐 뭘 몰랐고, 고등학교 땐 알면서 모른 척했다. 좁디좁은 동네에서 약사 딸은 꽤 스펙이 높은 축에 드는 데다, 예쁜 얼굴에 공부도 잘해서 원하지 않아도 남들의 입에 오르내리는 동네 유명 인사였다.

강주의 학교에서 버스 세 정거장 뒤에 있는 남고에서는 이강주를 여신 모시듯 했다. 그녀가 다니는 학원엔 이상하게 남학생들로 북적였고, 아무리 등교 시간이라지만 이상하리만큼 사람들로 가득한 버스엔 늘 이강주가 타고 있었다.

보통 영화에 나오는 이렇게 인기 있는 여자들은 자신이 인기가 있다는 것을 모르는 걸로 나오지만, 강주는 알고 있었다. 하루에도 러브레터를 열 몇 통씩 받고, 커피, 바나나우유, 장미 등등 선물도 쏟아지니 모를 리 없었다.

그럼에도 끝까지 모른 척한 것은 '연애는 대학교 때 하면 된다.'라는 부모님의 말을 따르기 위해서였다.

그 말대로 대학생이 되어서 그녀는 바로 짝사랑을 시작했다.

복학한 2살 위 선배. 과학고를 나왔고 집은 서울 강남이며, 수줍게 웃는 것이 너무 멋있는 남자. 눈은 동그랗고 코는 오똑하고 입술은 빨갛고. 그녀의 눈엔 만화 속에 나오는 왕자 같았다.

"이해준!"

딸꾹, 술도 마시지 않았는데 강주가 딸꾹질을 하기 시작했다. 불안한 사람처럼 눈을 이리저리 굴리더니 그녀는 삼 일째 물을 못 마신 사람처럼 물을 벌컥벌컥 들이켰다.

"야! 오랜만이다!"

선배들의 목소리가 강주의 귀를 스치며 흩어졌다. 딸꾹질은 멈추질 않고 강주의 얼굴은 시뻘겋게 변했다. 뭐 마려운 강아지처럼 안절부절못하는 그녀의 허벅지를 아영이 꾹 잡았다.

"야. 정신 차려. 옆에 정인혜도 있다."

차마 해준이 있는 쪽은 볼 수 없어 그가 누구와 함께 있는지 확인할 겨를이 없었다. 속삭이듯 한 아영의 말에 강주는 용기를 내 고개를 들었다. 해준과 인혜, 팔짱을 낀 커플이 활짝 웃으며 손을 흔들고 있었다.

레스토랑에는 분명 음악이 흐르고 있고, 이 홀은 와자지껄한 목소리로 가득했는데 그 순간 아무 소리도 들리지 않았다. 아직인가 보다. 아직도 그를 잊지 못했나 보다.

인혜는 아영과 강주를 보곤 두 사람 쪽으로 걸어왔다. 붉게 칠한 그녀의 입술에는 묘한 미소가 걸려 있었다.

"어머! 강주도 왔네?"

"나도 왔지."

탁, 강주에게 손을 뻗는 인혜의 손을 아영이 채 갔다. 억지웃음을 지으며 아영이 악수를 하자 인혜는 입술을 깨물었다.

"그……러네. 너도 왔네? 오랜만이다."

"오랜만인가?"

"우리가 언제 마지막으로 봤지? 나랑 오빠 사귄다고 발표한 날, 그날이 마지막이었지?"

"아니, 그날 아니지. 그다음 주였나? 내가 너 찾아갔었잖아. 그때가 마지막이었지. 내가 경비들한테 끌려 나가는 바람에 길게는 못 봤지만."

서로 눈에 불을 켜며 대화를 나누는 두 사람을 강주가 의문 어린 표정으로 쳐다봤다.

한없이 맑고 착한 눈을 하고 자신을 바라보는 그녀를 보니 아영은 순간 답답해져 왔다. 아무것도 모른다는 강주의 얼굴과 눈빛이 아영을 먹먹하게 만들었다. 이 답답이, 이 눈치 없는 것을 어찌하오리까.

"내가 그날 너 왜 찾아갔는지 알지? 너 머리카락 다 뽑아 버리려고 했었어. 네가 한 드러운 짓, 듣고 도무지 참을 수가 없더라고. 너 해준 선배 이용하는 거라며?"

"그게 무슨 소리야?"

다들 오랜만에 만난 동기들, 후배들, 선배들과 이야기를 나누느라 세 여자의 대화엔 큰 관심이 없어 보였다. 멀리서 보기엔 이 세 사람도 다른 사람들과 다를 것이 없어 보였다.

입학하자마자 세 사람은 친하게 지내게 됐고, 사람들은 그녀들을 '미삼'이라고 불렀다. 미녀 삼총사. 그러다 갑자기 인혜가 해준과 사귄다는 소식과 함께 더 이상 약학과 '미삼'은 볼 수 없었다.

"이용하는 거라니? 김아영, 너 지금 무슨 말 하는 거야?"

강주의 질문에 아영이 한숨을 푹 내쉬었다. 짝사랑 때문에 아파하는 강주에게 자신이 알고 있는 모든 이야기를 다 전할 수 없었다. 비밀을 만들고 싶지 않았지만 어쩔 수 없는 선택이었다.

힘겹게 꺼낸 강주의 마음은 그에게 닿지 못하고 바닥에 떨어졌다. 나뒹구는 마음과 함께 슬픔에 휩싸였던 그녀에게 진실이라는 짐까지 던져 줄 수 없었다. 친구의 배려였다.

그런데 승리감에 미소 짓는 인혜를 보니 도무지 참을 수 없었다.

"이강주. 너 얘 생각 안 나? 남주혁 좋다고 드럽게 들러붙었던 거. 정인혜 너 모르지? 애들이 너 무딘 도끼라고 불렀던 거. 저렇게 맨날 찍어 대는데 남주혁이 안 넘어간다고. 너 무딘 도끼라고."

"뭐?"

"그렇게 남주혁만 바라보다가 안 되겠으니 어디서 본 질투 작전 써 본다고 해준 선배한테 꼬리 쳤잖아, 너. 그러다 해준 선배 집이 잘사는 거 알게 되면서 선배가 제약회사 취직하니까 바로 방향 튼 거. 여기 웬만한 사람들은 다 알고 있는 사실이야. 바보같이 착한 해준 선배랑 이 기지배 빼고."

바보같이 착한 이 계집애가 자신을 지칭한다는 것을 깨닫기까지 강주에게는 긴 시간이 필요했다. 아영이 뱉어 내는 말들이 뇌를 헝클어뜨리는 것 같았다.

이게, 대체, 무슨, 무슨, 무……슨, 소리야?

"내가 틀렸어? 정인혜?"

"야. 김아영!"

"둘 다 그만해!"

금방이라도 서로 치고받을 듯한 분위기였다. 하지만 이 순간 가장 상처받고 화가 나는 것은 강주 자신이었다. 여태껏 잘 내지 않았던 큰 소리로 두 사람을 말리고 나니 자리에 있는 사람들의 시선이 모두 강주에게로 쏠렸다.

뭐야, 무슨 일이야, 웅성거리는 소리에 어떻게 대답할지 감이 오지 않았다.

믿었던 친구에게 짝사랑하는 남자를 빼앗겼어요, 비련의 여주인공처럼 말해야 하나. 아니면 이 나쁜 년이 내가 좋아하는 남자를 이용했어! 악에 받친 목소리로 소리를 질러야 하나.

그 어떤 것도 답이 아닌 것 같아 차마 뱉지 못하고 있던 그 순간 해준과 눈이 마주쳐 버렸다.

"괜찮아?"

쿠앙, 소리를 내며 심장이 바닥으로 떨어지는 느낌이었다. 괜찮아, 묻는 그 목소리가 순식간에 흩어졌다. 자신을 향한 듯했던 눈빛은 인혜 것이었다. 순식간에 인혜의 옆으로 와 그녀의 얼굴을 살피는 해준을 보니 심장이 있었던 자리에 차디찬 바람이 숭숭 들어오는 기분이었다.

"진짜, 이것들이……!"

열 받은 아영이 무슨 말을 하려 할 때, 강주가 그녀의 손을 잡았다.

"하지 마."

"야, 이강주!"

"제발."

아영의 손을 잡은 강주의 얼굴은 너무도 슬퍼 보였다.


돌아오는 차 안. 열어 놓은 창문을 통해 들어오는 바람을 맞으며 강주는 펑펑 울었다. 강주의 눈치를 살피며 아영은 그녀의 집 앞에 차를 세웠다.

"야, 야아……. 그러니까 왜 말리냐? 너는 그냥 가만히 있었음

됐어. 내가 다 뒤집어 놓고 그것이 벌인 못된 짓 동네방네 소문 낼 기회였는데. 아, 좀 울지 마! 왜 등신같이 네가 울고 그래? 어?"

"나 등신 맞아……."

"알긴 아…… 아니, 누가 그래. 너 등신이라고."

"등신 맞지. 나 그날 고백할 거란 거 정인혜도 다 알고 있었어. 이미 사귀고 있었으면서……. 내가 얼마나 우스웠을까, 걔한텐……. 내가 맨날 해준 선배 좋다고 끙끙 앓는 모습이 걔 눈엔 얼마나……."

"그러니까 내가 그때 회사 찾아갔을 때 머리를 다 쥐어뜯어 놨어야 했어. 그 경비 놈들이 워낙 일처리를 빠르게 하는 바람에……. 으이씨."

아영이 세게 핸들을 내리쳤다.

"여우 같은 년. 네가 해준 선배 좋다고 할 때 걔가 뭐라 그랬는지 기억 안 나? 너 짝사랑으로 힘들어할 때마다 걔가 했던 말. 네가 고백하기로 마음먹은 것도 걔 때문이잖아. 이해준이 너 좋아하는 것 같다, 고백하면 될 것 같다 어쩐다 쫑알쫑알……. 그래 놓고…… 기도 안 찬다. 진짜."

"하……. 진짜……."

감정을 추스르려 강주는 턱 끝에 맺힌 눈물들을 쓱 닦아 냈다. 얼마나 울었는지 몇 시간 전엔 도도했던 그 얼굴엔 온통 눈물범벅이었다.

"야, 그만 잊어라, 잊어. 연애도 좀 하고. 다른 놈도 좀 만나고! 정인혜 뒤로 넘어갈 만큼 멋진……. 어? 야, 저기 봐 봐."

"그게 맘대로 돼? 나는 잊으려고 안 했는 줄……."

"시끄럽고! 저기 봐. 저거! 저거, 저거!"

"아, 왜!"

아영이 자꾸만 어깨를 치는 바람에 강주는 버럭 화를 내며 고개를 들었다. 아영의 손가락이 가리키는 것은 한 남자였다.

"왜! 뭐!"

"저 남자…… 남주혁 아니냐?"

남주혁? 눈 끝에 맺힌 눈물방울도 마저 닦아 내고 나서 아영이 가리킨 그곳을 똑바로 쳐다봤다. 길을 걷는 남자의 모습이 왠지 익숙했다. 아영의 차 쪽으로 걸어오는 남자. 한 발, 두 발, 세 발……. 점점 또렷해지는 그 형상은 자신이 알던 그 사람이었다. 그다, 그가 맞다.

"남주혁! 남주혁 맞지? 어?"

"어, 어……. 마, 맞는 것…… 아! 나 저 사람 오늘 봤어!"

"남주혁을 봤다고? 어디서? 어디서 봤어?"

"우리……. 야, 약국…… 앞에서……."


이건 기회다. 강주야, 이건 기회야, 하늘이 주신 기회. 너 신 뭐 믿지? 안 믿나? 어쨌든 네가 믿는, 아니면 네가 믿을 신이 주신 기회야. 놓치면 안 돼. 절대.

'청춘 약국'이라 쓰인 낡은 간판 위엔 새 간판이 걸려 있었다.

「사랑 피부과」

몇 분째 강주는 그 간판만 바라봤다. 이게 정말 신이 주신 기회일까?

8년을 함께했던 짝사랑과 친구를 동시에 잃어버렸다. 인혜는 해준과의 연인 사이임을 발표하고 나서 지신에게서 등을 돌렸다. '네가 축하해 줄 것이란 생각은 안 해.' 차갑게 말하고 돌아서던 그녀를 강주는 아직 잊지 못했다.

그 당시엔 화를 내는 것도 자신이 바보임을 인정하는 것 같아서 그냥 모든 것을 받아들이겠다 다짐했다. 그녀의 짝사랑은 실패로 돌아갔고, 자신의 예쁜 친구는 새로운 남자를 사귀었다, 그냥 그렇게 받아들이려 노력했다.

그런데 어제 그 일이 있은 후, 강주는 자신의 모든 노력이 헛된 것임을 깨달았다.

받아들일 수 없었다. 무딘 도끼에 뼈가 보일 정도로 발등이 찍혀 버린 그녀는 뭔지 모를 감정에 휩싸였다. 슬픔과 분노들이 뒤엉키더니 결국 새로운 감정을 토해 냈다.

복수심.

그녀는 복수를 결심했다.

#2. 이것을 복수의 시작이라 부르자

복수는 어떻게 하나요?

엔터를 칠까 말까 고민하다 그녀는 인터넷 창을 닫아 버렸다. 이 무슨 초등학생 같은 질문이란 말인가. 답이 없는 질문을 놓지 못하는 자신에게 실망까지 할 지경이었다.

턱을 괸 채로 밖을 바라봤다. 표정엔 그 어떤 감정도 나타나지 않았지만 그녀의 머릿속은 전쟁 후 폐허가 된 공터와 별반 다르지 않았다.

끼익— 약국 앞에 검은색 승용차가 멈춰 섰다. 작은 약국의 전면 유리가 검은 차로 인해 시야가 막혔다. 여기 주차 금지 구역인데, 한마디 하기 위해 강주는 문을 열었다. 그리고 동시에 그 검은 차의 문도 열렸다.

"헙!"

당황하면 튀어나오는 소리. 입을 급히 틀어막고 강주는 몸을 숙였다. 복수를 꿈꾸기만 했을 뿐인데 무언가 벌써 잘못한 느낌이었다. 내린 건 인혜였다. 차 밖으로 미끄러지듯 나오는 인혜를 보자 자신이 생각만 했던 복수가 결코 쉬운 일은 아니라는 것을 상기시켰다.

한편 쓰고 있던 선글라스를 벗고, 인혜는 청춘 약국 위에 자리 잡은 '사랑 피부과'를 바라봤다. 이 동네, 이 건물과 전혀 어울리지 않는 세련된 간판. 주혁이 내린 결정은 고개를 갸웃거리게 만들었지만 무슨 결정이든 주혁이 했다면 인혜는 모두 이해할 수 있었다. 그때였다.

"뭐냐, 너."

익숙한 목소리. 듣는 것만으로도 몸이 저릿해지는 이 목소리. 인혜의 청각세포에 깊게 자리 잡은 주혁의 목소리였다. 긴팔 흰 티셔츠에 헐렁한 회색 트레이닝 바지를 입은 그가 느릿느릿 인혜 앞으로 걸어왔다.

"선배 개원 축하하러 왔지."

"나 아직 개원 안 했는데. 다음 주야, 개원."

"그때 오면 정신없을 거 아냐. 이렇게 말할 시간도 없고. 아직 인테리어 중?"

"해준이도 네가 여기 온 거 아냐?"

까칠한 그의 모습이 이젠 익숙해질 법도 하건만 인혜는 여전히 힘들었다. 그를 아는 많은 사람들도 인혜에게만 못되게 구는 주혁이 이상하다 말했다. 모든 여자들에게 다정하진 않았지만 그렇다고 모든 여자에게 나쁘게 구는 남자도 아니었다.

"또야, 또. 갑자기 해준 오빠 얘기가 왜 나와?"

"내 친구고, 네 남자 친군데 얘기하면 안 되는 이유가 있나."

남의 말을 듣는 쥐새끼마냥 숨죽인 채 강주는 두 사람의 이야기를 엿듣고 있었다. 갑자기 불쑥 튀어나온 해준의 이름에 누가 마법이라도 걸어 놓은 것처럼 저절로 심장이 빠르게 뛰기 시작했다. 그럴 리 없지만 혹여나 심장 소리, 숨소리가 두 사람에게 들릴까 조심하며 문이 열린 틈새로 그녀는 두 사람의 이야기에 집중했다.

"오빠, 나는……."

"나 바빠. 계속 바쁠 예정이고. 중요한 말 아니면 그냥 가라."

주혁은 서 있는 인혜를 지나쳐 갔다. 그런 주혁의 무심한 뒷모습을 인혜는 한참 바라보고 있었다.

거의 울 듯한 인혜의 모습은 같은 여자의 동정심을 살 만큼 애처로웠다.

— 그러니까 네가 남주혁을 만난 게 행운이라 말한 거야. 내가 말했잖아, 이건 신의 계시라고. 분명 무슨 뜻이 있으셨으니까 그 남자를 같은 건물, 그것도 바로 위층에 딱!

"진짜…… 그런가?"

— 정인혜, 보통은 아닌 거 알았지만 진짜 너무하네. 몰래 거기 간 것 보면 분명 아직도 남주혁한테 마음 있어, 그거. 근데도

아직 해준 오빠랑 사귀잖아. 내가 그때 걔 머리카락 다 뽑아 놨어야 했어. 회사에 얼굴 못 들고 다니게 만들었어야 했는데, 그때! 아후, 넌 열 안 받아?

열 받지, 열 받는데…… . 강주가 우물쭈물하자 아영이 목소리를 높였다. 그 바람에 강주는 휴대전화 통화 볼륨을 세 단계나 낮췄다.

— 야! 너 남주혁이 어떤 연애를 지향했는지 기억 안 나? 오는 여자 안 막는다, 그중 가장 괜찮은 애랑 사귀겠다. 딱 그랬잖아. 그냥 잠깐 만나. 만나고 정인혜 앞에 딱 나타나기만 하면 돼. 팔짱 끼고 싱긋, 걔가 네 앞에서 했던 것처럼! 그렇게만 하면 돼.

넌 내가 네 친구라는 것에 감사해라, 이 말을 끝으로 아영과의 통화는 끝났다.

그 날 머리끄덩이를 잡지 못한 것을 아직도 후회하고 있는 아영이었다. 아영은 강주보다 더 복수를 꿈꾸는 듯했다. 친구의 8년 짝사랑을 모두 지켜본 그녀는 인혜가 한 파렴치한 행동을 그냥 넘어갈 수 없었다. 반드시 이 복수를 성공시키고 말리라, 더 다짐하는 아영이었다.

아영은 모든 문제를 간단하게 말하는 재주가 있다. 복수는 그녀가 말한 것처럼 마냥 쉬운 것이 아님을 강주는 알고 있었다. 그가 여자를 사귀는 것에 큰 부담을 느끼지 않는 것은 제쳐 두고도 분명 여러 문제들이 있었다.

첫째, 남주혁과 사귄다는 것. 둘째, 남주혁에게 다가간다는 것. 셋째, 남주혁을 만나는 것.

친하지도 않았던 그와 당장 마주해야 하는 것도 쉽지 않은데,

언제 그를 만나 다가가 사귄단 말인가. 강주는 31년 동안 연애한 번 못 해 본 사람이었다.

복잡해진 머리를 부여잡고 괴로워하는 그때에 약국 문이 열렸다.

"어서 오……세……요오……."

두 남자 손님에게 인사하는 그녀의 목소리는 점점 작아져 끝말은 잘 들리지도 않았다.

"비타민 음료 한 박스 주세요."

남자의 주문에 강주는 로봇처럼 움직였다. 끼긱, 끼긱, 소리가 날 것 같은 걸음으로 걸어가더니 높게 쌓여 있는 박스 중 하나를 두 사람 앞에 내려놓았다.

이런 여자의 어눌한 행동에 유범의 입가에 웃음이 서렸다.

이렇게 말하면 재수 없겠지만 여자가 자신의 앞에서 이렇게 행동하는 것은 유범에겐 흔한 일이었다. 더구나 주혁과 함께면 더욱 이런 일은 쉽게 일어났다.

비록 인테리어 공사를 하느라 두 남자는 트레이닝 복 차림이었지만 이 상태로 당장 강남의 핫한 클럽 어디를 가더라도 반길 얼굴을 가지고 있었다.

"왜 이렇게 긴장해요? 이 동네엔 우리만큼 잘생긴 손님이 없나 봐요?"

능글능글, 유범이 말했다. 이 자식 또 시작이네, 주혁은 삐딱한 자세로 유범을 바라봤다.

"네?"

긴장한 얼굴은 어쩐지 그녀와 어울리지 않았다. 검은 스키니진

23

에 회색 니트, 그 위에 걸친 하얀 가운. 화장기 없는 맨얼굴. 수수한 차림이었지만 평범하지 않은 외모였다.

얇은 쌍꺼풀, 큰 눈, 그 사이에 자리 잡은 오똑 솟은 코, 작지만 통통한 입술.

남들 다 가진 눈, 코, 입이지만 남들에겐 없는 조화로움과 기품이 느껴지는 이목구비. 유범은 단번에 그녀의 범상치 않은 외모를 알아봤다.

"우리 나쁜 사람 아니에요. 이……강주 씨. 이름 별로 안 어울리네. 왠지 태희, 혜교, 지현이……. 뭐 이런 이름들이 어울리는데."

어떻게 이름을…… 헉! 놀라며 그녀는 가운에 수놓아진 자신의 이름을 두 손으로 가렸다. 그리고 곧바로 주혁을 봤다. 혹시나 자신을 기억할까, 걱정하며 바라봤지만 그는 한 손으로 자신의 어깨를 주무르고 있었다.

여자에게 추파를 던지는 유범의 모습이 이미 익숙한 주혁은 그와 강주가 나누는 대화에 큰 관심을 두지 않고 있었다.

"아……."

"아, 전 김유범이에요. 야, 너 인사했냐? 얘는 여기 2층에 새로 개원하는 피부과 의사. 남……."

"얼마예요?"

유범의 말을 가로막고 주혁이 물었다. 그제야 강주는 자신이 가격도 말하지 않았음을 깨달았다.

주혁이 약국 안으로 들어서는 순간, 머리가 새하얗게 변한다는 것을 경험했다. 엉켜 있던 생각들로 가득했던 머릿속에 누가 흰

페인트를 들이부은 것 같았다.

"아, 아……. 오천 원입니다."

지갑을 꺼내려 주혁이 자신의 트레이닝 바지를 뒤적였다. 검은색 가죽 지갑이 그의 바지 주머니에서 나오고, 곧 만 원이 꺼내졌다.

강주는 그의 모든 행동을 지켜보면서 자꾸만 입술을 움찔거렸다. 무슨 말이라도 해야 할 것 같은데, 분명 여기서 이 타이밍에 무슨 말을 해야 할 것 같은데…….

"여기."

"선배! 저 밥 사 주세요!"

두 남자는 강주의 말에 놀랐다. 서로 다른 부분이었지만. 주혁은 강주의 '선배'라는 말에 놀랐고, 유범은 강주가 주혁에게 '밥을 사 달라' 말한 것에 놀랐다.

그리고 이런 제 행동에 강주 자신도 놀라긴 마찬가지였다.


대학교 신입생 환영회, 그 날 새내기들은 한 명씩 앞으로 나가 짓궂은 미션들을 골라 해내야 했다.

아영의 차례, 그녀는 '가장 잘생긴 선배와 러브샷' 미션을 뽑았다. 강주는 입술을 깨물었다. 혹시 해준을 선택하면 어쩌지……. 그러나 걱정과는 달리 아영은 주혁에게 다가가 그의 손을 붙잡았다.

까아아……. 여자들의 함성. 남자들은 여자들의 반응을 이해했지만 불쾌하단 표정을 숨기지 못했다. 사회를 보던 말 많은 선배는 크하하 웃으며 주혁에게 마이크를 건넸다.

"후배들이 아주 남주혁에게 벌써 빠진 것 같은데……. 이 후배들을 위해 한마디!"

"연락해. 밥 사 줄게."

끄아아아악! 괴성에 가까운 소리가 실내를 울렸다. 방금 전보다 더 큰 목소리였다. 실신할 듯 소리치는 아이들 속에서 강주는 두 귀를 꾹 막았다.


빛바랜 예전 기억이 이 순간 떠오른 이유는 뭘까?

강주는 자신이 한 말이지만 모른 척하고 싶었다. 어떻게든 만나야겠단 생각에 급히 뱉은 말이었다.

"선배? 무슨 선배?"

"저 S대 약학과 후배예요."

뱉은 말을 돌릴 수 없으니 이제 될 대로 되란 식이었다.

주혁은 방금 전과 다른 얼굴로 자신을 바라보는 강주를 쳐다봤다. 무언가 굳은 결심이 서린 강주의 얼굴을 보니 그는 그녀의 말에 답을 하고 싶어졌다.

"사 줄게, 밥. 우선 계산부터 하고."


2층으로 걸어 올라오는 내내 유범은 강주에 대해 얘기했다. 그만 좀 해라, 주혁이 말해도 유범은 멈추지 않았다. 아직 인테리어가 덜 끝난 '사랑 피부과'에 들어와서도 내내 강주 이야기뿐이었다.

아무래도 강주가 자신이 아닌 주혁을 택한 것에 대한 불만이 괜한 투정으로 튀어나오는 모양이었다.

"너 어떻게 그럴 수 있냐. 저렇게 예쁜 후배를 알고 있었으면서 나한테는 말 한 마디도 안 해 주고. 내가 여자 소개시켜 달라고 할 때 맨날 없다 그러더니. 순 거짓말."

"나 약학과 겨우 2년 다녔다. 그리고 쟤는 1년도 못 봤고. 기억 안 나."

"뻥치네. 저런 얼굴이 기억 안 난다는 게 말이 되냐? 어? 기억 안 나는 척하지 마. 그게 더 재수 없으니까. 너 내가 혜수랑 헤어지고 얼마나 힘들었는지 알지? 그때 내가 다른 여자 만나야겠다고 소개 좀 시켜 달라니까……."

"너 어제 내 집 비밀번호 왜 물어봤냐?"

그제야 유범의 모터 달린 입이 멈췄다. 급브레이크를 밟은 입, 유범의 눈동자가 흔들렸다.

"치우고 나왔지?"

사귀고 헤어지고, 다시 사귀고 또 헤어지고. 하루 세 끼 밥 먹듯 만남과 헤어짐을 반복하는 커플이었다.

모든 여자들에게 일정한 관심을 가지고 있는 유범이었지만 그가 혜수를 진심으로 사랑한다는 걸 주혁은 알고 있었다. 괜찮은 여자를 보면 여지없이 다가가 느끼한 말을 내뱉지만 술을 마시고 취하면 늘 유범은 말했다. '주혁아, 나 혜수 진짜 사랑한다.'

그렇게 주혁은 유범의 진심을 알아챌 수 있었다.

한편 유범은 주혁의 눈치를 살피고 있었다.

이전 싸움에서는 유범이 빌었지만, 이번 싸움에서는 혜수가 찾아와 빌었다. 자신의 인테리어 사무실에 찾아온 혜수가 사과를 하던 그때, 밤은 깊었고, 혜수는 아름다웠으며, 자신은 갈 곳이 없었다.

여자 친구를 데리고 부모님과 함께 사는 집에 갈 순 없었다. 자신의 작업장 주변에 괜찮은 호텔도 딱히 생각이 나지 않는데 마침 주혁이 그날 집에 들어가 봐야 한다 했던 말이 떠올랐다.

눈물 흘리는 그녀를 꼭 안아 주며 유범은 주혁에게 메시지를 보냈다.

[너희 집 비밀번호 알려 줘.]

부끄러워하는 이모티콘도 함께.

"그럼. 어제 고마웠다. 오랜만에 집에 가서 맛있는 집 밥 먹었어?"

"밥은 무슨. 우리 집 분위기 알잖아."

왜에? 천연덕스럽게 유범이 물었다. 어젯밤 혜수와의 일이 떠올랐는지 볼이 붉어진 채로.

애꿎은 손가락을 깨물며 그녀는 시계를 노려봤다. 곧 있으면 그녀가 매일 기다리던 퇴근 시간이었다. 즐거이 맞이했던 그 시각이 다가올수록 강주의 얼굴은 점점 더 파랗게 질려 가고 있었다.

부모님께서 만들어 주신 외모와 다르게 그녀는 겁이 많았다. 특히 남자 앞에만 서면 그녀는 어김없이 겁쟁이가 되었다.

모든 남자들의 관심을 한 몸에 받았지만 정작 짝사랑을 실패한 것도 다 그 때문이었다. 거절당하면 어쩌나, 그래서 그를 더 이상

못 보게 되면 어쩌나, 만약 운이 좋아 사귀다가 헤어지면 어쩌나. 그런 걱정들에 결국 고백도 하지 못하고 짝사랑은 끝났다.

그런 겁쟁이가 일을 쳤다. 과, 아니 학교에서 인기남이었던 주혁에게 대뜸 밥을 사 달라 말했다. 연락처를 주겠다며 약봉지를 주혁에게 주었다. 인쇄된 약국 번호를 가리키며 이리 전화하시라 말했다.

저녁이 되어 갈 무렵 주혁에게서 전화가 왔다. 약국이 끝나는 시각을 물어본 그는 퇴근시간에 맞춰 내려오겠다 말하곤 끊었다.

그리고 지금 그 시간이 다가오고 있다.

"으, 아……. 으아……."

어쩔 줄 몰라 하며 그녀는 이상한 소리를 내었다. 불안함에 손에 땀이 흥건했다. 덥지도 않은데 땀이 줄줄 솟았다. 거칠게 손등으로 이마에 땀을 닦다 자신이 오늘 선크림도 바르지 않은 맨얼굴임을 깨달았다.

"화, 화장!"

약국 벽에 붙어 있는 거울로 향한 강주는 빠르게 파우치를 뒤졌다. 파운데이션을 꺼내 손바닥에 주욱 짜고 아기 엉덩이 두드리듯 볼을 두드렸다.


8시. 그녀가 화장을 시작한 바로 그 시각에 주혁과 유범은 약국 앞에 서 있었다. 투명한 유리벽 밖에선 강주가 열심히 화장을 하는 모습이 그대로 보였다.

"우와, 엄청 빠르다."

어느새 눈썹을 그리고 있는 강주를 보고 유범이 말했다.

"진짜 신기해. 여자애들 막 쉭쉭쉭 하면 눈이 딱, 코가 딱, 입술이 딱! 턱이 딱! 진짜 신기해."

자신의 얼굴 위에 손을 휘휘 저으며 강주의 모습을 어설프게 따라 하는 유범을 보고 주혁이 웃었다.

"너한테 예쁘게 보이고 싶나 봐. 혜수가 그러는데 화장하는 거 되게 귀찮대."

강주는 아이라인을 그리고 립스틱을 집어 들었다. 입술을 죽 내밀고는 빨갛게 물들였다. 그 모습을 주혁은 생전 처음 본다는 얼굴을 하고 봤다. 자신을 만나기 전에 여자들이 어떤 준비를 하는지 대충 알고 있었지만 이렇게 직접 실시간으로 지켜본 것은 처음이었다.

한편 화장을 마치고 그녀는 가운을 벗었다. 대충 벗어 옷걸이에 걸어 놓고 다시 거울 앞에 섰다. 니트 앞자락을 정리하고 스키니진을 위로 당겨 입었다. 차림새를 살피는 그녀의 얼굴이 사뭇 진지했다. 이제 됐다.

나가려다 말고 마지막에 칠한 립스틱 색이 눈에 걸렸다. 너무 진한 것 같아 손등으로 입술을 벅벅 문질러 지웠다. 휴대폰을 챙기고 투명한 유리벽 쪽으로 몸을 돌렸다.

"……!"

밖에는 손을 힘차게 흔드는 유범과 그 옆에서 주머니에 손을 넣은 채 자신을 보고 있는 주혁이 서 있었다.

그녀는 입 안쪽의 여린 살을 세게 깨물었다. 으악! 다 봤겠지? 쪽팔려!

주혁의 차에 타 안전벨트를 매기도 전에 그는 '나 이 동네 잘 몰라.' 라고 말했다. 난데없는 그 고백에 강주가 당황하자 '내가 아는 데 갈게.' 하며 그는 핸들을 꺾었다. 적막이 흐르는 차 안. 침을 삼키는 것도 부담스러운 정적이었다.

"라디오 틀어도 돼요?"

"아니, 그냥 노래 들어."

그가 손을 뻗어 버튼을 누르자 잔잔한 노래가 나왔다. 가수는 알지 못하지만 언젠가 들어 본 것 같은 팝송이었다. 잘 알지 못하는 사람들이 떠드는 이야기보다는 이편이 더 나을 것 같다 생각하며 강주는 노랫소리에 귀를 기울였다.

먼저 무슨 말이든 해야 할 것 같은데 지금의 이 어정쩡한 관계에 할 수 있는 말이 떠오르지 않았다.

아, 모르겠다. 대화를 하겠단 마음을 모두 접고 그녀는 주혁이 가려는 곳에 빨리 도착하길 바랐다.

낮은 남자의 목소리가 차 안을 울리는 유일한 소리였다.


The Yummiest. 해리포터에 나올 듯한 높은 천장을 가진 레스토랑 안으로 들어서자마자 강주는 고개를 들어 화려한 조명이 빚어내는 아름다움을 감상했다. 그러다 저만치 먼저 가 버린 주혁을 따라잡기 위해 종종 빠르게 뛰어가야 했다.

"여기 스테이크 맛있어."

"저 이거요."

메뉴판 위 아무거나 되는대로 가리킨 뒤 그녀는 주혁을 바라봤다. 꿀꺽, 침을 삼키고 그녀는 동그란 눈을 반짝이며 물었다.

"저 와인 시켜도 돼요?"

와인은 아영이 준 미션이었다. 그녀는 한 영상을 메시지로 보냈다. 잔 위를 손가락으로 빙빙 어루만지는 영상.

술을 시키고 이 행동을 꼭 하라며 아영은 신신당부했다. '그 행동 하나로 남주혁은 네 것이 될 거야.'라며. 아영이 한 말을 100퍼센트 신뢰하진 않았지만 뭐, 밑져야 본전이니까.

마치 면접 자리처럼 딱딱한 두 사람 대화의 주제는 주로 대학교와 과였다. 대학교 이야기를 한참 하다 약학과 이야기로 넘어갔다.

"저는 신 교수님께 수업 받고 나서 약사 되겠단 마음이 깊어진 것 같아요. 처음엔 약사라는 직업에 대해 별생각이 없었거든요. 아빠가 가라니까 그냥 선택한 거였는데 신 교수님 만나고 나서 생각이 많이 바뀌었어요. 그래서 지금도 신 교수님께 되게 감사해요."

"며칠 전에 신 교수님께서 제자들 부르지 않으셨나? 해준이가 거기 갔다는 것 같았는데……."

강주는 답을 않고 와인을 마셨다. 몇 번씩 찾아온 침묵과 곤란한 질문마다 강주가 택한 것은 말 대신 와인이었다. 술이 세지 않지만 지금은 술밖에 의지할 것이 없었다.

게다가 이 남자를 꼬시겠다 마음먹고 왔는데 이것마저 쉽지 않았다. 여태껏 해 본 적이 없으니 남자를 어떻게 꼬시는지 그 방법을 알 리 없었다. 그 답답함에 계속 마신 와인 양이 꽤 되었다. 블러셔도 안 한 두 볼이 핑크빛으로 물들었다.

"너무 마시는 것 같은데."

"아니에요. 이 와인 되게 맛있네요. 달지도 않고, 쓰지도 않고. 저 한 병 더 마셔도 돼요?"

그렇게 싱긋 웃으며 묻는데 어떤 남자가 거절할 수 있을까.

강주는 취해 가고 있었다. 본인은 모르는 것 같지만 조금씩 발음이 뭉개지고 볼이 붉어지고 있었다. 억지로 누군가를 취하게 만들어 본 적이 없는 그는 혼자서 꿀떡꿀떡 와인을 마시는 강주가 마냥 신기했다.

저러다 일내겠네, 속으로 한 말은 곧 현실이 되었다.

"크하……."

잔을 소리 나게 테이블에 내려놓고 그녀는 다시 또 싱긋 웃었다. 아무래도 강주는 취하면 웃음이 많아지는 것 같았다. 알코올 향기가 짙어지는 만큼 웃음의 빈도도 잦아졌다.

아무리 선배라지만 거의 처음 본 것이나 마찬가지인데 한순간에 무장 해제되는 강주를 보고 주혁은 신기하다 생각했다.

"아! 맞다!"

강주는 무언가 급히 생각이 났는지 손뼉을 치곤 또 헤실헤실 웃었다.

까먹을 뻔했네, 하며 그녀가 검지로 와인 잔 끝을 매만졌다. 둥근 와인잔의 모서리를 따라 걷던 손가락은 이내 중심을 잃고 속으로 풍덩 빠지고 말았다. 검지가 반쯤 들어가자 울상이 된 얼굴로 그녀는 손가락을 쪽 빨았다.

저게 뭐하는 짓이지, 도무지 알 수 없지만 물어볼 수 없었다. 이미 취해 정신이 반쯤 나간 그녀가 제대로 된 대답을 할 리 없었다.

다시 한 번 해 보려는지 잔에 검지를 가져다 대는데 마침 강주의 전화가 울렸다. 또 한 번 그녀의 이유 모를 이상한 행동을 보지 않게 되어 주혁은 그 전화가 반가웠다.

"어, 아영아!"

술에 잔뜩 취한 강주는 마치 아무도 없는 약국에서 수다를 떨 때처럼 주혁 앞에서 전화를 받았다.

"응, 응⋯⋯. 밥 먹고 와인 잔 그것도 했어. 응, 으응⋯⋯."

상대의 목소리는 들리지 않았지만 강주의 커다란 목소리는 또 렷하게 들렸다. 아마 옆 테이블의 커플도 강주의 목소리를 듣고 있을 것이다.

"나 남자 어떻게 꼬시는지 모르겠어. 너무 어려워. 꼬시려고 했는데 안 넘어와."

킥, 순간 터진 웃음을 가리려 그는 급하게 주먹을 입술 위로 갖다 대었다. 커다란 주먹 밖으로 그의 올라간 입꼬리가 삐져나 왔다. 하하하, 소리 내서 웃고 싶었다. 이 여자가 지금 뭐라는 거 야. 누가 누굴 꼬셔? 아마 강주의 눈엔 지금 주혁이 보이지 않는 듯했다.

"할 말도 없고, 재미도 없고오⋯⋯. 그래서 그냥 술만 마셨 어⋯⋯. 나 그래서⋯⋯ 되게 어지러워, 지금. 여보세요? 여보세 요? 아영아⋯⋯ 아영아?"

에이씨⋯⋯ 끊겼네, 하며 휴대폰을 테이블에 내려놓은 강주는 곧바로 그 위에 엎드렸다. 고3이 지루한 문학시간 50분을 버티고 쉬는 시간에 잠을 자는 것처럼 자연스럽게 그녀는 잠이 들었다.

방금 전까지 강주의 고백 아닌 고백에 멍한 웃음을 지었던 주
혁은 자신 앞에서 잠들어 버린 강주를 보고 벙찐 표정을 지울 수
없었다.

"여어, 저기. 이강주!"

그녀의 팔을 툭툭 쳤지만 아무 반응이 없었다.

확실히 그녀는 잠이 들었다. 천장이 높은 레스토랑, 그녀가 꼬
셔야 할 남자 주혁 앞에서.

#3. 사랑이 궁금한 남자

축 늘어진 여자를 차까지 옮기는 것은 쉬운 일이 아니었다. 웨이터의 도움으로 간신히 강주를 자신의 차에 태운 주혁은 픽 웃어 버렸다. 그리고 미소를 지우지 않은 채 잠들어 버린 강주를 바라봤다.

자신을 만나기 전 공들였던 화장은 반쯤 지워져 있었다. 푸후후…… 소리를 내며 자고 있는 강주를 보니 다시 또 웃음이 나왔다. 진짜 알 수 없는 여자다.

30년 넘게 살아오면서 이 여자만큼 첫인상이 강했던 사람은 만나지 못했던 것 같다.

다짜고짜 자신이 후배라며 밥을 사 달라 하지 않나, 내내 조용히 있다 술에 취해선 갑자기 자신을 꼬시겠다 말하지 않나. 생긴 것만큼이나 특별한 첫 만남이었다.

차가 움직이기 시작하면서 자꾸만 그녀가 신경 쓰였다. 안전벨트는 해 두었지만 몸에 힘이 전혀 없는 것인지 그녀는 좌회전을 하면 오른쪽으로, 우회전을 하면 왼쪽으로 목이 핵핵 움직였다.

길게 늘어트린 머리카락이 그녀의 얼굴 앞으로 쏟아졌다. 작고 예쁜 그 얼굴을 머리카락이 다 가리자, 주혁은 손으로 머리를 쓸어 넘겨 주었다.

사거리 앞, 브레이크를 살짝 밟고 신호를 기다리다 문득 생각이 들었다. 내 목적지가 어디지?

"아……."

익숙한 길이어서 방심했다.

The Yummiest는 그가 자주 찾는 레스토랑이었다. 그 레스토랑에서 나와 자신의 오피스텔로 향하는 길은 주혁에게 너무 익숙했다. 몸에 밴 그 길로 운전하다 이 차에 자신만 있지 않다는 것을 깨달았다.

자신을 후배라 말하는 이 여자에 대해서 아는 것은 이름과 자신과 같은 S대 약학과라는 것, 피부과가 있는 빌딩 1층에서 약국을 하고 있단 것뿐이었다.

"이강주…… 너 내일 소리 지르면 안 된다."

다음 날 아침, 잠에서 깬 강주는 목을 긁었다. 목 안이 칼칼했다. 머리가 띵한 것이 어제 마신 와인 때문인 것 같았다.

꺼끌한 목에 힘을 주어 기침을 하곤 그녀는 서서히 몸을 일으켰다. 잠을 쫓기 위해 입을 크게 벌려 하품을 쩍— 했다. 그리고 강주는 여태 감고 있던 무거운 눈을 떴다. 그리고 아주 천천히 주위를 둘러보았다.

"어……?"

집이 아니었다. 우리 집이 아니었다. 벽지, 침대, 책장……. 모두 우리 집의 것이 아니었다. 익숙하지 않은 공간에서 익숙한 것은 자신의 몸 하나였다. 당황스러움에 강주는 고개를 더욱 빠르게 돌리며 주변을 살폈다. 호텔인가? 아니다. 모텔인가? 아니다.

집. 여긴 분명 누군가가 살고 있는 집이었다.

그때 철커덕, 문소리가 났다. 왜인지 모르게 그녀는 침대에 푹 누워 버렸다. 눈까지 꼭 감고 자는 척을 하려는데 그녀의 얼굴에 톡톡, 물이 떨어졌다.

"아무리 봐도 일어난 것 같은데."

다 들켰다. 에잇!

강주가 눈을 감은 채로 상체를 벌떡 일으켰다. 그리고 바로 꽝! 하고 주혁과 부딪혔다.

"악!"

"꺅!"

동시에 두 사람이 지른 비명. 강주는 이마를, 주혁은 자신의 코를 잡고 잔뜩 인상을 찌푸렸다.

"윽……."

"괜찮아요? 잠깐 손 치워 봐요."

딱딱한 두 물체가 서로 부딪쳤을 때 결국 깨지는 것은 더 약한 쪽이다. 강주의 이마와 주혁의 코 중 약한 것은 주혁의 코였다. 조심스럽게 주혁이 손을 떼자 퉁퉁 부어오른 그의 콧대가 나타났다.

"허! 어떡해. 부러진 거 아냐?"

강주의 호들갑에 그는 손으로 자신의 코뼈를 만졌다. 부러진
것은 아니었다. 충격으로 조금 부어올랐지만 뼈에는 이상이 없었
다.

"병원 가 봐야 하는 거 아니에요?"

"이강주 사전엔 '천천히'가 없는 것 같다?"

"네?"

"일어나는 것도 확, 화장도 후다닥……."

그리고 고백도 제 맘대로 빨리, 라고 말하려는데 강주가 자신
의 부엌으로 걸어가고 있었다. 말릴 새도 없이 부엌에 들어간 그
녀는 냉동실 문을 열고 얼음을 잔뜩 꺼냈다.

"냉찜질할 주머니 있어요? 없으면 비닐봉지랑 수건이라도 가
져다줘요. 아무래도 냉찜질해야 할 것 같은데."

"저기, 내 코고 내 부엌이니 그냥 내가 알아서……."

"비닐봉지는 찾았어요. 수건 좀 가져다주세요."

분명 지금 그의 말은 모두 무시당하고 있었다. 그만두라고 말
해도 모자란 이 상황에 주혁은 코를 붙잡은 채로 욕실로 들어갔
다. 흰 수건을 하나 챙겨 나오니 그녀가 비닐봉지에 얼음을 가득
담은 봉투를 들고 자신에게 다가왔다.

"눕는 게 낫지 않을까요?"

"뭐?"

"아무래도 제가 선배보다 작으니까."

그는 전혀 고분고분한 성격이 아니었다. 어렸을 때부터 자존심

과 고집이 세 부모님을 많이 힘들게 했단다. 둘째 아들이 어렸을 때 어땠냐 물으면 그의 어머니는 조금의 망설임 없이 고개부터 저었다. 아주 제멋대로였지, 멋대로였어, 하면서.

그런 그가 지금 다소곳이 침대에 누워 냉찜질을 받고 있다. 차 렷 자세로 누운 그는 얼음의 냉기에 눈을 꾹 감았다. 강주가 찜 질하는 부위를 옮기자 주혁의 입에서 끄응— 소리가 났다.

"아파요? 진짜 뼈가 어떻게 된 거 아니에요?"

"호들갑 떨 일 아니야. 나는 지금 이것도 오버라 생각하는데."

주혁이 눈을 감은 채 얼음주머니를 검지로 가리켰다.

"그래도 혹시 모르잖아요. 집에 의사랑 약사가 같이 있다 다쳤 는데 응급처치 안 해서 더 악화되었단 소리 들으면 창피할 것 같 은데, 난."

"나랑 같이 하룻밤 보냈다고 자랑하려고?"

주혁의 말에 강주의 손에 힘이 들어가자 주혁이 신음을 흘리며 몸을 일으켰다.

"더 다치게 만들 셈이지?"

"미, 미안해요. 선배가 갑자기 그런 얘기를 하니까……."

"틀린 말 아닌데. 넌 내 집에서 잤고. 나도 내 집에서 잤고."

"그건 그런데……."

이번엔 주혁이 강주의 말을 듣지 않고 자리를 옮겼다. 그는 흰 가운 차림이었다. 샤워를 한 것인지 머리가 젖은 채 반짝이고 있 었다. 기다란 흰 가운 밑 길쭉한 그의 맨다리를 보니 마치 어젯 밤 무슨 일이 있었던 것처럼 부끄러워졌다.

어젯밤? 그러고 보니 어젯밤에…… 무슨 일이 있었더라.

강주는 기억을 더듬으려 애썼다. 다행스럽게도 완전하게 필름이 끊기진 않았다. 자신이 와인 잔 끝을 손으로 매만진 것이 기억이 났다. 그리고 또, 아영과 통화를 했고, 또…….

"어떻게 할 거야?"

"네? 아, 뭐 저는 여기서 택시 타고……."

"아니, 네가 나 꼬신다며. 어떻게 꼬실 건데?"

주혁은 흰 우유를 컵에 따르며 물었다. 에엑? 놀라는 강주의 목소리가 침실 쪽에서 들리는가 싶더니 곧 그녀가 쿵쿵 소리를 내며 주혁이 있는 부엌으로 걸어왔다.

"무, 무슨, 무슨 소리예요?"

강주는 주혁이 방금 전 한 말에 무척이나 놀랐다. 자신이 한 남자의 집에서 눈을 뜬 사실보다 여기에 더 놀란 듯했다. 입을 살짝 벌리고 그의 대답을 기다렸다. 흰 가운에 흰 우유를 들고 그가 하얀 미소를 지었다.

"네가 어제 나한테 한 소리."

"허……."

정신을 겨우 붙잡았지만 강주의 입은 점점 더 벌어졌다. 내가 무슨 말을…….

아무리 생각해도 강주는 자신이 그런 말을 한 것이 생각나지 않았다. 진짜 내가 그런 말을 했나? 이 사람이 거짓말을 하는 게 아닐까?

짧은 시간 많은 생각을 했지만 결론은 단 하나였다. 했다, 했어.

"그러니까 그건……."

빙긋 웃고 있는 주혁을 보자 나오려던 말이 멈추었다. 변명을
할 필요가 없었다. 강주는 주혁을 꼬시기로 결심했었다. 계획에
없던 하룻밤이었지만 어쨌든 그를 꼬시겠다 결심한 것은 사실이
었다. 물러설 필요가 없다. 그런 생각이 들자 그녀는 당황한 표정
을 싹 지워 냈다.

"꼬시면 넘어올래요?"

"큭……."

그가 결국 소리 내어 웃었다. 이윽고 하하, 낮게 울리는 그의
웃음소리. 웃긴 말 아니었는데……. 울상을 짓는 강주와 달리 주
혁은 끅끅거리며 웃었다.

많고 다양한 여자를 만났었다. 누군가는 그를 여성편력이라 말
했고 바람둥이라고 했다. 남들의 평가에 신경 쓰지 않는 인간이
라 주혁은 자신을 사람들이 어떻게 평가하는지 크게 신경을 쓰지
않았다. 그는 자기 자신을 바람둥이라 생각하지 않았다.

처음 사랑이라는 감정에 눈을 떴을 때 그의 사랑은 안타깝게도
행복이란 결말을 가져오지 못했다. 그래서인지 그는 그 뒤로 진
짜 사랑에 대해 열렬히 탐구했다. 그리고 그가 만난 여러 여자들
과의 연애는 그 탐구의 과정에서 나타난 산물이었다.

아직 그 탐구는 끝나지 않았다. 주혁은 아직 사랑을 몰랐고,
사랑이 궁금했으며, 사랑을 찾기 위해 노력하고 있었다.

강주는 그런 주혁에게 새로운 탐구 대상이었다. 그녀와 함께
있으면 '도대체 이 여자 뭐지?' 하는 생각이 자꾸 샘솟았다.

자신이 만든 분류체계의 어디에도 속하지 않는 여자. 아침에
일어나 부스스한 머리를 하고 방금 전까지 지었던 귀여운 표정을

싹 다 지우고 도도하게 물어 오는 그녀를 보고 주혁은 그냥 웃음이 나왔다.

"제대로 꼬시면 제대로 넘어가 줄게."

♡　　　♥　　　♡

한적한 청춘 약국. 모니터 화면을 바라보다 그녀는 이내 고개를 푹 숙였다.

어떻게 꼬시는 게 제대로 꼬시는 것일까. 가득 채운 궁금증. 이제는 인터넷에 검색해야겠다는 생각도 들지 않았다. 자신의 이 바보 같은 질문에 어떤 바보가 대답을 해 준단 말인가.

"꼬시면 넘어올래요?"

자신이 했던 말을 다시 입 밖으로 내자 소름이 쫙 끼쳤다.

"미쳤지, 미쳤어. 미친 거야……."

8년 짝사랑하고 제대로 고백도 못 해 봤으면서 무슨 자신감으로 그런 말을 했을까. 더구나 상대는 남주혁인데……. 고개를 푹 숙인 상태로 그녀는 제 얼굴을 두 손으로 감쌌다. 이미 미친 것 같지만 더 미치겠다, 미치겠어…….

딸랑, 약국 문에 매달아 놓은 종이 울리자 그녀는 이내 얼굴을 싹 바꾸고 고개를 들었다.

"어서 오세요."

약국 안으로 들어오는 유범, 화사한 미소를 지으며 약국 안으로 들어온 그는 몇 년 동안 강주를 봐 온 친구처럼 손을 흔들며 인사했다.

"안녕, 강주 씨!"

"네. 안녕하세요."

"나 파스가 필요해서. 근육통에 좋은 파스 좀 줄래요?"

낮은 약장에 있는 파스를 꺼내기 위해 그녀가 허리를 숙였다.

"어제 주혁이랑 저녁 잘 먹고 들어갔어요?"

"예?"

한 손엔 파스를 든 채 화들짝 놀란 얼굴을 하고 그녀가 유범을 바라봤다.

집안의 둘째, 잘나가는 형과 귀여운 막내 사이에서 유범이 살아남을 수 있었던 것은 다 빠른 눈치 때문이었다. 그녀의 표정 하나만 봤을 뿐인데 모든 걸 다 알겠단 표정으로 웃으며 유범이 짓궂게 물었다.

"왜 그렇게 놀라지? 저녁 잘 못 먹어서? 아님 안 들어갔어?"

"어, 저…… 그게……."

딸랑, 때마침 강주를 구원해 줄 종소리가 울렸다. 구원자는 남주혁. 그녀는 살려 달란 눈빛으로 주혁을 바라봤다.

"나 배고파, 빨리 나와."

"야, 두 사람 어제 뭔 일 있었지? 너는 코가 깨져서 오고 강주씨는 내 질문에 어버버 대답도 못 하고. 뭔 일인데 그래?"

"일은 무슨 일. 빨리 나와, 배고프다니까."

주혁은 유범 뒤에 있는 강주를 슬쩍 바라봤다. 그녀는 거의 울 듯했다. 유범이 녀석이 또 짓궂게 굴었나 보군. 유범의 친구라면 누구라도 예측할 수 있는 상황이었다.

"뭐 있어, 진짜 뭐 있어……."

"삼천 원입니다."

"아! 여기."

주머니에서 돈을 꺼내 주면서도 유범은 계속 의심의 눈초리로 강주와 주혁을 번갈아 봤다. '뭐 있어'로 시작한 혼잣말은 어느새 '뭐 있네'로 바뀌었지만 두 남녀는 아무 말도 하지 않았다. 주혁이 먼저 나가자 곧이어 유범이 따라 나갔다.

약국 앞에서 두 남자가 대화하는 모습을 강주는 가만히 쳐다봤다. 대화내용은 들리지 않았지만 유범이 열 마디 쏘아붙이면 주혁이 한 마디로 답했다. 그러다 주혁이 유범이 들고 있던 파스를 빼앗아 유범의 등에 붙여 주었다. 유범의 입을 막기 위한 행동이었겠지만 어쩐지 따뜻함이 깃들어 있었다.

멍하니 두 사람을 바라보며 살짝 미소 짓던 그녀는 무언가 생각이 났는지 자리에서 벌떡 일어났다.


"아야! 아! 너 일부러 세게 눌렀지?"

눈썹을 찌푸리며 말하는 유범을 보고 주혁은 '아니'하며 어깨를 으쓱했다.

남자들은 친한 친구와 함께 있으면 아이가 된다는 말은 두 사람을 보면 금방 증명되었다. 인테리어 업계에서 떠오르는 신예 유범과 나름 엘리트 피부과 의사 주혁은 늘 고등학생처럼 투닥거렸다.

"선배!"

갑작스런 강주의 목소리에 두 사람이 동시에 돌아보았다.

"이거."

강주의 작은 손에 들려 있는 상자들. 주혁이 그녀를 바라보자 강주가 제품을 설명하듯 말했다.

"이건 쿨팩, 그냥 코 위에 올려놓으면 돼요. 그리고 이건 부기랑 멍 잘 빠지게 해 주는 약. 수시로 발라요. 지금은 괜찮아도 내일 시퍼렇게 멍들 수도 있으니까."

강주의 말이 끝났는데 주혁은 아무 말도 하지 않았다. 눈만 가만히 떴다 감았다 반복할 뿐이었다.

"바, 받아요. 얼른!"

민망함에 강주가 목소리를 높였다. 내민 손이 부끄러웠다. 빨리 받아 줬음 좋겠는데 주혁은 미동 없이 그녀를 내려다보고만 있었다. 주혁의 시선을 받는 그녀의 얼굴이 붉어지고, 발개진 볼을 숨기려 그녀는 고개를 숙였다.

"받으라잖아!"

사진처럼 멈춰 서 있는 두 사람을 보고 답답해진 유범이 주혁의 손을 잡아 당겼다. 그제야 정신이 돌아왔는지 주혁이 손을 움직여 그녀가 내민 약들을 받았다.

그녀의 손에 있을 땐 작은 손을 한가득 채웠던 커다란 약들이 주혁의 크고 긴 손으로 넘어오니 작게 보였다.

"꼬, 꼭…… 발라요!"

당부를 마지막으로 강주가 약국 안으로 들어갔다.

딸랑, 울리는 종소리.

주혁은 그 종소리가 마치 제 머릿속에서 들리는 것 같았다.

#4. 사거리 앞 청춘 약국

금요일, 사랑 피부과 개원일.

수십 명의 사람들이 2층 피부과로 빨려 들어가듯 올라갔다. 작은 다육식물 화분을 준비해 놓고 강주는 여전히 우물쭈물하는 중이었다. 인사는 해야 할 것 같은데 어쩐지 쉽게 발이 움직여지지 않았다.

꼬셔버리겠다, 선전포고를 했지만 그녀는 그 어떤 움직임도 보이지 못했다. 인테리어 공사로 2층이 쿠당탕 울릴 때마다 강주는 흠칫 놀랐다. 천장이 울리는 소리가 마치 '너 남주혁 꼬신다며!' 하고 혼내는 목소리 같았다.

흡— 숨을 들이켜고 그녀는 약국의 유리문을 잠갔다. '잠시 외출 중입니다' 팻말을 걸어 놓고 그녀는 손엔 작은 화분을 쥔 채 사랑 피부과 유리문 앞까지 걸었다.

작은 틈으로 보이는 병원 실내는 작은 파티를 열고 있었다. 축하하는 사람들과 커다란 화환과 자신의 키만 한 화분들로 가득했다. 순간 손에 쥐고 있는 화분이 너무 작게 느껴져 강주는 머뭇거렸다.

"에이, 모르겠다."

잠깐 화분만 주고 오면 되지, 뭐. 그녀는 용기를 내어 유리문을 열어젖혔다. 문밖에선 들리지 않던 사람들의 말소리. 왁자지껄한 분위기 속에서 그녀는 두리번거리며 주혁을 찾았다.

"이강주?"

북적거리는 실내에서도 자신을 부르는 소리는 잘 들렸다. 본능적으로 뒤를 돌아본 그녀는 31년을 불린 이름을 부정하고 싶어졌다.

"선배."

이상하게 해준을 보면 눈물이 차오르려 한다. 그는 반가움에 그녀에게 다가오는데 강주는 다리에 힘이 들어가진다면 당장 이곳을 뛰쳐나가고 싶었다. 들고 있는 화분을 그냥 내려놓고 밖으로 나가 불쌍한 지난 8년을 곱씹으며 펑펑 울고 싶었다.

"여긴 어떻게 왔어? 강주 네가 주혁이랑 친했었나?"

"아, 저, 그……."

"강주 씨!"

주혁 곁에서 종알거리던 유범이 강주를 발견하고 달려왔다. 언제나 웃는 얼굴인 그는 슬픔과 당황이 범벅된 그녀의 얼굴 앞에서도 환히 웃었다.

"이거 주혁이 주려고 가져왔어요? 아, 귀엽다."

"어? 넌 강주 어떻게 알아?"

"강주 씨 여기 밑에 청춘 약국 약사잖아. 두 사람은 어떻……
아! 둘이 같은 과였구나!"

키가 큰 두 사람이 둘러싸니 강주는 더욱 작아졌다. 어깨를 움
츠린 채 그녀는 실눈으로 해준을 봤다. 그는 변한 것이 없었다.

해준과 함께 있으면 그녀는 늘 타임머신을 타고 처음 그를 좋
아했던 그때로 돌아갔다. 과방에서 싱긋 웃으며 그녀를 반기던
그의 모습, 같이 과제를 할 때 그녀가 꾸벅거리며 졸자 '커피 한
잔 할래?' 하며 강주의 머리를 쓰다듬어 주었던 그의 모습. 자신
이 몰래 품고 있던 해준의 모습이 뭉게뭉게 솟아올랐다.

"정말? 강주 제약회사 다니지 않았었나?"

"아…… 저 그만뒀어요."

그녀는 동기 중에 가장 빨리 돈을 벌기 시작했다. 대한민국 상
위 대학의 약학과에서 그녀는 과탑을 놓치지 않았다. 다른 학생
들이 미팅, 연애, 아르바이트, 공부, 과외, 소개팅들로 복잡한 대
학생활을 보낼 때 그녀에겐 딱 두 가지밖에 없었다.

해준, 그리고 공부.

상대적으로 시간을 쏟을 문제들이 다른 학생보다 적다 보니
그녀는 과에서 늘 1등이었다.

그렇게 대학생활을 보내고 나서 그녀는 곧바로 대한민국에서
신약 개발이 가장 활발한 제약회사에 취직했다. 약학과 학생들은
누구나 원하는 그곳에 그녀가 바로 취직하자 동기, 선배, 후배 할
것 없이 모두 그녀를 부러워했다. 쟨 다 가졌네, 소리가 곳곳에서
흘러나왔다.

회사 생활은 오래가지 못했다. 평소 고혈압이 있으셨던 아버지가 갑작스럽게 쓰러졌다.

약을 조제하고 파는 사람임에도 불구하고 자신의 건강에 무관심했던 아버지. 병상에 누워서도 아버지는 몇 십 년을 해 온 약국 걱정뿐이었다.

우리 약국이 문을 닫고 있으면 두통약 찾는 환자들은 다 어디로 갈꼬. 2층, 3층 병원에서 처방전 받은 환자들이 저 멀리 대로 건너 약국까지 가야 하는데 얼마나 귀찮을꼬.

끙끙 앓으면서도 중얼거리는 아버지의 말에 그녀는 퇴사와 함께 청춘 약국의 약사가 되었다.

"그랬구나. 너랑 약사도 되게 잘 어울려."

해준이 긴 눈을 반쯤 접으며 웃었다. 강주가 좋아하던 눈웃음. 그를 잊겠다 다짐했던 그 날 꿈에 나온 해준은 강주 앞에서 눈웃음을 지었다. 8년 동안 그녀를 버티게 한 웃음이었다. 짝사랑이 너무 힘들어 수백 번 그만두겠다 다짐했다가도 결국엔 저 웃음에 사르르 녹아 다시 마음을 키우곤 했었다.

그래서 해준이 저렇게 웃을 때마다 강주는 더욱 안절부절못했다. 애써 다잡은 결심이 흩어져 버릴까 무서웠다.

그 시각, 사랑 피부과를 개원한 주혁은 화려하게 차려입고 조카의 병원에 찾아온 고모, 고모부와 대화를 나누고 있었다. 강남, 압구정과 같은 잘나가는 동네가 아닌 곳에 병원을 차린다는 것이 영 못마땅했는지 두 사람은 연신 조카에게 동네에 대한 불만을 쏟아 냈다.

이 작은 동네에서 뭘 어쩌겠다고? 묻는 고모에게 대답이 마땅히 생각나지 않아 그는 머리를 넘기며 자신의 병원을 둘러보았다.

"이제라도 늦지 않았어. 그냥 너희 아빠한테 가서 납작 엎드려. 죄송하다 말씀드리고 좀 도와 달라 그래. 오빠가 힘쓰면 강남에서 괜찮게 페이닥터 할 수도 있고 아님 그 근방에다 개원시켜 주겠지. 그래도 제 아들인데."

"그건…… 좀……."

"너 여기 있으면 결혼도 못 해. 어느 집 딸이 작은 동네 의사한테 시집오겠어?"

자신이 원하는 대로 인테리어까지 마치고 나니 주혁은 사랑 피부과가 이제 진짜 자신의 병원이 된 것 같아 좋았다. 아직 진료를 시작하진 않았지만 이 동네와 이 병원에 벌써 정이 들어 버렸다. 고모의 말은 그의 한 귀로 들어갔다 반대쪽 귀로 다시 나왔다.

고모의 뜻대로 할 생각이 전혀 없음에도 그가 별다른 대꾸를 하지 않는 것은 불편한 두 사람을 피해 빨리 다른 곳으로 가고 싶어졌기 때문이었다.

병원 문 앞 쪽에서 대화를 나누는 강주와 해준, 유범이 있는 곳.

눈썹을 꼼지락 움직이는 강주와 싱글싱글 웃는 해준, 뭐가 그리 신났는지 쉴 새 없이 떠드는 유범이 무슨 대화를 나누는지 궁금했다.

"고모 말이 맞다. 이왕 개원했으니 한 1, 2년만 여기 있다가 큰 곳으로 옮기는 게 나을 것 같다. 좋은 대학 나온 값은……."

주혁이 움직였다. 그 어떤 양해도 구하지 않고 그가 불편했던 그 자리를 벗어났다. 벙찐 고모와 고모부를 뒤로 하고 그는 빠른 걸음으로 걸었다.

"어디 가?"

들고 있던 화분을 유범에게 불쑥 내밀고 강주는 이 병원을 빠져나가려던 참이었다.

지난번 신 교수님이 소집한 그 자리에서 인혜가 무례하게 행동한 것 같아 미안하다, 진심으로 사과하는 해준을 보니 그 자리에 더 이상 있을 수 없었다. 그는 진심으로 자신이 사랑하는 여자가 한 행동을 사과했다. 이어 '나는 너희가 다시 친하게 지냈으면 좋겠어.' 부탁하듯 말하는 그의 말이 참고 있던 복잡한 감정의 주머니를 터트렸다.

병원을 나가려고 몸을 돌리고 몇 걸음 걷지 않았을 때 주혁의 목소리가 들렸다. 그러나 뒤를 돌아볼 수 없었다. 그녀는 모른 척 앞으로 걸었다.

"어디 가냐고."

"케, 켁⋯⋯."

강주의 니트 목 뒷부분을 세게 잡았다. 문을 향해 걸어가던 그녀가 목이 졸려 켁켁거렸다. 그러나 그는 놓아줄 생각이 없었다.

"끄윽⋯⋯ 이거 놔요!"

"⋯⋯."

"이거 내가 아끼는 옷이에요!"

그 말에 주혁이 그 자리에서 손가락을 쭉 펴 옷을 놓았다. 관성에 의해 앞으로 고꾸라질 듯 몇 번 비틀거리던 그녀는 곧 눈물이 그렁그렁한 눈으로 고개를 돌려 주혁을 째려봤다.

으이씨. 결국 그녀는 눈물을 흘렸다. 참고 있던 눈물이 후드득 떨어지자 그는 당황했다. 뒤늦게 손을 뻗었지만 이미 그녀는 병원 문을 박차고 나간 뒤였다.

자꾸만 힘이 빠지는 다리에 힘을 주었다. 방금 전 개원해 축하로 가득한 피부과 앞에서 초상집에 온 사람처럼 울 수는 없었다. 이 공간을 벗어나고자 그녀는 옥상으로 걸어갔다. 빨리 이 자리를 피해야 한다는 생각에 사로잡혀 자신의 뒤를 주혁이 쫓는다는 것도 알지 못했다.

그녀는 뻑뻑한 옥상 문을 열고 낡은 벤치로 곧장 가 앉았다.

누군가가 옮겨 놓은 벤치와 커다란 파라솔에 앉은 강주는 두 손으로 제 얼굴을 감쌌다. 아무도 없는 공간이지만 지금 흘리는 눈물이 너무 창피했다. 아직도 해준 때문에 흘릴 눈물이 남아 있다니. 낡고 갈라진 벤치의 틈을 강주는 자신의 눈물로 메우려는 듯 울었다. 흐느낌이 커다란 울음소리로 바뀌었다. 훌쩍훌쩍 소리와 함께 가쁘게 숨을 들이쉬는 그녀 앞으로 주혁이 조용히 다가갔다.

"가슴 좀 빌려 줄까."

강주가 왜 우는지 그는 알 수 없었다. 물어본다 해도 그녀는 답할 것 같지 않았다. 그는 질문 대신 위로를 택했다.

울리는 그의 목소리에 그녀가 억지로 눈물을 삼켰다. 손바닥으로 눈물을 훔쳐내고 강주는 자리에서 일어났다. 주혁을 못 본 척 지나가려는데 그가 커다란 손으로 그녀의 손목을 붙잡았다.

"모른 척 기대는 거야, 이럴 땐."

그녀의 손목을 붙잡은 손에 힘을 주자 강주가 주혁의 품속으로 빨려 들어왔다. 넓은 가슴에 푹 파묻힌 그녀는 잠깐 벗어나려 애쓰다 이내 포기하고 울기 시작했다.

"으응, 흐으윽……."

우는 소리가 그의 귓가에 더 가까이 들렸다. 그렇게 한참을 그녀는 울었다.

"왜 두 사람만 와?"

파티 분위기로 들끓던 분위기가 금방 차갑게 식었다. 주혁과 함께 오겠다던 유범과 해준은 파티의 주인공인 주혁을 놓쳐 버렸다. 머쓱한 표정으로 소파에 앉은 유범이 앞에 놓인 맥주를 벌컥벌컥 마셨다.

"아, 몰라! 갑자기 나가더니 사라졌어. 휴대폰도 안 받아. 문자 남겨 놨으니까 이리 오겠지, 뭐."

파티의 주최자는 인혜였다. 그를 위해 더 멋있고 좋은 장소에서 축하를 해 주고 싶었다. 커다란 파티 룸과 값비싼 술, 안주까지 모두 그녀의 선택으로 마련된 것이었다.

주혁과 친한 친구들을 부르고 파티 룸을 꾸미면서 인혜는 주혁이 기뻐하는 모습을 제 두 눈에 꼭 담아 가는 것이 목표였다. 혼신의 힘을 다해 준비한 파티였다. 그런데 주인공이 없다니.

"허, 이거 다 준비한 거야? 힘들었겠다."

"오빠도 몰라? 주혁 오빠 어디 갔는지?"

"응. 갑자기 나갔는데 그 뒤로 안 돌아오더라. 개원 축하해 주러 온 사람들도 주혁이 못 보고 그냥 갔어."

"뭐야! 그런 게 어딨어!"

버럭 해준에게 화를 내며 그녀가 자리에서 일어났다. 휴대폰을 꺼내 주혁의 번호를 눌렀지만 두 사람의 말대로였다. 신호음이 뚝 끊기더니 이내 차가운 여자 목소리가 그가 전화를 받을 수 없다는 것을 알렸다.

"아우 씨!"

화를 내는 인혜의 등을 해준이 쓰다듬었다. 곧 오겠지, 위로했지만 그녀의 화는 조금도 누그러들지 않았다. 주인공인 주혁이 오지 않았는데도 파티 분위기는 무르익었다. 이미 취해 버린 사람도 있었다.

주혁이 없는데도 술 마시느라 바쁜 그의 친구들에게 '남주혁 찾아와!' 하고 빽 소리를 질러 버리고 싶었다. 어떻게 마련한 자리인데……. 이상하게 자꾸만 나쁜 결말이 떠올랐다.


파티 룸에 있는 주혁의 친구가 그를 애타게 기다리고 있을 때, 그의 전화가 열두 번 울렸을 때, 그제야 강주의 울음소리가 조금 잦아들었다. 등을 툭툭 멋없게 두드리고 주혁이 말했다.

"나도 이 옷 아끼는데."

화들짝 놀라 강주가 그의 품에서 한 발 물러났다. 그의 와이셔츠와 재킷에 그녀의 화장품과 눈물이 얼룩덜룩 묻어 있었다. 허억…… 처참해진 그의 옷을 보니 눈물이 쏙 들어가 버렸다.

"어떡할래, 나 이 옷 진짜 많이 좋아하는데."

"죄, 죄송해요……."

"말로만?"

주혁은 강주가 물러난 만큼 다시 그녀 곁으로 한 발 걸어갔다. 다시 좁아진 거리, 두 눈이 가까운 거리에서 맞부딪히자 강주는 고개를 숙여 버렸다. 위험한 거리였다. 그가 고개를 조금만 숙인다면 그의 입술과 자신의 이마가 맞닿을 거리.

갑자기 다가온 주혁 때문에 당황한 그녀는 입술을 바르르 떨며 말했다.

"그럼 어, 어떻게 할까요?"

그는 대답 대신 빙긋 웃었다.


진료실에서 주혁은 차에 비치해 두었던 검은 긴팔 티셔츠와 청바지로 갈아입었다. 눈물로 축축이 젖은 옷을 팔에 걸치고 그가 진료실에서 나오자 소파에 앉아 있던 강주가 그를 곁눈질로 슬쩍 바라봤다.

사람들로 북적였던 병원엔 강주와 주혁뿐이었다. 축하를 받을 사람이 없으니 축하하러 온 사람들은 금방 자리를 떠나는 것이 당연했다. 손님들을 위해 준비한 케이크와 음료, 과일 등으로 엉망인 바닥과 테이블.

후, 한숨을 내쉬고 그는 강주 곁으로 걸어갔다. 화장실에 가 눈물 자국과 화장을 다 지워 낸 그녀는 뽀얀 삶은 달걀 같은 얼굴이었다. 주혁이 가까이 다가오자 강주는 조심스럽게 그를 올려다봤다. 왕의 처분을 기다리는 신하의 모습으로 강주는 그의 입을 바라봤다. 제발 작은 형벌이길.

"바닥이랑 테이블 청소. 여기부터 저기까지."

"네?"

"다시 한 번 말해 줘? 내가 이 옷을 진짜, 정말, 아주 많이 아껴. 네가 그 옷을 아끼는 만큼."

누가 안아 달라고 했나? 왈칵 소리를 지르고 싶었지만 그녀는 입술만 삐죽인 채 대걸레를 집어 들었다.

곁에 있어 준 주혁이 그녀에게 위로가 된 건 사실이었다. 아무것도 알지 못하는 주혁이지만 툭툭 토닥여 주는 그의 손이 어쩐지 강주에게 말하고 있는 것 같았다. 괜찮다. 괜찮아질 거다. 그래서 그녀는 화도 내지 못하고 슥, 슥, 대리석 바닥을 닦기 시작했다.

주혁은 자꾸만 웃음이 나오려는 것을 참았다. 하란다고 진짜하네. 불만이 가득한 표정이었지만 그녀는 열심이었다. 허리를 잔뜩 숙인 채 소파 밑 안 보이는 곳까지 꼼꼼히 닦았다.

"아, 그건 생크림. 휴지로 먼저 닦고 걸레로 닦아야지."

"야, 여기. 여기 안 닦았다."

"저기. 쩌어기. 저거 뭐야? 과자 부스러기 같은데."

끄응, 참아야지. 참아야 해. 입술을 깨물며 그녀는 그의 말대로 움직였다. 콩쥐나 신데렐라가 된 기분이었다. 소파에서 팔짱을 낀 채 잔소리하는 주혁이 순간 못된 계모처럼 보였다.

"케이크는 왜 생크림으로 사 가지고."

구시렁거리는 그녀의 목소리가 주혁의 귀에도 들렸다.

"너 이걸로 끝이라고 생각하는 건 아니지?"

"청소할 거 더 남았어요?"

빡빡 소리가 날 정도로 세게 걸레질을 하며 강주가 물었다. 주
혁 쪽은 쳐다도 보지 않고 그녀는 청소에 열중했다. 쌀쌀한 봄밤,
땀을 뻘뻘 흘리는 그녀를 보니 에어컨이라도 틀어야 하나 싶을
정도로 더워 보였다.

"아니. 청소로 그냥 넘어가는 건 아니지. 내가 정말 진짜로 아
끼는 옷을 이렇게 만들어 놓고선."

"아, 정말!"

걸레질을 멈추고 그녀가 주혁을 째려봤다. 한 손으로 대걸레를
잡은 채 큰 소리로 화를 내는 그녀를 보니 주혁도 그제야 장난이
좀 심했나 싶었다.

"뭐요! 뭘 더 하면 되는데요!"

"아직 생각은 안……."

"한꺼번에 시켜요, 한꺼번에! 그리고 아끼는 옷 그렇게 만든
거! 미안해요! 진짜로!"

화를 내는 건지 사과를 하는 건지. 버럭 소리치며 말하는 강주
의 모습에 그는 황당함을 지울 수 없었다. 그녀가 다시 뒤돌아
걸레질을 시작하자 그는 소파에 등을 기대며 소리 없이 웃었다.
진짜 알 수 없는 여자였다.

#5. 어디에나 불청객은 있다

예매 버튼을 누르자마자 마치 대단한 일이라도 해낸 기분에 두 주먹을 쥐고 '예스!'를 외친 뒤 강주는 약국 전화의 수화기를 들었다. 물 들어왔을 때 노 저어야 하고, 쇠뿔도 단김에 빼랬다. 전화를 받는 간호사에게 '원장님 좀 바꿔 주세요.' 당당히 말하고 그녀는 뒤늦게 목을 가다듬었다.

— 남주혁입니다.

"저, 이강주예요. 보고 싶은 영화가 생겼는데 같이 볼래요?"

막상 말을 뱉고 나니 여러 걱정이 들었다. 너무 속 보이는 게 아닐까. 영화는 너무 빤하고 촌스러운 수법인가.

그러나 별 방법이 없었다. 출 · 퇴근길과 그가 잠깐 병원 밖으로 나올 때 볼 수 있는 뒷모습 빼고는 주혁을 볼 기회가 없었다. 꼬셔야 하는 주혁을 만나기가 쉽지 않으니 수가 빤히 보이고 올

드한 방법이어도 어쩔 수 없었다. 매번 그의 뒷모습만 볼 순 없으니까. 강주는 그렇게 자신을 위로했다.

— 그래.

별다른 이야기 없이 승낙이 떨어졌다. 영화를 같이 보겠다 계획을 해 놓고 그녀는 우선 종이에 현재 상영하고 있는 영화 제목들을 주욱 적었다. 그중 장르, 감독, 배우 등을 고려해 그를 꼬시기에 가장 적합한 영화를 택하고 그를 설득할 말들도 다섯 줄이나 적어 놨다.

현재 500만 관객이 든 영화, 평론가들이 극찬한 영화, 곧 천만이 넘을 것으로 예상되고 평점도 높음.

줄줄이 적은 그 글들엔 그녀의 간절함이 깃들어 있었다.

"그럼 오늘 시간 괜찮아요? 사실 오늘 저녁 영화로 미리 예매했는데."

— 오늘?

수화기 건너편의 그는 자신의 스케줄을 확인하는 듯했다. 짧은 그 시간이 왜 이렇게 길게 느껴지는지. 다시 한 번 그의 승낙이 떨어지길 바라며 그녀는 수화기를 잡은 손에 힘을 꽉 주었다.

— 어. 괜찮아, 오늘.

"그럼 퇴근 후에 봬요."

그가 약국으로 오겠다 말했다. 그래요. 네, 네. 대답 후 수화기를 내려놓고 그녀는 후, 하, 후, 하, 숨을 내쉬었다.

제안과 승낙은 쉽게 접할 수 있는 일상적인 일들임이 분명한데 그 일들 사이에 남자와 여자가 끼면 특별한 일로 변한다. 거절에 대한 불안함과 걱정이 커지고, 제안의 방법과 내용에 대한 고찰이 깊어지며, 그 과정에 설렘이 스며든다. 대단한 일을 마친 것 같은 기분이 결코 오버가 아닌 것이다.

마침 들어오는 손님에게 강주는 활짝 웃으며 인사를 했다. 어서 오세요, 한 톤 올라간 그녀의 목소리에 아이의 손을 잡고 들어오던 엄마 손님도 강주를 보고 웃으며 인사했다.

상대방이 자신이 보낸 메시지를 읽었는지 확인할 수 있게 된 이후부터 짝사랑을 하는 사람들은 감정의 롤러코스터를 보다 많이 타게 되었을 것이다.

'1'이라는 글자가 사라지지 않는 자신의 말풍선.

인혜는 남은 할부를 생각하며 던지고 싶은 휴대폰을 가까스로 움켜쥐었다. 답하기 어려운 내용도 아니었다. '병원 잘돼 가?' 안부를 묻는 인사였다. 잘돼 가. 잘 안 돼. 답하는 게 어려운가.

그날 개원 축하파티에 결국 주혁은 오지 않았다. 그제야 그녀는 자신이 주혁에게 어떤 위치에 있는 사람인지 깨달았다. 인혜는 메시지를 보냈다. 그리고 답을 4시간째 기다리는 중이었다.

"안 되겠어."

주혁이 자신의 기대에 따르지 않는 남자라는 것은 이미 알고 있었다. 헛된 기대를 품은 자신이 바보였다. 좀 더 적극적으로 돌변해야 한다. 인혜는 또 다른 계획을 세웠다.

오후 일곱 시. 봄이 가져오는 나른한 따스함에 강주는 턱을 괴고 꾸벅꾸벅 졸고 있었다. 청춘 약국 문이 열리며 종소리가 울리자 강주는 후다닥 일어났다. 방문객은 익숙한 얼굴이었지만 이 시간, 이 장소에서 보고 있으니 그녀는 자신이 꿈을 꾸고 있는 건가 싶었다.

여자는 그녀에게 성큼성큼 다가왔다. 인사도 하지 못하고 벙찐 강주에게 여자가 말했다.

"엄마를 왜 귀신처럼 봐?"

"어, 엄마! 어쩐 일이야?"

"왜. 내가 못 올 곳에라도 왔나?"

두 손에 잔뜩 쥐고 있던 짐을 턱, 턱 내려놓고 그녀의 엄마는 손님용 소파에 앉았다.

"어후, 벌써 일곱 시네. 일찍 올라 그랬는데 오다가 선경이 만나 가지고 저녁 먹고 수다 떠느라 늦었네. 목마르다. 엄마 큰 컵에다 물 좀 줘."

"연락을 하고 오지."

조제실 뒤편에서 컵을 가지고 나오며 강주가 말했다. 그녀의 엄마는 바닥에 떨어진 병뚜껑을 손으로 주워 휴지통에 넣었다.

아버지가 쓰러지고 난 뒤 엄마는 재빨리 시골로 내려가기로 결정했다. 노후자금을 싹싹 긁어모아 남부지방에다 집을 사더니 청춘 약국을 딸인 강주에게 넘기고 짐을 싸 내려갔다. 마치 미리 계획이라도 한 것처럼 엄마는 빠르게 움직였다.

딸이 준 컵을 받아 들고 그녀는 깊은 갈증을 해소하려는 듯 빠

르게 물을 마셨다. 체할라, 말하는 강주의 걱정스런 말에도 엄마
는 꼴깍꼴깍 물을 넘겼다.

"무슨 일 있어?"

"아니. 그냥 너 잘 지내나 궁금해서 와 봤어. 너희 아빠가 좀
가 보라고 하도 난리를 쳐서 말이야. 그렇게 걱정되면 본인이 가
면 되지, 왜 나를 들들 볶는지."

딸 앞에서 남편의 욕을 하면서도 그녀는 끊임없이 약국 안을
살폈다. 먼지가 보이면 슥 닦아 내고 떨어진 휴지들이 보이면 바
로 휴지통에 넣었다. 갑자기 등장한 엄마는 약국을 정리하느라
여념 없었다.

방금 전까지 춘곤증으로 괴로웠던 눈이 다시 동그래졌다. 본격
적으로 엄마가 청소를 시작하자 강주는 뭐라도 해야 할 것 같아
처방전들을 정리했다. 약들의 재고를 확인하고 필요한 약품이 무
엇이 있는지 적었다. 두 사람이 바쁘게 약국을 위해 일하는 지금
은 강주가 늘 퇴근하던 시간이었다.

그때 약국 문이 열리고 주혁이 들어오자 강주는 앞에 있는 컴
퓨터가 쓰러질 정도로 빠르게 자리에서 일어났다.

주혁 한 번, 조제실에 있는 엄마 한 번. 번갈아 쳐다본 뒤 그녀
는 놀란 표정으로 그를 바라봤다.

"아직 일 더 남았어?"

그녀는 급하게 두 손을 흔들었다. 소리는 내지 못하고 '안 돼
요'라고 말하는데 그는 좀처럼 그녀의 뜻을 알아차리지 못했다.

"안 남았으면 빨리 나와. 뭐? 뭐야. 말을 해. 영화 몇 시에 시
작하는데?"

이젠 더 적극적으로 두 팔을 교차시켜 엑스를 만들었다. 안 돼요, 안 된다구요! 뒤에 엄마가 있었다. 당혹스러움에 더욱 세차게 엑스 자를 흔들었지만 주혁은 '뭐'만 반복했고, 결국 조제실에서 마스크를 낀 엄마가 나왔다.

"영화? 강주 영화 보러 가?"

머릿수건까지 하고 열심히 조제실 청소를 하면서도 귀는 열려 있었나 보다. 강주의 엄마는 딸 앞에 서 있는 훤칠한 남자를 한참이나 바라봤다.

"안녕하세요."

그는 허리 숙여 인사했다. 중년 여성의 눈은 강주의 눈과 닮아 있었다. 덕분에 자신이 인사를 한 상대가 강주의 어머니라는 것을 금방 알 수 있었다.

"네, 우리 강주 보러 왔나 봐요?"

이미 그녀의 엄마는 모든 스캔을 끝낸 뒤였다. 아래위 멀쩡한 멀끔한 청년. 흰 셔츠에 검은색 바지를 입은 그는 깔끔한 외모의 남자였다. 조제실에서 듣기로 '영화' 어쩌고 하는 것을 보니 딸과 데이트를 하는 남자 같았다. 딸이 연애를 한다는 이야기도, 남자를 만나고 있단 이야기도 들어 본 적 없어 몰랐는데 알아서 잘하고 있었나 보다.

"네. 어머니 오시는 줄 모르고 같이 영화 보기로 했는데 다음으로 미뤄……."

"영화? 무슨 영화?"

"이번에 개봉한 거. 춘풍."

"춘풍? 엄마도 그거 보고 싶었는데."

아, 그러면 저는 나중에…… 말하려는데 그녀의 엄마가 마치 좋은 생각이라도 난 듯 박수를 짝! 하고 쳤다.

"너희 영화 보러 갈 때 나 데리고 가면 안 돼? 시골에 살아서 그런지 요새 통 문화생활을 못했어. 너희 방해 안 할게. 조용히 있을 테니까 나 데리고 가 줘, 응?"

"아니, 엄마 그냥 우리 둘이 가자."

"네. 그렇게 하세요. 저는 다음에 보면 됩니다."

엄마의 별명은 주책바가지였다. 같이 영화를 보자니. 말도 안 되는 엄마의 제안에 두 사람의 고개가 가로로 움직였다.

"왜에. 나는 너희 방해하려는 게 아니라 정말로 영화를 보고 싶어서 그래. 같이 가면 안 돼? 멀찍이 떨어져서 영화만 볼게. 응? 안 될까요?"

"그냥 우리 둘이……."

아……. 그제야 주혁은 강주가 왜 호들갑 떨며 그런 행동을 했는지 알 것 같았다. 그의 입가에 미소가 머금어졌다. 재밌는 모녀네.

"그러죠. 같이 가요, 어머니."

뜨악. 눈을 크게 뜨며 강주가 주혁을 바라봤다. 뭐예요, 눈으로 말하자 그가 뭐가, 하고 눈으로 대답했다. 엄마와 함께 데이트라니. 불편한 자리를 만드는 그의 배를 주먹으로 세게 치고 싶었다.

엄마는 원래 주책바가지라 쳐도, 그걸 또 받아 줄 것은 뭐람.

"어머. 약국 문 닫을 시간이네. 같이 나가면 되겠다. 나 조제실 조금 더 치우면 되니까 조금만 기다릴래요?"

"예, 천천히 준비하세요."

도끼눈을 뜨고 자신을 바라보는 강주를 그는 어깨를 으쓱여 보일 뿐이었다.

영화관 안. 주혁이 사 온 새로운 표 한 장의 좌석은 강주가 예매한 두 좌석의 뒤편이었다. 주혁이 그 자리에 앉겠다 몇 번이나 말했지만 주책바가지 엄마는 어떻게 말릴 수가 없었다. 결국 나란히 붙은 두 좌석에는 주혁과 강주가, 그리고 뒤편에는 강주의 엄마가 앉게 되었다.

영화를 보고 싶다 말했던 엄마는 영화 대신 앞좌석의 두 남녀만을 바라봤다. 딸의 남자를 본 것은 이번이 처음이었다. 자신의 딸이 인기가 많다는 것은 알았지만 누군가를 만난다는 이야기는 들어 보지 못했다. 집에서도 남자 이야기가 나오면 곧바로 제 방으로 쏙 들어가 버렸다. 그런데 마침 강주가 만나는 남자를 실제로 볼 수 있는 기회가 생긴 것이다.

적지 않은 나이, 이젠 결혼을 생각해야 했다. 결혼 이야기가 나오면 강주는 매번 손사래를 쳤다. 꼭 결혼을 해야 하나, 오히려 되묻는 딸이 부부에겐 걱정거리였다. 잘 만나다가 내년 봄쯤 시집가면 딱 좋겠네. 혼자 생각하던 엄마는 미동도 없이 꼿꼿이 앉아 있는 두 사람을 보곤 한숨을 쉬었다.

여기서 남자 어깨에 머리를 기대면 딱 분위기 좋겠구만 애가 목석이야, 목석! 참다못한 그녀가 결국 손을 뻗어 자신의 딸 머리를 왼쪽으로 밀었다.

"왜 그래!"

그녀가 고개를 돌려 작게 말하자 '으이구' 하며 다시 그녀의 머리를 밀었다. 어쩔 수 없이 그의 어깨 위에 강주의 머리가 올려졌다.

무거울까 걱정하며 긴장하는 그녀처럼 주혁도 조금 긴장이 되었다. 그녀의 머리가 닿은 어깨에 곧바로 열기가 피어올랐다. 괜히 어깨에 힘을 준 그는 온 신경이 어깨에 쏠리는 것을 경계했다. 어두운 영화관, 관객으로 가득 차 있는 실내에 그녀의 엄마까지 있었지만 강주가 어깨에 기댄 순간부터 이상하게 두 사람만 이 공간에 있는 것처럼 느껴졌다.

모녀의 모습은 닮은 듯 닮지 않았다. 차분한 강주와 달리 그녀의 엄마는 활발하고 적극적이었다.

사실 영화를 보자는 강주의 제안에 주혁은 아침부터 기분이 묘했다. 이상하게 자꾸만 시계를 보게 되었다. 병원 문을 닫는 시각이 다가올수록 이상한 감정은 더욱 커졌다. 그 감정의 의미를 알아내지 못한 채 그는 약국에서 강주의 엄마를 만났다.

어른을 만나는 것은 긴장되는 일이다. 혹여나 그녀의 엄마가 자신을 나쁘게 볼까 그는 최대한 예의 바르게 행동하려 애썼다. 평소 운전 습관과는 다르게 규정 속도를 준수하며 운전했고, 두 여자의 표정과 행동을 살피며 조심스레 행동했다.

그렇게 바쁜 하루를 끝내고 찾아온 예상치 못한 만남에 피로감이 느껴질 때쯤, 강주가 그녀의 엄마의 손에 의해 자신에게 머리를 기댄 것이다. 그는 강주의 엄마와 함께 영화를 보는 것이 꽤 괜찮은 결정이라 생각되었다.


강주의 집 앞. 주혁의 차가 멈추자마자 그녀의 엄마는 그제야 두 사람의 시간을 방해했다는 것이 미안해졌는지 미안해요, 고마워요를 몇 번이나 말했다. 그러곤 급한 일이라도 생긴 것마냥 집 안으로 들어갔다.

따뜻했던 봄바람이 차게 변한 밤. 강주는 팔을 문지르며 괜히 주위를 둘러보았다.

"색다른 데이트인데?"

"미안해요. 엄마가 올라올지 몰랐어요. 연락도 없이 오셔서……."

"나름 재밌었어."

그의 말에도 좀처럼 미안한 마음이 사라지지 않았다. 발끝으로 톡톡 바닥을 두드리며 그녀는 미안한 표정으로 그의 시선을 피했다. 강주가 어떤 기분으로 그의 앞에 서 있는지 알 것 같은 주혁이 강주에게만 들릴 정도로 작은 목소리로 말했다.

"얼굴 좀 보자. 오랜만인데."

꼬시겠다는 여자는 좀처럼 움직임이 없으니 먼저 행동을 취하는 주혁이었다. 강주는 고개를 들어 주혁을 보고 힘차게 말했다.

"다음엔! 진짜 제대로 된 데이트해요."

"못 믿겠는데."

"믿어 줘요. 준비해 올게요."

"뭘 어떻게 준비할 건데?"

음, 그건……. 그가 깊은 내용을 묻자 답이 나오지 않았다. 괜히 내려오지도 않은 머리카락을 귀 뒤로 넘기며 강주는 대답을 생각했다.

"여, 열심히? 잘?"

"뭐야, 그게. 말했잖아. 제대로 꼬셔야 제대로 넘어가 준다고."

"제대로 꼬실 거예요!"

발끈해 소리치는 강주의 머리에 주혁이 손을 올렸다. 그래, 제대로 꼬셔 줘라. 마음을 담아 그는 그녀의 동그란 머리를 부드럽게 쓰다듬었다.

몇 살 차이 나지 않지만 가끔씩 강주가 어린아이처럼 느껴질때가 있었다. 매번 자신 앞에서 허둥지둥, 안절부절못하는 모습을 보이니 더욱 그랬다. 마치 자신이 보살펴 주지 않으면 안 될것 같은 느낌.

그래서일까. 꼬시겠다는 말의 어감도 좋게 들리고, 그녀가 자신을 열심히, 잘, 꼬시길 바랐다. 빨리 그녀에게 넘어갈 수 있게.


주혁에 대해 밤새 묻던 엄마는 다시 시골로 내려갔다. 뭐 하는사람이니, 묻기에 사랑 피부과 의사라 답하니 커다란 눈이 더욱커져서 강주의 팔을 딱 붙잡았다. 놓치지 마라, 대단한 유언처럼당부를 했다. 강주는 영혼 없이 답했다. 그래, 그래. 안 놓칠게.꽉 잡을게. 내년에는 시집가야지? 응. 응. 알겠어. 응.

하지만 이는 지킬 수 없는 약속이었다. 그와 그녀의 관계에는미래가 없었다. 복수라는 목표가 달성되고 나면 바람처럼 사라질관계.

의사 사위에 대한 꿈과 딸의 결혼이라는 엄마의 행복한 상상을깨기 싫어 그녀는 되는대로 대답했다.

그렇게 엄마가 내려가고, 강주는 '꼬시는 일'에 열중했다. 우선 유혹에 관련된 영화와 드라마를 찾아봤다. 끈적끈적한 움직임들과 눈빛들. 걸그룹들의 섹시한 몸짓까지 보고 나니 남자를 꼬시는 일이 엄청나게 어려운 일처럼 느껴졌다.

남자는 말이야, 시각에 민감해. 우선 가슴이 훅 파지고 짧은 치마를 입으면 두 눈이 뱅뱅 돌아가게 되어 있어. 넌 얼굴이 예쁘니까 그렇게 하고 만나기만 하면 돼. 무슨 말 하면 잘 들어 주면서 싱긋싱긋 웃어. 그렇게 만나서 당장 사귀자 말하면 사귀겠다 그럴걸?

아영의 말에 지난 저녁 강주는 짧고 타이트한 검은 미니 드레스를 구입했다. 백화점에 가서 옷을 고르는데 어찌나 민망하던지, 평소 즐기는 스타일이 아니라서 한참이나 헤맸다.

블라우스겠거니 하고 고른 옷은 짧은 드레스였다. 평소라면 절대 사지 않았을 옷이지만 그녀는 임무를 완수하기 위해 구입했다.

차마 백화점에서 입지 못한 옷을 집에서 입어 보고 그녀는 거울 앞에 떨리는 발걸음으로 걸어갔다. 아영이 말한 것처럼 가슴이 훅 파진 옷은 아니었다. 고급스러운 레이스로 목과 가슴 윗부분이 가려져 있는 짧고 타이트한 검은 미니 드레스였다.

치마가 덜 내려온 것 같아 한참을 아래로 잡아당기다 포기하고 그녀는 거울을 쳐다봤다. 길게 늘어트린 머리카락과 검은 드레스는 자신이 영화에서 봤던 유혹하는 여주인공의 모습과 많이 닮아 있었다.

얇디얇은 천, 몸 하나를 제대로 가리지 못하는 옷이지만 강주는 전투복을 입은 기분이 들었다. 이대로 전장에 뛰어들어야 할 것 같은 기분.

사기 오른 군인의 마음으로 그녀는 찬찬히 계획을 세웠다. 오늘 병원으로 찾아가 그에게 직접 말할 것이다. 몇 번 연습했던 말이었다.

"저녁 같이할래요?"

거울 속엔 낯선 자신의 표정이 비쳤다.

약국 문을 닫기 30분 전, 알람이 울렸다. 전쟁을 알리는 알람.

흰 약사 가운을 벗고 그녀는 준비한 검은 원피스를 조제실 안쪽으로 들어가 갈아입었다. 그녀가 평소 좋아하던 부드럽고 연한 색이 아닌 붉고 진한 립스틱을 바르며 그녀는 괜히 눈을 크게 떴다가 감았다.

할 수 있다. 할 수 있다, 이강주!

옷, 화장, 머리 이런 것보다 중요한 것은 마음이었다. 그를 꼭 꼬시고 말겠다는 마음.

최근 어쩐지 이 마음이 자꾸만 약해지는 것 같아 그녀는 마음에 갑옷을 입히기 위해 노력했다.

평소보다 일찍 약국 문을 닫고 그녀는 성큼성큼 건물 2층으로 올라갔다. 안면이 있는 간호사에게 고개를 숙여 인사 후 어쩐지 부끄러웠지만 당당한 발걸음으로 주혁이 있는 방의 문을 두드렸다.

"네."

"저 선배, 저…… 이강주인데요."

"들어와."

잠시 꾸물꾸물하다 그녀는 표정을 날카롭게 바꾸곤 들어갔다. 섹시하게, 요염하게. 남자들에게 자극적으로 들리는 하이힐 소리를 일부러 또각또각 내며 그녀는 주혁 앞에 섰다.

"저녁 같이할래요?"

누가 봐도 엄청나게 준비한 모습으로 들어와 묻는 강주를 보고 그는 풉 웃어 버렸다. 오늘 그녀가 잡은 컨셉이 너무 잘 보여 모른 척하려야 할 수가 없었다.

대답 대신 웃는 그와 눈을 마주한 강주가 이번엔 좀 더 과감하게 책상 앞으로 다가왔다.

"네? 같이 저녁 먹어요, 네?"

당장이라도 책상을 부술 듯 쾅 내려치고 멱살까지 잡을 듯한 그녀의 모습에 주혁이 웃음을 멈추고 '그래' 라고 대답했다.

오늘의 강주는 무언가 달랐다. 잔뜩 기합이 들어갔다고 할까? 그런 그녀의 모습은 그를 기대하게 만들었다. 그녀는 요염하게 다시 뒤돌아서 걸었다. 그럼 밑에서 봐요, 멋있게 마지막 말을 남기고.

강주는 동네의 가장 괜찮은 레스토랑으로 주혁을 안내했다. 맛집으로 소문난 레스토랑이라 다른 지역 사람들도 일부러 찾아오는 곳이었다.

주문을 하고 음식을 기다리는 사이, 그녀는 샤론스톤을 떠올렸다. 짧은 원피스는 지금 이 순간을 위한 것이었다. 뇌쇄적인 눈빛과 긴 다리, 붉은 입술. 모든 준비 후 그녀는 다리를 꼬았다. 하지만 슬프게도 주혁은 자신의 앞에 놓인 냅킨을 정리하느라 자신을 보지 못했다. 타이밍을 기다리던 강주는 그와 눈이 마주치는 순간 다시 다리를 꼬았다.

영화 속에서 샤론스톤이 다리를 꼬자 남자들의 눈동자가 흔들리며 넋 나간 표정으로 변했었다. 샤론스톤은 샤론스톤이고 자신은 이강주라는 사실을 알고 있었지만 그래도 그 비슷한 반응을 기대했으나 주혁은 전혀 아무런 반응이 없었다. 이 방향이 아닌가, 강주는 다시 반대쪽 다리를 꼬았다.

"의자 불편해?"

으씨. 실패를 알리는 그의 물음에 강주는 고개를 숙였다. 자꾸만 허리를 비틀며 다리를 꼬는 그녀는 섹시하다기보다는 어딘가 불편한 사람처럼 보였다. 까만 원피스와 대비되는 그녀의 하얗고 긴 다리는 테이블에 가려 잘 보이지 않았다.

평일 저녁이어도 레스토랑엔 손님이 많았다. 화장실로 가는 골목에 위치한 두 사람의 테이블 근처로 사람들이 많이 지나갔다. 그중 한 명이 주혁을 발견하고 그에게 다가왔다. 주혁의 앞에 있는 강주를 한 번 꽤 길게 바라보다 곧바로 그에게 오른손을 내밀며 인사했다.

"어, 반갑다. 남주혁."

김대준, 그는 주혁의 대학교 동창이었다. 대준이 내미는 손을 붙잡고 주혁은 '오랜만이다' 하고 인사했다. 대준은 곧바로 앞에 있는 강주를 바라봤다. 낯이 익은 얼굴이었다. 수수했던 그때의 모습과 달라 헷갈리긴 했지만 대준은 금방 그녀가 누구인지 알아차렸다.

"약학과 대빵."

"예?"

"맞죠? 약학과 퀸. 이름이…… 아, 뭐였지? 강주!"

처음 보는 사람이 자신의 학과와 이름을 아니 당황하는 것은 당연지사. 맞아요, 대답하면서도 강주는 대준에게 경계를 풀지 않았다.

강주는 유명했다. 고등학생 때와 마찬가지로 용기를 가진 남자들은 한 번씩 그녀에게 다가갔다. 난공불락이라 소문이 난 그녀였지만 20대의 불타는 용기는 세간의 소문과 차가운 그녀의 반응을 이겨 낼 정도로 뜨거웠다. 불빛에 달려드는 불나방처럼 수많은 남자들이 그녀에게 대시했지만 강주의 대답은 두 가지뿐이었다. '죄송해요, 좋아하는 사람 있어요.'와 '미안, 나 좋아하는 사람 있어.'

대학교에서 가장 엘리트로 손꼽히는 의예과 학생들도 공략에 실패하자 강주의 유명세는 더욱 높아졌다. 각 과에서 괜찮은 놈들이 다 덤볐지만 아무도 성공하지 못했다더라, 대기업 아들이랑 사귄다더라, 재벌 2세인 남자가 스포츠카를 주차해 놓고 기다렸다더라, 진실과 거짓이 밝혀지지 않은 소문들을 이끌고 다니는 여자였다.

"데이트 중인가? 내가 방해하는 거 아니지? 우리 졸업하고 처음 본다. 왜 동기들 모임에 안 나오냐? 다들 너 어떻게 사는지 궁금해하는데."

"사람 사는 거 다 똑같지."

오랜만에 만난 동기끼리 대화를 편하게 할 수 있도록 강주는 자리를 비켜 주고 싶었다. 잠깐 실례할게요, 말하고 그녀는 자리에서 일어나 화장실로 걸어갔다.

그녀가 뒤를 돌자마자 대준은 강주의 뒷모습이 화장실 안으로 사라질 때까지 바라봤다.

"쟤 여전히 예쁘다. 서른이 넘어도 예쁘네. 몸매도 아주 그냥……. 크으……."

강주가 앉았던 자리에 앉으며 그가 말했다. 손으로 방금 보았던 S라인을 따라 그리며 말하는 대준을 보고 주혁은 불편한 표정을 숨기지 않았다.

"결국 네가 갖는구나. 우리끼리 그런 말 했었거든. 이제 남은 건 남주혁 하나라고. 괜찮은 놈들 다 나가떨어지고 아마 너 정도는 되어야 될 것 같다고 했었거든."

"……."

"쟤 근데 좋아하는 사람 있다고 그랬었는데. 설마 그때부터 둘이 뭐 있었냐? 와, 대박! 그때 그 재벌 2세에 스포츠카가 너야?"

"나 아닌데."

"어? 아냐? 그럼 누구지? 넌 알아?"

"너 혼자 온 건 아닐 테고. 자리 오래 비워도 되냐?"

오랜만에 만난 친구라 그도 반가웠다. 마음 터놓고 매일 붙어 다닐 만큼 친한 놈은 아니었지만 주혁은 반가운 마음이 들었었다. 대준이 강주를 보는 눈빛을 보기 전까지는 말이다.

먹잇감을 발견한 수컷의 눈빛으로 암컷 대하듯 그녀에 대해 이야기하는 대준을 보자 기분이 더러워졌다. 덧붙여 대준이 말하는 강주의 예전 이야기는 그를 불쾌하게 만들었다. 어금니를 살짝 물며 그가 똑바로 대준을 바라봤다.

"아, 가, 가야지. 미안. 내가 반가워서 말이 좀 많았다. 나중에 보자, 어? 동기들이 부르면 좀 나와, 인마."

주춤거리며 일어난 대준은 주혁의 어깨를 툭툭 치고 지나갔다. 대준이 만진 어깨를 제 손으로 다시 털어 내며 주혁은 강주를 기다렸다. 다가오는 강주를 보고 그는 툭 고개를 떨어뜨렸다. 화는 대준에게 냈지만 이건 대준이 잘못이 아니었다.

걸어올 때마다 그녀의 어깨, 가슴 위에서 긴 머리카락은 꼬리치듯 흔들렸다. 한 손으로 무심하게 머리를 쓸어 넘기며 걸어오는 강주는 남자, 아니 수컷들의 시선을 빼앗기에 충분했다. 쭉 뻗는 하얀 다리가 바닥을 두드리는 것이 아니라 남자들의 심장 위를 두드리는 것이 분명했다.

주변을 살피니 그녀를 바라보는 눈빛이 한두 개가 아니었다. 앞에 놓인 음식보다 더욱 맛있는 것을 발견한 듯한 그들의 모습에 주혁의 어깨가 내려앉았다.

"친구분 가셨어요?"

"어."

이상하게 그녀에게 화가 났다. 그녀가 아무 잘못이 없다는 것

77

을 분명히 아는데도 그랬다. 강주의 시선을 피해 물을 한 컵 다 마신 그는 테이블에 두 손을 올리곤 그녀의 눈을 바라봤다.

그와 눈이 마주치자 강주의 얼굴에 세 가지 표정이 지나갔다. 고민하는 표정, 결심하는 표정, 그리고 마지막으로 지난밤 섹시 컨셉으로 유명한 걸 그룹 뮤직비디오에서 본 표정. 입을 살짝 벌 리고 우! 외운 그대로 표정을 지어 보이는데 주혁의 표정이 좋지 않다.

다시 한 번 해 볼까. 고민했지만 그녀는 그냥 살짝 고개를 숙 여 그의 시선을 피하는 것을 택했다. 일보 전진을 위한 후퇴, 작 전상 후퇴였다.

"물어보고 싶은 게 있는데."

평상시 강주가 봤던 주혁의 모습과는 다르게 그가 말했다.

"어떤 거요?"

말하는 강주의 목소리가 떨렸다. 어떤 질문인지 듣지도 않았는 데 걱정부터 들었다. 눈을 크게 뜨고 주혁의 목소리에 집중하며 강주가 그를 바라봤다. 주혁도 그녀의 눈빛을 피하지 않았다. 두 눈이 서로를 향하고, 두 사람은 서로의 움직임에 집중했다.

"너 나 왜 꼬시려고 하냐."

강주의 표정이 당황으로 일그러졌다. 예상치 못한 공격에 그녀 의 동공은 답을 찾아 배회했다. 승리하겠다는 자신감은 모두 사 라졌다. 그녀는 단지 그와 벌이고 있는 이 전쟁이 이렇게 허무하 게 끝나지 않기만을 바랐다.

"주문하신 식사 나왔습니다."

키가 큰 직원이 커다란 접시들을 두 사람 앞에 내려놓았다. 따각, 따각 접시와 테이블이 부딪치는 작은 소리가 크게 들렸다. 주혁은 여전히 그녀의 답을 기다렸다. 강주가 자신을 꼬시는 이유, 그는 진심으로 궁금했다.

섹시한 옷, 어설픈 유혹의 몸짓을 보며 주혁은 그녀가 자신에게 적극적인 이유를 묻고 싶었다. 다른 남자들의 시선을 몰고 다니는 그녀가 진심으로 그를 좋아해서 이런 행동을 하는 것인지, 아니면 자신이 모르는 그 어떤 이유가 있는 건지 알고 싶었다. 그녀의 꾐에 넘어가기 위해선 그녀의 목적을 정확히 아는 것이 필요했다.

준비가 되지 않은 그녀에게 그의 질문은 묵직한 공격이었지만 주혁은 조금도 그녀를 공격할 생각이 없었다. 그녀의 의도를 의심하는 것이 아니었다.

주혁은 자신이 정말 이 여자와 함께 '사랑'을 할 수 있는지 알고 싶었다. 단지 그뿐이었다. 좀 더 일찍 물었어야 했던 질문이었다. 강주가 자신을 꼬시겠다 선포했을 때 했어야 했던 질문. 잔뜩 긴장한 채로 대단한 결심인 듯 말하는 강주의 귀여운 모습에 잊고 있던 질문이었다.

"어?"

재촉의 목소리. 강주는 아무런 답을 내어놓지 못했다. 거짓을 말하기엔 양심이 걸렸고 진실을 말하기엔 너무 늦어 버렸다. 복수를 꿈꾼 이상 거짓말은 피할 수 없는 것이었다.

그런데도 그 말이 나오지 않았다. 자신의 감정도 말하지 못했던 강주는 감정을 속이는 말도 입 밖으로 쉽게 내뱉지 못했다. 그냥 그녀는 주혁이 '넘어가자' 말해 주길 바랐다. 둘 사이에 그런 질문은 없었던 것처럼 모른 척 다른 이야기를 해 주길 바랐다.

따뜻하게 나왔던 씨푸드 크림 파스타가 열기를 잃고 푸석해질 때까지 두 사람은 아무런 대화 없이 있었다. 주혁은 강주를 바라봤고 강주는 그의 시선을 피해 테이블 위에 놓인 물건들만 바라봤다.

"됐다."

먼저 두 손을 든 것은 주혁이었다. 불어 버린 파스타를 먹는 그의 눈빛이 차가웠다.


파스타를 다 먹은 후 주혁은 자리에서 일어났다. 레스토랑에서 준비한 후식도 마다하고 그는 그냥 일어나 밖으로 나갔다. 아무 대화도 없이 식사를 끝내고 마음이 묵직해져 버린 강주가 뒤늦게 그를 쫓았다.

"서, 선배!"

짧은 원피스 때문에 그를 쫓아가는 데 속도가 나지 않았다. 주혁을 붙잡기 위해 그를 불러 세우고 강주는 그 앞으로 걸어갔다.

"화났어요?"

그가 또 먼저 빨리 걸어가 버릴까, 그의 팔을 붙잡고 강주가 물었다.

"왜 화났는지 말해 줘요."

"그냥, 다."

어린아이 심통 부릴 때 하는 말이 주혁의 입에서 나왔다. 그 말을 할 때 주혁은 강주의 까맣고 반질한 돌 같은 눈동자를 똑바로 쳐다봤다. 그런 그의 눈빛엔 진심이 담겨 있었다.

무슨 기댈 했었기에 자신이 이렇게 실망을 하는 걸까. 아이처럼 순수하고 적극적인 그녀의 구애에는 당연히 진심이 있을 것이라 믿었다. 그 안에 사랑이 있을 것이라 기대했다. 답을 하지 못하는 그녀의 모습에서 자신의 믿음이 산산조각 나 깨부숴지자 다시 또 그에게 사랑이 과제처럼 다가왔다.

"다음엔."

"……."

"쉬운 질문을 할게."

이번 패전의 가장 큰 요인은 무엇일까.

이순신 장군이 전쟁 중 일기를 쓰듯 그녀도 다이어리에 빼곡히 자신의 전략과 패인을 적었다. 다음엔 쉬운 질문을 할게. 그의 표정은 쓸쓸함, 그 자체였다. 다이어리에 무언가를 적으려다 펜을 결국 놓고 말았다.

"하……."

책상에 엎드려 고개를 파묻어 버리고 그녀는 한숨을 길게 내쉬었다.

긴 밤, 생각이 많아지는 밤이었다.

이번에도 별다른 수확이 없다는 강주의 이야기를 듣고 나서 아영은 차를 몰아 청춘 약국을 찾았다. 문을 거칠게 열고 들어온 아영은 들어오자마자 강주의 어깨를 양손으로 꽉 잡았다.

"야! 정신 차려!"

"뭐가아……."

"미안하겠지, 진심 아니니까 거짓말하는 거 쉽지 않겠지. 그래도 너 복수해야 하잖아. 인혜 고것한테 네가 받은 만큼, 아니 그 비슷하게라도 마음 아프게 하고 싶잖아."

그건 그런데…… 하며 강주가 숨을 폭 쉬었다. 영 쉽지 않았다. 유혹도 복수도.

"이건 네 양심을 지키고 말고의 문제가 아니야. 이미 시작한 뒤로 양심, 정직 이런 건 너랑 남주혁 사이에 있으면 안 돼. 잠깐 만나고 헤어지는 거야. 네가 복수심으로 사귀었다는 거 그것만 안 들키면 되는 거고."

"네 말만 들으면 쉬워 보이는데 그게 그렇게 쉬운 일이 아니……."

주혁이 약국 앞을 지나가자 저절로 숨이 막혔다.

그 날 이후 3일이 지나도록 강주는 주혁의 얼굴을 제대로 보지 못했다. 일부러 자신을 피하는 것인지 주혁은 항상 자기보다 일찍 출근했고 늦게 퇴근했다. 그는 꽤 자란 머리카락에 아무런 제품도 바르지 않은 상태였다. 항상 말끔히 넘겼던 지난번과 달리 봄 바람결 따라 머리카락이 흐트러졌다.

"됐고. 이거나 받아."

아영의 청첩장. 5월 달에 있을 결혼식 청첩장이었다. 아영은 두 살 연하의 후배와 눈이 맞아 대학 시절부터 사귀다 이번 년도에 결혼을 하게 되었다.

"나 이거 정인혜한테도 줄 거야. 해준 선배한테도 줄 거고. 너는 남주혁이랑 같이 오면 돼. 넷이 꼭 같은 테이블에 앉게 할 거 니까 거기서 속 다 긁어 놓고 와."

"어?"

"내가 네 복수를 위해 결혼한다."

주먹을 꼭 쥐는 아영을 보고 강주는 헛웃음을 지었다. 뭔 나를 위한 결혼이야, 이게. 본인이 결혼하고 싶어서 남자 친구 들들 볶 은 걸 내가 아는데. 중얼거렸지만 아영은 모른 척 '파이팅!'을 외 쳤다.

"네 복수는 5월 14일 날 이루어지는 거야."

"야! 무슨!"

"너 이렇게 하다가는 복수의 비읍 자도 제대로 못 쓰고 끝나! 알아? 딱 날짜를 정해 줘야 네가 발등에 불이 떨어진 채로 움직 이지, 아니면 너 평생 복수한다고 남주혁 뒤만 쫓아다니다 끝날 걸?"

그건 그래, 말을 하려다 말고 강주는 고개를 끄덕였다.

앞으로 2개월. 얼마 남지 않은 기간 동안 무엇을 해야 할까. 그녀는 약국 앞에 있는 주혁을 바라봤다. 심장 부근이 묵직해졌 다.

　잠시 환자가 없는 시간. 여태 진료실에 앉아 있었던 주혁은 점심시간 10분 전 미리 병원 밖으로 나왔다. 봄 햇살이 따스하게 느껴지는 한낮, 그는 길 옆에 주르륵 놓인 싱그러운 나무들을 바라보느라 뒤에서 종소리가 울리는 것도 듣지 못했다.

　"선배!"

　강주의 목소리. 그는 잠깐 머뭇거리다 뒤를 돌아보았다.

　"왜."

　"오늘 점심……."

　"병원 식구들이랑 먹기로 했어."

　말을 꺼내기도 전에 거절하는 그의 입매가 다부졌다. 뚱하게 입을 내밀다 강주는 주혁에게 한 걸음 더 다가갔다.

　"그럼 저녁……."

"선약 있어."

그래요? 강주는 뻘쯤해진 손으로 제 볼을 긁었다.

지난번 유혹으로 시작해 패배로 끝난 저녁식사 후 주혁은 묘하게 바뀌었다. 두 번의 제안을 모두 거절당하니 민망함에 그의 앞에 서 있는 것도 불편했다. 식사 맛있게 하세요, 풀이 죽은 목소리로 인사하고 그녀는 다시 약국으로 돌아갔다. 걸치고 있는 흰색 가운도 축 늘어져 보였다.

알아주던 바람둥이, A급만 사귀는 놈, 부러움으로 가득 찬 욕을 먹던 그가 여자를 사귈 때 중요하게 여겼던 것 한 가지는 상대의 진심이었다.

진정한 사랑을 해 본 적 없다 말하는 주혁이었지만 그도 그 정도는 알고 있었다. 진짜 사랑에는 반드시 진심이 필요하다는 것. 그래서 항상 그는 여자의 진심을 원했다.

다른 사람들은 그가 사귀지 않았던 여자들을 보고 예쁘지 않아서, 집안이 좋지 않아서, 그가 말하지 않은 여러 이유들을 붙였지만 사실이 아니었다. 그 여자들에게선 진심을 볼 수 없어서. 이것이 사실이었다.

자신에게 다가오는 여자의 마음에서 사랑이 아닌 다른 것이 보였을 때 그는 뒤도 돌아보지 않고 그 여자를 떠났다. 조금의 미련도 두지 않았다. 그에게 다가왔지만 결국 그의 선택을 받지 못한 여자들. 그 그룹에 강주가 있었다. 왜 다가오냐는 질문에 아무런 대답을 하지 못했던 여자.

주혁은 평소의 자신처럼 행동하고 싶었다. 미련 없이. 축 처진 그녀의 어깨가 안쓰럽게 느껴져도 모른 척하기 위해 그는 주먹을 꾹 쥐고 강주의 뒷모습을 봤다.


점심식사 후 첫 환자. 환자의 이름이 '이강주'일 때부터 뭔가 고개가 갸웃거려졌다. 모니터에서 눈을 떼고 주혁은 진료실의 문을 쳐다봤다. 달칵, 문이 열리고 강주가 들어왔다.

"너……."

"꼬시려고 온 거 아니에요, 진짜!"

선생님한테 변명하는 학생처럼 그녀가 급히 말했다. 환자를 위해 마련된 의자에 털푸덕 앉아서 그녀는 귀 옆의 잔머리를 넘기며 주혁 앞에 얼굴을 가까이 가져다 댔다.

"여기 점 있죠? 이거 빼러 왔어요."

얼굴을 샅샅이 살폈다. 평소 제 얼굴에 큰 관심이 없어 찾지 못했던 점들을 모두 찾아내곤 컴퓨터로 흉점의 위치를 살폈다. 마침 자신의 오른쪽 뺨에 난 점이 이성문제로 많은 고통을 받게 만드는 흉점이라 하니 그녀는 옳다구나 싶었다.

"이 정도는 그냥……."

"흉점이래요. 빼고 싶어요, 빼 주세요."

"이 문으로 나가면 레이저실이야. 거기서 기다려."

레이저실에서 잠깐 대기하자 간호사가 나타났다. 평소 잘 웃고 살가운 그녀는 침대를 팡팡 내리치며 누우세요, 말했다.

"화장 안 하셨죠?"

"네."

세안제로 얼굴을 닦아 내고 간호사가 나가자 곧 바로 주혁이 나타났다. 강주는 주혁 몰래 이를 꽉 물었다. 빼지 않아도 되는 점을 억지로 찾아 이곳까지 온 이유는 단 하나였다. 단 하나.

"아이스레이저라 그렇게 많이 아프진 않을 겁니다. 조금 차가울 수 있으니 참으세요. 작은 점이라 시술은 금방 끝나니까."

환자를 대하듯 딱딱하게 말하고 그가 강주의 머리 위에 놓인 의자에 앉았다. 레이저 시술을 위한 안경을 쓰고 그는 시술을 준비했다.

"금방…… 끝나요?"

"네. 몇 번 따끔하고 끝나요. 못 참겠으면 손드세요."

금방 끝나면 안 되는데……. 강주의 얼굴 위에 레이저를 막아줄 안경을 올리려던 찰나, 그녀가 주혁의 손을 덥석 잡았다.

"잠깐만요, 선배! 저 할 말 있어요."

"……."

"할 말…… 해도 돼요?"

그는 대답 대신 안경을 다시 옆으로 내려놓았다. 어디 한번 해보란 식으로 고개를 삐딱하게 하고 강주의 말을 기다렸다. 누운 채 그의 얼굴을 바라보며 말하는 것이 좀 민망했는지 잠시 망설이다 강주가 입을 떼었다.

"저 선배가 그때 했던 어려운 질문에 답하고 싶어요."

"……."

"나는, 아니, 저는요. 선배를……."

꿀꺽, 침을 삼키는 강주의 모습이 숨김없이 보였다. 긴장하는 그녀의 모습에 주혁도 숨겨 두었던 기대를 꺼냈다. 저는 선배를……. 그 뒷말이 궁금해 그는 강주의 움직이는 입술을 바라봤다.

"꼬시고 싶어요. 왜 꼬시고 싶냐면 그냥…… 그냥…… 쉽게 설명이 안 돼요. 선배가 저한테 넘어왔으면 좋겠고, 뭐, 그래요. 그때 대답 못 해 미안해요."

뭐야, 싫은 대답이었지만 이상하게 기분이 좋았다. 세상에 어떤 사람이 자신의 감정을 말로 완벽히 표현해 낼 수 있을까. 떠듬떠듬 뱉어 낸 말이 이상하게 그의 마음을 간지럽게 만들었다. 쉽게 설명이 되지 않는 감정으로 자신을 원한다 하니 좋아한다, 사랑한다 이상으로 묘한 감정이 솟구쳤다.

거짓과 진실을 모두 숨긴 대답, 약아빠진 대답이었지만 주혁은 몰랐다. 그는 그녀의 대답에 만족했다. 만족하고 싶어서였는지, 아니면 정말 만족스러웠는지는 모르겠지만.

"그래서 요즘 선배가 절 피하는 것 같이 느껴져서 좀……."

"좀?"

"슬프네요."

강주는 가끔 직구 같은 말을 자신의 가슴을 향해 던졌다. 그녀의 말을 듣고 나면 잠시 가슴과 머리가 멍해졌다. 잠깐 멈춘 숨을 내쉬며 주혁은 내려놓은 안경을 다시 집어 들었다.

"알았다. 점 빼자."

"아! 아직요!"

"뭐. 뭐가 남았어. 또."

"주말에 시간 돼요?"

강주는 자신의 집 앞에서 주혁을 기다렸다. 저 멀리 주혁의 차가 보이자 그녀는 자신의 카디건 단추를 매만졌다. 차는 매끄럽게 강주 앞에 멈춰 섰다. 조수석에 올라탄 그녀가 먼저 인사를 했다. 방금 전까지 데이트 코스를 보느라 뻐근해진 눈을 부비며 강주는 주혁을 보았다.

"한강 가요, 우리."

차도 있고 시간도 있는 두 남녀에게 할 수 있는 데이트는 너무 많았다. 커플들은 그들만의 에너지가 따로 있는 건지 '데이트' 세 글자만 쳤을 뿐인데도 다양한 정보들이 쏟아졌다. 괜찮은 데이트는 너무 많았다. 어떤 한 가지를 고를 수 없을 만큼. 강주는 그래서 가장 익숙하고 편한 장소를 골랐다.

몇 번의 유혹이 실패로 끝난 후 강주는 좀 더 편하게 그에게 다가가기로 결심했다. 여태까지의 결과로 미루어 보건대 준비와 실패의 크기가 비례했다. 준비를 하면 할수록 실패도 컸다. 그렇게 되자 이상한 반항심이 생겼다. 그래, 이강주답게 꼬시겠다. 나오기 전 그녀는 다이어리에 커다랗게 적고 왔다.

주혁은 말없이 핸들을 돌렸다. 한강 가서 뭐 하게, 강주에게 물어보려던 찰나 블루투스로 연결된 그의 휴대폰이 울렸다. 버튼을 누르자 차 전체에 시끄러운 소음이 울렸다.

"여보세요."

— 끄으…….

남자의 신음. 강주는 놀란 눈으로 주혁을 바라봤다.

"여보세요?"

— 주혁아, 크흐, 주혁아 나……. 나…… 해준이. 나 지금 너

희 집 앞인데……. 그 저번에 너랑 같이 소주 마셨던 거기.

그를 만난 후 처음으로 주혁의 눈빛이 흔들렸다. 해준을 아는 사람들은 모두 걱정할 만한 그의 목소리. 한껏 낮아진 그의 목소리는 힘이 전혀 들어가 있지 않았다. 자신이 무슨 말을 하는 것인지도 모르는 듯했다.

"기다려."

— 내가……벌 받는……가 봐. 주혁아.

"쓸데없는 소리 그만하고 기다려."

주혁이 먼저 전화를 끊었다. 그는 자신이 좋아하는 친구가 술에 취해 힘들어하는 모습이 못마땅했다. 화가 났다. 어떤 일이 있어도 꿋꿋하게 잘 버티던 놈이 왜 이렇게 약해 빠진 소리와 행동을 하는지 이해가 되지 않았다.

"미안. 나 얘한테 가 봐야 할 것 같다. 다시 집에 데려다줄게."

"아니에요! 급한 것 같은데 그냥 여기서 내려 줘도 돼요."

"여기서 집에 어떻게 가려고."

잔뜩 막힌 도로에는 택시 비슷한 것도 보이지 않았다. 설상가상으로 그들은 지금 한강 위 다리였다. 좁은 인도로 가끔 운동을 위해 달리는 사람이 보일 뿐 이곳에서 강주의 집으로 갈 방법은 전혀 없어 보였다.

"콜택시를 부르거나…… 전 어떻게든 갈 수 있어요. 지금은 제가 아니라 해준 선배가 급하잖아요. 누가 해코지할 수도 있고 더 취하면 어떻게 해요. 옆에 누가 꼭 있어 줘야 할 것 같은데."

진심을 담아 그녀가 말했다.

슬픔에 절어 있는 해준의 목소리를 듣자마자 발발 떨리는 자신의 손을 맞잡으며 최대한 티 내지 않으려 노력했다. 해준에 대한 자신의 미련은 앞으로의 계획에 걸림돌이라는 사실을 그녀도 알고 있었다. 담담하려 노력하는 것이 그에게 들킬까, 강주는 금방 입을 닫아 버렸다.

"그냥 같이 가자."

"네?"

"차를 돌릴 수도 없고 너를 그냥 여기서 내려 줄 수도 없잖아."

"아니에요! 그럴 필요 없어요!"

자신의 눈으로 해준의 모습을 보고 싶지 않았다. 슬퍼하는 그의 모습을 보면 자신이 더 슬퍼질 것 같은 안 좋은 예감. 노래가사에도 있듯 슬픈 예감은 항상 적중하기에 그녀는 해준이 걱정되면서도 그의 모습을 제 눈으로 확인하긴 싫었다.

"방법이 없어."

핸들을 잡은 그의 손에 힘줄이 튀어나왔다. 그는 자신이 내린 결정은 쉽게 무르지 않는 사람이었다. 결정을 내리고 그것을 입 밖으로 내뱉기까지 했으니 주혁은 강주와 함께 해준을 보러 가겠단 계획을 수정할 리 없었다. 그는 이미 친구 해준에 대한 걱정으로 손을 내저으면서까지 괜찮다 말하는 강주의 이야기는 제대로 들리지도 않았다.

꽉 막힌 도로를 벗어나자 주혁은 속도를 내어 자신의 집 근처로 갔다. 주차장에 차를 엉망으로 세워 놓고 그는 먼저 차 밖으로 튀어 나갔다. 강주가 내리기를 주저하자 조수석 차 문을 벌컥 열며 그녀의 손목을 붙잡았다. 뜨거운 그의 손은 힘도 강해 뿌리칠 수 없었다.

결국 그녀는 해준이 있는 술집으로 발을 들여놓았다.

일본식 선술집. 점심엔 일본 요리를 먹는 사람, 저녁엔 간단한 안주와 술을 찾는 사람으로 동네 사람들에게 사랑받는 곳이었다. 넓은 실내에서 해준을 찾는 것은 그리 어렵지 않았다. 원목 테이블에 술병이 가장 많이 놓인 사람, 누가 봐도 슬픈 뒷모습을 가진 사람.

그 남자에게로 두 사람이 걸어갔다.

"주혁아……."

자신의 친구를 올려다보는 그의 눈빛이 뜨거웠다. 많은 말을 담고 있는 검은 눈동자는 그의 이름을 뱉어 놓자마자 바로 바닥으로 굴러떨어졌다.

"내가 벌 받나 봐."

"미친놈."

주혁은 강주의 손목을 잡은 채로 해준 앞에 앉았다. 항상 단정했던 해준의 머리카락이 잔뜩 흐트러져 있었다. 힘이라곤 하나도 없는 손으로 다시 또 술잔을 잡는 해준에게 욕을 뱉은 그는 앞에 있는 술병과 술잔을 제 쪽에다 놓았다.

"어? 강주도 왔네? 앉아, 앉아, 강주야."

주혁이 잡지 않은 반대쪽 손을 해준이 잡았다. 분명 웃음을 짓고 있지만 시린 느낌이 나는 그의 표정처럼 해준의 손은 차가웠다. 아래로 잡아당기는 힘에 의해 강주가 그 앞에, 주혁의 옆자리에 앉았다.

"술을 왜 이렇게 많이 마셨어요……."

취한 그는 눈을 제대로 뜰 힘조차 없어 보였다. 느리게 눈을 감았다 뜨며 그는 다시 또 슬픈 웃음을 지었다.

"우리, 그거야. 그거. 그…… 권태기? 인혜랑 나랑. 사랑이 맞는지…… 헷갈려."

"잘 사귀고 있잖아. 금방 또 괜찮아져."

"그럴까? 진짜…… 그럴까? 괜찮아……질까?"

고등학교 시절부터 친했던 해준이 무너지는 모습은 주혁도 자주 볼 수 없던 것이었다. 단정하고 바른 생활만 고집하던 녀석이 다 풀린 눈으로 되묻는 것을 보니 어쩐지 마음이 저렸다. 그는 대답 대신 그의 어깨를 툭 쳐 주었다.

"괜찮……아……지겠……지이이……."

해준의 말이 길게 늘어졌다. 그는 툭 고개를 떨어뜨렸다.

"야, 이해준!"

대답이 없는 해준을 보며 강주는 눈물을 글썽였다. 눈물을 참으려는 그녀의 모습을 주혁이 가만히 바라봤다.

"넌 또 왜 그래?"

"그냥…… 슬퍼서요."

그녀는 몸을 일으켜 해준의 팔을 조심스럽게 몇 번 쳤다. 선배, 선배……. 여기서 잠들면 안 되는데……. 걱정이 넘치는 그녀의 목소리에 주혁이 일어났다.

"우선 얘 좀 어떻게 하자."

주혁이 축 늘어진 빨래와 같은 해준을 안아 들었다.


그가 말한 '어떻게'는 '자신의 집으로 가 침대에 메다꽂아 놓는 것'이었다. 해준이 던져져 침대 위로 나뒹굴자 그는 목 끝까지 잠가 놓은 셔츠 단추를 풀었다.

자신의 키만큼 큰 건장한 남자를 옮기는 것은 무척 힘든 일이었다. 옆에서 강주가 조금 도와주긴 했지만 그는 그녀가 해준의 몸에 손을 대는 것을 싫어했다. 제가 옆에서 부축할게요, 강주가 제안했지만 주혁은 그녀가 그렇게 하도록 두지 않았다.

"물 마실래?"

그는 부엌으로 가 컵에 가득 물을 따르며 물었다. 침대에 엎어져 있는 해준을 바라보던 강주가 고개를 들어 말소리가 들린 부엌을 쳐다봤다.

"네?"

"물."

"네에……."

정신을 놓은 사람처럼 그녀는 멍한 표정으로 주혁을 봤다. 주혁에게도 낯선 해준의 모습은 그녀에겐 가히 충격적이었다. 그런 해준의 모습은 자꾸만 그녀의 시선을 끌어당겼다. 엎드려 누워 있는 그에게서 지쳐 있는 모습이 보였다.

"뭘 그렇게 애틋하게 바라봐."

"읏! 차가워."

질투인지 궁금증인지 모를 말을 하며 주혁이 차가운 유리컵을 강주의 볼에 가져다 대었다. 어깨를 움츠리며 돌아보자 그가 가지런한 이를 보이며 웃었다.

"무슨 여자가 남자 혼자 사는 집에 들어와 있으면서 이렇게 빈틈을 보이냐."

"제가 뭐요!"

"이거나 받아."

그가 물컵을 강주에게 건넸다. 강주는 물컵을 받아 들고 또다시 멍하니 있었다. 물을 마시겠다는 생각이 전혀 없는 듯 굳은 사람 같은 강주를 주혁이 툭 쳤다.

"너도 취한 것 같다."

"제가 뭐……."

"나가자, 술 깨러."

어딘지 물을 샐 도 없이 나가자던 그는 자신의 오피스텔 앞 한강 공원 방향으로 걸어갔다. 긴 다리로 걸어가는 그를 따라 쫄래쫄래 걸으니 두 사람은 어느새 한강 공원이었다.

밤이슬을 머금고 잔디는 촉촉하게 젖어 있었다. 손을 잡고 걷는 연인 옆으로 어색하게 떨어져 걷는 두 남녀, 강주와 주혁이 걸어갔다.

잔디에는 청춘 남녀들이 가득했다. 치킨에 맥주, 짙은 까만 하늘, 푸른 잔디. 젊은 청춘들이 북적일 수밖에 없는 환경이었다. 복작거리는 이야기 소리를 배경음 삼아 걷던 강주가 먼저 입을 떼었다.

"해준 선배 괜찮을까요?"

"잠들었잖아."

"깨어나서 갑자기 토하거나, 아니면 낯선 곳에 아무도 없어서 당황하면……."

"걔가 애냐?"

강주의 걱정에 그가 눈썹을 찡그리며 말했다. 진심으로 한 걱정이 이상한 말 취급당하자 그녀는 입을 다물고 고개를 숙였다.

"이해준이랑 친했어?"

"네?"

"엄청 걱정하길래."

그냥 선배니까요. 최대한 대충 답하고 강주는 괜히 주위를 살폈다. 긴 검지를 펼치며 여자들이 모여 맥주 캔을 부딪치는 모습을 가리켰다.

"저기 봐요. 한강에서 치맥 한 적 있어요?"

"아니."

"되게 즐거워 보이지 않아요? 나도 한강에서 맥주 마셔 보고 싶은데…… 우리도 맥주 한 캔 할까요?"

맥주를 마시는 여자들은 '청춘'처럼 보였다. 실제 나이는 잘 알 수 없었지만 맥주와 치킨 앞에서 까르르 웃으며 수다 떠는 모습이 그녀들은 걱정과 근심을 모르는 사람들처럼 보였다. 뭐가 그렇게 재미있는지 여자들은 다시 뒤로 넘어갈 듯 웃어 재꼈다.

"그래."

두 사람은 공원 중앙에 있는 매점으로 걸어갔다. 화장실이 있는 건물 옆 꽤 크게 자리 잡은 매점. 봄의 한강, 그 매력에 듬뿍 취하고 싶은 사람들은 알콜이 있는 이곳으로 향했다. 그때였다.

"주혁 오빠?"

주혁과 강주 앞으로 짧은 단발머리를 한 여자가 고개를 들이밀었다. 한 손에는 맥주가 가득 담긴 봉투를 들고 있는 그녀는 방금 전 매점에서 나온 듯했다. 반가운지 여자는 주혁과 강주에게로 성큼성큼 다가왔다. 그는 돌이 된 것처럼 걷던 발걸음을 딱 멈춰 섰다.

"주혁 오빠 아닌가? 남주혁 씨 아니세요?"

"……."

"맞아요."

주혁이 답하지 않자 강주가 대신 답했다. 강주가 대신 답을 하자마자 무표정으로 굳어 있던 주혁의 표정이 빠르게 일그러졌다.

"그치? 맞지? 반갑다! 오빠!"

하이톤의 목소리의 여자는 두 사람에게 더욱 가까이 다가와 웃었다. 줄리아 로버츠처럼 큰 입을 가진 그녀는 활짝 웃으며 주혁의 팔을 세게 내리쳤다.

"오늘 우리 애들끼리 모였는데!"

탓, 다시 또 팔을 내리치며 그녀는 '안 그래도 우리 오빠 얘기 많이 했어' 하고는 깔깔 웃었다.

처음 보는 주혁의 표정, 강주는 그의 얼굴을 가만히 쳐다봤다. 여자가 종알종알 말하기 시작하자 그는 소리 나지 않는 한숨을 쉬더니 곧 모든 것을 체념한 표정을 지었다.

그녀, 수민은 그가 레지던트 시절 사귀던 여자였다. 처음 그녀가 자신의 이름을 불렀을 때엔 누군지 생각이 나지 않았다. 그러나 얼굴과 함께 목소리를 들으니 스테이크 한 번 먹고 냅킨으로 입을 닦고, 또 한 번 먹고 냅킨으로 입을 닦던 예전 그녀의 모습이 떠올랐다.

"어떻게 요샌 잘 지내? 아직도…… 여전히……?"

여자의 시선이 잠깐 강주에게 머물렀다. 수민이 바라보자 강주도 피하지 않고 그녀의 얼굴을 바라봤다. 묘한 표정으로 자신을 바라보는 그녀의 눈빛을 피하기 싫어 강주가 계속 수민을 바라보자, 주혁이 두 손으로 강주의 어깨를 잡았다.

"잠깐 뒤돌아서 있어."

그가 강주를 뒤돌려 세웠다. 수민의 눈빛의 의미를 그는 알아챘다. 동정. 그와 사귀었던 수민은 주혁이 여자를 깊게, 길게 사귀지 못하는 것을 알고 있었다.

강주도 곧 자신처럼 '난 널 사랑하지 않아' 하고 말하며 버림받을 것이다. 붙잡으면 붙잡을수록 더 빨리 멀어지는 주혁을 보고 며칠 밤 눈물로 지새우고 나면 주혁이 다른 여자와 함께 걸어가는 모습을 보겠지.

모든 것을 다 알고 있다는 표정과 눈빛, 주혁은 수민이 표정으로 하는 이야기를 강주에게 들려주고 싶지 않았다.

"지금 여자 친구?"

여자 친구라는 단어 앞에 '지금'을 붙인 것은 충분히 고의적이었다. 수민의 한쪽 입꼬리가 올라갔다. 주혁이 당황하는 표정을 짓자 그녀는 승자의 미소를 지었다.

"아, 그러면 내가 이 여자분 선배네? 더 먼저 사귀었으니까."

장난처럼 툭툭 뱉는 그녀의 말엔 날카로운 뼈가 숨어 있었다. 주혁이 강주를 돌려세우며 보호하자 못된 심보가 나왔다. 어릴 때 이불을 덮어쓰고 엉엉 울었던 자신의 모습이 생각나 수민은 더욱 독한 표정을 짓고 말했다.

"우리 같이 맥주 마실래요? 나 해 줄 얘기 많은데."

"강수민."

"장난이야, 장난!"

까하하, 수민이 웃었다. 박수까지 치며 그녀는 진심으로 즐거워했다. 저기 나보다 더 위 선배들도 많아요, 다시 또 까하하 강주의 뒤통수에 웃음을 뱉었다. 눈치 없는 강주라지만 수민이 하는 말의 속뜻은 알았다.

"오빠 표정 보니까 도망가야겠다. 우리 저기에 있으니까 생각 바뀌면 놀러 와. 우리가 격하게 반겨 줄게!"

뒤돌아 있는 그녀에게 살짝 고개를 숙여 인사하고 수민이 사라졌다.

"이제 뒤돌아도 돼요?"

"어."

왜 자신의 주변에 있는 사람들이 다 이 모양인지. 세상 좁은 건 알고 있지만 왜 항상 강주와 함께 있을 때 이런 일이 일어나는 것인지. 과거의 여자를 현재의 여자와 함께 있을 때 만난다는 것에 태연하기란 쉽지 않았다.

"사귄 여자가 많으니까 이렇게 우연히 만나기도 하는구나."

"야!"

혼잣말처럼 작은 목소리였지만 그녀의 옆에 있는 주혁에겐 똑똑히 들렸다. 방금 그 말은 다른 어떤 소리보다 더 크게 들리기까지 했다. 그냥 신기해서 한 말이었는데 발끈하는 주혁이 웃겼다. 입꼬리를 부드럽게 올리며 강주가 한마디 덧붙였다.

"아, 전 그냥 확률을 말한 건데……. 다른 사람보다 많이 사귀었으니까 당연히 만날 확률……."

"그만해."

주혁의 당황하는 표정을 보자 그만두고 싶지가 않았다. 그의 흰 얼굴은 금세 불그스름해졌다. 자신의 여자문제를 비꼬는 강주에게 화가 나서인지, 아니면 그녀 앞에서 이런 모습을 보이는 것이 부끄러워서인지 주혁의 얼굴색이 점차 진해졌다.

주변의 여자들이 그를 '남자'로 느끼기 시작한 이후부터 그는 주변에서 자신과 사귀었던 여자들에 대해 이야기하는 것들을 크게 개의치 않았다. 자신에 대해 수군거리는 이야기들 중 좋은 소리는 없었다. 모두 무시해 버리자. 주혁은 결정했고, 실제로 그렇게 살았다.

그러나 지금은 무언가가 흐트러진 듯 크게 동요했다. 그녀의 이마에 '장난'이라고 빤히 적혀 있는데도 이상하게 신경이 쓰여 미칠 것 같았다. 그리고 걔는 나랑 사귈 때 나이트클럽 가서 거기서 만난 남자랑…… 평소 말을 길게 하지 않는 그였지만 주절주절 변명을 내뱉고 싶었다.

"알았어요. 그만할게요."

크크, 여자아이를 놀리는 소년처럼 강주가 웃었다. 두 사람은 다시 발을 움직여 매점으로 걸어갔다.

목적지로 도달하는 동안 또다시 다른 여자가 불쑥 튀어나올까 주혁은 경계를 늦추지 않았다. 앞에 있는 여자들의 얼굴을 꼼꼼히 살피며 걸었다. 덕분에 그 시각, 그의 주변에 있던 여자들은 잘생기고 스타일 좋은 남자의 시선을 꽤 오랫동안 받으며 행복해했다.

"아! 방금 그 여자도 혹시 전 여자 친구 아니에요? 선배를 되게 빤히 보던데?"

맥주 캔을 집어 들고 나오는 그를 한 여자가 꽤 오랫동안 쳐다 봤다. 옆에 있는 강주가 다 민망해질 정도로 그 여자는 주혁과 눈을 꽤 오래 마주쳤다. 여자가 두 사람을 지나치자마자 다시 장난기 가득한 목소리로 그녀가 말했다.

"방금 그 여잔 아니야, 진짜로."

"그래요? 근데 진짜 저기 있는 여자들이랑 다 사귀었어요?"

"야! 너 진짜……. 아까 걔는…… 아니다. 그만하자."

뭘 그만해요오? 얄밉게 말하곤 그녀가 웃었다.

평소 완벽한 모습만 보였던 그의 빈틈이 강주는 반가웠다. 자신이 놀리면 버럭 화를 냈다가 창피한 표정을 짓는 것이 재미있어 그녀는 자꾸만 그를 놀리고 싶었다.

아까 걔는 진짜 잠깐 만났어, 변명을 하려다 이건 변명이 아니라 제 무덤을 파는 꼴이 될 것 같아 주혁은 입을 다물었다. 복잡하고 화려했던 자신의 연애사가 그리 재미있는지 강주는 어린아이처럼 웃었다.

"좋다."

잔디에 털썩 앉아 주혁이 맥주를 한 모금 마신 뒤 말했다. 무엇이 좋은지 그는 말하지 않았다. 강주는 울렁거리는 강물에게서 눈을 떼고 그를 봤다. 두 사람의 눈이 침묵 속에서 서로를 향했다.

1초, 2초, 3초, 4초…….

째깍째깍 시간은 흘렀지만 어쩐지 그 순간은 자신이 꼭 사진 속에 들어와 있는 것 같았다. 멈춘 시간 속에 자신과 주혁이 마주 보는 것 같은 이상한 기분. 강주가 먼저 그의 시선을 피했다.

"근데 아까 그 여자……."

"야! 너 진짜……."

"알았어요, 그만할게요. 이제."

"그중 두 명은 진짜 아니야. 진짜."

푸하, 강주가 크게 소리 내며 웃었다. 옆에 있는 커플이 놀라 뒤돌아볼 정도로 크게.

강주가 아까의 우울하고 슬퍼 보였던 얼굴과 다르게 본 중 가장 즐거워 보이는 모습이라 그는 오늘 하루 그녀의 놀림감이 되어 주기로 했다.


♡　　　　♥　　　　♡


한 동네에 오래 살게 되면 동네 사람들과 친밀해지는 것을 넘어 한 가족과 다름 없어진다. 부모님이 지방으로 내려간 후로는 슈퍼 집 둘째 딸(현재 45살)을 부모님보다 더 자주 봤다.

이것은 노처녀에겐 별로 좋지 않았다. 자신에게 동네 사람들이 편해지듯 동네 사람들도 강주를 한 가족처럼 느끼니 그녀의 부모님처럼 잔소리를 하기 시작했다.

오늘만 해도 몇 번째.

나이가 지긋하고 친한 손님이 오면 바로 마음의 준비를 해야 했다. 네가 어디가 못나 아직도 시집을 못 가고 있다냐, 내가 아는 교회 집사님 아들이 7급 공무원이라는데 한번 소개시켜 줄까? 맨날 약국에 처박혀 있으니 남자를 못 만나지, 약국에 남편감 구한다고 전단지라도 붙여 놔라, 쯧쯧쯧…….

들어오는 사람마다 강주를 아끼는 마음에 한마디씩 뱉었다. 오롯이 혼자서 그 말들을 다 받아 내고 나니 일이 끝날 때쯤엔 머리가 지끈지끈 아팠다.

마지막 부산 할매에게는 경상도 사투리를 어설프게 따라 하며 '고마 제가 알아서 하께요' 했다. 그러자 할매는 '네가 뭘 알아서 하노! 알아서 했는데 아직도 이 모냥이가!' 역정을 내고 돌아갔다.

가족, 친구들, 선후배, 동네 사람들……. 왜 다들 자신의 결혼에 그렇게 관심이 많은지.

뭐라도 씌인 것처럼 하루 온종일 노처녀로 산 날에는 크게 현수막이라도 약국에 걸어야 하나 싶었다. 「저는 혼자여도 잘 살고 있습니다!」라고.

"교수님!"

휴대폰 액정에 '신 교수님'이 뜨자 강주는 반갑게 전화를 받았다. 영상통화도 아닌데 방실방실 웃으며 강주는 자리에서 일어났다.

— 어, 이강주! 너 이번 주말에 시간 어때?

"저요? 괜찮아요."

— 그래? 그럼 선 좀 봐라.

네에? 신 교수의 부탁이나 제안은 한 번도 거절한 적 없었다. 항상 기쁜 마음으로 하라는 일을 해 온 그녀였지만 처음으로 강주는 놀라 되물었다.

"므, 머, 뭘요?"

— 선. 맞선. 네 나이 되면 이제 소개팅 아니라 맞선인 거 알

지? 내가 아는 교수 아들이 결혼할 처녀 찾고 있는데 네가 괜찮은 것 같아서 말이야. 그 아들이 곧 꽤 괜찮은 지역에 크게 약국을 내요. 부부가 함께 약국 하면 얼마나 좋냐. 서로 돕고 같이 돈도 벌고.

"교수님, 근데 그건……."

— 네 얘기도 이미 잘 해 놨어. 아영이도 시집가는데 넌 언제까지 그러고 있을래? 평생 혼자 살 거 아니면 그냥 한번 만나 봐. 요새는 선볼 때 주선자 나가는 거 아니라며? 그쪽 아들한테 네 번호 알려 주마.

아, 아니! 교수님! 애타게 불렀지만 신 교수는 답이 없었다. 그가 하루를 바쁘게 사는 이유는 성격이 급해서였다. 강주의 승낙 여부는 이 맞선에서 별문제가 되지 않았다. 아마 일을 다 진행시켜 놓고 통보를 하기 위해 전화를 한 것이리라.

통화를 끝내고 강주는 잠시 멍했다. 얼마나 지났을까. 분침이 새로운 숫자를 찾아가기도 전에 '띠롱!' 맞선 상대에게서 문자가 왔다.

[안녕하세요. 신 교수님께 연락처를 받아 연락드립니다. 저는…….]

문자 내용을 다 읽지도 않고 그녀는 자신의 머리를 쥐어뜯었다. 대한민국의 노처녀는 정말, 진심으로 힘들다.

강주가 한창 괴로워하고 있던 그때, 약국 뒤편 주차장에선 인혜가 차에서 내렸다. 드라이빙 슈즈를 벗고 높은 하이힐로 갈아 신은 후 그녀는 사랑 피부과를 향해 곧게 걸어갔다.

"접수 먼저 해 주세요."

간호사의 말에도 아랑곳하지 않고 인혜는 진료실로 걸어갔다. 간호사가 몇 번 그녀를 불렀지만 인혜는 거침없이 걸어 진료실의 문을 열었다. 갑작스러운 인혜의 등장에 주혁과 그 앞에 있던 중학생 환자가 커진 눈으로 그녀를 바라봤다.

"진료받으세요. 저 여기서 잠깐만 기다릴게요."

팔짱을 끼고 인혜는 환자 뒤에 섰다.

"진료 중이야. 나가."

"싫어."

"나가."

사이에 낀 남학생이 안절부절못하며 두 사람을 번갈아 봤다.

저, 저, 저는 괜찮아요. 그냥 여, 여, 여기 계셔도 돼요. 떠듬떠듬 말하며 소년은 앞에 있는 주혁을 봤다. 약을 꾸준히 바르라며 조곤조곤 설명하던 주혁은 딴사람이 되어 있었다.

차갑게 뜬 눈으로 인혜를 보다 주혁은 눈을 감았다. 화를 삭일 때 그가 하는 행동이었다. 아무것도 보지 않기. 눈을 감은 채 그는 환자에게 설명했다.

"지난번에 약 먹고 이상하거나 불편했던 점 없죠?"

"네."

"지난주랑 똑같이 처방할게요. 또 간지럽고 그러면 다시 오세요."

"네."

남학생이 허리를 숙여 인사를 하는 것도 보지 못하고 문이 닫히는 소리가 들리자 주혁은 눈을 감은 채 수 초간 멈춰 있었다. 잠시 후 어쩔 수 없다는 듯 눈을 뜨고 주혁은 인혜를 봤다.

"뭐야?"

"너 내가 이해준이랑 왜 사귄다고 생각해?"

화가 나 더욱 카랑해진 목소리로 그녀가 물었다.

#9. 깊지도 얕지도 않은 이야기

인혜의 질문에 그는 답할 필요를 느끼지 못했다. '너'라는 그녀의 호칭에도 아무렇지 않았다. 그 어떤 말도 하고 싶지 않았다. 자신이 무슨 말을 하건 인혜는 듣지 않을 것이다. 예상이 아닌 확신이었다.

몇 년째 너를 좋아하지 않는다, 좋아하지 않을 것이다, 말했지만 전혀 먹히지 않았다. 결국 해준과 사귀면서까지 자신에게 다가오는 인혜에게 주혁은 지친 상태였다. 인혜는 아직도 언젠가 그가 자신을 좋아하게 될 날이 올 것이라 믿고 있었다.

"내가 그걸 알아야 하나."

"오빠 다 알잖아. 내가 왜 사귀는지."

"이해준 끌어들이지 말랬지."

끌어들이지 않으면? 되묻고 싶었다. 해준을 끌어들이지 않았으면 오빠가 나를 이렇게까지 봐줬을까? 이렇게 불쑥 찾아왔을 때 자신과 이렇게 눈을 마주치며 대꾸나 해 줬을까?

주혁이 자신과 대화를 나누는 이유는 자신이 '정인혜'가 아니라 '이해준 여자 친구'이기 때문임을 그녀는 알고 있었다. 다시 되돌릴 수 없는 시간인 것을 알지만 인혜는 할 수만 있다면 다시 처음으로 돌아가고 싶었다.

처음 주혁에게 다가갔던 그때, 그녀는 그의 배경이 탐이 났다. 겉모습도 괜찮고 배경도 괜찮으니 한번 사귀어 볼까 싶었다. 콕, 콕, 콕. 세 번이나 찔러도 넘어오지 않자 그다음엔 오기가 생겼다. 자신보다 못난 계집애들도 다 한 번씩 사귀고 헤어지는데 왜 자신에게만은 마음을 열지 않는지.

답답한 맘에 더욱 그에게 매달렸다. 나중엔 자신이 진심으로 그를 좋아해서인지, 아니면 거절에 대한 오기인지 헷갈릴 정도로 그를 향해 미친 듯이 구애를 펼쳤다. 그래도 주혁은 자신을 바라보지 않았다.

'넌 나한테 진심이 아니니까.'

대체 이유가 뭐냐고 술에 취해 울부짖는 인혜에게 주혁이 답했었다. 시간이 꽤 흐른 지금도 그 말을 하던 주혁의 얼굴이 또렷하다. 목소리는 너무나 차가운데 얼굴엔 거절을 하는 사람 같지 않게 참 서글픈 표정이 걸쳐 있었다.

진심, 그때 인혜에겐 그것이 없었다. 그런데 이상하게 그 말을 들은 이후 진심이 생겼다. 진심으로 주혁이 갖고 싶어졌다. '주혁'이 아니면 안 될 정도로.

하지만 이젠 진심이야, 하는 그녀의 말을 그는 듣지 않았다. 모든 사람들의 사랑이 다 다른 모양이듯 인혜의 사랑도 다른 것뿐이었다. 시작이 다른 사랑도 있지 않을까. 처음엔 그의 배경에 대한 흥미와 관심으로 시작했으나 결국 진심으로 향하는 인혜의 사랑을 주혁은 인정하려 하지 않았다.

"나는 오빠가…… 좋으니까, 그러니까…… 해준 오빠랑 사귀겠다 결심한 거야."

꾹, 꾹 마음을 누르며 그녀가 천천히 말했다.

"진심……. 내가 진짜 진심 없이 이렇게 매달리는 걸로 보여?"

"……."

"오빠가 보지 않으려 한 건 아니고?"

어느새 인혜의 눈에 눈물이 고였다. 서러움에 엉엉 울고 싶은 것을 꾹 참는 것을 주혁은 알지 못하겠지, 그렇게 생각하니 더 서글퍼졌다. 독하다는 소리를 제 이름만큼이나 많이 들었지만 주혁 앞에서는 한없이 여려졌다.

"그렇게 사랑하고 싶어 하면서 왜 제대로 된 사랑 한 번 못 했는지 내가 알려 줘?"

"정인혜."

"오빠는…… 진심이 아니었으니까. 상대가 진심을 보이면 겁나 도망치잖아. 오빠는."

이제야 그의 얼굴에 얹혀 있던 차가운 표정이 걷혔다. 주혁이 인혜의 말에 반응을 보인 것은 오랜만이었다.

"남주혁, 너는 불치병이야. 그렇게 살다가 평생 사랑이 뭔지 궁금해하다가 죽겠지."

"……."

"그렇게 살기 싫음 나 잡아. 내가 고쳐 줄게."

모르는 것 하나 없어 보이는 그가 남들 다 하는 '사랑'을 모른다는 것은 널리 알려지지 않은 이야기인 동시에 주혁이 남들에게 말하고 싶어 하지 않는 이야기였다.

이걸 알게 되기까지 얼마나 노력했는지. 주혁과 잠시 사귀었던 여자들, 주혁과 가까운 사람들을 찾아가 그에 대해 묻고, 물어 얻은 정보였다.

사랑을 모른다. 사랑을 믿지 못한다. 사랑을 알고 싶어 한다. 사랑을 믿고 싶어 한다.

그에 대해 알면 알수록 인혜는 그를 구제해 줄 수 있는 사람이 되고 싶었다. 해준과의 연애는 주혁에게 다가가기 위한 수단이자, 그를 위한 선택이었다.

갈게, 말을 하고 인혜는 진료실을 나섰다. 속에 있던 울분을 쏟아 내러 왔지만 실패였다. 답답하고 갑갑한 마음은 여전했다.

얼마 전 해준은 금방이라도 자신을 떠날 듯 말했다. '인혜 너는 날 사랑하지 않는 것 같아.' 그는 확신에 찬 눈으로 부정을 바라며 인혜에게 말했다. 여태껏 온갖 거짓말을 다 한 그녀였지만 해준에게서 '사랑'이란 단어를 듣는 순간 주혁이 떠올라 버렸다.

나도 참 멀리 왔다. 주혁을 갖기 위해 먼 거리를 걸었구나.

이젠 마무리를 지어야 했다. 해준을 붙잡은 손에 힘이 빠지기 시작했다.

청춘 약국 앞. 기다란 빗자루를 들고 강주는 약국 앞을 쓸었다.

이번 봄에 한 꽃구경이라곤 약국 앞에 있는 벚나무 세 그루에서 본 벚꽃이 전부인데 며칠 사이 꽃잎이 다 떨어져 약국 앞에 가득했다.

연분홍색의 하늘하늘한 꽃잎들은 비질 방향에 따라 우르르 몰려다녔다. 지난번 인터넷에 보니 떨어진 벚꽃으로 글도 쓰던데 나도 한번 해 볼까. '청춘 약국'의 '청' 자를 쓰려다 그녀는 금방 포기해 버렸다.

"어?"

헐렁한 청바지를 발목이 보이게 접어 입고 펑퍼짐한 맨투맨 티셔츠를 매치한 강주의 차림은 인혜에게 익숙한 모습이었다. 대학 시절 매번 보던 그녀의 차림새 그대로 강주가 자신의 앞에 서 있었다.

"너 여기서 뭐해?"

자신의 약국 앞에 인혜가 있으니 여기서 뭐하냐 물어야 할 사람은 인혜가 아닌 강주일 텐데도 질문을 받은 강주는 자신이 되레 있으면 안 될 곳에 있는 사람 같았다. 빗자루를 잡고 있던 손에 잔뜩 힘이 들어갔다.

"여기…… 내 약국인데."

"아, 그래?"

그녀는 고개를 들어 약국의 간판을 살폈다. 청춘 약국이라 쓰인 낡은 간판. 동네의 오래된 작은 약국. 별 볼 일 없다는 듯 시선을 돌리며 인혜는 강주를 아래위로 훑었다.

"그럼 여기 2층 피부과에 남……."

"주혁 선배? 나도 알아. 인사하고 같이 식사도 몇 번 했어."

"그……래?"

인혜 눈썹의 움직임을 보고 강주는 씩 웃었다. 인혜는 예전부터 표정을 잘 숨기지 못했다. 억지로 웃음을 지을 땐 지금처럼 눈썹이 우스꽝스럽게 꿈틀거렸다.

강주가 웃자 딱히 불안하진 않은데 불쾌감은 숨길 수 없었다. 강주가 얼마만큼 해준을 좋아했고, 얼마나 진심이었는지를 아는 인혜는 그녀가 행여 주혁과 잘될까 하는 불안감은 없었다. 게다가 강주의 이상형과 주혁에겐 접점이 조금도 없었다. 자신에게 친절하고 다정한 남자, 남의 일도 기꺼이 도와주는 착하고 순한 남자. 강주는 절대 남주혁을 좋아할 수 없었다.

"세상 좁네."

떨떠름한 표정으로 그녀가 말하자 강주는 '그러게'라 말했다. 강주가 주혁과 절대 연결되지 않을 것이란 믿음은 있었지만 신경이 아예 쓰이지 않는 것은 아니었다. 강주 앞에서 자신의 감정을 모두 읽히고 싶지 않아 노력했지만 그와 같은 건물에서 일하는 것이 부러운 것은 어쩔 수 없었다.

"난 회사 다시 들어가야 해서……. 청소 열심히 해."

사장이 부하 직원에게 하는 듯한 손짓으로 강주의 팔뚝을 툭 친 인혜는 건물 밖 주차장으로 걸어갔다. 딱 달라붙는 H라인 스커트를 입은 그녀가 하이힐을 신은 발로 한 발짝씩 걸을 때마다 엉덩이가 좌우로 씰룩였다.

복잡 미묘한 기분, 승패가 없는 게임에서 진 기분. 빗자루를 쥐고 있는 강주의 손에 저절로 힘이 들어갔다.

♡　　　　♥　　　　♡

토요일. 사랑 피부과는 평일보다 일찍 문을 닫았다. 간호사들을 미리 퇴근시키고 뒷정리를 마친 그가 1층으로 내려왔다. 드르륵…… 드르륵……. 셔터를 내리며 강주가 꾸벅 고개를 숙였다.

"퇴근해요?"

"너……."

"네?"

어정쩡하게 굽힌 다리를 펴며 그를 바라봤다. 딱 달라붙은 치마에 흰색 블라우스. 미니 숄더백, 구불거리는 긴 머리카락, 핑크빛으로 물든 볼과 입술. 그녀의 차림새가 심상치 않았다.

"너 어디 가?"

"아! 저 선보러 가요."

뭐? 당당하고 경쾌한 강주의 말투에 주혁이 당황했다. 뭐지. 이것도 작전 중 하나인가. 질투심 유발, 뭐 그런…….

"그럼 조심히 들어가세요!"

"어, 어?"

자물쇠가 잘 걸려 있는지 확인 후 강주는 휙 돌아서 걸어갔다. 그녀를 따라 걸어가다 멈칫, 손을 뻗으려다 또 멈칫. 머뭇거려지는 행동에 그가 후— 숨을 뿜었다.

"이강주!"

"네?"

"어디로 가는데? 태워 줄게."

헤헤 웃으며 강주는 손사래를 쳤다. 아니에요. 지하철 타고 가면 금방이에요. 주말이라 길 막혀서 대중교통 이용하는 게 더 빨라요. 다시 또 총총 뒤돌아 사라지는 강주를 주혁이 급하게 붙잡았다.

"그냥 타."

"진짜 괜찮아요. 여기서 별로 멀지……! 선배?"

청개구리 기질이 튀어나왔다. 괜찮다 말하니 더 데려다주고 싶어졌다. 이것도 하나의 작전인가 싶었지만 작전이면 또 어때.

헤실헤실 웃고 있던 강주의 손을 잡고 자신의 차 앞까지 데려다 놨더니 그녀는 입을 벌린 채 그를 바라봤다. 다 사그라드는 목소리로 '괜찮은데에…….' 강주가 말했다.

"뭐."

"진짜…… 이렇게까지…… 안…… 해도 되는데……."

"타. 늦지 않으려면."

주혁의 차 안 공기는 바깥공기와는 조금 달랐다. 달리는 차에서 뛰어내릴 수도 없고. 괜찮다는 사람을 억지로 태우더니 어색한 분위기를 만드는 주혁이 이해되지 않았다. 할 말이 있는 것도 아닌 것 같고…….

갸웃거리다 고개를 돌려 그를 바라봤다. 머리에 아무 제품도 바르지 않아서인지 차분히 축 내려앉은 그의 머리는 청순한 느낌마저 들게 했다. 차가 조금씩 밀리기 시작하자 그의 가로로 길고 큰 눈이 찌그러졌다.

"혹시……. 아, 아니에요."

"뭐. 말해 봐."

"아니, 혹시……. 혹……시……. 나한테 넘어왔어요?"

컥, 목이 꽉 막힌 소리를 내며 그가 강주를 쳐다봤다. 쉰 목소리로 '뭐라고?' 그가 묻자 강주는 다시 또 아이처럼 웃었다. 아니, 아니면 말고요. 그냥 이렇게 데려다주니까…… 꼭 넘어온 것 같기도 해서……. 끝의 말은 잘 들리지 않았다.

호텔 앞. 강주는 차에서 내려 손을 흔들었다. 몇 번 주혁을 만나고 같이 대화를 나누니 편해졌나 보다. 아차! 이게 아니지. 흔들던 손을 내리고 강주는 허리를 숙였다.

"고마워요. 조심히 가세요."

약속 시간에 늦었는지 서둘러 뛰어가는 그녀의 뒷모습을 보자 이곳까지 기어코 따라온 자신이 원망스러웠다.

핸들에 머리를 파묻고 그는 생각에 잠겼다. 생각은 또 다른 생각을 낳고 답은 쉽게 구해지지 않았다. 어른들이 만드는 선 자리엔 보통 자신의 의사는 전혀 반영되지 않는다. 극성스러운 부모님 아래에서 자란 덕분인지 그는 맞선 자리에 나간 강주가 이해되었다. 보통 들어오는 선 자리엔 거절이라는 선택사항이 존재하지 않았다. 그녀도 그렇게 나간 선이리라.

자신을 꼬시겠다는 여자가 선 자리에 나간 것을 이해하는 넓은 마음을 가진 그가 이해할 수 없는 단 한 가지. 그건 자신이었다. 분명 강주를 이해하고 있는데, 그녀에게 아무 잘못이 없다는 것을 아는데 가슴 한편에서 꾸물거리는 이 감정은 무엇이란 말인가.

그는 자신이 아는 감정들의 이름을 떠올렸다. 기쁨, 슬픔, 화남, 즐거움, 서글픔, 신기함……. 어떤 이름을 붙여도 어울리지 않는 감정. 그의 생각이 더욱 깊어졌다.

팔랑, 팔랑. 나비처럼 강주는 자신을 만나러 온 남자를 찾아 앉았다. 맞선 자리에 늦은 것에 불편한 기색을 숨기지 않고 삐딱하게 앉아 있던 상대는 강주를 보자마자 자세를 고쳐 앉았다. 허리를 꼿꼿하게 펴고 넓지도 않은 어깨를 힘껏 펼치며 그는 굵직한 목소리로 인사했다.

"먼저 제대로 인사부터 하죠. 처음 뵙겠습니다. 서준호입니다."

"늦어서 죄송해요. 전 이강주예요."

말씀 많이 들었습니다, TV에서 듣던 것과 똑같은 선 자리 멘트를 남자가 말했다. 그는 강주가 맘에 들었는지 어디서 들은 것인지 기억도 안 나는 유치한 유머들을 하고, 대화가 끊길 틈을 주지 않고 계속해서 다음 질문을 했다. 오래된 그의 유머 몇 개는 진심으로 웃겨서 강주는 깔깔 박수를 치며 웃었다.

선을 본다고 해서 긴장을 하진 않았지만 걱정이 아예 되지 않았던 것은 아니었다. 짝사랑에 실패하고 난 직후엔 '남자'를 피했다. 호감의 눈으로 누군가가 다가오거나 말을 걸기만 해도 그녀는 화들짝 놀라 뒷걸음을 쳤다.

다시 사랑을 할 자신이 없었다. 켜켜이 쌓은 감정을 다 털어내기도 힘든데 자신의 마음에 다른 누군가를 담는다는 것은 감히 상상도 하지 못했다.

다시 누군가를 사랑할 수 있을까. 다른 남자를 만날 수 있을까. 매일 밤 걱정하며 잠들었지만 결국 답은 시간이었다. 새로운 남자 앞에서 이를 보이며 웃는 자신은 상상으로도 그릴 수 없었다.

"평소에 뮤지컬이나 연극 보는 것 좋아하세요?"

"네. 뮤지컬, 연극 둘 다 좋아해요."

"이번에 재미있는 뮤지컬 하던데 같이 보러 가실래요?"

아, 이렇게 애프터 신청을 하는구나. 취미를 묻는 줄 알고 대뜸 '좋아한다' 대답했지만 준호의 제안엔 선뜻 대답이 나오지 않았다.

머뭇거리는 강주를 준호가 간절한 눈빛으로 바라봤다. 이 여자와는 꼭 다시 만나고 싶다, 그의 눈이 그렇게 말하고 있었다.

"저……. 제가 약국을 하니까……."

"이렇게 주말엔 조금 일찍 문 닫지 않으세요? 강주 씨만 승낙하시면 제가 시간은 어떻게든 맞춰 볼게요."

이 남자는 진심이다. 그의 진심이 느껴지니 더욱 거절이 힘들었다. 도르르 눈알을 굴리며 강주는 답을 하지 못하고 꾸물거렸다. 친절한 거절은 없다. 알면서도 거절할 때가 되면 이렇게 머릿속에 있는 사전을 넘기며 말을 찾게 된다.

"한 시간 삼십 분 되기 5초 전."

앉아 있는 두 사람 테이블 뒤에서 주혁의 목소리가 들렸다. 그는 제 시계를 보고 그녀가 들릴 정도로 큰 목소리로 말했다. 5, 4, 3, 2, 1······.

"땡."

땡. 분명 '땡'이라 했다. 주혁의 '땡' 소리와 함께 무슨 일이 벌어질 것 같았지만 아무 일도 벌어지지 않았다. 드라마에서처럼 멋지게 다가와 자신을 데리고 가지도 않았고, '너 여기서 뭐해!' 소리치며 자리를 망치지도 않았으며, 심지어 그는 강주의 뒷자리에서 엉덩이를 떼지도 않았다. 오히려 자리에서 일어난 사람은 강주였다. 목소리의 주인공이 진짜 주혁인지 확인하기 위해 그녀는 자신의 뒤에 앉은 남자에게 다가갔다.

"선배? 여기서 뭐해요?"

"그걸 나도 잘 모르겠다."

강주의 눈을 피하며 그가 낮은 목소리로 말했다.

주혁은 자신에게 찾아온 낯선 감정에 대한 답은 결국 찾지 못했다. 집으로 돌아가려 시동을 걸었지만 결국 그의 발은 액셀이 아닌 호텔 카페의 대리석 바닥을 밟았다.

강주의 뒤 테이블에 앉고 그는 두 사람이 나누는 이야기를 모두 들었다. 강주가 되지도 않는 유머에 깔깔거리고 웃을 때가 고비였다. 벌떡 일어나 '너 이게 진짜 웃겨?' 물을 뻔했으니까.

"한 시간 삼십 분 넘었는데…… 언제 끝나?"

한 시간 삼십 분. 만약 그녀가 끝내지 않는다면 오늘 자신은 말하는 시계가 되리라, 결심했다. 한 시간 사십 분, 한 시간 오십 분…….

처음부터 잘못되었다. 호텔 앞에 오니 들어가고 싶어졌고, 들어오니 자리를 어서 끝내 버리고 싶어졌다. 언뜻언뜻 봤던 일일 드라마에서처럼 강주의 손을 낚아채 가고 싶었지만, 그 드라마 속 남자와 여자의 관계는 자신과 강주와의 관계와 달랐다. 인간 알람시계는 그런 그가 택할 수 있는 방법 중 제일 깔끔한 방법이었다.

"한 시간 삼십 분 넘으면…… 가야 해요?"

"어디 사는지 알고, 뭐 하는 놈인지 알고, 시답지 않은 얘기 꽤 많이 했으니 들을 만큼 듣고, 말할 만큼 말하지 않았나. 지금 이 갈 때 같은데."

그래요? 어설픈 논리를 순진한 강주는 믿었다. 길지 않은 시간 이었지만 짧다 말하기도 애매했다. 슬쩍 옆을 바라보니 준호가 몸을 반쯤 일으킨 채 자신을 바라보고 있었다. 송아지 같은 그의 눈을 보니 죄책감이 파도처럼 밀려왔다.

"저…… 뮤지컬은…… 다음에 더 좋은 분이랑 같이 보시는 게 맞는 것 같아요. 죄송해요."

"아, 네."

"전…… 이만."

꾸벅, 꾸벅. 다시 또 꾸벅. 강주의 맞선 상대는 끝까지 젠틀했다. 준호와 눈이 마주칠 때마다 미안한 맘에 고개를 숙이면서 인사하자 보다 못한 주혁이 그녀의 목덜미를 딱 잡았다.

"그만해. 목 떨어지겠다."

그리고 그는 그 상태로 그녀를 호텔 카페, 맞선의 성지에서 빼내었다.

두 사람이 지나친 한 테이블에선 임신한 배를 매만지며 여자가 고래고래 소리치고 있었다. 너 어떻게 나한테 이럴 수 있어, 우리 아기는 어떡하라고! 울고불고 소리치는 여자와 정장을 입고 허둥지둥하는 남자를 보니 강주는 저절로 어깨가 높이 올라갔다. 깔끔한 마무리였어.

호텔 밖으로 나온 두 사람을 환영한 것은 검고 찬 밤공기였다. 땡땡이를 쳐 본 적이 없었지만 만약 몰래 빠져나온다면 이런 기분일 것 같다. 이상한 해방감, 자유. 깊게 공기를 들이마신 뒤 강주가 소리 내 웃기 시작했다.

"뭐야. 왜 이래?"

"그냥 뭔가 웃겨서요."

끅끅, 중간 이상한 숨소리를 섞어 가며 그녀가 웃자 슬쩍 그녀를 곁눈으로 쳐다본 그도 피식 웃음 지었다.

호텔 앞에 서 있는 두 남녀는 자신들이 왜 웃는지도 모른 채 그렇게 몇 분 동안 웃었다. 결혼을 위해 완전 무장한 사람들이 맞선의 장소로 걸어가는 길을 떡하니 막고선.

'저녁 같이 먹을래요?', '영화 같이 볼래요?', '밥 같이 먹어요!' 매번 말도 안 되게 들이대던 강주가 잠잠했다. 주혁을 보면 씰룩 웃으며 '안녕하세요' 인사는 하는데 그 뒤가 없었다. 괜히 애가 타는 쪽은 그를 꼬셔야 하는 강주가 아니라 그녀에게 넘어 가야 하는 주혁이었다.

무슨 일이라도 생겼나, 괜히 걱정이 되어 빼꼼 약국 안을 들여 다봤다.

한편 강주는 오랜만에 아버지와 통화 중이었다.

"아, 엄마가 또 이상한 얘기를 했구나."

— 뭐가 이상한 얘기야. 네 엄마는 벌써 의사 사위 생겼다고 좋아해. 근데 그렇게 잘생겼나?

"아니라니까, 아빠."

— 얼굴이 너무 잘생겨서 얼굴값 할까 봐 걱정하드만. 아빠만 치 잘생겼어?

잘 지내나 궁금해서 전화했다면서 강주의 아버지는 자꾸만 주혁에 대해 물었다. 집은 어디냐, 대학은 어디 나왔냐, 취조를 하는 듯 묻는 질문에 강주는 손님이 들어온 척하며 전화를 툭 끊어버렸다. 강주가 전화를 끊자마자 딸랑, 종소리와 함께 말소리가 들려왔다.

"무슨 전화를 그렇게 심각하게 해?"

주혁이었다. 옆 건물에 있는 카페에서 테이크아웃 해 온 커피들을 들고 주혁은 뚜벅뚜벅 걸어왔다. 4개의 종이컵이 담긴 커피 캐리어를 카운터에 내려놓고 그는 답을 하지 못하는 강주의 얼굴을 바라봤다.

"뭐야, 무슨 일 있어?"

"아, 아뇨. 그냥······."

방금 통화 주제였던 주혁이 자신의 눈앞에 서 있자 그가 통화 내용을 들었을 리도 없는데 괜히 덜컹했다.

얼굴값을 할 정도로 잘생겼나, 괜히 아빠의 말이 떠올라 그의 얼굴을 찬찬히 살펴보게 되었다. 머리, 눈······. 오랜만에 제대로 마주 서서 그와 눈을 마주치자 낯선 기분에 몸이 저절로 배배 꼬였다. 강주는 그의 시선을 피해 버렸다.

"그냥 뭐?"

자신의 얼굴을 살피다 눈을 피하는 강주를 눈치채지 못하고 그는 커피 캐리어에서 커피 한 잔을 꺼내 강주 앞에 내밀었다. 슬리퍼 사이로 나온 꼼지락거리던 그녀의 발가락이 멈췄다.

"뭐예요?"

"아메리카노. 모르고 한 잔 더 샀어."

간호사 두 명, 본인 거 하나. 착각할 리가 없는데도 그는 그렇게 말했다. 그냥 커피 사다 같이 샀어, 거짓말도 아닌데 왜 그 말이 나오지 않는지 모를 일이었다. 괜한 머쓱함에 주혁은 머리를 쓸어 넘겼다.

"어? 저 커피 못 마시는데."

"뭐?"

"카페인이 몸에 잘 안 받아요. 심장 막 두근거리고 그래서 커피 못 마셔요."

진짜 가지가지 한다, 주혁이 낮게 중얼거리자 강주가 입을 삐죽였다.

"커피 못 마시는 게 잘못이에요?"

"애기냐, 무슨……."

꺼내 놓은 아메리카노를 집어넣었다가 그는 다른 컵을 꺼냈다. 종이컵엔 'GL'이라고 쓰여 있었다.

"그럼 이거 마시든지. 그린티라떼."

"어? 고마워요. 나 여기 그린티라떼 되게 좋아해요."

사실 어느 순간부턴가 남자들이 전보다 편해진 느낌이었다. 여기엔 주혁의 힘이 컸다. 딱히 '복수'를 떠올리지 않으면 그와 있는 시간은 불편하지 않았다.

그리고 점차 '복수'라는 원래의 의도는 흐릿해지고 편함이 그 사이에 자리 잡았다. 그녀는 편안한 마음으로 활짝 웃었다.

아직 사랑 피부과의 점심시간은 끝나지 않았다. 간호사의 휴게실 문을 노크하는 소리만 듣고도 원장임을 안 경애가 문을 열었다. 잘생긴 주혁의 얼굴보다 기다렸던 커피와 라떼. 그의 손에 들린 캐리어를 반기며 그녀가 활짝 웃었다.

"안 사 주셔도 되는데. 감사합니다, 원장니임."

간드러진 목소리로 그녀가 인사했다. 경애와 수정이 좋아하자 주혁이 더욱 안절부절못했다. 직원 앞에서 항상 각 잡힌 군인처럼 굴었던 그의 동공이 흔들렸다. '아, 저, 그⋯⋯.' 이상한 소리를 뱉던 그는 경애가 캐리어 속 자신의 그린티라떼를 찾자 입술을 꾹 깨물었다.

"어? 다 아메리카노인데요?"

"아⋯⋯. 깜박하고."

"흐응⋯⋯ 달달한 것 먹고 싶었는데⋯⋯."

카페에 가기 전 경애의 주문을 듣고 건물 앞까지 들고 왔지만 그녀의 그린티라떼는 1층 청춘 약국에 있었다. 지금이라도 사 올게요. 미안한 마음에 주혁이 나가려 하자 경애가 그를 붙잡았다.

"아니에요. 다음에 사 주세요."

경애는 그의 변명을 그대로 받아들이지 않았다. 머리 좋고 빈틈없는 그가 이런 실수를 할 리 없었다. 카페 직원이 실수했겠지. 어리바리한 카페의 남자 직원이 떠올랐다. 그놈이 실수한 게 분명해.

필요한 약 주문을 끝내고 그녀는 꽤 두껍게 쌓인 처방전들을 봤다. 주혁이 온 뒤로 약국을 찾는 손님도 많아졌다.

피부과를 찾는 여자 손님들이 늘면서 약국에 있던 여성들을 위한 영양제들이 금방 떨어졌다. 남자 의사가 꼼꼼하고 약도 잘 써 준다며 그를 만난 환자들은 강주에게 칭찬을 늘어놓고 가곤 했다.

곧 문을 닫을 시간. 약국 바닥을 쓸던 그녀는 뒤에서 들리는 종소리에 허리를 세우며 돌아봤다.

"어서 오세……."

"미안, 난 손님이 아닌데."

하하 웃으며 해준이 들어왔다. 한두 걸음 조심스럽게 들어온 그는 손님용 의자에 털썩 앉았다.

살이 빠져 움푹 팬 볼, 보는 사람이 다 따가울 정도로 까칠하게 올라온 수염. 집안이 망한 사람처럼 멍한 눈. 그 눈으로 강주를 보고 있었다.

"선배? 무슨 일 있어요?"

빗자루를 놓고 해준 곁으로 다가가자 가까이 다가온 강주를 보기 위해 천천히 그의 눈이 움직였다. 밥도 제대로 못 먹고 다니는지 그는 눈을 움직이는 것조차 힘들어 보였다.

"아니. 그런 건 아니고. 그냥 이상하게 네가 보고 싶더라. 약국 끝날 시간에 맞춰 온 건데…… 곧 끝나면 같이 맥주 한잔 할래?"

해준은 맥주보다 밥이 필요한 상태였다. 며칠째 제대로 식사를 하지 못한 그는 자신이 봐도 볼품없었다.

그러나 거울 속 자신의 모습이 변해 가는 것을 알면서도 이상하게 입속으로 밥이 넘어가지 않았다. 밥알을 씹는 것이 힘들었고 목 안으로 넘기는 것은 더 힘들었다. 회사 점심시간엔 괜히 바쁜 척하며 식사를 피했다. 며칠을 그렇게 살자 찾게 되는 것은 커피와 술이었다.

"저요? 저랑요?"

말할 힘도 없는지 해준은 가만히 고개를 끄덕였다. 그녀가 가운을 벗고 퇴근을 준비하는 내내 그는 멍한 눈으로 가만히 앉아 있었다. 강주가 준비를 마치자 그 상태 그대로 약국 근처에 있는 치킨집으로 들어갔다.

"선배……."

"응."

"무슨 일 있죠?"

그는 지난번보다 더 무너진 모습이었다. 이유를 말하지 않았지만 예상이 되었다. 그와 친한 다른 사람들이 아닌 자신을 찾아온 것엔 다른 이유가 있는 것이 분명했다. 그리고 그 이유는 '인혜'일 것이다.

인혜가 주혁을 꼬시기 위해 사귀었단 걸 알게 되었나? 아니면 인혜가 또 무슨 몹쓸 짓을 한 건가?

답이 없는 해준을 걱정스레 바라보며 그녀가 '네?' 다시 한 번 물었다.

"미안, 내가 너한테 요새 이런 모습을 자주 보이네."

그는 앞에 놓인 맥주를 어느새 반이나 비웠다. 앞에 있는 안주는 보지도 않고 그는 무슨 말을 하려다 말고 남은 맥주를 모두 털어 넣었다.

"선배!"

"왜 이렇게 답답하지."

알 듯 모를 듯한 그의 말에 강주는 가만히 그를 쳐다봤다. 강주의 위로는 해준의 말을 들어 주는 것이었다. 인혜와의 연애사를 듣는 것은 그녀에겐 아물지 않은 상처를 헤집는 것이었지만 참을 수 있었다. 지금 자신의 상처 치료보다 더 급한 것은 그를 위로하는 일이었다.

"답답해. 답이 없는 문제를 매일 붙잡고 있는 기분이야. 인혜는…… 더 이상 날 사랑하지 않아."

해준만 모르고 모두 알았던 이야기.

강주는 전혀 놀라지 않았다. 단지 그녀는 입술을 꾹 깨물 뿐이었다. 절망 가득한 그의 말에 '다들 알고 있는데 선배만 모르고 있던 거예요.' 하며 그를 더욱 힘들게 만들고 싶지 않았다.

해준에겐 사랑에 진심의 비율이 낮다는 것은 중요하지 않았다. 인혜가 자신을 좋아하기 전 주혁을 좋아했던 것도 그리 크게 문제 되지 않았다. 자신을 진심으로 사랑하게 만들면 되지, 하며 호기롭게 연애를 시작했던 것이다.

하지만 시간이 지날수록 상처받는 것은 자신이었다. 그녀의 눈은 한 번도 해준을 곧게 바라본 적이 없었다. 자신을 보는 척하는 그 눈은 항상 주혁을 향해 있었다. 아무리 마음을 돌리려 애써도 애쓴 만큼 돌아오는 것은 사랑이 아닌 자괴감이었다.

이젠 그만둘 때다. 몇 번이나 생각했지만 행동으로 옮기는 것은 쉽지 않았다. 그는 바보같이 사랑을 망친 전적이 있었다. 같은 실수를 반복하고 싶지 않았다.

그러나 결과는 이전과 같았다. 아니 그보다 더 처참했다. 사랑을 할 수 없는 바보가 된 기분, 몇 백 번의 속다짐으로 이제 헤어짐은 두렵지 않게 되었지만 인혜를 보내고 나면 다른 사랑을 할 수 없을 것 같았다.

"이런 얘기 해서 미안해⋯⋯. 놀랐지?"

"아니에요. 괜찮아요."

"그냥 네가 떠올랐어. 너는 인혜랑 친했고⋯⋯ 나도 네가 참 편했었거든."

본래 강주는 자신 앞에서 말도 잘 못 하는 쑥스러움이 많은 아이었다. 많은 사람들 앞에서 하는 발표 수업도 당당하게 잘하고 친구들 앞에서도 쾌활하게 웃던 그녀였지만 항상 자신의 앞에 서면 입을 꾹 다물고 고개를 푹 숙였다.

처음엔 자신을 좋아하나 착각도 했지만 그럴 리 없었다. 그녀는 학교에서 추앙받는 퀸카였다. 자신의 착각을 누군가가 들으면 분명 한 소리 했을 것이다. 이강주가 너를? 너 멀쩡한 밥 먹고 미쳤냐?

제대로 긴 대화 한 번 나눠 보지 못했다. 매번 말하는 사람은 해준이었다. 서경태 교수님 수업 되게 괜찮아. 그 교수님은⋯⋯. 중얼중얼. 그 관점에서는 아무래도 학생들이 반론하기가 쉽지. 그러니까 조금 바꿔서⋯⋯. 중얼중얼. 과거 속 자신은 강주 앞에서 항상 중얼중얼 말을 했다.

모르는 것도 아는 척, 아는 것은 굉장히 많이 아는 척하며 떠들던 것에 익숙해져 버린 걸까.

오늘 부쩍 답답해진 마음을 털어놓고 싶은데 아무도 생각도 나지 않았다. 휴대폰의 전화번호부를 죽 내려 봐도 제 이야기를 진지하게 들어 줄 놈이 한 명도 없었다. 그러다 강주의 이름을 봤다. 그리고 그는 곧 바로 핸들을 잡았다.

"인혜가 날 좋아하게 될 줄 알았어."

"……."

"어리석었던 거지. 내가 진짜…… 병신 같았어."

어디서 그런 자신감이 나왔던 건지……. 주혁이를, 내가, 어떻게…….

벌컥벌컥 맥주를 들이켜던 그는 고개를 숙인 채 실없이 웃었다.

하, 하, 하……. 웃는 그의 목소리는 처절했다.


술에 취한 남자를 제 힘으로 옮기는 것은 무리였다. 그녀는 길게 생각지 않고 주혁에게 전화를 걸었다.

뚜르르— 뚜르르— 뚜르.

세 번째 신호음이 끊기기도 전에 다급한 목소리로 전화를 받은 그는 곧장 그녀에게로 왔다.

이 새끼가 진짜 미쳤나. 욕을 퍼붓고 싶지만 그 말을 뱉기엔 해준의 몰골이 정상이 아니었다. 더구나 그는 죄책감과 부채감 사이의 미묘한 감정을 그에게 가지고 있었다.

인혜가 자신을 좋아하는 것이 제 뜻이 아님에도 해준에겐 미안한 감정이 들었다. 그가 이렇게 무너져 내린 것이 인혜 때문이라면 곧 자신 때문이기도 했다.

"뻗었네. 완전히."

몽글한 눈물이 맺힌 채로 그녀가 주혁을 올려다봤다. 어떡하면 좋아요. 강주가 묻는데 답을 하고 싶지 않았다. 그걸 왜 나한테 물어. 삐딱한 목소리로 답하며 그는 강주 옆에 털썩 앉아 버렸다.

"우선 집에 데려다줘야 되지 않을까요?"

"너 얘 집 비밀번호 알아?"

"아니요."

"나도 몰라."

앞에 있는 땅콩을 입에 두어 개 털어 넣고 주혁은 해준이 아닌 강주를 바라봤다. 또 이 표정이다. 길가에서 비 맞는 새끼 강아지를 보는 표정이면 좋으련만 그 표정이 아니었다. 그것과 비슷하지만 해준을 보는 강주의 표정엔 미묘하게 주혁의 신경을 긁는 무엇이 있었다.

"해준 선배…… 많이 힘든가 봐요. 말은 안 하는데 밥도 잘 못 먹는 것 같고 목소리에도 힘이 하나도 없어요……."

"정인혜 때문에?"

끄덕. 대답을 하곤 그녀는 몸을 살짝 숙여 해준에게 속삭였다. 선배, 선배. 정신 차려 봐요. 일어날 수 있겠어요? 그런 조곤조곤 낮고 작은 목소리로 누굴 깨우겠다는 것인지. 지나가는 개미도 깨지 않을 목소리로 웅얼거리는 강주를 노려보다 주혁이 자리에서 일어났다.

"못 봐주겠다."

그는 젖은 빨래처럼 늘어진 해준을 잡아 일으켰다. 강주가 손이라도 댈까 빠르게 둘러메곤 힘든 내색 없이 뚜벅뚜벅 걸었다. 술에 잔뜩 취한 친구의 발이 바닥에 질질 끌리는 것을 알면서도 그는 급하게 치킨집을 나왔다.

"고마워요."

차 안에 해준을 집어넣자 강주가 인사했다. 뭐가 고마워? 내 친구 내가 챙기는데 왜 네가 고마워? 그가 눈썹을 찌푸리자 이마에 주름이 잡혔다. 그녀는 자꾸만 그를 자극했다. 해준을 보는 표정, 해준에게 하는 말, 그리고 방금 전 그 인사까지. 울컥 치미는 것을 참지 못하고 내뿜었다.

"너 그 표정 짓지 마."

"네?"

"이해준 보면서 그 이상한 표정 짓지 말라고."

제 표정이 어땠는데요? 강주가 묻자 할 말이 없어졌다. 강주는 그가 '하지 마.' 말한다고 해서 '네.' 하는 여자가 아니었다.

궁금한 표정으로 묻는 그녀에게 어떻게 설명해야 하나. 눈썹은 이렇게 축 내려앉았고 눈물 뚝뚝 흘릴 것 같은 눈에 입술은 이렇게 위 아래로 삐죽삐죽……. 차마 말로 뱉어 내지 못하고 그는 더 세게 인상을 찌푸렸다.

"몰라. 보기 싫으니까 짓지 마."

"어떤 표정인지 말해 줘야 안 짓죠. 어땠는데요, 못생겼어요?"

"어. 엄청."

휙. 그는 뒤를 돌아 걸어갔다. 운전석 문을 열자 강주가 그의 팔을 잡았다. 탁. 작은 소리였는데 그의 몸엔 그녀의 손이 큰 울림을 만들었다.

"전 좀 둔하기도 하고…… 아직 잘 몰라서 그러는데요."

"……"

"혹시 나한테 넘어오면 넘어왔다 말해 줘요."

♡　　　♥　　　♡

집으로 걸어가는 걸음 내내 강주는 퇴근 후 있었던 모든 일들을 다시 곱씹었다. 예상하지 못한 일들이 많이 벌어진 하루. 그중 제일은 해준이 자신을 찾아온 것이었다. 지친 그가 자신을 찾아올 줄은 몰랐다. 자신을 편한 후배라 생각했단 사실도 처음 알았다. 항상 그의 앞에서 쭈뼛거렸던 자신을 편하게 자기 얘기를 할 수 있는 상대로 여겼을 줄이야. 그리고…….

강주는 가만히 자신의 심장 부근에 손을 올렸다. 쿵, 쾅, 쿵, 쾅. 일정한 간격으로 뛰는 심장.

더는 해준의 앞에서 빠르게 뛰지도, 자신도 알 수 없는 이상한 감정을 뿜어내지도 않았다. 슬퍼하는 해준의 모습에 눈물을 흘리고 그보다 더 아파해야 하는 게 맞았을 그녀인데 오늘은 그러지 않았다. 지친 그를 위로하는 친한 친구처럼 그를 대했다.

시간이 많이 흘렀기 때문일까. 잠잠한 심장에게 똑똑 그녀는 노크했다. 쿵, 쾅, 쿵, 쾅.

답은 같았다.

발신자가 화면에 뜨자마자 강주는 제 휴대폰을 뒤집어 버렸다.

[정인혜]

뒤집은 휴대폰과 테이블 사이로 불이 번쩍번쩍거렸다. 까칠하고 날카로운 발신자 때문인지 유난히 그 불빛이 신경을 건드렸다. 처음 전화가 울렸을 때 휴대폰을 본 것이 잘못이다. 그냥 번호를 지워 버릴걸. 받지 않고 싶은데……. 제 볼을 매만지다 강주는 결국 통화 버튼을 눌렀다.

"어. 왜?"

— 너 이해준 만났어?

하마터면 '그래! 어쩔래!' 답할 뻔했다. 그러고 싶은 마음은 굴뚝같았지만 그랬다가 해준이 곤란해질 수도 있었다. 연인에게 싸움거리를 만들어 주고 싶지 않다. 그리고 그 싸움의 주제가 자신이 된다면 더더욱. 그렇게 생각을 다듬고 강주는 모른 척 목소리를 꾸몄다.

"아니? 갑자기 무슨 말이야?"

— 너 거짓말 많이 늘었다? 이해준한테 다 들었어. 어설픈 거짓말 같은 거 안 해도 돼.

아이씨……. 코를 찡그리며 그녀는 주먹을 꽉 쥐었다. 아침 댓바람부터 손님 대신 찾아온 인혜의 전화, 거기다 어설픈 거짓말까지 금세 들통 나니 빨리 이 전화를 끊고 싶어졌다.

"하, 하고 시, 싶은 말이나 빨리 하고 끊어."

— 너 설마 아직도 이해준 좋아해?

"그, 그건 왜 묻는데?"

마음 대신 말이 떨렸다. 찔릴 것도 없는데 왜 이러지.

조잘조잘 밤늦게까지 통화를 한 적도 있던 인혜였는데 지금은 그녀가 무슨 말을 할까 겁부터 났다. 자신이 예상치 못한 무서운 말들을 늘어놓을지도 모른다.

— 아, 그럼 혹시 김아영도 해준 오빠 좋아했어?

"뭐?"

— 아니지? 걔 왜 그렇게 네 일에 참견하는 거야? 너는 왜 걔가 그렇게 날뛰는데도 가만히 있어? 네 앞가림은 네가 할 수 있잖아.

"정인혜. 너 지금 무, 무슨……."

말의 의미를 이해하지 못해서 되묻는 것이 아니었다. 당당하게 물어 오는 인혜의 말이 황당했다. 그 황당함에 입술이 벌벌 떨렸다. 날씨가 따뜻해지니 정신이 어떻게 된 걸까. 인혜가 하는 말은 지금 그녀의 입에서 나와선 안 됐다.

— 그렇잖아. 내가 해준 오빠랑 사귀든 말든 지가 뭔 상관이라고 그렇게 매번 날 못 잡아먹어서 안달인지…… 정작 당한 너는 가만히 있는데 왜 그러냐고. 당사자가 괜찮다는데 왜 옆에 있는 엉뚱한…….

"내가 언제 괜찮댔어?"

— 아, 너 안 괜찮아? 너 설마…… 아직도 해준 오빠 좋아해?

과장된 어투로 그녀가 물었다. 설마, 아직도. 인혜의 입에서 나온 날카로운 단어들이 푹, 푹. 강주의 가슴에 그대로 꽂혔다. 그녀는 이를 앙 물었다. 예전처럼 또 당하고만 싶지 않았다.

"너도 아직 남주혁 좋아하잖아."

— 뭐?

"너…… 진짜 못됐다."

전화를 끊어 버렸다. 덜덜 떨리던 손가락은 힘을 잃고 결국 휴대폰은 놓쳐 버렸다.

한때 친구였던 인혜가 이렇게 못된 아이였나. 아영에겐 말하지 않았지만 그래도 가끔 몇 번은 셋이 함께 웃고 떠들었던 때가 그리웠다. 돌아갈 수 없다는 것을 아니 가끔은 그 그리움이 더욱 짙어지기도 했다.

그런 마음을 가졌던 과거의 자신을 한 대 때리고 싶을 정도로 그녀는 인혜에 대한 실망을 감출 수 없었다.

멍한 채 며칠을 보냈다. 자신을 이렇게 만든 그녀는 별다른 행동을 취하지 않고 잘 살고 있었다. 어제는 레이저 시술을 받는 환자가 강주로 보였다. 강주랑 닮은 구석이 하나도 없는 여자였는데 환자의 얼굴이 순식간에 강주로 바뀌더니 눈을 똥그랗게 뜨고 자신에게 말했다.

"혹시 나한테 넘어오면 넘어왔다 말해 줘요."

거칠게 고개를 털어 내니 자신이 헛것을 보았다는 걸 깨달았다. 몇 번을 다시 생각해도 그 말을 했던 강주의 표정은 평소와 다르지 않았다. 말투도, 얼굴도.

그런데 왜 그 말이 이렇게 깊이 머릿속에 박혔을까. 할 수만 있다면 제 머리 안으로 들어가 단단히 박힌 그 말을 장도리로 빼내고 싶었다.

제대로 일을 할 수가 없었다. 사방에서 그녀가 툭툭 튀어나왔다. 저번엔 자신의 책상 위에서 그녀가 요염하게 앉아 말했다.

"혹시 나한테 넘어오면 넘어왔다 말해 줘요."

그리고 방금 전에도 환자용 의자에 그녀가 쪼그려 앉아 말했다. 혹시 나한테 넘어오면 넘어왔다 말해 줘요.

"아, 진짜!"

바퀴 달린 환자용 의자를 발로 툭 밀어내며 그가 제 머리를 뜯었다. 차라리 그녀가 '선배 저한테 넘어왔죠?' 생글생글 사랑스럽게 웃으며 물었다면 그냥 답했을지도 모른다.

'그래! 넘어갔다, 넘어갔어!'

'됐냐?' 까지 덧붙여서. 그런데 강주가 자신의 머리에 깊게 새겨 놓은 그 말은 마치 숙제 같았다. 기한을 말해 주지 않은 숙제.

언제 내야 하는지, 어떻게 내야 하는지 알려 주지 않았으니 그는 알 수 없었다.

아직 자신이 찾아야 하는 답은 수두룩했다. 그녀가 진심인지, 이것이 진짜 사랑인지, 진짜 사랑이라면 어떻게 시작해야 하는지……. 답은 구해지지 않는데 얼른 이 숙제를 마치고 싶었다. 가만히 답을 기다릴 그녀를 생각하면 더 뜨겁게 애가 탔다.

똑, 똑, 똑. 노크가 울리더니 벌컥 문이 열렸다. 얼굴만 쏙 내민 유범이 하얀 이를 보이며 웃었다.

"헤이, 친구!"

주혁의 병원 인테리어가 끝나고 곧바로 이어진 회사의 프로젝트 때문에 유범은 바빴다. 주혁도 마찬가지였다. 작은 동네였지만 입소문이 나면서 환자가 많아졌다. 일과가 끝나고 친구를 만나 술잔을 기울일 여유조차 없었다.

반가운 마음으로 주혁은 자리에서 일어났다. 무슨 일 있냐, 딱딱하게 물었지만 그는 분명 반가워하고 있었다.

"내가 사랑하는 친구가 보고 싶어진 것이 일이라면 일이지."

"뭐 또 자랑하러 왔구만."

크크크……. 유범의 웃는 모양새는 딱 자랑을 하러 온 것이었다. 벌써 입이 근질거리는지 클클거리며 그가 진료실 안으로 들어오다 멈칫했다.

"이건 왜 여기 있어?"

방금 주혁이 발로 찬 환자용 의자가 진료실 문 바로 앞에 있었다. 주춤주춤 주혁이 일어나 의자를 원래의 자리로 옮기자 유범이 그 의자에 앉고 몸을 뱅그르르 돌렸다.

"뭔데 그래?"

"요새 내 사랑 진도가 아주 팍팍 잘 나가고 있다!"

"바쁘다면서."

"바빠도 할 건 해야지. 너도 바빠도 밥은 먹잖냐."

나에게 사랑은 밥이요, 공기요, 생명이니. 혜수는 내 마지막 사랑일 거야. 들어는 봤나? 끝사랑이라고.

줄줄줄 말하는 그의 입을 틀어막고 싶었다. 들끓던 환자는 왜 갑자기 뚝 끊겼는지. 책상 위를 정리하며 그는 유범의 입을 막을 수 있는 물건을 급하게 찾았다.

"너는 요새 어떠냐?"

검지로 유범이 아래를 가리켰다. 무슨 의민지 알면서도 그가 괜스레 '뭐?' 묻자 유범이 두꺼운 손으로 주혁의 가슴을 밀쳤다.

"에에? 뭐야 이 반응은? 설마…… 잘 안 돼 가? 아니, 그럴 리 없지. 천하의 남주혁이 그럴 리 없지."

"입 좀 다물면 안 되냐?"

"그럼 뭐지? 벌써 사귀었다가 헤어졌나? 아니다, 요새는 사귀기 전에 썸을 탄다고 하더라. 너도 그 단계?"

유범은 아침잠을 깨우는 까마귀처럼 굴었다. 썸도 아니면 뭐야. 진짜 아무것도 없어? 그만하래도 빽빽거리더니 갑자기 자리에서 벌떡 일어났다.

"뭐야?"

"난 약국 여신 좀 보고 와야겠다!"

"네가 거길 왜 가?"

"남주혁. 넌 모르겠지. 내가 또 사랑의 전도사야. 나는 나만 행복을 누리는 건 원하지 않아. 온 세상 사람들이 다 이 행복을 누리길 바라지."

이건 또 무슨 소리야. 잡을 새도 없이 유범이 진료실을 나갔다. 지 또라이, 저거. 분명 일을 쳐도 칠 놈이라 주혁은 급하게 그를 따라 나갔다. 간호사들에게 공손히 인사하고 나가는 유범의 뒷덜미를 잡으려는데 습진으로 고생하던 환자가 들어왔다.

"어? 선생님 왜 나와 계세요?"

"아. 안녕하세요."

"오늘은 환자가 별로 없네요? 다행이다. 별로 안 기다려도 되겠네."

끄응……. 그는 발을 돌릴 수밖에 없었다.

그 환자가 나가자마자 연이어 환자들이 밀려 들어왔다. 진료하느라 전화할 시간은 없고 그는 틈틈이 자음과 모음을 조합하여 유범에게 메시지를 보냈다.

[너 어디야.]

드르륵— 진동이 울렸다.

[너의 발밑.]

아직도? 그의 답 메시지를 확인하고 주혁은 들고 있던 펜을 떨어트렸다. 도르르르 바닥을 구르는 펜을 쥐어 드는 그의 주먹에 힘이 잔뜩 들어갔다. 다행히 곧 있으면 병원 문을 닫을 시간이었다.

환자에게 늘 집중하던 그였지만 오늘은 자꾸만 시계를 쳐다보게 되었다. 10분, 이제 10분 남았다.

자리를 정리할 시간도 없이 주혁은 곧장 1층으로 뛰어 내려왔다. 두 계단, 세 계단씩 급하게 내려오니 약국의 셔터는 이미 내려가 있었다. 유범은 제 친구였다. 설마 자신에게 해가 되는 행동을 할까, 싶다가도 유범이라면 그럴지도 모른다는 생각이 들었다.

옛날에 사귀었던 여자들 이야기를 한다든지 아니면 숨기고 싶은 자신의 과거를 아무런 가책 없이 줄줄 읊을지도 몰랐다.

"끈나썽?"

입에 아이스크림을 물고 유범이 다가왔다.

건너편 지하에 있는 대형 마트에 가서 아이스크림을 사 온 그는 주혁에게도 찬 아이스크림을 하나 건넸다.

"둘이…… 뭐 별다른 이야긴 안 했지?"

"피부과 잘되더라? 나 1층에 있는데 피부과 환자 엄청 많이 들어왔어. 이러다 두 사람 부자 되겠던데? 너 부자 되면 나 모른 척하지 마라. 강주 씨도요!"

질문을 들었으면 그에 맞는 답을 하는 기본적인 것도 모르는지 유범은 딴소리를 해 댔다. 결국 제 친구를 외면하고 주혁은 강주에게 물었다.

"얘가 무슨 이상한 얘기 안 했어?"

"얘기? 별다른 얘기 없었는데……."

"얘기는 이제 할 거야. 강주 씨랑 나랑 여기 맛있는 생맥주집 가기로 했어."

말을 하는 유범의 팔이 턱 하고 강주의 어깨 위로 올라갔다. 고작 중학교 때 3년 외국에서 보냈으면서 그는 항상 여자 앞에선 본 투 비 아메리칸(Born to be American)처럼 굴었다.

"가요, 강주 씨."

그가 팔에 힘을 주고 몸을 돌리자 저절로 강주의 몸도 휙 돌아갔다.

강주는 몇 번 제대로 본 적도 없는 유범이 이상할 정도로 편했다. 갑자기 약국으로 들어와 우리 친해지자며 싱글싱글 웃는 그의 친화력에 아마 휩쓸린 것 같았다.

"팔 풀어라. 혜수 씨한테 사진 보내기 전에."

앞서 걷고 있는데 뒤따라오는 주혁이 말을 걸었다. 그러자 유범의 손이 번쩍 위로 올라갔다. 강주가 놀랄 정도로 빠른 속도였다.

강주는 주혁이 뒤따라오든 말든 신경 쓰지 않는 것처럼 걸었지만 유범은 온 신경을 뒤따라오는 주혁에게 집중한 상태였다.

다 큰 어른들이 뭐하는 건지. 두 남자 고등학생 사이에 낀 기분이 들어 강주는 그냥 웃었다.


개인 카페를 열게 된 혜수와 자신의 러브스토리를 풀며 유범은 맥주를 마셨다. 말할 시간이 부족한 것도 아닌데 유범은 급하게 말을 했다. 덕분에 목이 자주 마르는지 물 대신 맥주를 벌컥벌컥 마셔 방심했다 하면 그의 잔은 비어 있었다.

"어? 왜 나만 마셔. 두 사람도 얼른 마셔."

볼이 벌겋게 익은 유범은 소주 한 병을 시켜 맥주 피처 잔에다 넣었다. 말릴 새도 없었다. 자신만 얼큰하게 취해 가는 것이 불만이었는지 방금 막 제조한 소맥을 강주와 주혁의 잔에 가득 따랐다.

유범이 잔을 들어 올리자 두 사람도 자신의 잔을 들어 올렸다. 거의 넘칠 듯 가득 따라 놓아서 삐끗하면 술이 잔에서 넘쳐흐를 지경이었다.

"짠! 원샷!"

혼자 취하고 혼자 신이 난 유범이 웃으며 외쳤다.

"나 소주 잘 못 마셔."

"그런 게 어딨어! 마셔, 그냥!"

"저도 술 잘 못하는데……."

"그래요? 그럼 나눠 마셔요. 강주 씨가 마실 수 있을 만큼만 마셔요."

유범의 '남녀 차별'에 주혁은 잔에 담긴 소맥을 확 마셔 버렸다. 소주는 그와 잘 안 맞는 술이었다. 도수가 높은 다른 술들은 마셔도 별 반응이 없는데 소주는 아니었다. 웬만하면 피하고 싶었는데 유범의 행동이 주혁의 승부욕에 불을 지폈다.

"오! 남주혁! 술 잘 마시네. 한 잔 더?"

"줘."

유범이 신이 나 다시 그의 잔에 술을 채웠다. 저러다 둘 다 쓰러지면 어쩌지, 걱정하는 강주의 마음은 전혀 모른 채로 두 사람은 계속 술잔을 맞부딪혔다.

아직 한 잔도 제대로 비우지 못한 그녀는 반쯤 채워진 잔 위에서 손가락을 튕겼다. 주혁이 잔을 또 한 번 비우자 혀를 쭉 내민 그녀의 입에서 '혜엑' 소리가 나왔다.

그리고 얼마 후, 두 사람의 의미 없는 싸움의 승자가 결정되었다.

두 사람이 택시를 타고 떠나고 강주는 터덜터덜 자신의 집을 향해 걸었다. 발끝이 자꾸만 딱딱한 보도블록 안으로 파고들었다. 걸음을 걸을 때마다 틱, 틱, 틱 소리가 났다. 소리가 거슬리는데도 딱히 그녀는 걸음을 고치려 하지 않았다.

생각이 많은 밤이었다. 익숙한 거리 위를 걸으며 익숙지 않은 감정과 이야기들을 풀어내며, 강주는 어둠 속으로 끊임없이 걸어 들어갔다.

'음, 그러니까 나는 얘한테 애틋한 게 있어요. 주혁이 이놈이 이렇게 보여도 그냥 그런 놈은 아니거든. 의외로 되게 괜찮은 놈이야. 내가 중학교를 미국에서 나왔어요. 한국에 딱 왔는데 고등학교가 미국이랑 좀 다르잖아, 분위기도 또 애들도. 나도 잘 적응이 안 됐고 애들도 나한테 잘 적응을 못 했지. 주혁이는 나랑 같은 반이었는데 그때 인기가…… 진짜 많았어. 완전 부러웠는데……. 어쨌든 난 걔가 진짜 사랑을 할 수 있었으면 좋겠어요. 망나니처럼 굴지만 이 새끼가 진짜 망나니는 아니에요. 부담스럽게 만들고 싶진 않지만…… 난 강주 씨가 주혁이 곁에 오래 머물렀으면 좋겠어요. 내가 연애를 시작하면 이놈이 항상 짓는 표정이 있어요. 진짜 부러워하는 표정……. 나는 이놈이 진짜 사랑을 했으면 좋겠어요. 강주 씨를 통해서 사랑을 믿게 되었으면 좋겠어요.'

145

유범이 한 말이 맴돌아 잠이 쉽게 오지 않았다. 힘주어 눈을 감았지만 잠을 잘 수 없었다. 결국 방의 불을 켜고 그녀는 침대 헤드에 허리를 기대고 앉았다.

"아……."

고개를 푹 숙이고 커튼처럼 축 늘어지는 머리를 자신의 손으로 헝클어트렸다. 푸석한 머리카락은 금방 엉켰다. 긴 손가락이 헝클어진 머리카락에 끼어 강주는 낑낑거리며 손가락을 빼내었다. 으, 진짜…… 머리카락마저 힘들게 만든다.

부정하고 외면한다 해서 그를 향한 죄책감이 사라지는 것은 아니었다. 변명을 아무리 찾아도 자신이 꾸미는 일이 나쁜 짓이 아니게 되는 것도 아니었다. 나쁜 짓은 결국 나쁜 짓이다. 자신은 나쁜 짓을 하려 했고 상대는 그것을 모르고 있다.

주혁이 사랑을 믿게 되었으면 좋겠다는 유범의 바람은 자신이 얼마나 못된 일을 꾸몄는지 깨우치게 만들었다. 사랑을 믿지 못하는 남자에게 거짓된 사랑을 밑밥으로 두다니.

"내가…… 미쳤었나 봐."

죄책감은 이내 괴로움으로 바뀌었다. 이불을 잡은 열 손가락 모두에 힘이 들어갔다. 꿈벅, 꿈벅…… 감았다 뜨는 그녀의 눈에 어느새 눈물이 맺혔다. 무언가 잘못되어도 한참 잘못되었다.

햇빛을 보지 못하는 작은 화분들이 안쓰러워 강주는 약국 밖으

로 손바닥만 한 화분 세 개를 옮겨 놓았다. 산뜻한 봄 공기를 마셔 봐. 소녀의 마음으로 화분을 내려놓고 돌아서는데 검은 세단이 약국 앞에 멈춰 섰다.

"저 여기 주차금지 지역이에요. 뒤편에 가시면 이 건물 주차장 있어요. 바로 뒤쪽에요."

"아, 죄송합니다."

차의 주인이 내리자마자 강주는 똑 부러지게 말했다. 거짓말 조금 보태서 하루에 두 번씩은 꼭 하는 말이었다. 남자가 자신을 닮은 커다랗고 날카로운 차에 올라타는 것을 확인하고 뒤를 돌아서다 강주는 다시 휙 돌았다. 어…… 저 남자…….

"남주혁 닮았다."

눈꼬리가 약간 내려가고 눈이 좀 더 동그랗지만 남자는 분명 남주혁과 닮아 있었다. 건물 안으로 걷던 남자는 급작스럽게 걸음을 멈추고 강주에게 눈을 돌렸다.

"여기 사랑 피부과 환자 잘 봐요?"

"역……시!"

역시 주혁과 관련이 있는 것이 맞았다. 강주가 답이 없자 남자는 고개를 살짝 숙이며 다시 물었다.

"동네에서 평이 괜찮아요?"

"아, 뭐……. 괜찮아요. 환자들도 의사 선생님이 잘 보신다 말씀들 하시고……."

"그래요?"

"근데 여기 사랑 피부과 선생님이랑……."

"형이에요. 많이 닮았죠?"

아무것도 담기지 않은 표정으로 강주는 천천히 고개를 한 번 끄덕였다. 허허허, 남자가 웃자 눈가에 주름이 보였다. 세월의 상징인 주름은 그의 얼굴 위에선 다른 의미를 뿜었다. 낮은 그의 목소리와 어울리며 중후한 매력이 빛났다.

"남승혁입니다, 우리 주혁이 잘 부탁드려요."

"아, 저는 이강주입니다."

워낙 알아서 잘하는 사람이니 자신에게 부탁하실 필요 없다 말해야 하는데 불쑥 내민 그의 손에 말이 막혀 버렸다. 화분을 만진 손에 혹여 흙이라도 묻어 있을까 강주는 흰 가운이 더럽혀지는 것은 생각 못 하고 제 가운에 손을 쓱쓱 문질러 닦았다.

승혁은 동생의 점심시간을 기다렸다. 흰 가운을 옷걸이에 걸어놓고 주혁이 남색의 니트 차림으로 진료실을 나왔다.

"오늘 점심은 뭐 먹을까요?"

주혁이 묻는데 간호사들의 눈이 한쪽으로 향했다. 답 대신 얻은 시선의 방향을 따라가니 한 남자 환자가 조용히 잡지를 넘기고 있었다.

"여기 잡지는 내 취향이 아니네."

건방진 대사를 뱉은 남자가 꼬고 있던 다리를 풀고, 잡지를 내려놓더니 푹 숙이고 있던 고개를 들었다. 서로의 눈이 마주치는 순간, 주혁의 눈이 흔들렸다.

"나는 순두부찌개."

"뭐야, 갑자기."

"나 오늘 오프(off)야. 그래도 가족 중에 한 명은 병원 구경하러 와야 할 것 같아서."

주혁이 과를 정할 때부터 그의 부모님과 주혁은 계속 부딪쳤다. 다른 부모들은 돈 잘 버는 성형외과, 피부과에 가라 난리인데 그의 부모님은 달랐다.

대대로 의사 집안, 돈은 충분했다. 그의 집안은 돈보다 명예가 우선이었다. 그래서 아들이 좀 더 학문에 깊게 빠지고 큰 병원에서 성장하길 바랐다.

하지만 부모님과 달리 그는 일부러 속물처럼 굴며 피부과를 택했다.

개인 병원 의사는 안 된다는 말에도 굳이 혼자 병원을 차리겠다 말하자, 결국 그는 집에서 내쫓겼다. 여태껏 집에서 받아 온 것이 있으니 며칠 지나지 않아 다시 돌아올 것이라는 그의 부모님 생각과는 반대로 주혁은 집을 나와서도 잘 살고 있었다.

자신의 병원, 그리고 독립. 원하는 모든 것을 이룬 채.

"병원 예쁘네. 환자도 꽤 있고."

"연구 안 해? 그만 시간 죽이고 빨리 가서 논문이나 써. 그래야 아버지한테 예쁨받지."

주혁과 반대로 승혁은 부모님의 자랑이었다.

신문에 몇 번씩 이름이 났고, TV쇼와 다큐멘터리에 종종 얼굴을 내밀었다. 의학계엔 수술 잘하는 의사라는 소문이 파다했다. 젊은 나이지만 연구 실적도 뛰어났다. 학술지에도 몇 번이나 자신의 이름으로 된 논문을 실었으며, 그의 논문은 그 우수성을 인정받아 다른 논문에 많이 인용되었다.

배배 꼬인 주혁의 말을 듣고도 승혁은 웃음을 지었다. 그리고 그런 형의 모습에 주혁은 익숙했다. 자신이 어린아이처럼 굴수록 승혁은 어른처럼 행동했다. 승혁은 그런 행동이 자신을 더욱 화나게 만든다는 것을 모르는 것 같았다.

"아버지한테 예쁨받아서 뭐해. 동생이 이렇게 날 미워하는데. 순두부찌개 먹고 싶다는데 사 주겠단 소리는 안 하고."

"내가 왜 사?"

"……."

"돈 더 잘 버는 네가 사."


연년생 형제의 어린 시절은 단 하나로 점철된다.

싸움.

밥 먹다 싸움, 잠자리에 누워서 싸움, 아침에 눈을 떠서 싸움, 냉장고 문을 열다 싸움, 라면을 끓이다 싸움, 책가방 내려놓다 싸움, 컴퓨터 본체의 버튼 누르다 싸움, 즐겁게 놀다가도 싸움, 싸우다가도 싸움…… 매일 싸우는 형이 꽤 잘난 사람이란 것은 학교를 들어가고 나서야 알았다.


'남주혁? 네가 남승혁 동생이니?'


천재, 영재, 높은 IQ, 조기유학, 월반…….

형을 감싸고 있는 단어들은 자신을 감싸고 있는 단어들과 좀 달랐다. 세상의 많은 것들이 그의 머릿속으로 빨려 들어가는 것 같았다. 방금 전 본 영화의 대사도 줄줄 읊는 형이 부러워 따라 해 봤지만 자신은 반밖에 성공하지 못했다. 옆에 있던 사촌 동생은 괜히 따라 했다가 나는 멍청이야, 하며 엉엉 울었었다.

집안의 자랑거리인 형이 잘되는 것은 누구나 예상할 수 있는 결과였다.

예상하지 못한 것은 주혁이었다. 반에서 1등, 전교에서는 상위권. 형이 과학고를 들어갔던 그 해, 주혁은 전교에서 1등을 했다. 노력을 하니 결과가 좋게 나오네. 나름 뿌듯해하고 있는 주혁에게 담임선생님은 말했다. '역시, 남승혁 동생이구만.' 그 이야기를 들으니 더 열심히 해야 할 것 같아 그는 결국 형과 같은 학교에 입학했다. 이번에도 다들 같은 말을 했다. 역시 남승혁 동생이구만.

"네 병원 차리니까 기분이 어때?"

"좋아."

"그게 다야? 집안을 다 뒤집고 나갔으면서……. 더 거창한 소감을 말해야 하는 거 아닌가?"

주혁은 항상 자신을 그 자체로 인정하지 않는 사람들 속에 살았다. 그래서 더 그와 달라지고 싶었다. 같은 길은 걷지 않으리라, 그렇게 주혁은 자신만의 길을 만들어 걷고 있는 중이었다. 확신은 없지만 마음이 편한 길, 그는 그 길에 정을 붙였다.

"그런 거 없어."

"하다못해 밑에 예쁜 약사가 있으니까 좋단 말이라도……."

"이강주 봤어?"

숟가락을 내려놓고 말하는 주혁의 말에 승혁의 눈썹이 흥미롭다는 듯 움직였다. 동생의 목소리가 미묘하게 달랐다. 핏줄만 느낄 수 있는 작은 차이, 승혁은 모른 척 말했다.

"이강주? 그 여자 이름이 이강주구나. 예쁘더라. 나도 약 먹을 일 있으면 그 약국으로 가야겠다."

"말도 안 되는 소릴……."

동생의 반응에 승혁은 슬며시 웃었다. 소리 내서 웃고 싶진 않았는데 결국 그는 주혁 앞에서 키득거렸다. 주혁이 쳐다보자 그는 올라간 입꼬리를 내리고 진지한 눈빛을 했다.

"엄마도 오고 싶어 했어."

"그러셨겠지."

믿지 않는 말투였다. 그의 눈빛도 형을 따라 진지하게 변했다. 다른 사람들에게 차가운 인상이란 소리를 많이 듣는 주혁의 눈빛이 진지해지자 형제마저 멈칫하게 만드는 한기가 느껴졌다.

"아버지도 말씀은 안 하시지만 궁금해하고 계실걸. 오늘 저녁 먹으면서 내가 다녀왔다 말하면 은근히 '잘하고 있더냐' 물으실 거야."

승혁의 위로는 그에게 닿지 않았다. 그는 집에서 문제아였다. 문제아가 되기로 결정한 것은 주혁 자신이었다. 부모가 어떻게 할 수 없는 아이, 그렇게 낙인이 찍히자 주혁을 승혁과 비슷하게 만들려는 어머니, 아버지의 노력도 끝이 났다.

"그래."

승혁이 자신을 보고 왔다 말하면 두 분이 어떤 표정을 지을지, 그리고 어떤 말을 하실지 주혁은 그려졌다.

'잘하고 있더냐' 말하시고 결국은 못마땅한 표정을 지으실 것이다. 앞에 있는 잘난 아들 한 번, 그리고 집을 떠난 못난 아들 한 번 생각하시다 '에이' 하며 숟가락을 놓으시겠지. 안 봐도 그려지는 저녁 식탁의 모습.

떼쟁이처럼 보일 것 같아 말하지 않았지만 그는 자신이 그리는 그 모습이 오늘 저녁 펼쳐질 것이란 확신이 있었다.

주혁은 묵묵히 앞에 놓인 된장찌개를 먹었다. 분명 승혁이 하는 말을 들었지만 그는 다른 생각을 머릿속에 집어넣으려 했다. 이 집은 순두부찌개가 맛있는데……. 앞에 있는 승혁의 순두부찌개를 보며 주혁은 숟가락을 움직였다.

봄이지만 쌀쌀했다. 두꺼운 카디건을 꼭 여미며 강주는 발을 동동 굴렸다. 집에 도착해 샤워를 끝내자마자 주혁에게 전화가 왔다.

'아이스크림을 너무 큰 걸 샀다.'

그의 '서론—본론—결론'엔 연관성이 없다. 너무 큰 아이스크림을 '샀다—춥다—너희 집으로 갈게, 나와.' 전화를 끊고도 한참 서 있었다.

뒤늦게 '뭐지?' 하는 말과 함께 그녀는 당황감에 휩싸였다. 머리는 축축하고 얼굴은 밋밋했다. 밤이라 잘 안 보이겠지 싶다가도 또 지난번 아영에게 들었던 말이 떠올랐다. 여자 나이 스물다섯 지나면 화장은 선택이 아니라 필수야. 인사 잘 하는 게 예의바른 게 아니라 화장 잘 하는 게 예의 바른 거야.

지금이라도 돌아가 비비크림이라도 바를까. 그때 주혁이 걸어왔다. 그와 잘 어울리지 않는 검은 비닐봉투가 바로 눈에 들어왔다. 바스락 소리를 내던 비닐봉투는 주혁이 걸음을 멈추자 조용해졌다.

"진짜 아이스크림이에요?"

그가 들고 있던 비닐봉지를 가리키며 강주가 물었다. 그는 말을 잊은 사람처럼 입을 꾹 다문 채 봉투를 펼쳤다. 패밀리 사이즈 아이스크림과 플라스틱 스푼 두 개.

"진짜네. 근데 이걸 어디서 먹어요?"

여전히 입을 닫은 채 그는 강주 뒤편의 아파트를 바라봤다.

"으, 우, 우, 우리 집?"

눈이 둥그레진 채로 강주가 두 손을 뻗어 흔들었다.

"우리 집은 안 돼요. 방 청소도 안 되어 있고……."

말을 하는 강주의 눈빛이 흔들렸다. 침대 옆에 놓인 월요일, 화요일, 수요일 입었던 옷들이 줄줄이 떠올랐다. 거기다 샤워 후 급하게 나오느라 화장실 앞에 썼던 수건, 입었던 속옷까지……. 머릿속에서 그려지는 처참한 집 상황에 강주는 말을 채 끝맺지 못했다.

"저기 뒤에 주차해 놨어."

"그, 그래요?"

그의 시선을 잘못 이해한 부끄러움에 강주가 먼저 서둘렀다. 빨리 가요, 주혁보다 앞서 그녀는 잰걸음으로 걸었다. 그녀의 뒤를 따란 주혁이 차의 문을 열어 주자 그녀는 이제 몇 번의 탑승으로 익숙해진 조수석 자리에 폭 앉았다.

"근데 이 밤에 왜 아이스크림을 산 거예요?"

스푼을 입에서 뽑으며 강주가 물었다.

"그냥. 먹어야 할 것 같아서."

울적한 날이면 주혁은 늘 아이스크림을 입에 물었다. 습관이란게 참 무섭다. 어른이 된 지금도 가족 때문에 속이 상하거나 슬퍼지려 하면 그는 아이스크림을 먹어야 했다.

"맛있다."

흡족한 표정으로 강주가 미소 지었다. 둥글게 볼이 올라갔다. 그러다 무언가 생각이 났는지 혼자 클클거리다 주혁이 묻기 전 스스로 입을 열었다.

"어렸을 때 아이스크림을 먹고 나면 그다음 날 꼭 배탈이 났어요. 그래서 엄마가 아이스크림을 먹지 말라고 했는데도 계속 먹고 싶은 거예요. 몰래 먹다 배탈 나고, 또 몰래 먹고……."

"어렸을 때부터 말을 안 들었네."

"다른 말은 잘 들었어요! 근데 아이스크림 먹지 말라는 건 너무 힘들었어요, 저한텐. 워낙 좋아했으니까. 그러던 어느 날 엄마가 통에 든 아이스크림을 딱 사 오더니 유성매직으로 통에 줄을 죽 긋는 거예요."

"왜?"

"줄 그어 놓은 데까지만 먹으라고요. 엄마도 혼내는 데 지쳤는지 여기까지만 먹으라고, 넘어가면 혼난다고."

줄을 죽 그어 놓은 아이스크림 통이 그려져 주혁이 웃음 지었다. 더불어 그 아이스크림 통을 멍하니 보고 있었을 강주의 어린 얼굴도 떠올랐다. 지금보다 작고 귀여웠을 테지. 말하는 그녀를 바라보는 주혁의 눈빛이 따뜻했다.

"그래서 진짜 스푼으로 살살 떠먹었어요. 혹시 선 넘어갈까 봐. 엄마가 날짜도 같이 써 놨거든요. 11일엔 여기까지만 먹어라, 12일엔 여기까지. 이렇게."

제 엄마가 했듯이 통에 손가락으로 줄을 긋는 강주가 귀여웠다. 자그마한 참새처럼 종알거리는 그녀의 목소리가 귀에 잘 들리지 않았다. 그는 손을 뻗어 강주의 머리를 쓰다듬었다.

"잘 컸네."

차갑고 달콤하고 부드러운 아이스크림 앞에서 강주는 굳어 버렸다. 만약 이 상황이 드라마라면 분명 잔잔하고 가사가 예쁜 음악이 깔릴 것 같은 분위기였다.

따뜻한 그의 손길에 놀라서 본 그의 얼굴엔 여태껏 보지 못한 웃음이 걸쳐 있었다. 오늘 있었던 일들은 모두 잊어버린 그는 낮과는 다른 표정으로 그녀를 바라봤다.

"그, 그렇죠?"

강주가 고개를 푹 숙였다. 동시에 주혁의 손이 그녀의 머리에서 떨어졌다. 이거 진짜 맛있네요, 붕 뜬 목소리로 그녀가 급히 말했다.

고개를 파묻은 채로 아이스크림을 먹는 강주를 보며 주혁은 오늘 승혁을 만난 뒤 자꾸만 그녀의 얼굴이 떠올랐던 이유를 찾았다. 그녀와 함께 있으면 별다른 생각이 나지 않았다.

그는 여태 스스로를 동정했다. 사람들은 그의 모든 노력을 당연한 것으로 여겼다. 아버지가 누구고, 형이 누군데 그 정도는 당연하지. 그렇게 긴 시간 동안 자신을 내내 괴롭혔던 가족과 자신의 과거들이 강주 앞에선 떠오르지 않았다.

별다른 큰 행동을 한 것도 아니었다. 그냥 달콤한 아이스크림 하나에 행복해하는 표정을 지었을 뿐인데 그것이 그를 편하게 만들었다.

이렇게 되니 정말 인정하지 않을 수 없었다. 그는 강주를 좋아하고 있었다. 자신에게 넘어오게 하겠다는 그녀의 선전포고대로 그는 그녀에게 넘어갔다. 어설픈 유혹이었지만 그는 제대로 넘어간 것을 이제 부정할 수 없었다.

#13. 시작이 없는 끝

아침 첫 손님은 주혁이었다. 가운을 챙겨 입기도 전에 들어온 그는 무슨 말을 하려다 배탈에 좋은 약을 하나 달라고 했다. 선배 배탈 났어요? 묻는 강주의 질문에도 답을 하지 않았다. 아침이라 푹 잠긴 목소리로 그는 계산을 하고 나지막이 말했다.

'혹시 배탈 나면 먹어라.'

어제 함께 있으며 아이스크림을 많이 먹었던 것이 맘에 걸렸는지 그는 방금 산 약을 강주 손에 쥐여 주고 나갔다.

'저 괜찮은데.'
'갖고 있어.'

그 말을 마지막으로 그는 약국을 나갔다. 그 뒤로 몇 번 피부과 환자들이 처방전을 들고 왔다. 성인 여드름으로 고생하는 휴대폰 가게 점원을 위한 약을 조제하고 있을 때, 약국 문이 열리는 소리가 들렸다.

"어서 오……. 어, 왔어?"

조제실에서 나오며 그녀는 방금 들어온 손님이 아영임을 확인했다. 그녀는 당장이라도 말이 하고 싶어 죽겠단 표정이었다. 약을 기다리는 환자가 아니라면 벌써부터 몇 십 개의 문장을 쏟아 냈을 것이다. 강주의 질문에 그녀는 빨리 하란 손짓을 했다.

"식후 30분 아침, 저녁으로 드시면 돼요. 봉투에 쓰여 있으니 확인하고 드시구요. 같이 드린 약은 여드름이 올라오는 부위에 면봉으로 바르시면 돼요. 근데 좀 독하니까 너무 자주 바르시진 말고요. 아침, 저녁 씻고 나서 바르세요."

친절히 설명을 마치고 환자가 약봉투를 들고 나가자 아영이 급하게 의자를 가져와 그녀 앞에 앉았다.

"대박 사건."

"대박 아니기만 해 봐라."

아영은 큰 눈을 더욱 크게 떴다. 아무도 없다는 것을 알면서도 혹시 새어 나갈까 목소리를 작게 냈다. 그러니까…….

"정인혜 차였대."

"……."

"이해준이랑 정인혜 헤어졌대!"

아영의 말 그대로였다. 대박 사건.

비틀거리던 해준의 모습이 떠올랐다. 술에 취해 중얼거리던 그의 말들, 그리고 자신에게 날카롭게 굴었던 인혜의 모습도. 연인은 헤어지기 전 여러 징후를 남긴다. 그 징후를 강주는 몇 번 보았다.

"왜 아무 말도 못 해? 너무 기뻐서?"

"모르겠어……."

털썩, 힘없는 목소리를 뱉은 후 의자에 앉았다. 인혜가 해준과 헤어지는 것은 분명 자신에게 큰일임이 분명했다. 오랜 기간 사랑했던 남자가 자신의 친한 친구에게 속아 연애를 했다. 그 연애에 누구보다 상처받은 사람이었다. 못된 마음으로 두 사람이 헤어지길 빌기도 했었다.

"이상하다……."

기분이 이상했다. 그랬는데, 분명 누구보다 두 사람이 헤어지길 빌었는데 기쁘지 않았다. 오히려 슬펐다. 두 연인이 헤어졌다는 사실이 강주에게 슬픈 감정을 일으켰다는 것은 쉬이 넘길 수 없는 것이었다. 시간이 흘러 상처가 아물었기 때문일까.

"별 느낌이 안 나."

"왜? 정인혜 그 못된 계집애. 내 그럴 줄 알았지. 친구 버리고 거짓으로 해준 오빠 꼬시고……. 못된 짓은 다 하더니 꼴좋다, 좋아."

조금 멍할 뿐 강주는 정말 별 느낌이 나지 않았다. 수많은 커플의 한 이별을 봤을 뿐, 별다른 의미가 찾아지지 않았다. 힘들어했던, 그리고 힘들어할 해준의 모습이 잠시 떠올랐지만 재잘거리는 아영의 목소리에 금방 잊혀졌다.

"해준 오빠도 이제 다 알게 된 거지. 정인혜 걔가 한 못된 짓을."

지난밤, 해준에게 청첩장을 주러 갔던 아영은 자신이 봤던 그의 모습은 강주에게 말하지 않았다. 그는 퀭한 모습이었다. 피곤해 보여요, 살짝 돌려 말한 아영의 말에 그는 머쓱한 눈빛으로 일이 바쁘다 말했다.

결혼 준비는 잘 돼 가냐, 동주는 잘 지내냐, 회사는 어떠냐……. 몇 개의 의미 없는 질문이 오갔다. 이제 청첩장을 건넬 타이밍인가 싶어 아영은 '인혜에게도 전해 주세요' 하며 청첩장을 두 개 내밀었다. 그는 청첩장 두 개 중 하나만 잡으며 어색하게 웃었다.

'미안, 인혜한텐 아영이 네가 전해 줘야 할 것 같아. 나 인혜랑 헤어졌어.'

주변 사람들에게 몇 번 물어보니 해준이 힘들어했단 이야기와 함께 그가 먼저 이별을 고했단 이야기를 들을 수 있었다. 이 소식을 전해 줄 생각에 신나는 마음으로 강주에게 달려왔건만 그녀는 자신보다도 더 반응이 없었다.

"요 며칠간 이렇게 통쾌한 일은 없었어."

아영이 진심으로 말했다. 강주가 자신의 말에 동의해 주길 바랐는데 그녀는 아직도 자신의 감정을 정리하지 못한 듯했다. 너무 기뻐서 저러나. 아영은 말하려던 입술을 다물고 묘한 표정을 짓고 있는 강주를 바라봤다. 자신을 바라보는 것도 느껴지지 않는지 멍한 표정으로 수분 있던 그녀는 무겁게 입술을 떼었다.

"이제 그럼…… 그만해야겠다."

"뭘?"

"주혁 선배……."

아…… 하는 소리가 아영의 입에서 나왔다. 강주의 눈에 초점이 찾아졌다. 그녀는 아영을 똑바로 바라보며 말했다.

"미안해서 그만두고 싶었어. 아무 잘못 없는 사람 괜히 끌어들인 것 같아서……."

"그래, 뭐, 그만두자!"

"응……."

아영은 더 이상 길게 말을 하지 않았다. 묻고 싶은 말은 있었다. 주혁에게 죄책감이 들었다는 강주에게 하고 싶은 말. 너 혹시…….

그러나 그녀는 하지 않았다. 자신의 생각이고 마음인데도 그것을 제대로 읽어 내는 것은 참 어려운 일이다. 자신의 질문에 강주는 제대로 답을 하지 못할 것이다.


강주의 전화이길 바라며 받은 전화는 인혜에게 걸려 온 것이었다. 오늘따라 더 딱딱하게 느껴지는 휴대폰을 받아 들고 그는 기계보다 더 딱딱하게 말했다.

"진료 중이야."

털컥. 그는 전화를 끊었다. 인혜의 숨소리도 듣지 않고선. 평소라면 다시 전화가 또 걸려 와야 정상이었다. 두 번, 세 번, 받지 않으면 네 번, 다섯 번까지 전화를 거는 인혜였다. 그런데 오늘은 이상하게 다음 전화가 오지 않았다.

♡　　　❤　　　♡

옷을 입는 강주의 표정이 비장했다. 그 건물 위층에서 카디건을 입는 주혁의 표정도 같았다. 무표정의 두 사람은 거의 동시에 그 건물을 빠져나왔다. 목례를 하고 강주는 약국 셔터를 내렸다. 드르르……. 그녀가 셔터 내리는 모습을 따라서 주혁이 옆에 있는 셔터를 내렸다. 철컹, 셔터가 바닥과 만나면서 커다란 소리를 냈다.

"고마워요."

"같이 저녁……."

"아니요!"

제안을 듣는 것이 싫어 강주는 그의 말을 막고 거절했다. 그를 보는 것이 불편했다. 해준은 인혜와 헤어졌다. 복수를 하겠단 마음이 먼저 사라졌는지, 아니면 복수를 할 필요가 먼저 사라진 것인지 그 순서는 자신도 알 수 없었다.

강주가 알고 있는 것은 자신이 한 일이 어리석고, 주혁에게 상처를 줄 뻔 한 일이었다는 것이었다.

"오늘 속이 더부룩해서……."

당당하게 거절하는 것은 강주와 어울리지 않는 것인지, 거절당한 그는 정작 아무 말 하지 않는데 그녀가 급히 변명을 했다. 일부러 눈썹을 찌푸리고 말하자 그가 커다란 손을 강주의 이마에 가져다 댔다.

"열은 없고?"

"아……."

다정히 물어 오자 억지로 찌푸렸던 눈썹이 곧바로 펴졌다. 바로 미안한 표정으로 뒤바뀌며 그녀는 고개를 숙였다.

"열 없어요. 그냥 조금 소화가 안 돼서……."

"그럼 좀 걷자."

그녀가 뭐라 말하기 전에 주혁이 그녀의 손을 잡았다. 작은 그녀의 손은 그의 커다란 손에 감싸여 보이지 않았다. 손에 힘을 줘 빼내려 하자 그가 더욱 손에 힘을 주었다. 그의 손엔 의지가 있었다. 무언가를 하려는 의지, 강주는 그 의지를 이길 수 없었다.

약국과 병원 근처에 있는 호수공원으로 그는 걸어갔다. 밤공기를 마시며 뛰는 사람들, 팔을 직각으로 세워 빠르게 걷는 사람들, 수다 떨며 걷는 사람들……. 분명 걷자며 공원에 데리고 온 주혁은 벤치에 털썩 앉았다.

"걷자면서요?"

"걷고 와. 저기 저 아줌마 열심히 걷는다. 저 아줌마 따라서 한 바퀴 돌고 와."

"뭐예요. 이럴 거면 뭐하러 데리고 왔어요."

그러게 말이다. 주혁은 뚱한 표정을 짓는 강주를 바라봤다. 그녀의 얼굴을 보니 나오려던 속마음이 어딘가에 턱 걸려 나오지 않았다. 생각 정리 좀 하고, 어떻게 말할까 고민 좀 하고, 그리고 나서…….

"저한테 할 말 있어요?"

"어…… 어?"

"아니, 할 말 있는 표정 같아서……."

아님 말구요, 말하고 강주는 주혁이 정해 준 워킹메이트를 쫓았다. 터덜터덜 걷는 그녀의 뒷모습을 바라보다 주혁은 고개를 확 젖혀 하늘을 바라봤다.

"하……."

고백이 이렇게 어려운 건가. 강주는 분명 자신에게 호감을 표했는데 왜 이렇게 용기가 나지 않는지. 막상 자신이 고백을 하면 도망가면 어쩌나, 마음을 얻고 나니 재미없어졌다며 자신을 버리면 어쩌나. 근거 없는 생각들이 자꾸만 그의 용기를 막았다.

한편 플랫슈즈를 신고 탈탈 소리를 내며 걷던 그녀는 아까의 비장한 표정이었다.

공원 한 바퀴를 돌 동안 주혁이 자신의 생각을 정리한 것처럼 강주도 자신의 생각을 정리했다. 주혁의 얼굴을 보자 다시 또 죄책감이 밀려들었다. 몇 걸음 남기고 강주가 멈췄다. 그는 숨을 삼켰다.

"선배! 사실은 제가 할 말이 있어요."

"……."

다시 한 번 그의 입이 막혔다. 겨우 모은 용기와 함께 숨이 뱉어지지 않았다. 그는 해보란 표시를 고갯짓으로 했다.

"저 그만하고 싶어요."

그녀의 말소리가 그의 주변으로 흩어졌다. 막혔던 숨이 터지지 못하고 다시 폐 깊숙한 곳으로 빨려 들어갔다. 그녀는 분명 자신 앞에 서 있었다. 눈을 깜박이고 서 있는 것은 분명 이강주가 맞았다. 방금 그 말도 그녀가 한 말이었다. 강주의 입에서 나온 말이 분명했다.

"……뭘?"

그녀가 무슨 말을 한 것인지 이해하지 못할 정도로 그는 바보가 아니었다. 그녀가 그만두겠다고 한 것이 무엇인지, 그리고 그것이 무슨 의미인지 주혁은 알고 있었다. 모른 척 질문을 건넨 것은 혹시 자신의 예상이 틀릴지도 모른다는 작은 기대감 때문이었다. 이미 강주의 표정으로 답을 알고 있으면서도 그는 그 기대를 놓칠 수 없었다.

질문을 던지고 그녀의 대답을 기다렸다. 그녀의 입술이 움직이자 그는 그녀의 입술과 목소리에 집중했다.

"선배 꼬시는 거 그만두고 싶어요."

나이가 들면 잠이 없어진다고 한다. 삼십 대 초반. 그 나이 대에도 그 이야기가 적용되는 것인지 그렇게 나이를 많이 먹은 것 같지 않은데 그는 잠이 없는 사람처럼 눈을 뜨고 있었다.

침대에 누웠다. 천장을 바라보았다. 밝은 전등 옆에 어두웠던 그녀의 얼굴이 금방 떠올랐다. 방엔 주혁뿐이었지만 그는 강주가 이 공간에 가득 차 있는 것 같았다. 자신의 팔로 머리를 받치고 있던 그는 갑자기 벌떡 일어나 침대에 앉았다.

"허…… 참."

책장에 있던 책들이 바닥에 우르르 쏟아진 것 같은 머릿속.

이미 잠은 포기했다. 덤덤히 그만하겠다던 강주의 얼굴이 집 안 곳곳에서 나타났다. 눈을 꼭 감으면 그 목소리가 들렸다.

주혁은 결국 침대에서 일어나 부엌으로 걸어갔다. 시원한 물에 얼음까지 띄워 벌컥벌컥 마셨다. 컵을 내려놓자마자 띵해지는 머리에 그는 손바닥으로 관자놀이를 꾹 누르며 인상을 썼다.

그를 잠에 들지 못하게 하는 그녀와의 사건은 이제 어제의 일이 되었다. '어제' 라는 단어가 가져다주는 흘러간 느낌처럼 그렇게 그 일을 잊어버리면 좋으련만 쉽지 않았다.

그녀 앞에서 주혁도 담담하게 행동했다. 그래. 대답을 하고 조용히 같이 다시 병원 건물로 돌아왔다. 주차된 차를 타고 운전대를 잡자 그의 머릿속 서랍에 담겨 있던 온갖 생각들이 우르르 쏟아졌다. 그리고 여전히 그 상태였다.

다시 침대로 가는 것을 포기하고 그는 TV 앞 소파에 앉았다. 리모컨을 만지작거렸지만 전원 버튼은 누르지 않았다. 그는 TV를 보는 것 대신 다시 또 그 상황으로 빠져들어 갔다.

샷을 추가한 아메리카노를 들고 주혁은 병원으로 걸어갔다. 약국 셔터를 올리던 강주가 그를 발견했을 때, 주혁도 그녀의 얼굴을 봤다. 어떻게 하지, 망설이는 표정이 두 사람 얼굴에 동시에 떠올랐다. 크게 잘못한 것이 없는데도 강주는 미안한 마음이 들었고, 그는 잘못한 것이 없는 그녀가 괜히 미웠다.

까딱. 눈도 마주치지 않고 옆으로 고개를 어정쩡하게 숙인 뒤 강주는 청춘 약국 속으로 쏙 들어가 버렸다. 방금 전 그녀가 한 행동이 인사가 맞는지 주혁이 판단하기도 전에 그녀는 사라져 버렸다. 주혁은 강주를 찾아 약국 안으로 들어갔다.

"……뭐 필요하세요?"

못 볼 것이라도 본 표정으로 강주가 물었다. 천천히 가운을 입던 그녀는 갑자기 손을 빠르게 움직이더니 가운을 챙겨 입고 박스에 모아 둔 처방전을 뒤적이기 시작했다. 강주의 질문에 대답을 하는 사람은 없었다. 좌르륵— 강주가 뒤적이는 처방전만이 적막 속 유일한 소리였다.

"많이 바쁜가 봐?"

방금 셔터를 올린 약국이었다. 바쁘긴 뭐가 바빠. 다 알면서도 물었다. 강주의 눈 깜박이는 속도가 빨라지고 그녀는 더 안절부절못하며 손가락을 정신없게 움직였다.

"아, 조금……."

"속은 좀 괜찮고?"

"속이요?"

어제 자신이 한 말도 기억나지 않는 것인지 그녀가 순진한 눈을 하고 되물었다. '그걸 왜 묻지?' 하는 얼굴. 그러다 이내 어제 자신이 했던 작은 거짓말이 떠올랐다. 강주는 다시 또 눈을 빠르게 깜박였다.

"아, 괜, 괘, 괜찮아요. 자고 나니까 괜찮아졌어요."

나는 바보다! 나는 멍청이다! 대답을 하면서 강주는 자신을 자책했다.

주혁은 이미 모든 것을 파악한 얼굴이었다. 바쁘다는 거짓말, 어제 같이 저녁 먹는 것을 거절하기 위해 했던 속이 안 좋단 말. 모두 진실이 아님을 그는 다 꿰뚫어 보았다.

이건 또 다른 느낌의 상처였다.

자신을 유혹하겠다며 매달리던 여자가 갑자기 차갑게 구는 것. 자꾸만 자신 앞에서 어설픈 거짓말을 내뱉는 것. 눈을 피하는 것. 미안한 표정을 짓는 것.

그녀가 하는 모든 행동과 표정들이 그에게 날카롭게 날아왔다. 더 이상 있다가는 패전을 이끈 장수처럼 털썩 한쪽 무릎을 꿇고 말 것 같았다. 한 손으로는 자신의 왼쪽 가슴을 움켜쥔 채로. 그런 꼴은 보이기 싫어 그는 별다른 인사를 하지 않고 몸을 돌렸다.

어떻게 그런 용기가 났을까. 강주는 턱을 괸 채로 그에게 용기 있게 말했던 그 순간을 떠올렸다. 31년간 바라본 자신은 '용기'라는 것이 없는 사람이었다. 쉽게 증명할 수도 있었다. 뒤에서 8년을 좋아했으면서 고백 비슷한 것도 해준에게 전하지 못했으니까. 그런데 그 순간 어떻게 그런 말이 튀어나왔을까.

그녀를 그렇게 만든 것은 그에 대한 죄책감이 가장 컸다. 어느 순간 해준을 빼앗았던 인혜에 대한 미움보다 그를 자신의 복수에 이용한다는 죄책감이 커졌다.

밥을 먹고 같이 시간을 보내며 그가 편하게 느껴지자 그 죄책감은 그만둬야 한다는 압박감으로 자신을 더욱 조여 왔다. 그와 함께하는 시간은 즐겁고 편했지만 돌아오는 그녀의 발걸음은 항상 불편하고 무거웠다.

어설픈 마무리였지만 강주는 모처럼 자신의 결정이 마음에 들었다. 잘했어, 잘한 거야. 속으로 자신에게 되뇌며 그녀는 고개를 끄덕였다. 딸랑, 종소리가 들리고 강주는 눈을 들어 약국 문을 바라봤다.

"언제 끝나?"

"네? 왜요?"

"같이 저녁 먹자."

아……. 곤란해 죽겠다는 표정으로 그녀는 주혁을 바라봤다. 그의 눈은 여전했다. 자신을 꿰뚫는 눈빛. 분명 거짓말을 하면 다 들통 날 것임을 알면서도 그녀는 입술을 옴싹거리며 작은 목소리를 내었다.

"그게…… 오늘……. 아영이를 만나기로 했는데……."

주혁이 나가면 당장 '거짓말 잘하는 법'을 검색할 것이다. 우물쭈물 말하는 모습은 누가 봐도 딱 거짓말을 하는 이의 모습이었다. 손가락은 꼼지락거리고 시선은 피하며 목소리엔 진실성이 없었다.

"그래? 그럼 내일은?"

"내일은……."

또 한참 말을 만들어 내야 했다. 내일은 뭐라고 하지? 내일은 뭐가 있어야 할까? 뭐가 있으면 좋을까? 생각해 내, 제발 생각해. 내 뇌야!

"아! 내일부터 저 다이어트 해요! 샐러드만…… 먹으려구요."

고작 생각해 낸 것이 다이어트. 주혁은 알겠다 말하고 뒤를 돌았다. 약국 문 옆에 붙은 포스터엔 크게 '다이어트! 걱정하지 마세요!'라고 쓰여 있었다.

주혁은 한숨을 내쉬며 걸음을 옮겼다. 유범에게 어제의 일을 말한다면 그는 분명 놀라며 말할 것이다. 남주혁의 제국이 이렇게 무너지는구나. 천하의 남주혁에게도 이런 날이 있구나.

모처럼 관심이 갔던 여자가 갑자기 마음의 문을 꾹 닫아 버렸다. 이유는 모르지만 묻지 않을 것이다. 어떤 대답이 나오든 상처가 될 것이다. 무척이나 궁금했지만 그 이유를 듣는다 해서 그녀의 마음이 바뀔 것이란 생각이 들지 않았다.

평소보다 이르게 병원 문을 닫은 노력이 물거품이 되었다. 이전과 같이 저녁을 함께하는 것도 그녀는 허락할 수 없나 보다. 유혹을 당했던 자신이 왜 이런 허전함과 공허함을 느껴야 하는지.

그는 고개를 숙인 채 주차장으로 걸어갔다.

"오빠."

인혜였다. 그는 자신의 차로 걸어가려던 걸음을 멈췄다. 그러자 인혜가 비틀거리면서 자신에게 걸어왔다. 일정하지 않은 발걸음이 그녀가 꽤 많이 취했다는 걸 알려 주고 있었다.

"나…… 위로 좀 해주면 안 돼?"

그 예전에 썼던 어떤 방법처럼 그녀는 불쌍한 눈빛을 하고 그에게 말했다.

"나 해준 오빠한테 차였거든."

인혜는 그를 바라보았고, 그에게서 자신을 향한 동정이 보였다. 이별을 겪은 여자가 지을 수 있는 최대의 슬픈 표정으로 그녀는 서 있었다.

해준을 잃고 나자 인혜는 모든 것이 다 무너진 느낌이었다. 해준을 붙잡고 있었던 것은 그것이 유일하게 주혁을 자극하는 일이었기 때문이었다. 그가 준비했던 이별을 받아들이는 것은 어렵지 않았지만 인혜는 자신이 갖고 있던 모든 것을 다 잃었다 생각했다.

이젠 더 이상 주혁에게 내밀 카드가 없었다. 자신은 그를 향한 열망과 욕심으로 가득 차 있는 여자였다. 스스로가 생각해도 무시운 자신을 그는 받아들이지 않을 것이다. 그러자 인혜는 스스로를 동정했다. 스스로를 위로했다. 사랑을 위해 별의별 짓 다 한 계집애. 그러나 결국 사랑을 얻지 못한 계집애.

자신을 위로하면 할수록 그녀는 다른 사람의 위로가 고팠다. 한 명 정도는 자신을 동정의 눈길로 바라보지 않을까? 자신에게 손가락질이 아닌 위로를 건넬 사람이 한 명 정도는 있지 않을까. 그래, 네가 한 일은 다 모두 나쁘고 못된 짓이었지만 너는 진짜로 그 남자를 사랑했구나. 그렇게 위로해 줄 사람.

인혜는 길게 생각하지 않았다. 그녀는 주혁이 그런 위로를 해주길 바랐다. 자신이 스스로를 위로하듯, 그가 자신을 그렇게 위로해 주길 바랐다.

"오빠, 나는 진짜 오빠를 좋아해."

좋아한다고 말하기엔 부족한 감정이었지만 그녀는 상관하지 않았다. 그의 눈이 차가웠지만 상관없었다.

"나는 진짜……."

쏟아지는 눈물은 막을 새도 없이 흘러내렸다. 푹 고개를 숙이자 눈물이 더 빠른 속도로 떨어졌다. 아픔을 막아 놓은 장벽이 무너진 느낌.

인혜는 꺽꺽 소리를 내며 눈물을 흘렸다. 그의 위로를 기다렸지만 주혁은 아무 반응이 없었다. 그녀의 울음소리가 커졌다.

셔터를 내리는 강주 옆으로 피부과 간호사 경애가 다가왔다.

"어머! 이 차 뭐야? 5725? 이거 약사님 차예요?"

누군가가 세워 둔 차였다. 잠시 자신이 조제실 정리를 하는 동안 건물 앞 도로에 누군가가 주차했나 보다. 셔터를 마저 내리며 강주가 답했다.

"제 차 아니에요……."

"그럼 누구 차지? 이거 여기다 세워 두면 바로 견인해 가는데……."

주변에 아무도 없는 걸 알면서도 경애는 주변을 살폈다. 오랫동안 차를 떠나 있을 것이면 번호라도 남기고 가지, 경애는 볼멘소리로 말했다.

마치 자신의 일처럼 걱정스레 말하는 경애를 그냥 무시할 수 없어 강주는 주차된 차를 살폈다. 검은색 승용차. 낯이 익은 차였다. 세상에 똑같은 차가 많으니 낯설지 않은 것은 당연한데 그보다 더 익숙한 느낌이었다. 차의 내부를 보고 그녀는 매너 없이 주차를 한 차주가 인혜임을 알아챘다.

"저 이 차 주인 알아요. 잠깐만 기다려요."

강주는 숄더백에서 휴대폰을 꺼내었다. 제 손가락으로 누를 일이 없을 것이라 믿었던 그 이름을 찾아 누르자 금방 신호가 울렸다.

"나 강준데……. 차 좀 빼 줘. 너 여기 주차하면 견인된대."

신호가 멈췄다는 것은 상대가 전화를 받았단 뜻이었다. 상대가 아무 말 안 하자 강주는 휴대폰 액정을 다시 확인했다. 분명 통화 상태였다.

"정인혜. 여기 약국 앞에 세워 둔 차……."

자신의 전화라서 일부러 대답을 하지 않는 것일까. 강주는 조금 더 목소리를 높여 말했다.

— 정인혜, 정신 차려.

"선……배?"

전화가 끊겼다. 강주는 다시 한 번 자신이 누구에게 전화를 걸었는지 확인했다. 정인혜. 세 글자를 눈으로 확인하자 방금 전 자신이 들었던 목소리를 떠올렸다. 분명 주혁의 목소리였다. 묵직하고 낮은 목소리.

"차 주인 온대요? 언제 온대요?"

경애가 눈을 반짝이며 물었다.

"아…… 그냥 내버려 둬도 될 것 같……아요. 그냥 가요, 우리."

침대는 요 며칠간 강주가 후회의 고통을 겪는 장소였다. 암막 커튼까지 쳐 놓고 눈을 감았지만 잠이 오지 않았다. 어렸을 때 '과학 상상 글짓기' 또는 '과학 상상 그리기'와 같은 '상상'이 들어갔던 주제는 자신이 가장 싫어했던 것이었는데 오늘은 웬일인지 상상을 밤새도록 할 수 있을 것 같았다.

강주의 상상은 자꾸만 이상한 쪽으로 흘렀다. 지난번 아영과 함께 본 야한 영화 속 주인공이 주혁과 인혜로 뒤바뀌자 강주는 이불을 걷고 몸을 치켜세웠다.

"다 끝난 줄 알았는데……."

자신을 죄어 오던 죄책감을 떨쳐 버리면 숨이 좀 트일 것 같았는데 아니었다. 이젠 인혜까지 합세해 자신을 괴롭혔다. 게다가 주혁은 오늘 자신에게 같이 저녁을 먹자 말했었는데 왜 갑자기 인혜와 함께 있었던 것일까. 그리고 그 두 사람은 대체 동네 어디로 갔단 말인가.

어린 시절을 보냈던 동네의 모습이 지도를 펼친 것처럼 자신의 머리 안에서 펼쳐졌다. 사거리 청춘 약국 위쪽으로 가면 아파트 단지가 있었고, 아래쪽으로 가면 역이 나타났다. 좌측으로 가면 공원, 그리고 그 우측으로 죽 내려가면 먹자골목이 나타났다. 그리고 그 주변엔……. 동네에 유일하게 있는 무인 모텔이 있었다.

"서, 서, 서……설마……. 아니겠지?"

누군가가 자신에게 무엇을, 왜 걱정하느냐 묻는다면 강주는 선뜻 내뱉을 답이 없었다. 그러나 지금 분명 그녀는 그 어떤 이유로도 설명할 수 없는 무엇인가를 걱정하고 있었다.

며칠째 제대로 잠을 자지 못해 묵직한 눈꺼풀을 쉽게 내려놓지 못하던 그녀는 다시 베개에 머리를 눕히는 것이 두려웠다. 또 어떤 상상이 자신을 괴롭힐지 몰랐다.

뇌가 생각을 멈췄으면 좋겠다. 이뤄지지 않을 바람을 가지고 그녀는 다시 침대에 누웠다.

그리고 그때, 그녀의 휴대폰이 울렸다. 요란한 불빛을 뿜으면서.

#14. 1f

전화가 울렸을 때 주혁이었으면 좋겠다는 생각이 번쩍 들었다. 누가 전화를 했든 밤 12시가 넘은 이 시각 울리는 전화는 잠을 방해하는 것이 분명한데도 그녀는 반갑게 몸을 일으켜 휴대폰을 봤다.

[남주혁 선배]

통화버튼을 미는 그녀의 손가락에 조급함이 느껴졌다.

"여, 큼, 큼, 여보세요?"

밤이라 푹 잠겨 있던 목소리가 걸걸하게 튀어나왔다.

— 네. 안녕하세요. 저 택시 기사인데요. 댁이 어디세요? 여기 손님이 자꾸 이강주 집으로 가 달라고 하는데 어딘지 제대로 모르시는 것 같아요. 주소를 물어도 대답을 안 하시고. 여기 동네에서 멀어요? 지금 손님이 많이 취하셨어요.

"예? 아, 저, 그럼 저희 집으로 좀 와 주시겠어요?"

낮은 주혁의 목소리 대신 휴대폰에선 낯선 택시 기사의 목소리가 들렸다. 강주는 택시 기사에게 집의 위치를 설명했다.

통화가 끝나자 바로 헝클어진 머리를 고무줄로 묶고 강주는 카디건을 걸쳤다. 펑퍼짐한 잠옷 위에 카디건과 슬리퍼. 급하게 나온 차림새로 몇 분 기다리니 저 멀리서 자신의 아파트 안으로 들어오는 택시가 보였다.

"아이고. 남자 친구? 아니면 남편?"

"아……. 그냥……."

"술을 많이 드셨어. 오면서 계속 불렀는데도 전혀 듣지 못하시는 것 같던데……. 데리고 올라갈 수 있겠어요? 집에 또 누구 없어?"

아무도 안 계시는데…… 그녀가 말하자 택시 기사는 결국 운전석을 나왔다. 내가 엘리베이터까지만 도와줄게요. 가냘픈 여자가 건장한 사내, 거기다 술에 취한 남자를 집으로 데리고 올라가는 것은 거의 불가능해 보였는지 호의를 베풀었다.

아가씨가 예뻐서 도와줬어, 능치며 택시 기사가 돌아가자 주혁의 몸이 강주 쪽으로 훅 쏠렸다.

"선배! 선배!"

엘리베이터 벽 쪽에 잠깐 그를 세우고 강주는 그의 어깨를 몇 번 흔들었다. 꾹 감겨 있던 눈이 잠깐 떠지는가 싶더니 다시 감겼다.

"선배! 정신 차려요, 선배! 괜찮아요?"

"으……."

그는 인상을 찌푸렸지만 깨어나진 않았다. 다시 또 그를 흔들었으나 주혁은 깨어날 기미가 없었다. 도대체 누구랑 이렇게 술을……. 불평하던 입술이 멈췄다.

"으이씨!"

얄밉게 웃는 인혜의 얼굴이 팟— 하고 떠올라 버렸다. 자신에게 몸을 완전히 기댄 주혁을 그녀는 팔로 툭 밀었다. 땡 하는 엘리베이터 소리와 함께 문이 열리고 강주는 그를 질질 끌어 자신의 집 안방에 가까스로 옮겼다.

낑낑 얼마나 힘을 썼는지 그를 침대에 눕히자마자 앓는 소리가 새어 나왔다. 아이고, 어깨야……. 강주는 맺혀 있는 땀을 닦고 토닥토닥 자신의 어깨를 두드렸다. 그러고는 자신의 부모님이 쓰던 침대에 누워 있는 주혁을 가만히 내려다보았다.

이미 유범과 함께 있을 때 한 번 본 적 있는 모습이었다. 자신이 그렇듯 그는 술이 센 사람이 아니었다. 푸후……. 숨을 내뿜는 그에게서 알코올 냄새가 혹 풍겼다.

"이강주……."

주혁의 입에서 나온 자신의 이름. 그녀는 살짝 허리를 숙였다.

"네? 선배…… 깼어요?"

"이……강주……."

"네? 저 여기 있어요. 선배! 괜찮아요?"

자신의 목소리를 꼭 듣고 있는 것 같은 착각이 들었다. 눈을 감고 있는 그의 곁으로 강주가 좀 더 다가갔다. 얼굴 바로 위에서 '선배!' 하고 부르자 주혁은 움찔거렸다.

"괜찮아요? 물 좀 가져다……."

"이······강······주······."

중요한 것을 외우는 사람처럼, 잊으면 안 되는 것을 외우는 사람처럼 그는 강주의 이름을 불렀다. 내 것이지만 남이 더 많이 사용하는 자신의 이름. 그녀는 자신의 이름을 낮게 부르는 그가 안쓰러웠다.

언젠가 아버지에게 들었던 말처럼 마음이 움직이자 몸이 움직였다. 안쓰러운 마음을 담아 그녀는 그의 얼굴을 쓰다듬었다.

"내 목소리 듣지도 못하면서 이강주는 왜 이렇게 찾아요."

눈썹 아래로 내려온 머리카락을 넘겨 주고 조용히 말하는데 그가 눈을 움칠거렸다. 그러다 곧 그의 눈이 게슴츠레 떠졌다.

"깨어났······."

주혁은 그녀를 느리게 껴안았다. 단단한 그의 팔이 자신을 감싸자 그녀는 중심을 잃고 주혁의 위로 쓰러졌다. '악!' 깜짝 놀란 강주가 비명을 질렀다. 무거운 자신의 몸이 그의 위에 올라타져 있었다.

"으······. 선배? 괜찮아요?"

주혁은 자신을 커다랗고 말캉한 베개로 생각하는 것 같았다. 자신의 위에 올라와 있는 강주를 껴안은 채로 그는 옆으로 누웠다. 발까지 자신의 몸에 걸치자 저절로 '끄으······.' 하는 이상한 소리가 내뱉어졌다. 그 소리가 주혁은 들리지 않는 듯했다. 그는 이 모든 것이 현실인지 꿈인지 분간도 못 하고 있었다. 코앞에 강주가 누워 있는데도 아무것도 모르는 사람처럼 주혁은 다시 눈을 감았다.

"이것 좀······ 놓고······."

잠이 든 그의 팔에 힘이 빠지자 강주는 그의 품에서 벗어나려
했다. 부모님이 시골로 내려가시기 전까지 사용하시던 침대였다.
그 침대에 주혁을 재운 것으로 모자라 자신까지 누워 있다니. 어
디선가 그의 어머니와 아버지가 강주를 보고 있다면 이렇게 말하
지 않을까. 우리 침대는 얼마든지 빌려 줄 수 있다. 대신 누워 있
지만 말고 결혼해라, 딸아.

진짜 누군가가 자신을 지켜보는 느낌이 들어 강주는 그의 품을
빠져나가고 싶었다.

힘이 빠져 축 늘어져 있던 주혁은 강주가 꿈틀거릴 때마다 팔
에 힘을 주었다. 몇 번 그의 품에서 도망가려다 강주는 그냥 포
기해 버렸다. 자신의 눈 바로 앞엔 그의 가슴이 있었다. 그리고
그 위엔 그의 목, 그리고 그 위엔……

심장이 갑자기 뛰기 시작해 강주는 몰래 그의 얼굴을 훔쳐보는
것을 포기했다.

내가 남자와 함께 침대에 누워 있다니. 그는 자신을 꼭 껴안고
있다. 자신은 그의 품에 푹 안겨 있다. 콩닥콩닥콩닥……. 눈을
감았지만 자신의 심장의 울림이 귓가까지 전해졌다.


주혁에게 있어 지난밤은 롤러코스터 같았다. 위로를 바라며 찾
아온 인혜를 그냥 돌려보냈다. 쉽지는 않았다. 정신없이 우는 그
녀를 택시 안으로 넣기 위해 밤새 작업 중이던 유범까지 불렀다.
억지로 택시에 태워 그녀를 보내고, 두 사람은 동네 허름한 호프
집에서 술을 마셨다.

기계처럼 연거푸 술잔을 기울이는 주혁에게 유범이 무슨 일 있

냐 여러 번 물었지만 그는 대답 대신 술 한 잔을 더 마실 뿐이었다. 둘 다 제정신 아닌 상태로 호프집을 나와 각자 택시에 올라탔다. 그래, 거기까진 기억나는데 그 후론 아무런 기억이 없었다.

눈을 뜨고 나서야 자신에게 어떤 일들이 있었는지 짐작이 갔다. 자신의 품속에서 강주가 새근거리며 잠들어 있었다. 밤새 그녀를 안고 있었던 팔이 저려 조심히 팔을 내리고 그는 자는 강주의 얼굴을 내려다봤다.

정신을 잃을 때까지 술을 마시는 것을 싫어했던 그였는데 처음으로 무모했던 자신의 행동에 박수를 쳐 주고 싶어졌다. 한참 그녀를 바라봤지만 강주는 미동조차 없었다. 심심해진 주혁은 손가락으로 그녀의 코를 톡 쳤다.

세로 주름을 잡으며 움직이는 코. 찡긋거리는 것이 귀여워 또다시 한 번 톡 치자 이번엔 손을 올려 자신의 코를 매만졌다. 다시 톡. 정말 귀찮았는지 그녀가 손바닥으로 자신을 괴롭히는 존재를 찾으려 얼굴 전체를 문질렀다. 짜증이 난 그녀의 얼굴이 매끈한 지점토 반죽처럼 구겨지더니 두 눈에 힘이 들어갔다.

"아침이야."

흐응……. 칭얼거리는 소리를 내며 그녀가 눈을 떴다. 그러곤 깜빡였다.

혼자 살고 나서 시계도 아니고 알람도 아닌 무엇인가가 자신을 깨운 것은 처음이었다. 이마를 긁적이던 그녀가 이제야 상황을 파악했는지 재빠르게 자리에서 일어났다. 두 사람이 같이 덮고 있던 흰 이불이 바닥으로 툭 떨어졌다.

"아! 깜빡 잠들었네."

심장이 미친 듯 뛰어 잠을 자지 못할 것 같던 지난밤. 스르륵 잠에 빠진 그녀는 앞에 있는 주혁보다 자신이 잠들었단 사실에 더 놀랐다. 고막 아래에서 누군가 북이라도 치는 것처럼 두근거렸던 심장, 그 심장 소리에 잠이 들지 못했었는데……. 언제 이렇게 잠들어 버렸는지 그녀는 입술을 깨물며 생각했다.

"괜찮아요? 어제 술 많이 마셨던데……."

"한숨 자고 나니까 괜찮아."

다행이네요. 머리를 긁적이며 강주가 말했다. 눈을 떴는데 자신의 집도 아니고 앞에 여자도 있는데 어쩜 그는 저렇게 태연할까.

"여자 집에서 눈뜨는 것 익숙해요?"

"뭐?"

"아니…… 어떻게 이렇게 자연스러워요? 전혀 놀라지도 않고……."

이해가 되지 않는단 표정으로 강주가 말했다.

"몇 번 겪었던 일이니까."

강주는 옆에 있던 베개를 능글맞게 말한 주혁에게 던져 버렸다. 그의 얼굴을 정통으로 맞췄다면 좋았을걸. 베개는 그의 가슴을 툭 치고 바닥으로 떨어졌다. 강주의 반응이 재밌었는지 아니면 자신의 대답이 마음에 들었던 것인지 그는 큭큭거리며 웃었다.

"어제 아무 일도 없었어?"

"무슨 일이요?"

"내가 여자 집에서 눈을 떴는데 아무 일도 일어나지 않았을 리가 없잖아."

매를 번다, 벌어. 강주는 이번엔 이불을 들어 그의 얼굴 위로 덮어 버렸다.

"진짜 미쳤어요?"

카랑한 목소리로 소리치자 그는 이불 아래에서 또 큭큭 웃었다. 일부러 자신을 놀리는 주혁이 야속해 강주는 떨어진 베개를 다시 또 그에게 던졌다.

"우, 웃지 마요!"

그의 머리 위에 덮여 있던 이불을 내리고 주혁이 미소 띤 얼굴로 그녀를 바라봤다. 그를 노려보고 있던 강주는 막상 주혁이 빙긋 웃으며 자신을 바라보자 멈칫하며 표정을 풀었다. 괜히 옆에 있는 옷장을 바라보며 눈을 굴리는데 그가 손을 뻗어 강주의 손을 잡았다.

"이강주."

어제 그의 입에서 들었던 자신의 이름이 또 한 번 불렸다. 그의 눈빛이 삽시간에 변했다. 이전의 장난기가 사라진 눈빛. 올라가 있던 입꼬리도 내려갔다. 처음 그를 봤을 때 느꼈던 차가움이 느껴졌다.

"네?"

상대가 진지하게 자신의 이름을 부르면 어쩐지 긴장하게 된다. 강주는 바싹 마른 입술을 적셨다.

"너 내가 꼬시면 넘어올래?"

#15. 증거

"아하, 아하하……. 하하……."

어색하게 웃으며 강주는 주혁이 잡고 있는 자신의 손을 빼내려 했다. 굳은 그의 표정처럼 주혁의 손은 단단했다.

"장난치는 거예요? 지난번에 내가 했던 말 따라 하는……."

"장난하는 것으로 보여?"

억지로 웃었던 그녀의 입꼬리가 바르르 떨리며 내려왔다. 공기마저 숨죽이며 그녀의 대답을 기다렸다. 뿜어져 나오는 그의 기운에 밀린 그녀는 나뭇가지가 잎을 떨어뜨리듯 고개를 푹 숙였다.

"그, 그냥…… 장난이라고 하면 안 돼요?"

"……."

"말했잖아요. 그만하고 싶다고……."

자신의 장점 중 하나는 후회를 하지 않는다는 것이었다. 지나간 연인, 흘러간 시간, 떠내려간 인연. 그것들을 다시 붙잡을 시간에 새로운 것에 집중하는 것이 더 이득임을 그는 경험적으로 알고 있었다.

자신보다 더 슬픈 표정을 짓는 그녀 앞에서 아무 말도 하지 않고 나왔다.

환자가 없는 진료실, 그는 조용히 검은 만년필을 돌리고 있었다. 툭, 토르르르……. 그의 손가락을 벗어난 펜이 책상을 굴러떨어졌다.

다시 잡을 생각 없는 듯 펜이 떨어지는 모습을 보던 주혁은 뒷목을 잡은 채 의자에 허리를 기대었다.

내가 여태 뭘 한 거지. 내가 무슨 짓을 한 거야. 인생에 후회란 없던 그는 처음으로 후회 가득한 하루를 보내는 중이었다.

"김아영 환자분 들어가실게요."

간호사의 목소리에 그는 허리를 꼿꼿하게 폈다. 허탈감이 가득했던 표정을 지우고 주혁은 진료실 문을 바라봤다.

"꺄, 안녕하세요. 선배!"

아영이 콧소리를 내며 웃었다. 크항항항……. 특이한 웃음소리가 낯설지 않아 주혁은 자신의 앞에 있는 아영을 한참 바라보았다.

"저 약학과 후배예요, 선배."

"아, 오랜만이다."

신입생 중에서도 꽤 시끄러웠던 아이로 기억한다. 사람의 이름과 얼굴을 잘 기억하지 못하는 주혁이었지만 아영의 얼굴은 기억이 났다. 아영은 인기가 많은 후배였다. 자신의 동기랑 사귀기도 했었다.

"선배 개원했다는 소식을 들었거든요. 아, 우선 이것부터."

그녀는 가방에서 청첩장을 꺼내 주혁에게 내밀었다.

"저 곧 있으면 결혼해요. 부담 가지지 마세요. 꼭 오시란 얘기도 아니구, 그냥 드리고 싶어서……."

몇 년 만에 만난 주혁에게 청첩장을 내미는 것이 본인도 꽤 뻘쭘한 모양이었다. 웃음소리가 잦아들었다. 아영은 있지도 않은 머리카락을 귀 뒤로 넘기는 척하며 환자용 의자에 앉았다.

"어디가 불편하세요?"

아영이 환자용 의자에 앉자 그는 환자를 대하듯 딱딱하게 말했다.

"불편한 곳은 없구요. 이제 웨딩 촬영도 해야 하고, 식도 얼마 남지 않아서요. 점도 좀 빼고 관리도 좀 하려고요."

그녀는 민낯으로 치료용 침대에 누웠다.

"밑에 약사…… 저랑 친구인데 아세요?"

"치료 시작할게요."

냉담한 그의 말에 아영은 입을 꾹 다물었다.

울긋불긋한 얼굴로 아영은 청춘 약국의 문을 열었다. 문과 함께 열린 아영의 입술은 좀처럼 다물어지지 않았다.

"주혁 선배 말이야. 원래 저렇게 까칠하니? 아, 맞다! 그때도 그렇게 사려 깊고 친절한 스타일은 아니었다."

"갑자기 왜? 선배 만났어?"

아침의 일이 떠올랐지만 모른 척 강주가 물었다. 자신을 욕하는 것도 아닌데 이상하게 강주는 멋쩍은 표정으로 아영을 봤다.

"응. 나 피부 관리해야 할 것 같아서. 그냥 피부 관리실은 뭔가 믿음이 안 가고⋯⋯. 간단하게 점이랑 기미 같은 것 좀 손보려고. 그래서 여기 위로 갔지. 선배 덕 좀 볼까 싶어서."

"그래서 덕 좀 봤어?"

"덕은 무슨⋯⋯. 민망해 죽는 줄 알았다. 너 아냐고 물었는데 '치료 시작할게요.' 하고 딱 자르는 것 있지. 그래서 조용히 치료만 받고 왔어. 안다고 대답하는 게 뭐가 어렵다고."

가만히 아영의 이야기를 들어 주기엔 마음이 너무 어지러웠다. 급하지도 않은 테이블 정리를 강주는 시작했다. 자신이 아는 그는 살갑지도 않지만 그렇다고 환자를 막 대하는 사람도 아니었다. 그런 주혁이 아영에게 까칠하게 대했다는 이야기를 들으니 왠지 그 이유가 자신 때문일지도 모른단 생각이 들었다. 미백도 그냥 할까, 고민하는 아영의 질문에 강주는 아무 답도 하지 않았다.

"이강주! 너도 나 무시하냐?"

"아! 아, 미안. 뭐라고?"

"뭐야⋯⋯. 이상해, 두 사람⋯⋯. 너 말해 봐. 무슨 일 있지?"

평소 자신의 예민한 촉을 늘 자랑했던 아영이었다. 이번에도 귀신같이 눈치채고 그녀는 강주 곁 가까이로 다가갔다.

"테이블 정리 그만하고 너 여기 앉아 봐. 너 무슨 일 있었지?"

"그냥⋯⋯ 그만하겠다고 말했어."

"어휴……. 기어코 말했구먼. 그래서? 주혁 선배는 뭐라고 했는데?"

이걸 말할까, 말까. 몇 번 고민하다 강주는 눈을 꾹 감고 말했다.

"자기가 꼬시면 넘어오겠냐고."

"뭐어?"

요새 보았던 어떤 드라마보다 더 흥미진진했다. 커다래진 아영의 눈이 줄어들지 않았다. 주혁이 그런 말을 했다는 게 좀처럼 믿기지 않아 몇 번이나 되물었다. 그때마다 강주의 대답은 같았다. 응, 진짜야.

"허……. 그래서 넌 뭐라 그랬는데?"

"그만하자고……."

미쳤네, 미쳤어. 아영은 대역 죄인을 바라보듯 강주를 바라봤다. 그녀의 눈빛에 동요되어 강주는 고개를 푹 숙였다.

"너 계속 이렇게 살래? 연애 한 번 제대로 못 하고, 남자랑 뽀뽀 한 번 못 한 채로 그냥 이렇게 늙어 죽을래?"

"뭐가……. 또……."

엄마에게 혼나는 아이처럼 강주가 대꾸했다.

"울화가 치민다, 다가오는 남자마다 다 그렇게 뻥뻥 차 버리면 어쩌자는 거야. 그냥 못 이기는 척 만나면 안 돼?"

"어떻게 그래. 미안해서……."

후…… 아영은 길게 숨을 내쉬었다. 잘생기고, 직업도 좋고, 사람도 괜찮은 주혁이 한 고백을 죄책감을 이유로 거절했다는 것이 아영은 이해가 되지 않았다. 곧 사라질 미안한 마음 때문에 사랑을 놓치는 것 같아 그녀는 강주가 답답했다.

"나는 왜 이렇게 사랑이 어려울까."

주눅 든 목소리로 강주가 말했다. 그제야 그녀의 표정이 눈에 들어왔다. 기운 없이 축 처진 어깨, 위축된 표정, 침울한 분위기.

아영은 그녀의 어깨를 토닥였다. 사랑이 어렵다는 그녀의 말에 위로뿐이 나오지 않았다. 제대로 된 사랑 한 번 해 보지 못한 그녀가 안타까워 다그쳤지만 사실 가장 힘들 사람은 강주란 생각이 들었다.

길을 걸을 때 어렵지 않게 볼 수 있는 커플들, TV를 틀면 나오는 사랑 이야기, 남자들의 액션 느와르 영화에도 등장하는 절절한 사랑, 유행가 가사 속에서 나오는 사랑의 말······.

삶의 곳곳에 '사랑'이 널렸는데 그것을 제대로 알지도, 경험치도 못한 강주의 마음을 자신이 어떻게 다 헤아릴 수 있겠는가. 몇 년을 괴롭히는 짝사랑의 그림자 때문에 선뜻 밝고 새로운 사랑을 향해 발을 내밀지 못하는 강주. 아영은 나오려는 한숨을 턱 틀어막고 말했다.

"너는 다른 것이 쉬웠나 보지."

"······."

"안 되겠다. 오늘 맛있는 거 먹자."

아영은 결혼식장에 들어갈 때까지 열심히 다이어트 하겠다는 지난주의 결심을 과감히 무너뜨렸다.

빠샤! 외치는 아영 덕에 강주가 살짝 웃었다. 뷔페 갈래, 말하면서.

결혼 준비 스케줄을 모두 취소하고 아영은 강주가 끝날 때를 기다려 같이 나왔다. 약국 불을 다 끄고 나오자 검은 차 한 대가 약국 앞에 주차를 했다.

"저기요. 여기 주차하시면……."

말하는 아영의 말이 멈췄다. 이 밤에 웬 선글라스. 밉상이 꼭 미운 짓만 골라 하지, 구시렁거리며 아영은 차 주인에게로 다가갔다. 너무나도 익숙한 차였지만 강주는 모른 척 셔터를 내렸다.

"여기 주차하면 안 되는데?"

"알아. 금방 갈 거야. 오빠 내려오면 갈게."

"허?"

이것 봐라. 아영이 가슴 위로 팔짱을 끼며 인혜를 바라봤다. 차에 기대 휴대폰을 꺼낸 그녀는 주혁에게 전화를 거는 듯했다. '어! 오빠!' 외치는 하이 톤의 목소리를 듣자 그녀의 추측은 확신으로 바뀌었다.

"밑에서 기다리고 있을게."

인혜의 목소리가 들렸지만 안 들리는 척 강주가 아영의 팔을 끌어당겼다. 가자, 말하는데도 아영은 움직일 기미가 보이지 않았다. 인혜의 말이 사실인지 자신의 눈으로 확인하고 싶었다. 터벅, 터벅. 건물에서 누군가가 내려오는 소리가 들리자 세 사람의 표정이 모두 바뀌었다.

주혁을 만나는 것이 불편한 강주는 아영의 팔을 더 세게 끌어당겼다. 가자! 큰 목소리로 말했지만 아영은 '잠깐만!' 하며 발을 땅에 박았다. 허리를 숙여 내려오는 남자의 얼굴을 확인하고 곧바로 그녀는 인혜를 바라봤다.

"오빠!"

인혜가 활짝 웃으며 주혁에게 다가갔다. 그의 곁에 딱 붙어 은근슬쩍 팔을 붙잡는 모습을 보고 아영은 자신의 휴대폰을 꺼내더니 어딘가로 전화를 걸었다.

"어, 어디야? 아직도 성재 오빠랑 같이 있어? 성재 오빠 아직 여자 친구 없다 그랬지?"

주혁이 바로 인혜가 잡고 있는 팔을 쳐 냈다. 강주는 멀거니 그 장면을 보고 있었다. 강주의 시선이 그에게로 옮겨 가자 주혁은 그녀의 눈빛을 피했다.

"내 친구 소개시켜 준다 그래 봐. 전에 내 사진첩 보고 예쁘다고 했던 애, 강주 소개시켜 준다고."

"뭐?"

자신과 눈이 마주치자 바로 고개를 돌려 버린 주혁 때문에 강주는 잠시 멍해져 있었다. 아영의 말이 아니었다면 그 상태로 우울한 표정을 계속 지었을지도 모르겠다. 자신에게 묻지도 않고 남자를 소개시켜 준다니. 아영답지 않은 행동에 강주가 힘을 실은 손으로 아영의 팔을 쳤다.

"아야! 응, 응. 그래. 좋다고 그러지? 알았어. 내가 강주한테 괜찮은 시간 물어볼게."

강주가 뭐라 말하기 전에 말을 다 끝내 버리고 아영이 전화를 끊었다. 주혁은 멀리 사거리 반대편을 가만히 바라보고 있었고, 인혜는 한 마디도 놓치지 않으려는 듯 아영의 통화 내용에 귀 기울였다. 아영이 인혜를 살짝 흘기더니 몸을 홱 틀어 강주를 바라봤다.

"영민이 아는 형인데 변호사야. 영민이 인맥 중 가장 쓸 만한 사람이야. 사람 엄청 괜찮아. 집안도 좋고 대형 로펌 다녀. 어디더라? 들었는데 까먹었네."

"J and K?"

"아! 맞아! J and K!"

대뜸 끼어든 인혜의 말에 아영이 기쁜 표정으로 대꾸했다. 두 사람은 곧장 뻘쭘한 표정으로 서로를 마주 보았다.

"됐어. 나 그런 거……."

"해 봐. 사람 진짜 괜찮아서 그래. 내가 언제 너한테 누구 소개시켜 준다고 한 적 있어? 그리고 전에 성재 오빠랑 같이 술 마시다 내 사진첩에 있는 네 사진 보여 줬는데 진심으로 너 만나고 싶어 했어……."

주혁이 그들을 지나쳐 걸어갔다. 빨간불이었던 신호가 초록으로 바뀌자마자 그는 기다렸다는 듯 횡단보도로 걸었다. 아영의 말을 주의 깊게 듣고 있던 인혜가 급히 그의 뒤를 따랐다.

"으……. 저것들 뭐야, 진짜?"

"너야말로 뭐하는 거야. 유치하게."

"유치해? 뭐가? 내가?"

너지, 그럼 누구야. 강주가 뒤편 주차장 쪽으로 앞서 걸었다.

"정인혜 하는 꼴 못 봤어? 오빵! 오빵!"

"오버야, 너 지금."

사실 강주의 신경을 거슬리게 하는 것은 주혁에게 끈적이는 껌처럼 달라붙던 인혜가 아니었다. 자신과 눈이 마주칠 때마다 휙 피해 버리는 주혁이었다. 잠깐 눈이 마주쳤을 때 그는 혼란스러운 눈빛이었다. 짙고 깊은 그의 눈이 자꾸만 맴돌았다.

자신의 말이 그에게 큰 상처가 되었을까. 사랑을 잘 모르는 주혁이 진짜 사랑을 했으면 좋겠다던 유범의 말이 떠올랐다. 그 말 위로 주혁의 얼굴이 짙게 겹쳤다.

"야! 안 와?"

칼칼한 아영의 목소리에 고개를 들어 보니 아영이 저만치 앞에 있었다. 주혁을 떠올리다 느려진 발걸음. 강주는 고개를 세차게 흔들었다.


횡단보도를 건넜던 주혁과 인혜는 이내 길거리에서 걸음을 멈췄다. 주머니 속에 있던 반지를 꺼내어 주혁이 내밀었다.

"여기."

인혜가 놓고 간 반지. 술에 취해 끼고 있던 해준과의 커플링을 그 앞에서 빼 던졌다. 곱게 펴진 인혜의 손바닥 위에 반지를 올려놓고 그는 뒤돌았다.

"오빠! 그냥 가게?"

"피곤해."

"나 할 말 있어."

몇 번 반복된 패턴. 질린 표정을 숨기지 못하고 주혁이 뒤를 돌아 인혜를 봤다.

"여기서 해."

그의 옆에 카페가 있었지만 주혁은 들어가지 않을 것이다. 간간이 사람들이 지나가는 인도 위. 진지한 말을 할 공간은 아니었지만 인혜는 개의치 않았다.

"이거 해준 오빠랑 커플링이야."

"그래서?"

인혜는 반지를 도로 위로 던졌다. 작은 반짝임을 머금고 굴러 가던 반지는 금세 두 사람의 눈을 피해 사라졌다.

"다시 시작할 거야. 오빠, 나 오빠 좋아해."

"너 눈치 없단 소리 자주 듣겠다."

"응?"

"나 좋아하는 사람 있어."

좋아하는 사람. 그 비슷한 말은 자주 들었다. 나 만나는 사람 있어. 좋아하는 사람과 만나는 사람은 분명 달랐다. 특히 주혁에 게는. 놀람을 감추지 못하는 인혜에게 주혁이 말했다.

"이강주야."

거절의 말을 뱉는 것은 어렵다. 변명이 변명처럼 보이지 않게 설명을 더덕더덕 붙여야 한다. 그런 거절의 말이 싫어 강주는 매 번 남이 해 오는 부탁이나 제안을 들어주었다. 그러나 이번에는 달랐다. 그녀는 거절했다.

소개팅이고 뭐고 싫어. 너 그때 괜히 정인혜 앞이라고 오버한 거잖아. 진짜로 만나라 그러면 어떡해. 짜증까지 섞어 가며 말했 다. 그러자 아영이 몸을 낮췄다.

그래 그때 오버한 거 인정. 근데 그 오빠가 진짜 만나고 싶다 는데 어떻게 해. 혹시 모르잖아? 성재 오빠랑 잘될지. 아, 몰라

몰라. 그냥 해, 해 봐. 매일 먹는 저녁, 그 날만 남자랑 저녁 먹는
다 생각해.

남자랑 저녁 먹는 것은 쉬운 일이 아니었다. 예의를 차려야 할
테니까. 결국 강주는 아영의 성화에 못 이겨 그 불편한 자리에
나가게 되었다.

흰 원피스에 옅은 핑크색 재킷을 입고 그녀는 약국 문을 잠갔
다. 셔터를 내리려 손을 뻗었을 때 강주의 핸드백 속에서 휴대폰
이 울렸다.

"여보세요?"

— 아, 안녕하세요. 오늘 뵙기로 한 유성재입니다.

"아, 네에—"

당황함을 숨기려 그녀는 말을 길게 끌었다.

— 죄송한데 제가 오늘 조금 늦을 것 같아서요. 일이 좀 지연
되어서…….

"괜찮아요. 그럼 언제……?"

— 여덟 시 반에 뵈어도 될까요? 삼십 분만 늦춰서.

"네. 여덟시 반 괜찮아요. 장소는 N호텔 레스토랑 맞죠?"

강주의 말이 끝나자마자 빌딩에서 주혁이 불쑥 튀어나왔다. 분
명 잠깐 자신을 내려다본 눈빛을 강주는 봤다.

— 네. 맞아요. 죄송해요. 오늘까지 꼭 끝내야 하는 일이라
서…….

그러나 그는 그녀를 봤음에도 마치 아무것도 보지 않은 것처럼
걸어갔다.

"……."

— 강주 씨?

"아! 네. 네. 네…… 괜찮아요."

저 멀리 사라지는 주혁의 뒷모습을 바라봤다. 검은 그의 뒷모습이 커다란 빌딩에 가려 보이지 않자 강주는 통하지 않을 것이란 걸 알면서도 목을 길게 뺐다. 들고 있는 휴대폰에서 성재의 목소리가 어렴풋이 들렸다. 조금 이따 뵐게요. 강주는 대답을 않고 전화를 끊었다.

성재는 좋은 목소리를 가진 남자였다. 여자들이 좋아하는 발라드 가수의 목소리와 비슷했다. 응응 낮게 울리는 목소리. 늦어서 죄송합니다. 그가 말했을 때 곧바로 그 가수의 얼굴이 떠올랐다. 그렇게 좋은 목소리였지만 강주는 그의 목소리에서 좀체 특별함을 느낄 수가 없었다. 주혁 때문이었다.

죄책감에서 벗어나기 위해 그녀는 그만두고 싶다 말했다. 그런데 또 다른 죄책감이 찾아왔다. 시리도록 차갑게 변한 그를 볼 때마다 강주는 커다란 돌 같은 묵직한 감정에 깔렸다. 억누를 수 없는 감정이었다. 이성으로 조절되지 않는 그 감정은 뭐라 명명할 수 없는 것이었다. 자꾸만 그의 눈빛, 얼굴, 뒷모습이 떠올랐다. 생각 속 지우개를 들고 박박 지우려 할수록 그의 모습은 더욱 또렷해졌다.

"강주 씨?"

"……."

"저기, 강주 씨?"

그제야 강주는 자신이 앞에 있는 성재의 눈을 제대로 바라보지 못했다는 것을 깨달았다. 둥근 눈을 반짝이며 괜찮냐 묻는 그 앞에서 강주는 다시 주혁을 떠올렸다.

지난번 그때처럼 주혁이 다시 와 줄까?

바람이 가득한 눈으로 레스토랑 문을 바라봤다. 얼핏 주혁과 비슷한 남자의 모습에 강주는 의자에서 엉덩이를 살짝 떼었다. 앞에 있던 성재도 그녀의 시선을 따라 문을 바라봤다. 들어오는 남자는 주혁이 아니었고 강주는 실망하며 앉았다.

"누구 따로 만나시기로 한 분 있으세요?"

성재의 질문에 강주는 고개를 저었다. 아니, 아니요. 그가 와 줄 리가 없다. 그렇게 생각하면서도 이상하게 그가 와 줬으면 했다. 지난번 '인간 알람'처럼 그가 다시 나타나 이 자리를 망쳐 줬으면 했다.

아영이 말했듯 성재는 좋은 사람이었다. 상대를 앞에 두고 다른 데 정신을 파는 강주의 모습에도 그는 매너 있게 행동했다. 대화의 주제에서도 그녀를 향한 배려가 묻어났다. 노래 듣는 것

198

을 좋아한다는 그녀의 말에 그는 자신이 좋아하는 앨범에 대해 말했다. 평소라면 호들갑 떨었을 대화 주제였다. 그러나 강주는 도무지 대화에 집중할 수가 없었다.

식사를 마쳤다. 그리고 인사를 했다. 택시를 잡아탔다. 탁. 택시 문이 닫히자 그녀는 쿵 소리가 나게 자신의 머리를 창문에 박았다. 어이고, 아가씨! 괜찮아요? 택시 기사의 걱정스런 목소리에 강주는 힘없이 대답했다. 네……. 그러나 그녀는 조금도 괜찮지 않았다.

숨넘어가게 웃었던 동영상을 주혁에게 보여 줬지만 그는 조금도 웃지 않았다. 유범은 자신에게 위로의 능력이 없다는 것을 알고 있었다. 어떻게든 그를 웃겨 보고자 휴대폰을 꺼내 들었지만 그는 자신의 위로가 실패로 끝났음을 바로 인정했다.

"너 이렇게 힘들어하는 거 처음 본다."

주혁은 말없이 빈 잔에 술을 채웠다. 한 방울도 남기지 않으려는 사람처럼 술을 털어 넣고 그는 다시 또 잔에 술을 채웠다.

"그만 마셔, 인마. 그냥 힘들어하면 되지, 왜 몸을 망가트려."

유범이 그에 손에 들려 있던 병을 빼앗았다. 자기 앞쪽에 술병을 놓고 그는 주혁을 바라봤다. 반쯤 뜬 눈. 깊은 생각에 빠진 듯한 표정. 낯설지 않은 그의 얼굴 덕에 유범은 잊고 있던 기억이 떠올랐다.

"아, 이렇게 힘들어한 게 처음은 아니구나."

"······."

"너 진짜 강주 씨 좋아하는구나."

깊은 우울감에 빠진 그의 표정을 보고 있으니 접어 두었던 기억들이 떠올랐다. 그리고 유범은 확신했다. 그가 강주를 진심으로 좋아하고 있음을.

♡　　♥　　♡

유범이 학교에 입학했을 때 자신의 반에 유일하게 눈에 띄던 놈이 주혁이었다. 똑같은 교복에 똑같은 머리를 하고 있는데도 이상하게 시선이 그를 향했다. 그때 유범은 지금보다 10cm 정도 작았다. 반면 주혁은 그때도 키가 커서 자신을 내려다봤었다. 미국에서 왔으니 잘 대해 주라는 담임의 얘기에 주혁은 유범에게 다가와 그의 어깨를 툭 쳤다.

"농구 한 판 할래?"

주혁을 따라 농구를 하는 것이 키 크는 것에 꽤 도움이 되었을 것이다. 다른 학생들은 점심시간도 쪼개며 공부를 했는데 유일하게 밖에서 뛰어놀던 두 사람이 바로 유범과 주혁이었다.

해준을 알게 된 것은 자연스러운 절차였다. 셔츠를 목 끝까지 딱 잠그고 두꺼운 안경을 쓴 그는 주혁과 전혀 다른 분위기를 풍겼다. 닮은 구석 하나 없는 세 사람은 그냥 그렇게 친하게 지냈다. 개방적인 미국 문화 탓인지 키는 유범이 가장 작았지만 그는 성숙했다. 그는 여학생들에게 관심이 많았다. 아니, 정확히 말하자면 여자들에게 환장했었다.

남들이 다 조용히 지나다니는 복도를 유범은 항상 두 눈을 요리조리 굴리며 걸었다. 그러다 예쁜 여자를 발견하면 주혁과 해준에게 즉시 보고했다. 너 6반 송정윤이라고 아냐? 걔 엄청 예쁘던데. 난 걔가 우리 학교에서 제일 예쁜 것 같더라.

두 사람은 늘 별다른 반응이 없었다. 사춘기 학생이라면, 아니 남자라면 자신의 이야기에 흥미를 보이며 달려들어야 하는 것이 분명한데 두 놈은 흥미 없단 표정으로 유범을 바라봤다.

"송정윤?"

처음이었다. 주혁이 유범의 여자 이야기에 관심을 보인 건. 드디어 이놈도 여자에 눈을 떴구나. 같이 복도를 돌아다니며 여학생을 구경할 친구가 생겼단 생각에 유범은 감격했다.

"영제중 송정윤? 나 걔 아는데."

유범은 주혁의 손을 딱 잡았다. 어떻게 알아? 네가 걔를 어떻게 알아? 똑같은 질문을 반복해 묻는 유범이 귀찮았는지 그는 잡힌 손을 빼내며 말했다. 중학교 때 같은 반이었어.

"진짜? 친해? 그럼 나 좀 소개시켜 줘."

소개는 어떻게 하는 건데? 하나부터 열까지 이 형님이 다 알려줘야 하나. 귀찮단 표정을 잠깐 짓고 유범은 신이 나 말했다. 억지로 만남을 만들면 일이 될 일도 안 돼. 그냥 자연스럽게 만나야지. 같이 이 앞에서 저녁이나 먹자 하고 만나서…….

신나서 이야기하는데 주혁이 자리에서 훅 일어났다. 터벅, 터벅 슬리퍼를 끌면서 복도로 나가더니 지나가던 정윤을 붙잡았다.

"내 친구가 너한테 관심 있다는데 한번 만나 줘라."

헉. 유범의 눈, 코, 입 모두 커졌다. 정윤은 웃으며 뒷문에서 교실 안을 들여다봤다.

"누구?"

"아! 아, 아, 안녕?"

어색하게 손을 올려 인사하는 유범에게 정윤이 활짝 웃었다. 그리고 세 사람에겐 또 다른 친구가 생겼다.

보수적인 학교 분위기에서 여학생과 남학생이 붙어 다니는 것은 교칙엔 없지만 금기시되는 행동이었다. 그러나 네 사람에게는 예외였다. 그 네 사람의 배경이 빵빵하기도 했거니와 정윤은 반에서 왕따를 당하고 있었다. 그래서 그녀는 다른 여자 친구는 물론, 제대로 된 친구가 없었다. 그 세 남자를 제외하고는.

호감을 가지고 다가갔지만 유범이 이내 마음을 접었던 것도 그 때문이었다. 네 사람 사이에 사랑이 들어가면 안 된다는 것은 누가 알려 주지 않아도 알 수 있었다. 사랑이 들어가는 순간 잃게 될 것이 많았다. 같이 하교하기, 하굣길 분식집에서 선생님 별명 부르며 욕하기, 같이 운동장 뛰기, 대학·시험·친구 다양한 주제의 수다까지.

유범은 곧 한 학년 위의 여자 선배와 사귀었다. 넷이 걷던 거리가 유범이 빠지니 횡하게 느껴졌다. 변화는 그뿐만이 아니었다.

"나 송정윤이랑 만나."

정윤이 조퇴를 했던 어느 날, 마침 여자 친구도 친구들과 함께 숙제를 해야 한다며 유범보고 먼저 가라 했다. 우리 오랜만에 남자들끼리 뭉치네, 신나서 걷던 유범의 발걸음이 주혁의 말에 멈췄다.

"뭐?"

"축하해!"

두 사람의 반응은 달랐다. 해준은 눈을 둥글게 말며 축하했고 유범은 놀란 표정을 짓고 가만히 그를 바라봤다. 여태까지 여자에게 전혀 관심 없어 보이던 두 놈 중 하나가 여자를 만난단다. 그리고 그 상대는 송정윤이고.

오히려 별다른 반응이 없는 해준이 유범은 이상해 보였다. 네 사람 사이엔 분명 암묵적인 룰이 존재했다. 그것을 두 사람이 모를 리 없었다.

"송정윤이랑?"

"응."

"어떻게?"

뭐가 어떻게야, 인마. 좋아하니까 사귀지. 마치 몇 번 연애를 한 것처럼 말하는 주혁에게 유범은 묻고 싶었다.

'너 진짜 걔 좋아해? 너…… 연애가 뭔지는 아냐?'

입 안에 맴도는 말은 결국 나오지 않았다. 진심으로 축하하는 해준 앞에서 그런 말을 했다간 괜히 속 좁은 놈처럼 보일 것 같았다. 정윤을 좋아하던 마음은 이미 예전에 접었기에 오해를 사고 싶지 않기도 했다. 그래도 유범은 진짜 주혁이 그녀를 '사랑'하는지가 궁금했다.

그는 진심으로 정윤을 사랑했다. 서툰 그만의 방식으로 주혁은 자신의 사랑을 표현했다. 여자들이 꽃을 좋아한단 이야기를 어디서 듣고는 갑자기 대뜸 대형 꽃다발을 아침에 그녀에게 건넸다. 학교에 마땅히 꽃을 둘 곳이 없어 그녀는 꽃다발을 책상에 올려놓고 공부했다.

어느 날은 점심시간에 책상에 붙어 있기에 가 봤더니 편지를 줄줄 쓰고 있었다. 악필인 주혁은 그녀가 제대로 알아보지 못할까 걱정하며 편지를 썼다. 펜을 꽉 잡고 종이가 뚫릴 정도로 꾹꾹 눌러 가면서.

유범이 우려했던 것과 달리 해준은 두 사람과 잘 지냈다. 데이트를 할 때에도 꼭 해준이 두 사람 사이에 같이 있었다. 정윤은 말없는 주혁과 있으면 심심하다며 꼭 해준을 불러내었다. 그리고 자신은 꼭 그 사이에서 걸었다.

여자들의 시기와 질투는 당연했다. 주혁은 학교에 제일 잘생긴 놈으로 유명했고, 해준은 그와 다르지만 풍기는 다정함과 성실한 매력으로 여학생들의 관심을 받았다. 정윤이 입을 꾹 다물고 세 남자들의 장난에도 잘 웃지 않는 날은 여학생들이 해코지를 한 날이었다. 그리고 그다음 날은 주혁이 그녀의 반을 거의 뒤집어 놓았다.

그냥 그렇게 잘 사귀는 줄 알았다. 비뚤비뚤 위태로울 때마다 각자 중심을 잡으려 노력했다. 네 사람의 마음은 모두 똑같았다. '우정'을 지키자. 그러던 어느 날이었다.

"범아, 사실 나…… 해준이 좋아해."

그 날 정윤이 어떤 양말을 신었는지가 아직도 기억난다. 흰색 바탕에 빨간색 도트무늬가 있는 발목 양말. 정윤의 이야기를 듣는 순간 그는 고개를 푹 숙이고 바닥만 바라봤다. 꿈틀거리는 그녀의 발가락, 그리고 애꿎은 복도 바닥을 쿵쿵 구르던 자신의 발.

"넌…… 주혁이랑 사귀잖아."

원망마저 들었다. 이 무거운 이야기를 왜 자신에게 할까. 사는

게 마냥 즐겁고 진중함이란 찾아볼 수 없는 나 같은 놈한테 왜 이런 짐을 떠맡길까. 나는 아무것도 할 수 있는 게 없는데. 이건 내가 해결할 수 있는 문제가 아닌데.

"주혁이가 나 많이 좋아하는 거 알아. 그런데……."

"알면 그러면 안 되지."

"그래도 사람 마음이 내 뜻대로 되지 않잖아. 나도 많이 노력 했……."

"아, 난 모르겠다. 네가 알아서 해."

그는 두 손을 들어 보이고 뒤돌아 걸었다. 낮게 욕도 했던 것 같다. 나쁜 년. 주혁이가 지를 얼마나 좋아하는데……. 그럼 처음 부터 사귀질 말든가. 나쁜 년.

곧 네 사람이 지켜 왔던 우정은 깨졌다. 유범의 눈치를 보다 정윤은 주혁에게 헤어지자 말했고, 처음 정윤이 없었던 때로 세 사람은 돌아갔다.

그녀는 얼마 지나지 않아 전학을 갔다. 새로운 학교에서도 적 응하지 못하고 결국 유학을 갔다는 이야기를 마지막으로 더 이상 정윤의 소식은 들을 수 없었다.

일부러라도 세 사람은 그녀의 이름을 입에 올리는 것을 피했 다. 분식집 아주머니가 정윤이 안 보인다며 그 예쁜 여학생은 어 디 갔냐고 묻자 세 사람은 단골 분식집이 아닌 그 앞에 있는 욕 쟁이 할머니 분식집으로 갔다.

그렇게 억지로 그녀의 흔적을 다 지우고 난 어느 날, 정윤의 이름을 입에 올린 사람은 해준이었다.

"송정윤 기억나?"

대학생이 된 어느 날, 유범과 함께한 술자리에서 해준이 물었다. 해준의 입에서 그녀의 이름이 나오는 건 뜻밖이라 그가 무슨 말을 할지 겁이 났다.

"기억……나지. 왜?"

"송정윤한테 연락 왔어, 어제."

"그래?"

마치 '나 오늘 아침 먹었어'라는 말을 듣는 것처럼 유범은 별다른 반응을 보이지 않으려 노력했다. 그와 동시에 유범의 머릿속에 세 글자가 떠올랐다. 나. 쁜. 년.

"옛날이야기지만……."

그렇게 해준의 이야기는 시작되었다. 한 여자를 바라보는 세 사람의 시선이 어떻게 다른지, 다 알고 있다 믿었던 이야기 속에 어떤 이야기들이 숨어 있는지 비로소 몇 년이 지난 어느 날 밤에서야 들을 수 있었다. 눌어붙어 끈적해진 이야기였다.

네 사람 중 가장 먼저 사랑을 향해 달려간 사람은 정윤이었다. 그녀는 나머지 두 사람이 모르게 해준에게 고백했다.

'나는 네가 좋아.'

담백한 그녀의 고백은 해준을 설레게 만들기 충분했다. 분명 마음이 흔들렸다. 마음과 달리 해준은 거절했다. 친구들이 걸렸다. 특히 주혁이.

둔해 빠진 해준이었지만 주혁의 변화를 눈치채고 있었다. 남을 챙기는 것을 어려워하는 그가 정윤은 끔찍이 생각했다. 퉁명스럽게 말은 뱉지만 분명 그는 정윤을 좋아하고 있었다.

그녀가 변할 것 같았다. 주혁이 자신을 좋아한다는 것을 알면 언제 해준을 좋아했냐는 듯 등을 돌려 그에게 달려갈 것 같았다. 해준은 겁이 많았다. 거절당하는 것이 두렵고, 남에게 밀리는 것이 걱정되었다. 정윤의 곁에 있으면 두 가지 모두를 겪을 것 같았다. 언젠가 그녀가 주혁의 마음을 알게 되면 남자가 봐도 멋진 주혁에게 그녀를 빼앗기겠지.

해준은 자신이 겁쟁이였음을 부정하지 않았다. 오히려 그는 자신이 그녀에게서 도망쳤다고 말했다. 해준의 거절에 정윤은 얼마간 힘들어했고 그런 그녀를 보고 자신의 마음을 확인한 주혁이 그녀에게 고백했다.

해준에게 버림받았던 그녀는 별다른 생각 없이 주혁의 고백을 받아들였다. 해준에게 받은 상처를 주혁으로 치유하고 싶었는지도 모른다. 하지만 그녀의 바람과는 반대로 정윤은 해준을 지워 낼 수 없었다. 결국 그녀는 그 사실을 주혁에게 말했다. 나 해준이 좋아해.

정윤과 헤어지고 꽤 긴 시간 동안 주혁의 아픈 표정을 봤다. 누구도 직접적으로 말하지 않았지만 그가 사랑을 쉽게 시작하지 못하는 것, 진심을 중요하게 여기는 것은 처음이었던 사랑의 슬픈 결말 때문이었다. 어떤 마음도 지나간다 믿고 주혁은 자신의 감정들을 모두 묻어 버렸다.

유범이 알고 있는 이 이야기의 피해자는 주혁이었다. 주혁과 어울리지 않는 슬픈 표정을 가장 가까이에서 봤으니 그렇게 생각할 만했다.

"아마 내가 너보다 송정윤 먼저 좋아했을걸."

분명 과거의 일인데도 그 충격이 컸다. 커다란 돌이 자신의 머리 위로 떨어지는 느낌. 정말 돌이라도 맞은 표정으로 유범이 해준을 바라봤다.

"의대 가려고 공부하느라 여자한테 관심 없었던 것이 아니라 송정윤한테 관심이 있어서 다른 여자들한테 관심 없었던 거야. 의대 공부도 그래서 열심히 했고."

그 어떤 반전 드라마도 자신에게 이렇게 큰 충격을 주진 못했다. 유범은 말을 잃었다.

"그냥 나 혼자 좋아했어. 예뻤으니까. 여자한테 하나도 관심 없는 주혁이 앞에서 티 내기가 쑥스러워서 그냥 말 안 하고 혼자 좋아하고 있었어. 그러다 네가……."

"근데 왜 송정윤 고백 안 받았어?"

십 대의 표정으로 해준이 슬피 웃었다.

"무서웠어. 자신이 없었으니까."

누가 봐도 완벽한 그녀가 자신을 좋아하는 것이 믿기지 않았다. 그런 그녀를 자신이 봐도 멋진 주혁이 좋아하고 있었다. 그는 주혁을 이길 자신이 없었다. 그녀를 빼앗기는 대신 처음부터 시작을 하지 않는 것을 택했다.

어렸다. 사랑을 하기엔, 그 마음을 전하기엔, 상대의 마음을 그대로 받아들이기엔 너무 어렸다. 한참의 시간이 흐른 지금 복잡한 변명이나 설명은 필요치 않았다.

겁쟁이처럼 뒷걸음쳤던 자신을 반성하며 해준은 인혜와의 연애를 시작했다. 그때의 자신이 저질렀던 실수를 또다시 반복하고 싶지 않았다. 자신은 없었지만 물러서지 않았다. 그녀가 사랑하는 상대가 해준 자신이 아님을 알면서도 그녀를 붙잡았던 것은 그 이유였다. 또다시 사랑에 실패하고 싶지 않은 마음. 지난번의 실수를 되풀이하고 싶지 않은 마음.

반면 주혁은 상대의 진심에 집착했다. 자신이 사랑하지 않는 상대여도 진심을 보이면 만났다. 자신이 사랑했던 여자가 주지 않았던 진심, 그것을 다른 여자에게서라도 받고 싶은 마음에서였다.

바람둥이, 여성편력 등 그의 뒤로 붙은 별명들을 주혁은 부정하지 않았다. 자신에 대해 어떻게 말해도 상관없었다. 그는 자신의 방법대로 상처를 치유하며 사랑을 찾고 있다 믿었다.

그때의 일들, 기억들, 감정들은 그대로 묻혔다. 어떤 마음도 다 지나갈 것이란 믿음으로. 그러나 사랑의 기억은 억누를 수 없는 것이다. 자신의 마음으로 조절되지 않고, 이성으로 제압할 수 없는 것이다. 상처투성이인 기억으로 그들은 후유증을 앓았다.

취해 버린 주혁을 태우고 가는 길. 도와주고 싶은 마음에 유범은 주혁의 휴대폰을 꺼내 들었다. 이강주, 이강주, 이강주……. 전화번호부 목록에서 강주의 이름을 찾아봤지만 찾지 못했다. 저장하지 않았을 리가 없는데……. 다시 목록의 위쪽으로 올라가니 눈에 띄는 이름이 있었다.

[연락금지]

안쓰러운 마음이 들어 옆에서 자고 있는 주혁을 유범은 한참 바라봤다. 이 자식……. 얼마나 이 번호를 누르고 싶었을까. 액정 위에서 몇 번이나 멈칫거렸을 그의 손이 그려져 유범은 그의 휴대폰을 그냥 내려놓았다.

욕조에 따뜻한 물을 받고 강주는 몸을 풀었다. 꼬르륵 소리를 내며 그녀는 물속으로 들어갔다. ……57, 58, 59, 60. 속으로 숫자를 세고 나왔다.

마음을 정리하는 그녀만의 방법 중 하나였다. 깊은 물속으로 들어가기. 탁 트이는 숨과 함께 정신도 틔면 좋으련만 오늘은 별 큰 효과가 없다.

"푸합!"

물 밖을 나온 그녀는 더듬거리며 욕조 옆에 둔 휴대폰을 잡았다. 물기 가득한 손으로 만지면 안 된다는 것을 알면서 그녀는 자신이 물속에 있던 그 짧은 시간 동안 문자나 전화가 왔을까 궁금했다.

아무것도 찍혀 있지 않은 화면. 강주는 다시 물속으로 들어갔다.

머리를 감다 울리는 휴대폰 소리에 강주는 손에 묻은 거품을 수건에 닦아 내고 휴대폰을 잡았다. 거품이 눈가로 내려와 한쪽 은 찡그린 채 힘겹게 확인한 문자는 자신이 기다리는 사람이 아 닌 성재가 보낸 문자였다.

[좋은 아침이에요. 즐거운 하루 보내세요.]

그렇게 시작한 하루. 친구들이 운세, 사주 등을 볼 때 조금도 관심 갖지 않은 강주였지만 오늘은 자신의 하루 운세를 한번 확 인하고 싶어지는 날이다.

아침부터 이상하게 일이 꼬였다. 집에서 늦게 나와 탄 버스는 길 한가운데서 펑크가 났다. 작은 소동을 겪고 도착한 약국. 아침 첫 손님은 처방전이 있어야 판매할 수 있는 약을 내놓으라 소리 쳤다. 아무리 설명해도 통하지 않자 결국 경찰을 불렀다.

여차저차 소동이 끝나고 경찰의 설득으로 손님이 돌아가고 나 서야 자리에 앉을 수 있었다. 연속된 일들로 지친 그녀가 자신의 종아리를 주무르고 있을 때 종소리와 함께 또 다른 불청객이 찾 아왔다.

"아, 맙소사."

저절로 소리가 나왔다. 잊고 있었던 편두통이 찾아왔다. 당당 하게 들어오는 인혜를 보고 강주는 지끈거리는 오른쪽 관자놀이 를 손바닥으로 꾹 눌렀다.

"약국 잘되니?"

인사 대신 건네는 인혜의 질문에 강주는 답을 하지 않았다. 아 침에 사 왔지만 마시지 못한 다 식은 그린티라떼를 한 모금 들이

켰다.

"금방 갈 거야. 묻고 싶은 게 있어서 왔어."

"그럼 빨리 묻고 가."

한때 친구였던 시절 서로에게 보냈던 다정한 눈빛은 더 이상 없었다. 서로를 바라보는 눈빛에 불꽃이 튀었다.

"너 남주혁 좋아해?"

"네가 묻는다고 꼭 대답해야 하는 건 아니지?"

불쑥 들어온 인혜의 질문에 강주는 잘 대처했다 생각했다. 살짝 무너지는 인혜의 표정에 그녀는 속으로 '나이스'를 외쳤다.

"그, 그래. 꼭 대답해야 할 필요는 없지."

"……."

"나 해준 오빠랑 헤어진 건 알지? 다 정리하고 나 주혁 오빠한 테 가려고."

묻지도 않은 말을 술술 하는 인혜를 강주는 경계를 풀지 못한 표정으로 바라봤다. 주혁에게로 가겠단 그녀의 표정은 진심이었 다. 진지하게 말하는 그녀에게 사랑을 향한 열망이 보였다.

"주혁 오빠한테 더 다가가려고 해준 오빠 만난 거 맞아. 사귀 는 동안에 이건 아니다 싶었지만 이미 시작해서 돌아갈 수도 없 었어. 주혁 오빠 잡고 싶었고, 그러려면 그땐 그 방법밖에 없었으 니까. 네가 오빠를 좋아하는 거, 그때 내 눈에 보이지도 않았어."

담담하게 말하는 인혜와 달리 강주는 손이 바르르 떨렸다. 보 이지도 않았다는 그 사랑은 강주에겐 너무 크고 소중해 차마 전 하지 못한 것이었다. 인혜에게 하찮고 작게 보였을지라도 그녀는 자신의 사랑을 소중히 여기듯 강주의 사랑도 소중히 여겼어야 했다.

"갑자기 이런 이야기를 하는 이유가 뭐야?"

"솔직한 얘기를 하고 싶어서."

인혜는 강주의 눈을 똑바로 바라봤다. 그녀에게서는 조금도 미안한 표정이 없었다. 인혜의 눈은 강주를 탓했다. 마치 자신을 가해자 취급하는 그녀의 눈빛에 주눅이 든 강주가 그녀의 눈을 피해 버렸다.

"주혁 오빠 가지려고 네가 8년 동안 좋아한 해준 오빠한테 다가간 거 맞아. 나도 인정했으니까 이제 너도 인정해."

"……뭘?"

"나한테 복수하고 싶어서 남주혁한테 다가간 거."

이제야 인혜가 자신의 약국을 찾아온 이유가 분명해졌다. 사과를 할지도 모른단 기대는 이미 접었다. 강주는 고개를 숙이고 호흡을 정리했다. 자신의 의지와 상관없이 떨리는 손에 힘을 꾹 주었다.

복수와 남주혁. 관련 없는 두 글자를 만나게 만든 것은 강주 자신이었다. 발밑에 뒹구는 8년간의 짝사랑, 그 덕분에 사랑이 어려워진 것이 화가 나 복수를 계획했다. 결국 복수는 실패했다. 더 이상 진행할 수 없겠다 말한 것은 강주였다.

사랑을 쉽게 생각하는 것처럼 보였던 그는 그 누구보다 사랑이 절실한 사람이었다. 그런 사람에게 복수 때문에 거짓 사랑으로 덧씌운 진실을 알게 할 순 없었다. 그가 받을 상처, 그리고 그런 상처받은 주혁을 보며 자신이 느낄 죄책감. 커다란 감정의 결과물들을 도무지 마주할 자신이 없었다.

이 모든 이야기를 인혜에게 할 필요는 없었다. 너는 했던 것을 나는 결국 못 했다. 인정하고 싶지 않았다. 진실을 요구하는 그녀에겐 진실만 주면 된다. 침을 꿀꺽 삼키고 강주는 말했다.

"맞아. 네가 나한테 한 것처럼 나도 한번 하고 싶었어."

"나한테 복수하고 싶어서 남주혁 꼬신 거 맞지?"

노골적이고 직접적으로 물어 오는 인혜의 질문. 당당해 보이려 뻣뻣하게 세운 목이 결국 죄책감에 꺾였다. 눈을 내리깔고 그녀는 답했다.

"그래, 맞아."


— 그래, 맞아.

방금 전 약국에서 강주가 힘없이 뱉은 그 말이 사랑 피부과 진료실에 다시 한 번 울렸다. 뻡— 기계음과 함께 녹음기가 꺼졌다. 이번 일을 실행하기 위해 구입한 작지만 성능이 좋은 녹음기였다. 소중한 녹음기를 다시 재킷 주머니에 넣으며 인혜는 주혁의 얼굴을 바라봤다.

"내가 오빠한테 좀 더 신뢰를 쌓았으면 이렇게 추접하겐 안 했겠지."

"……."

"말로 하면 안 믿을 것 같고, 설명해도 못 믿을 것 같아서. 나름 증거를 가져왔어. 이게 누구 목소리인 줄 모르진 않겠지?"

주혁은 아무 말이 없었다. 그는 말을 잊은 사람 같았다. 주먹 위에 턱을 괸 처음 상태 그대로 그는 인혜를 바라봤다.

"해준 오빠랑 사귄 거 단순히 오빠 옆에 있고 싶어서 그런 거

아니야. 오빠 사랑 못 하는 거 해준 오빠 때문이라며. 첫사랑 해
준 오빠한테 뺏겨서……. 그래서 나 해준 오빠한테서 빼앗으라고
했잖아. 해준 오빠한테 똑같이 하라고."

"……."

"내가 이렇게까지 하다니……."

주머니 속 녹음기를 만지작거리며 말했다. 뒤돌아보지 않고 달
렸다. 다시 돌아갈 수 없는 걸 알기에 돌아갈 생각은 하지 않았
다.

하지만 이젠 제 마음대로 멈출 수도 없었다. 브레이크가 고장
난 자동차처럼 그녀는 앞을 향해 달리고 있었다. 이제 결과는 하
나다. 나만 죽든가, 아니면 다른 누구와 함께 죽든가.

지저분한 욕심. 그것을 알면서도 멈출 수 없었다. 주혁은 많은
생각이 담긴 눈을 하고 있었지만 그 생각을 말로 뱉지 않았다.
인혜에게 그 어떤 말도 하지 않으려는 듯 그는 입술을 꾹 깨물었
다.

"가 볼게."

이곳에 온 목적은 달성했다. 주혁의 생각을 들을 수 있으면 더
좋았겠지만 인혜는 많은 것을 욕심내지 않았다. 진료실 문을 열
려다 그녀는 손을 멈추고 뒤돌아보았다. 그는 고개를 푹 숙인 채
있었다. 그에게서 시린 기운이 느껴졌다.

다음 날 아침. 약국 앞을 쓸고 있던 강주는 저 멀리서 주혁이

오는 것을 봤다. 오랜만에 보는 그의 얼굴. 어떤 행동을 보여야 할지 정하지 못하고 그녀는 긴 빗자루를 세워 잡고 멀리서 오는 주혁을 가만히 바라봤다.

인사할까? 인사 정도는 괜찮겠지? 하자, 인사!

다가오는 주혁이 점점 크게 보였다. 눈을 둥그렇게 뜨고 강주는 그를 바라봤다. 눈이 마주치는 순간, 그 순간 인사를 하기 위해서. 그와의 거리가 점점 줄어들더니 이제는 지척에 달했다. 겨우 몇 발자국 떨어진 거리. 일부러 자신을 피하는 것을 모르는 강주가 참지 못하고 먼저 허리를 푹 숙였다.

"안……녕하세요."

그는 답이 없었다. 고개를 들었을 때 주혁은 없었다. 혹시 어디 숨었나? 그녀는 몇 번이나 고개를 돌려 주위를 훑었다. 그는 없었다. 이미 빌딩 안으로 들어간 듯했다. 설마 자신을 보지 못했을까. 이건 분명 자신을 피한 것이다.

씁쓸한 기분에 강주는 고개를 들어 사랑 피부과 간판을 바라봤다. 인사…… 괜히 한 걸까.


빌딩을 올려다보는 강주의 모습이 계단 옆 창문으로 보였다. 무시당한 인사 때문에 금방 시무룩한 표정을 짓는 그녀를 보니 더 혼란스러웠다.

자신을 이용해 인혜에게 복수하려고 했던 여자, 그리고 정윤 이후 처음으로 자신을 설레게 만든 여자. 어떤 것이 진짜 강주의 모습인지 그는 답을 찾을 수 없었다.

답을 찾으려 하면 할수록, 결론을 내리려 하면 할수록 그는 괴로웠다. 그 어떤 쪽도 자신에겐 상처였다. 머리를 멈춰야 했다. 강주를 떠올리지 않도록 주혁은 부단히 애를 썼다.

그러나 그녀는 쉽게 지워지지 않았다. 종이처럼 찢어 버릴 수 있었으면, 칼로 베어 낼 수 있음 좋겠다. 이미 가슴에 뿌리내린 그녀는 찢어 냄과 동시에 자신의 가슴에 상처를 입힐 것이 분명했다. 괴로운 표정으로 그는 나머지 계단을 올랐다.

주혁이 그렇게 사라지고 난 뒤. 손님들에게 약을 건네고 돈을 받고 일을 하는 것처럼 보였지만 강주는 내내 다른 생각뿐이었다. 아침에 그렇게 자신을 지나쳐 간 주혁이 내내 마음에 걸렸다.

꾐에 넘어가 주지 않는다 말했다고 이렇게 차갑게 변해도 되는 건가. 아님 다른 어떤 일이라도 있었던 걸까. 예를 들면 가족 문제라든지……

차갑게 돌아선 주혁을 강주는 감싸려 애썼다. 그가 하지 않은 변명을 만들어 내며. 그녀는 주혁이 자신에게서 돌아섰단 사실을 인정하려 들지 않았다.

12시 30분. 점심시간. 혹시 그가 내려오지 않을까, 강주는 목을 쭉 빼고 문밖을 바라봤다.

"선배!"

간호사들과 함께 나가는 주혁을 강주가 불러 세웠다. 그의 모습이 보이자마자 100미터 달리기 선수처럼 뛰어나왔다. 오랜 시간 운동을 하지 않은 탓에 숨이 벅찬 상태로 그녀는 그를 바라봤다.

"하아……. 식사 시간이에요? 저랑 같이 점심 먹으면 안 돼요?"

"안 돼."

그는 몸을 돌렸다. 자신에게 몇 초간 머물렀던 그의 시선을 다시 붙잡으려 강주는 그의 팔을 잡았다.

"혹시 무슨…… 일 있어요?"

강주가 잡은 손을 그가 붙잡고 툭 떨어트렸다. 민망해진 표정으로 그를 바라보는 강주가 안쓰러웠는지 옆의 간호사가 억지스러운 웃음을 지으며 말했다.

"아하하, 원장님. 약사님이랑 드시고 오세요. 저희 둘 다 오늘 아침 많이 먹어서 간단하게 카페 가서 샌드위치랑 커피 마시려고요. 드시고 오세요. 저흰 괜찮아요."

주혁이 어떤 대답을 하기 전에 두 사람은 황급히 걸어갔다. 강주가 먼저 움직였다. 자신을 등지고 서 있는 주혁 앞으로 그녀가 걸어갔다.

"선배……."

"……."

"진짜 무슨 일 있어요?"

그가 답을 하지 않자 강주는 더 가까이 다가갔다. 혹시 그의 표정에서 무슨 이야기를 읽어 낼 수 있을까 기대하며. 눈을 크게 뜨고 그의 얼굴을 바라보는데 강주와 눈이 마주치자 그는 고개를 돌렸다.

"왜…… 나…… 자꾸 피해요?"

울먹거리는 목소리로 그녀가 물었다. 띵— 하고 머리가 울렸다. 잠시 이 공간에 모든 산소가 사라진 느낌이었다. 정신을 붙잡으려 주혁은 눈을 길게 감았다 떴다.

"선배······. 왜 자꾸······ 날······."

"네 복수······ 나 때문에 실패한 건가?"

그는 강주를 바라보지 않은 채 물었다.

"내가 널 진심으로 좋아하게 돼 버려서."

처음으로 그가 강주를 바라봤다. 다 알고 있다는 눈빛으로. 주혁의 그 눈빛에 강주는 온몸에 힘이 다 빠졌다. 새하얗게 질려 그를 바라봤다. 누가 버튼이라도 누른 듯 금세 그녀의 눈에 눈물이 고였다.

"미안······해요······."

자동으로 미안하단 소리가 나왔다. 어떻게 알게 되었는지, 그리고 어디까지 알고 있는지 그에게 물을 말은 많았지만 강주는 미안하단 말을 먼저 했다. 복수를 결정하기 전까지 자신이 얼마나 힘들었고 아팠는지 설명하고픈 마음보다 그가 사실을 알고 나서 받았을 상처가 더 걱정되었다.

차가운 표정으로 말하는 그 앞에서 그녀는 누구보다 뜨거운 발걸음을 내밀었다. 주춤거리며 주혁 곁으로 한 발 다가가자, 그가 뒤로 물러났다. 다시 미안하단 말을 뱉고 싶었는데 무언가에 꽉 막힌 목에서 소리가 나오지 않았다.

그는 결국 그 장소를 벗어났다. 잠시 멍하게 있던 그녀는 힘이 빠진 다리로 그 자리에 주저앉았다. 여린 바람이 그녀 위로 불었다. 좋아하던 봄바람도 그녀를 달래 주진 못했다.

아영의 웨딩 사진 촬영 날. 약국 문을 닫고 웨딩 스튜디오에
온 강주는 바나나를 하나 까먹고 있었다. 행복하게 웃는 아영과
영민을 보며 우적우적 바나나를 먹다 자신이 웨딩드레스를 입은
모습을 상상했다. 동화 속 공주처럼 순백색의 벨 라인 드레스를
입은 자신. 흰 커튼이 걷히고 자신이 나오면 남자가 놀라며 미소
지어 주겠지.

　"헙!"

　상상 속에 빠져 있던 강주는 들고 있던 노란 바나나를 바닥
에 떨어트렸다. 자신의 상상 속 커튼 밖에 있던 남자는 주혁이
었다.

　꽤 긴 시간 동안 그에 대한 죄책감을 지워 내려 노력했는데 이
렇게 불쑥불쑥 그가 떠오르곤 했다.

221

"아우, 배고파!"

강주가 있는 대기실로 아영이 들어오며 소리쳤다. 결혼식 일주일 전으로 웨딩 촬영을 미룬 것은 결혼 준비로 스트레스를 받으며 찐 살을 빼기 위함이었다. 며칠째 제대로 먹지 못한 그녀는 강주가 떨어트린 바나나를 보고 침을 꿀꺽 삼켰다.

"너는 무슨 웨딩 촬영을 결혼 일주일 전에 하냐? 결혼식장에 사진 하나도 안 걸어 놓을 거야?"

"그럼 어떡하냐? 스트레스 때문에 피부는 다 뒤집어지고 살은 뒤룩뒤룩 쪘는데 그 상태로 어떻게 사진을 찍어. 나 데이트 사진들 많아. 그거 깔아 놓으면 돼. 지난번에 무슨 이벤트 당첨돼서 웨딩드레스 입고 사진 찍은 거 있어. 그거 포토샵 잔뜩 해서 걸어 놓을 거야."

치렁치렁한 웨딩드레스를 정리하느라 아영이 낑낑거렸다. 의자에 앉고 싶어 하는 친구를 위해서 강주는 웨딩드레스 뒷부분을 잡아 주었다.

"그날 예쁘게 하고 와. 영민이 친구들 중에 괜찮은 사람 꽤 있으니까. 그…… 뭐지? 전에 성재 오빠도 올 거고."

"결혼식에 남자 만나러 가? 축하하러 가는 거지."

"축하하러 오면서 예쁘게 하고 오면 되지. 너 우리 동기 중에 몇 명 안 남은 거 알지?"

25살이 되면서부터 선배, 동기 결혼식을 다녔다. 꽤 많은 결혼식에 참석했지만 아영의 결혼식은 느낌이 색달랐다. 딸을 보내는 엄마의 기분이 어떨지 조금 이해할 수 있었다. 나 부케 너 주고 싶었는데…… 말하는 아영에게서도 먼저 시집가는 친구의 복잡한 마음이 가득 들어 있었다.

"주혁 선배는…… 뭐 별다른 얘기 없지?"

"……응."

다시 진심으로 사과를 하고 싶었다. 말로써 그의 상처가 지워지진 않겠지만 좀 더 갖춰진 자리에서 자신의 마음을 전하고 싶었다. 미안하다, 이런 말로 다 용서가 되지 않겠지만 정말 미안했다.

그녀가 진심으로 전하고 싶은 말들은 대부분 전해지지 않았다. 이번에도 마찬가지였다. 그의 이름을 부를 용기가, 그를 불러 세울 용기가 나지 않아 강주는 그 말을 전하지 못했다.

정적이 흘렀다. '신부님! 야외촬영 하실게요!' 외치는 스텝의 목소리가 무거운 정적을 깨트렸다. 아영이 급히 걸어 나가는 뒷모습을 가만히 보는데 강주의 휴대폰이 울렸다.

"여보세요."

— 강주야, 어디야?

아영의 촬영이 끝나고 강주는 해준이 말한 작은 맥줏집으로 갔다. 통통한 감자튀김과 감자칩을 안주로 해준은 먼저 맥주를 마시고 있었다. 강주가 들어서자 그는 밝게 웃으며 손을 들었다.

"여기!"

"아, 선배!"

인사를 하며 강주는 그의 앞에 앉았다. 흰색과 파란색의 줄무늬 티셔츠를 입은 그는 아직 대학생처럼 보였다. 자신이 좋아했던 그때 그 시절의 모습 같아 강주는 자신도 모르게 미소 지었다.

"혼자 먹으려니 적적해서."

"잘했어요. 저도 맥주 마시고 싶었거든요."

종업원에게 맥주 한 잔을 시키고 그녀가 말했다. 대화 주제는 금방 아영의 결혼으로 넘어갔다. 매번 나이 많은 선배만 사귀었던 아영이 연하랑 결혼할 줄 몰랐다. 활발한 애가 정말 조용한 영민이랑 결혼하는 게 신기하다.

과거의 이야기와 함께 아영에 대해 얘기하던 해준이 실쭉 웃고 나서 말했다. 나는 네가 먼저 결혼할 줄 알았는데. 왜요? 그의 말에 강주가 그 이유를 물었다.

"인기 많은 네가 아무도 안 사귀니까. 아마 정말 괜찮은 남자를 만나서 바로 결혼하지 않을까 싶었지. 왜 그런 사람들 있잖아. 첫사랑이랑 결혼하는 사람. 나는 네가 그럴 것 같았어."

"아무도 안 사귄 거 아닌데……."

"어? 너 누구 만났었어?"

아뇨, 그게 아니라……. 말하려던 강주의 입이 멈췄다. 이렇게 말해도 되는 걸까. 뚝 끊긴 그녀의 말을 해준은 기다렸다. 가만히 자신을 쳐다보는 해준을 보니 이상하게 용기가 났다. 예전이라면 당장 피했을 그의 눈빛이 이젠 용기를 가져다줬다.

"안 사귄 게 아니라 못 사귄 거예요. 저 그때 선배 짝사랑하고 있었어요."

말을 뱉고 나서 강주는 와삭와삭 감자칩을 먹었다. 해준이 그 어떤 말도 하지 않자 강주는 슬쩍 그의 눈치를 살폈다. 정말 놀란 표정. 못 들을 이야기라도 들은 것처럼 그의 눈, 코, 입은 모두 잔뜩 커져 있었다.

"짜, 짜, 나, 나, 나를? 짜, 짝사랑?"

"……네."

강주는 눈을 꾹 감고 맥주를 한 모금 마셨다. 김이 빠진 맥주에 괜히 '카—' 소리를 내며 잔을 내려놨다.

그는 방금 전과 같은 표정이었다. 덤덤히 말한 자신이 민망해질 만큼 너무 놀란 해준을 보고 강주는 다시 감자칩을 집어 들었다.

"진짜 몰랐어요?"

"……응. 진……짜 몰랐어. 어, 언제부터?"

"저 신입생 때부터요. 아, 진짜 어렸을 때다."

취할 만큼 맥주를 마신 것도 아니었다. 울컥해서 뱉은 말도 아니었다. 자연스러운 분위기에서 나온 그녀의 늦은 고백. 너무 커서 늘 어딘가에 걸려 나오지 않던 마음이 처음으로 그에게 전해졌다. 후련함에 그녀가 빙그레 웃자, 해준도 놀란 표정을 지워 내고 그녀를 따라 웃었다.

"아, 놀래라……."

해준이 자신의 심장 부근을 매만졌다. 정말 예상하지 못한 그녀의 고백에 그는 잠깐 심장이 철렁했다.

그러나 말을 뱉은 강주는 개운한 표정이었다. 여태껏 꽁꽁 숨겨 왔던 마음을 밖으로 꺼내 놓자 그녀는 자신을 꽉 조이고 있던 어떤 것에서 해방되는 기분을 느꼈다.

"평생 말 못 할 줄 알았는데……."

무덤까지 가져갈 말이라 생각했다. 절대 자신의 입으론 그 말이 나오지 않을 것 같았다. 분명 그랬었는데, 그렇게 생각했는데……. 강주는 제 입으로 나온 말을 해준이 들었다는 사실 하나로 충분히 감격한 모습이었다.

이렇게 쉬운 걸 왜 이렇게 오래 걸렸을까. 그냥 뱉으면 되었을 걸. 어차피 흩어져 버릴 말인데……. 그땐 그 말이 왜 이렇게 힘들었을까.

"이제라도 말해 줘서 고마워. 네가 좋아해 줬다고 하니까 기분 좋다."

해준은 웃으며 맥주잔을 들었다. 그를 따라 강주도 잔을 들었다. 실패했던 사랑을 이제야 고백한 여자답지 않은 미소를 지으며 강주는 잔을 부딪쳤다.

어차피 그렇게 될 일이었지 않았나 싶다. 자신의 고백에 해준이 '고맙다' 말하는 순간 모든 것이 정리되는 기분이었다. 긴 시간 동안 끌고 왔던 감정의 잔재들이 그의 말 한 마디에 모두 사라졌다.

피식, 웃음이 나왔다. 결국 이렇게 될 걸. 어차피 이렇게 될 일을…….

해준과의 만남 후 집에 돌아온 그녀는 짝사랑을 하며 적었던 일기들을 커다란 상자에 넣었다. 찢어진 몇 장의 일기들은 심각하게 마음의 동요가 일어났던 날이다. 다른 과 학생들과 웃으며 걸어가던 해준의 모습을 봤다든가, 아니면 자신에게 해준이 먼저 연락을 취했던 날이든가.

20대의 풋풋한 말투와 감정들. 일기장 속 몇 개의 일기를 읽다 강주는 기분 좋은 미소를 지었다.

이렇게 좋아했으면서 어떻게 고백을 못 했지. 나도 참 바보다.

지금의 자신이 과거의 강주에게 어떤 조언을 할 수 있다면 그녀는 20살의 강주에게 꼭 말하고 싶다.

깊은 밤 아무도 읽지 않는 일기를 줄줄 쓰는 대신 그에게 전할 편지를 쓰라고. 그 어떤 꾸미는 말도 필요 없다고. 그냥 '선배 좋아해요.' 여섯 글자라도 좋다고.

상자를 정리한 후 그녀는 침대에 누웠다. 잠 대신 여러 생각이 그녀를 찾아왔다. 그녀에겐 아직 전하지 못한 말들이 남아 있다.

아영의 결혼식. 자신의 이름이 적혀 있는 테이블에 강주는 앉았다. 소규모의 결혼식이라 초대받은 사람들의 이름이 테이블 위에 모두 적혀 있었다. 자신의 테이블 옆엔 주혁의 이름이, 그리고 그 옆엔 해준과 인혜의 이름이.

세 사람의 이름을 보는 강주의 표정은 제각각이었다. 침울했다가 살짝 미소를 지었다가, 그리고 마지막 인혜라는 이름을 보곤 깊게 한숨을 쉬었다.

결국 이 테이블은 혼자 지키겠네, 생각하며 강주는 턱을 괴었다.

결혼식 시작 10분 전. 아영의 모습을 찍기 위해 가져온 DSLR 카메라를 다른 손으로 만지작거리며 그녀는 결혼식장으로 들어오는 사람들을 바라봤다.

축하하는 자리이기 때문일까. 사람들의 표정이 모두 밝았다.

자신을 알아보는 동기들 몇 명이 그녀를 찾아와 인사했다. 벌써 애가 둘인 친구, 임신한 친구, 7월에 결혼할 친구……. 다들 과하게 포토샵이 된 아영의 웨딩사진을 보고 한마디씩 했다. 아무튼 김아영 욕심 많은 거 알아줘야 해. 그 말을 마지막으로 친구들은 제 이름이 적힌 테이블로 떠났다. 어느새 식이 시작되기 3분 전이었다.

"하, 아직 안 늦었지?"

소매 단추를 채 잠그지 못한 해준은 자리에 앉자마자 옷매무새를 다듬었다. 단추를 다 잠그고 나자 그는 투명한 잔에 담긴 물을 마셨다.

"아영이 만났어요?"

"응, 이 앞에서. 입장 기다리고 있는데 가서 급하게 인사했어."

"진짜요? 이 앞에서?"

"어. 이렇게 어깨 툭툭 두드리고 축하한다고 말했어."

아영에게 했던 것처럼 강주의 어깨를 두드리며 그가 말했다. 그냥 두드리면 될 것을 그는 방금 전 지어 보였던 다급한 표정까지 지었다. 그런 해준이 웃겨 강주는 품 웃음을 터트렸다.

결혼식장 안에 잔잔한 피아노 음악이 흘렀다. 곧 식이 시작할 예정이란 사회자의 말에 장내는 순간 조용해졌다. 앞에 놓인 물잔을 들고 물을 들이켜려다가 강주는 금방 잔을 내려놓았다.

인혜였다. 족히 10cm가 넘어 보이는 힐을 신고 인혜가 그녀와 해준이 있는 테이블로 걸어오고 있었다. 딱 달라붙는 파란색 원피스를 입고 그녀는 성큼성큼 자신의 곁으로 다가왔다.

놀라는 강주의 표정에 해준도 뒤를 확인했다. 인혜가 오는 것을 보고 그의 장난기 어린 표정이 금세 사라졌다.

"둘 다 오랜만. 이렇게 또 보네."

인혜의 말에 두 사람 모두 답하지 않았다. 분명 아까와 같은 온도일 텐데 강주는 결혼식장 안이 덥게 느껴졌다. 아무리 결혼식 준비가 바빠도 테이블 좌석 한 번 더 살펴보지…… 아영에게 들리지 않을 불평을 속으로 하며 강주는 이를 꽉 물었다.

"신랑, 신부 입장!"

박수 소리가 장내를 울렸다. 윗니 8개를 몽땅 보이며 웃는 아영은 진심으로 행복해 보였다. 좀 더 편한 마음으로 그녀를 축하하고 싶은데 자꾸만 자신의 앞에 있는 인혜의 얼굴이 걸렸다. 한세 번 박수를 치고 인혜는 해준을 바라봤다.

"오랜만이야, 오빠. 좋아 보이네."

해준의 예상 그대로였다. 언젠가 이별 후 인혜를 만난다면 그녀는 아마 아무 일 없었던 듯 행동하리라 생각했다. 그 어떤 아픔도 보이지 않는 인혜를 보고 해준은 참 그녀답다 싶었다.

"너도."

짧게 답하고 그는 다음 진행 순서를 설명하는 사회자를 바라봤다. 강주도 몸을 돌려 사회자를 봤다. 인혜와 눈이 마주치면 그녀가 또 속을 뒤집는 말을 할 것 같았다. 이렇게 기쁜 날 괜히 기분을 망치기 싫어 강주는 할 수 있다면 인혜와의 대화를 피하고 싶었다.

"어? 오빠!"

인혜의 목소리는 보통 여자들보다 낮은 편이다. 이렇게 높아지는 경우는 드물었다. 정말 반가운 사람이나, 주혁의 앞에서나 높아지겠지…….

궁금함에 뒤를 돌아본 강주는 자신의 옆에 앉는 주혁을 봤다.
턱이 힘없이 툭 떨어졌다.

"오래 기다렸어?"

쉽게 들을 수 없는 다정한 목소리로 그는 말했다. 그 목소리가 자신을 향한 것이 아님을 알기에 강주는 곧바로 몸을 돌렸다. 결혼식에 집중하자. 두 사람 신경 쓰지 말자. 마음에 힘을 주자 저절로 입술을 꾹 깨물게 되었다.

"왜 대답을 안 해?"

제 머리 위로 올라오는 그의 손에 강주가 화들짝 놀라 옆을 바라봤다. 저, 저한테 하는 말이에요? 더듬거리며 묻는데 그의 눈동자가 참 오랜만에 그녀를 향해 있었다.

신랑 신부가 서로에게 예를 갖추는 맞절 순서가 있겠습니다. 신랑 신부 마주 봐 주시기 바랍니다. 저 멀리 앞 쪽에서 사회자의 목소리가 들렸다.

"너지, 그럼 누구야."

강주의 머리 위에 올렸던 손은 둥그런 그녀의 뒷머리를 따라 움직이다 이내 테이블 위로 올라갔다. 다정한 그의 몸짓에 인혜와 해준의 눈이 강주의 머리를 쓰다듬는 주혁의 손을 따라갔다.

"두 사람…… 뭐 있구나?"

명랑한 목소리로 해준이 물었다. 그제야 해준의 존재를 알아챘는지 주혁이 쑥스러운 표정으로 손을 들어 간단히 인사했다.

"어, 오랜만이다."

"뭐야? 언제 이렇게 진전된 거야. 이강주, 너는 왜 말 안 했어?"

해준의 질문에 강주가 곤혹스러운 표정을 지었다. 세 사람의 시선이 모두 자신을 향하는 난처한 상황. 자신도 이해할 수 없는 일이 지금 이 순간 벌어지고 있었다.

"너 말 안 했어?"

주혁이 강주에게 물었다. 뭐, 뭐, 뭐를요? 모터라도 달린 듯 달달 떨리는 입술로 말하니 주혁이 픽 웃는다.

"우리 만나기 시작한 거."

아무리 자신이 사랑을 잘 모른다 하더라도 만남의 시작까지 모를 리가. 주혁의 거짓말에 강주는 혼란스러웠다. 불편한 이 분위기에서 그의 거짓말에 호응해 주어야 할지, 아니면 정색하고 그에게 왜 이러냐 되물어야 할지. 시선의 중압감을 벗어나려 그녀는 앞에 있는 물 잔을 집었다.

텅 빈 물 잔. 물이 없다는 것을 확인한 강주의 표정이 불쌍한 강아지처럼 처량하게 변했다. 주혁은 자신의 앞에 있는 물 잔을 그녀에게 건넸다.

"이거 마셔."

"고, 고마워요."

물 잔을 잡는 손이 떨렸다. 주혁은 갑자기 왜 이러는 것일까. 자신에게 무심했던 어제의 주혁의 표정과 지금 그의 표정은 너무나 달랐다. 도무지 같은 사람이라 볼 수 없었다. 꼴깍, 꼴깍……. 강주가 물을 넘기자 마치 여자가 물을 마시는 것을 처음 보는 사람처럼 주혁은 그녀를 바라봤다.

"눈에서 꿀이 뚝뚝 떨어지네."

못마땅한 듯 말했지만 해준은 웃고 있었다. 친구의 변화가 진심으로 기쁜 그는 가슴이 뭉클한 감정까지 느꼈다. 축하한다, 감격한 목소리로 해준이 말했다.

"고마워."

인혜는 도무지 세 사람이 만들어 내는 훈훈한 분위기를 좋게 볼 수 없었다. 치미는 울화를 조절하지 못하고 그녀는 자리에서 일어났다.

"하! 지금 두 사람 뭐 해?"

격앙된 목소리. 충격적인 두 사람의 모습에 분개한 인혜가 물었다. 강주와 주혁을 번갈아 보던 그녀의 눈빛은 만만한 강주에게 멈췄다. 네가 대답해, 인혜의 눈빛이 말했다.

"아, 뭐, 그……."

그렇게 되었어. 인혜에겐 얄밉도록 당당하게 말하고 싶은데 말이 나오지 않았다. 인혜만큼 당황한 강주였다. 버벅이고 더듬거리며 강주가 말하지 못하자 주혁이 그녀의 손을 붙잡았다.

"연애한다."

결혼식이 끝이 났다. 공항으로 떠나는 차를 탄 아영에게 신나게 손을 흔들어 주고 나서 강주는 옆을 바라보았다. 떠났을 것이라 생각한 그가 아직 자신의 옆에 있었다.

바람결에 흐트러진 머리카락을 정리하며 강주는 복잡한 표정을 지었다. 그가 어지럽힌 마음은 도무지 정리되지 않았다.

흐트러진 생각과 마음을 제자리에 두는 것. 자신이 못하는 일임을 알기에 강주는 옆에 있는 그를 가만히 올려다보며 그에게 도움을 구했다.

"뭐예요?"

"뭐가."

"장난하지 말고……."

눈물이 나올 것 같았다. 자신의 옆에 주혁이 있다, 그의 목소리가 들린다, 손을 뻗으면 그를 만질 수 있다. 그 사실들만으로도 강주는 울컥했다.

미안하단 말도 제대로 전하지 못하고 끝난 그와의 관계. 다시 되돌릴 수 없을 것이라 생각했다. 얼음보다 더 차갑게 돌아선 주혁에게 그녀는 너무도 미안해 다가갈 생각조차 하지 못했다.

그런 그가 자신의 옆에 있다. 연애를 한다는 거짓말까지 술술해 가면서 자신의 옆에 딱 붙어 있다. 오랜만에 보는 그의 다정한 눈빛과 말투. 온몸의 힘을 빼앗아 버리는 그의 미소. 꿈이라 믿기엔 너무 현실 같고, 현실이라 믿기엔 너무 꿈같은 일이 일어났다.

뒤에서 다가오는 인혜를 느끼고 주혁은 강주의 손을 잡았다.

어리둥절해하는 강주의 표정을 그는 충분히 이해했다. 갑자기 나타나 남자 친구 행세에 스킨십도 거침없이 하니 그녀는 도통 주혁의 생각을 모르겠단 표정이었다.

"마지막까지 제대로 이용당해 줄게."

그녀의 귀 가까이에 대고 그가 말했다. 주혁의 말을 들은 그녀는 눈물이 그렁그렁해져 그를 바라봤다.

"됐어요. 필요 없어요."

그녀가 손을 빼내자 주혁이 다시 그 손을 잡았다. 강주는 다시 그의 손에서 자신의 손을 빼내려 했다. 이용이라니⋯⋯. 자신에게 이용당해 주겠다 말하는 주혁의 말이 강주를 할퀴었다. 또다시 그를 아프게 했단 죄책감이 밀려왔다.

"복수 같은 거 필요 없어요. 안 해도 돼요. 그러니까⋯⋯ 이거 놔요."

놓으라 말했건만 그는 더욱 손을 세게 잡았다. 그리웠던 감촉이 서로의 심장을 다시 헤집었다. 묵혀 두었던, 덮고 있었던 감정들이 끓어오르며 두 사람을 휘감았다. 양손을 이용해 강주는 손을 잡아 뺐다.

"미안⋯⋯했어요."

하고 싶었던 말이었다. 그를 볼 때마다 하고 싶었던 말. 밤마다 자신을 괴롭히는 죄책감을 덜기 위해서라도, 그리고 그가 받은 상처를 조금이라도 덜기 위해서 꼭 이 말을 하고 싶었다. 미안하다 말하는 강주의 붉은 입술이 잘게 떨렸다.

"그런 말 하지 마. 더 비참해지니까."

이곳에 오기까지 그는 수만 가지의 생각을 했다. 결혼식장을 향해 운전을 하면서도, 웨딩홀에 발을 들이면서도 그는 자신의 행동이 정말 옳은 일인지 확신할 수 없었다.

그는 그냥 그녀가 그토록 원했던 복수를 해 주고 싶었다. 그녀가 자신을 이용했다는 사실을 제쳐 두고 주혁은 인혜에게 받은 강주의 상처를 감싸 주고 싶었다.

자신의 마음과 생각이 더 이상 뜻대로 움직여지지 않는 것을 알게 되면 사람들은 쉽게 패닉에 빠진다. 스스로의 상처를 치유하기도 바쁜 시간에 그는 여린 강주가 인혜에게 받았을 상처가 걱정되었다. 웨딩홀에서 혹여나 또다시 해코지를 하거나 못된 짓을 하면 어쩌나. 또다시 그 아이가 상처받으면 어쩌나.

그를 힘겹게 만드는 생각들에 패한 그는 결국 강주의 복수를 이뤄 주는 것을 택했다.

왜 내가 가지고 싶어 하는 것들은 나를 좋아하지 않을까. 술에 취하면 슬프게 읊조렸던 말이 강주를 보자 떠올랐다.

왜 너는 나를 좋아하지 않을까. 내가 나보다 더 아끼는 너는, 나를……. 막막하고 서러운 기분에 그는 강주를 보고 있던 시선을 거두었다.

"나는 오후에 약속이 있어서 먼저 가 볼게."

"어, 그래."

"두 사람 진짜 축하한다. 근데…… 나만 모르고 있었던 거냐? 유범이는 알고 있어?"

"걔는 지 연애하느라 바빠."

아무튼 축하한다. 두 사람의 모습에 희망을 느낀 해준은 다시 한 번 축하한다는 말을 남기고 떠났다. 끝이 난 결혼식. 사람들 모두 주인공인 아영이 떠나자 하나둘씩 제 갈 길을 찾아 갔다. 몇 분 흐르지 않았는데 웨딩홀 앞에 있던 사람들이 모두 사라졌다. 그 자리엔 강주와 주혁, 그리고 인혜만 남았다.

아무리 생각해도 믿을 수 없는 광경, 아니 믿고 싶지 않은 광경. 두 사람 뒤에서 그들을 지켜보고 있었던 인혜는 힘없는 다리로 그들 곁으로 다가왔다. 아까 전 웨딩홀에 들어서던 그 당당한 발걸음과는 180도 달랐다.

"진짜야? 두 사람…… 진짜 만나는 거야?"

"진짜야."

"거짓말……. 거……짓말."

마치 남편의 외도를 알아챈 사람처럼 인혜는 고개를 세차게 저으며 말했다. 믿고 싶지 않은 이야기란 것은 알았지만 강하게 부정하는 그녀를 보니 강주는 애처로운 마음마저 들었다.

"거짓말하는 거지? 지금 나한테 상처 주고 싶어……서…….."

인혜는 문장을 채 완성하지 못했다. 주혁은 강주의 어깨를 잡고 그녀를 돌려 세웠다. 그녀 얼굴 가까이로 주혁이 얼굴을 가져다 대고 말했다.

"난 너한테 신뢰를 잃을 짓 별로 안 한 것 같은데…….."

"……."

"증명해 줘?"

차가운 그의 말이 공기 중으로 흩어졌다. 인혜를 향해 말하는 그의 말의 온도는 분명 낮았는데 자신 앞에 있는 그의 숨결은 뜨거웠다. 그가 어떤 행동을 하려고 하는지 강주는 안다. 눈두덩에 주름이 접힐 만큼 그녀는 양 눈을 꾹 감았다.

"갔어."

신경질을 내며 들고 있던 가방이라도 자신에게 던질 줄 알았는데 인혜는 그냥 자리를 떠나 버렸다. 슬그머니 강주가 눈을 떴다. 저 멀리 사라진 인혜의 뒷모습을 확인하고 그는 한숨을 쉬었다.

"하……."

길지 않은 시간이었지만 온 에너지가 다 소진되었다. 그는 손목을 올려 시간을 확인했다. 처음 그녀에게 마음을 열었을 때 이렇게 비참한 감정을 느낄 줄 알았다면 그는 절대 사랑을 하지 않았을 것이다. 차라리 사랑은 없다, 나는 그런 거 못 느끼는 인간이다 생각하고 사는 게 더 나았다.

죽을 것같이 아프고 힘든데도 강주가 떠올랐다. 미안해 죽겠단 얼굴, 울먹이며 했던 미안하단 말, 차갑게 자신이 지나쳐 갈 때마다 짓는 상처받은 표정. 그런 그녀 걱정에 정작 다치고 아픈 자신은 돌아보지도 못했다.

그녀 앞에서 그녀를 위한 연기를 끝내고 나니 비참함은 더욱 커졌다. 거지 같다, 그는 차마 밖으로 내보이지 못할 말을 속으로 뱉었다. 힘준 머리를 헝클어트리고 그는 주머니에 손을 넣었다.

"수고했어."

"……."

"아, 이건 네가 나한테 할 말인가?"

이제 돌아서면 정말 마지막이었다. 악수라도 할까. 아님 미친 척 그냥 안아 버리고 뒤돌아설까.

"선배……."

강주의 떨리는 목소리에 그는 아무것도 하지 않고 돌아서야겠다고 결정했다. 작은 목소리 하나에도 이렇게 심장이 미칠 것같이 뛰며 아픈데 그녀에게 손을 댔다간 절대 강주를 떠나지 못할 거다.

"고맙단 말은 됐어."

"아……."

그는 돌아서서 걸었다. 그가 돌아서자 강주 앞에 있었던 그의 넓은 가슴이 등으로 바뀌었다. 그것이 주혁이 오늘 처음으로 강주에게 보인 등이었다.

"선……배……."

지나가는 누구도 듣지 못할 작은 목소리로 강주가 주혁을 불렀다. 그 목소리를 듣지 못한 그의 모습이 더욱 작아지고 있었다.

시간을 멈추는 능력이 있다면 지금 이 순간 시간을 멈추고 싶었다. 멀어지는 주혁이 작은 점이 되기 전에 그녀는 그를 붙잡고 싶었다. 그러나 슬프게도 그녀는 그런 능력이 없었다. 그는 계속 작아졌다.

"선배!"

그를 붙잡아야 한단 생각에 앞뒤 생각하지 않고 강주는 주혁을 불렀다. 그녀에게서 멀어지는 한 걸음 한 걸음이 무거웠던 그의 발이 잠깐 멈칫하는 듯하더니 다시 걸었다. 강주의 소리를 들었으면서, 분명 그 목소리를 들었으면서도 그는 마치 아무 일도 없었다는 듯 걸었다.

"남주혁!"

그의 이름 세 글자를 부르고 강주는 주혁에게로 뛰어갔다. 힐을 신은 발목이 위태로워 보였다. 탓, 탓, 타앗 소리를 내며 그녀

는 걷고 있던 주혁 앞에 멈춰 섰다. 헉헉, 숨을 몰아쉬고 강주는
허리를 숙인 채 무릎을 잡았다. 힘이 죽 빠진 다리로 뛰었더니
그녀의 가는 다리가 후들거렸다.

"할…… 말 있어요……."

허리를 세우며 강주는 머리카락을 뒤로 모두 넘겼다.

"와 줘서 고마워요."

맑고 고요한 목소리로 말하는 감사 인사에 주혁은 그냥 고개를
살짝 끄덕였다. 그녀를 떠나려는 마음이 무너지기 전에 이 공간
을 벗어나야 했다. 그는 다시 앞으로 걸었다.

그가 했었던 행동처럼 그녀는 주혁의 팔을 꽉 붙잡았다. 도망
갈 것 같은 그의 팔을 그녀는 두 팔로 꼭 잡았다.

"왜…… 자꾸 멋있는 거 해요?"

"뭐?"

황당한 그녀의 말에 주혁의 눈썹이 구겨졌다. 고요하게 가라앉
은 공기, 눈이 부시게 파란 하늘, 유럽 성당처럼 생긴 웨딩홀. 봄
과 여름의 향기를 함께 머금은 바람이 두 사람에게로 불었다.

"그만하기로 했잖아요. 왜 자꾸 꼬셔요……. 나는, 나는…… 미
안해서……."

눈물이 흘렀다. 참으려 했지만 결국 흘러내린 눈물을 그냥 그
녀는 흐르게 두었다.

찌푸리고 있던 인상을 펴고 그는 울음소리에 말이 막혀 버려
힘들어하는 강주를 가만히 바라봤다. 히끅거리는 소리에 덮여 도
무지 그녀가 어떤 말을 하는 건지 알아들을 수 없었다. 그는 강
주를 안았다.

"안지······ 마요."

주혁의 가슴을 밀어내고 그녀는 눈물을 급히 닦았다.

"내 앞에서······ 멋있는 거······ 하지 마요. 선배한테 나······ 못된 년이잖아요."

그는 다시 그녀를 안았다. 강주가 밀어내려 하자 더욱 힘주어 그녀를 안았다. 주혁은 그녀의 어깨 위로 얼굴을 묻었다.

"멋있는 거 하는 게 아니라 나 원래 멋있어."

"······."

"끌리면 넘어오든가."

열어 놓은 웨딩홀 안에서 노래가 흘러나왔다. 프랑소와즈 아르디가 부른 노래.

Le Temps De L'amour. 사랑의 시간.

#2o. 나쁜 년

번져 있는 화장을 확인하고 강주는 제 얼굴을 손으로 후다닥 가렸다. 어떡해…… 소리가 절로 나왔다. 옆자리에서 운전하고 있던 주혁이 흘긋 보는 게 느껴지자 그녀는 창문 쪽으로 몸을 틀었다.

핸드백에서 팩트를 꺼내 화장이 번진 부분을 톡톡 두드렸다. 얼룩덜룩한 눈물자국과 화장을 가리는 빠른 손놀림. 주혁이 가만히 그녀를 보다 말했다.

"다 봤어. 이미."

"으이씨……."

그래, 이미 늦었다. 강주는 팩트를 도로 가방 안에 넣었다. 자신은 이렇게 엉망진창인데 짜증나게도 그는 너무 멀쩡했다. 친하지도 않은 아영의 결혼식에 뭐 이렇게 힘을 주고 왔나 싶을 정도로 그는 멋있었다.

깔끔하게 넘긴 머리, 그리고 그에게 잘 어울리는 바다색 셔츠. 차 안이 더웠는지 살짝 걷어 올린 소매 안으로 그의 단단한 팔이 보였다. 방금 전까지 자신을 꼭 감싸고 있던 팔이었다. 입까지 헤벌린 채 대놓고 자신을 쳐다보는 강주의 눈빛에 주혁이 입꼬리를 올렸다.

"멋있다고 생각하지?"

"아, 아, 아니요! 왜 그런⋯⋯. 선배 왕자병 있어요?"

"거짓말하면 못써."

겨우 몇 살 많으면서 그는 어른이 아이를 어르듯 말했다.

"거짓말 아니거든요? 우, 우, 웃겨⋯⋯."

"솔직하지 못하네."

좌회전 지시등을 넣으며 그가 말했다. 차가 멈춰 서자 그는 조수석에 앉은 그녀를 가만히 바라봤다. 시선에 이끌린 강주가 고개를 돌리자 마주한 두 얼굴. 몇 주째 보고도 못 본 척 지나쳐야 했던 얼굴을 가만히 바라보며 그는 빙긋 웃었다. 웃는 그의 얼굴에 강주는 또다시 기분이 이상해졌다.

시시각각 변하는 강주의 표정에 모든 감정이 다 드러났다. 그것을 읽은 주혁이 그녀를 달랠 요량으로 손을 뻗었다.

빵─! 뒤에서 클랙슨이 울렸다. 아⋯⋯. 탄식 같은 목소리가 주혁에게서 나왔다. 그녀를 향해 뻗었던 손을 거두고 주혁이 왼쪽으로 핸들을 꺾었다.

전화가 울렸다. 액정이 다 보이게 놓은 그의 휴대폰 위로 유범이라는 글자가 보였다. 진동소리는 벨소리보다 더 거슬렸다. 우웅…… 우우웅…….

"안 받아요?"

"스피커폰 눌러 줘."

그의 부탁대로 행동하니 곧바로 유범의 목소리가 작은 휴대폰 밖으로 튀어나왔다.

— 여어! 방금 해준이랑 통화했어. 너 뭐냐? 나한테 그런 소식도 재깍재깍 보고 안 하고.

"나 운전 중이야. 조금 이따가……."

— 아, 운전 중이야? 야! 그러면 내가 전에 소개시켜 주겠다고 한 여자애한테 너 여자 친구 생겼다고 말한다?

맘대로 해, 무심하게 말했지만 주혁은 아랫입술을 꾹 깨물었다. 옆에 강주 있는데, 이 자식은 도움이 안 돼, 진짜. 옆 차선을 바라보는 척 강주를 바라보니 그녀도 자신처럼 입술을 꾹 깨물고 있었다.

— 그래! 근데 좀 아깝다. 너랑 잘 어울려 보였는데. 나이도 스물다섯 어리고, 예쁘고, 애도 싹싹하고 애교 있고.

만나지도 않은 여자의 칭찬을 늘어놓는 유범에게 주혁이 잇새로 말했다. 끊자아……. 꽉 조이는 셔츠의 첫 단추를 풀었다. 그렇게 했지만 여전히 답답했다. 운전 중이라는 말, 끊잔 말 모두 들었으면서 유범은 마치 아무것도 못 들은 사람처럼 말했다.

— 이강주 나쁜 년이라고 욕할 땐 언제고 어떻게 또 그렇게 됐대? 이래서 옛날 사람들이 남녀 사이는 둘밖에 모른다고 했나 봐. 너 그때 우리 동네까지 찾아와서 강주 씨 욕을 얼마나…….

주혁이 휴대폰 화면에서 빨간 버튼을 눌렀다. 전화가 뚝 끊기자 그는 헛기침을 몇 번 했다. 들고 있던 휴대폰을 내려놓고 강주는 당황해하는 주혁의 얼굴을 봤다. 그녀가 무슨 말을 한 것도 아닌데 그는 마치 대답을 하는 사람처럼 어깨를 으쓱했다.

"덥네."

주혁이 혼잣말을 웅얼거렸다. 주혁이 운전석 쪽 창문을 열면서 조수석의 창문까지 열었다. 반쯤 열린 창문 사이로 바람이 휙 끼치자 강주의 머리카락이 흐트러졌다.

전 추운데, 강주가 오래 다물고 있던 입을 떼어 말했는데 바람소리에 묻혀 주혁에게 전해지지 않았다.

"선배!"

"어?"

그가 놀라 그녀를 바라봤다. 짧은 통화였지만 주혁은 유범과의 통화 때문에 잠깐 정신을 놓고 있었다. 소개, 여자, 스물다섯 살, 나쁜 년……. 그 짧은 시간 동안 유범이 뱉었던 단어들이 머릿속에서 떼를 지어 다녔다. 그 단어들이 강주에게 어떤 빛으로 비춰질까, 걱정스러운 그의 생각 위로 단어들이 우르르 움직이며 먼지를 일으켰다.

"나쁜 년 춥다구요."

빨간 신호등에 맞춰 그는 브레이크를 밟았다. 그리고 강주를 봤다.

자신을 '나쁜 년'이라고 칭해 놓고 그녀는 해사하게 웃었다. 이미 스스로 인정했던 것이었다.


우리 얘기 좀 해요. 강주가 먼저 제안했다. 할 말을 정리하진 않았지만 말을 해야 할 것 같았다. 일련의 사건 아닌 사건들을 겪으며 덮지 않는 것이, 말하는 것이 중요함을 그녀는 알게 되었다.

아직도 멍해 있는 그를 붙잡고 그녀는 카페 안으로 들어갔다. 따뜻한 조명에 커피 향이 은은히 풍기는 자리에 강주가 먼저 앉았다.

아직도 멍해 있는 그는 마치 앉는 법을 잊은 사람처럼 오도카니 서 있었다. 허공에 떠 있는 것 같은 손을 잡아끌어 강주가 제 앞에 그를 앉혔다.

"선배."

"나부터 하자."

전에 없던 다급한 표정으로 그가 말했다. 주문을 받으러 온 직원에게 따뜻한 아메리카노 한 잔과 녹차 한 잔을 주문했다.

눈을 떴을 때 강주가 앞에 있었으면 좋겠다. 어제까지만 해도 잠들기 전 주문처럼 외웠던 말이 현실이 되었다. 현실임을 다시 확인받고 싶어 그는 눈을 몇 번이나 감았다 떴다.

"스물다섯 살은……."

정말 아무 의미 없는 사람이었다. 그런데도 혹여 그녀가 오해했을까 걱정이 되었다. 아직 제대로 무언가를 시작하기 전에 자신에 대해 강주가 오해하는 것이 싫었다. 내가 너무 힘들어하니까 유범이 소개시켜 주겠다고 한 거야. 유범이 여자 친구가 아는 동생인데 한번 만나 보라고 했어. 아직 준비 안 됐다고 거절했는데 그놈이 지 혼자 진행시킨 거야.

변명같이 들릴까 봐 그는 최대한 사실만 이야기했다. 그리고 나쁜 년은……. 그 단어를 듣자마자 강주가 피식 하고 바람 빠지는 웃음소리를 냈다.

"그건 설명 안 해 줘도 돼요. 나도 알고 있으니까."

"엄청 취했었어."

"취중진담?"

의도한 것은 아닌데 애교스러운 목소리가 나왔다. 강주는 그가 자신을 '나쁜 년'이라 지칭하는 것이 싫지 않았다. 마치 스스로 나쁜 년이 되고 싶어 하는 사람처럼 눈을 댕그랗게 뜨고 강주가 묻자 그는 패자의 얼굴로 말했다.

"몰라, 나도."

그녀가 이야기를 시작했다. 피하면 안 된다는 것을 알면서도 그는 피하고 싶었다. 강주가 꺼낸 첫 문장부터 그를 힘들게 만들었다. 해준 선배를 8년 동안 좋아했어요.

8년, 8년이라……. 강주가 짝사랑을 시작한 날 태어난 아기는 지금 초등학생이 되어 있을 것이다. 결코 짧지 않은 시간이었다. 그 시간 동안 그녀의 사랑을 오롯하게 받았을 해준이 그는 부러웠다.

"그럼 안 된다는 거 알면서도 했어요. 그때까지도 저 되게 아팠거든요. 해준 선배 얼굴만 봐도, 이름만 들어도……. 막 눈물이 뚝뚝 떨어졌으니까."

그 이야기를 하는 강주 위로 지난번 자신의 개원식 날 억지로 제 품에 가둬 울게 했던 일이 떠올랐다.

"해준 선배한테 고백을 못 한 건 사실 내 잘못이에요. 그런데도 인혜가 미웠어요. 해준 선배를 좋아하지 않는단 걸 알았으니까. 그래서 복수를 하고 싶었고……."

"그래서……."

"그래서 선배한테……. 후……."

당사자 앞에서 고해성사를 하는 것은 꽤나 힘들었다. 주혁이 자신을 바라볼 때마다 그녀는 움찔했다. 자신의 어떤 말에 어떻게 상처받을지 몰라 머릿속에서 비슷한 뜻의 단어들을 몇 개씩 떠올려야 했다.

"그렇게…… 하려고 했던 거고."

'복수'라는 단어를 피해 강주가 말했다. 차분해진 그와 반대로 강주는 어떻게든 주혁의 시선을 피하려 노력했다. 괜히 컵을 만지작거리고 냅킨을 조몰락거렸다.

"선배는 그때 약간…… 그…… 저한테 난봉꾼 이미지이기도 했고."

사실이었지만 강주는 말해 놓고 아차 싶었다. 주혁의 입꼬리가 한쪽만 올라갔다. 여태껏 잘 해 왔던 단어 선택이 이상한 데서 실패하자 그녀는 고개를 푹 숙였다. 아, 맙소사…….

"난봉꾼?"

"아……. 그게 아니라……."

"허랑방탕한 짓을 일삼는 사람."

머리를 숙인 채 제 머리카락을 꽉 움켜쥐는 강주 앞에서 그는 한 손으로 휴대폰을 꺼내 들고 난봉꾼의 뜻을 검색했다. 일부러 더 또박또박한 발음으로 말했다. 허. 랑. 방. 탕. 그의 목소리가 들리자 강주는 더 제 머리를 세게 뜯었다.

"허랑방탕이라……. 언행이 허황하고 착실하지 못하며 주색에 빠져 행실이 추저분하다."

"선배……."

"그러니까 너한테 내 이미지는 언행이 허황하고……."

그녀가 자신을 그렇게 생각했다는 것은 크게 문제 될 일이 아니었다. 바람둥이, 호색한……. 그 비슷한 말들은 이미 숱하게 들어왔다. 다만 화난 것 같은 자신의 모습에 어쩔 줄 몰라 하는 그녀가 귀여워 더 놀리고 싶어졌달까? 유범과의 통화 때문에 놓쳤던 승리의 깃발이 제 손에 들어와 있었다. 그는 그 기분을 좀 더 느끼고 싶었다.

"아닌 거 알아요. 선배 좋은 사람인 거 알아서 그만둬야겠다고 한 거예요. 미안해서……."

땅을 파고드는 목소리로 강주가 말을 이었다.

"그리고…… 갑자기 선배가 자꾸……. 자꾸 생각나고, 걱정되고……. 가끔씩…… 보고 싶기도 하고……."

말을 하는 강주의 얼굴이 옅은 붉은빛으로 물들었다. 그녀의 말에 그는 이미 자신이 그녀의 복수를 위한 도구였단 사실을 잊었다. 길게 늘어지는 그녀의 말을 귀 기울여 듣다 주혁이 노크를 하듯 테이블을 두드렸다. 똑, 똑. 어이.

"뭘 그렇게 길게 말해. 간단히 말해. 간단히."

"네?"

"간단하게. 짧게."

자신의 말에 시시각각으로 변하는 강주의 표정을 보는 것이 좋았다. 아무것도 모르겠단 표정에서, 뭔가 알아챘다는 표정으로. 그녀는 '아…….' 하는 소리와 함께 아무렇지 않은 척 표정을 정비했다. 긴장을 숨기려 노력했지만 침을 꿀꺽 삼키는 소리는 숨길 수 없었다.

그런 그녀가 귀여워 얼굴을 테이블에 박고 웃어 대는 그의 머리 위로 강주의 목소리가 떨어졌다.

"좋아해요."

두려웠던 첫발을 뒤늦게 떼었다. 푹 내려가 있던 주혁의 얼굴이 천천히 올라왔다. 짙고 깊은 그의 눈을 강주는 더 이상 피하지 않았다. 좋아한다, 그녀의 솔직한 감정이었다. 제 감정을 내려놓고 도망가고 싶지 않았다.

답을 기다리는 그녀의 눈빛에 주혁의 입꼬리가 위로 올라갔다. 그는 그것을 막지 않았다.

또다시 승기를 빼앗겼다. 더 사랑하는 쪽이 패자다. 강주가 뱉은 네 글자에 벅차오르는 감정을 억누르지 못하는 그는 분명한 패자였다.

"나도."

어떤 그릇도 자신의 감정을 담기엔 작았다. 자신이 느끼고 있는 모든 감정을 그녀가 느끼기 바라며 그는 강주를 바라봤다.

미간을 살짝 찌푸리며 일어난 강주는 통통 부은 눈을 하고 침대에 앉았다. 바스락거리는 이불을 발밑으로 치웠다. 알람 소리가 아닌 제 스스로 눈을 뜬 것은 참 오랜만이었다. 아무런 꿈도 꾸지 않은 깊은 잠이었다. 지난밤 좀체 잠이 들 것 같지 않은 두

근거림을 안고 누웠는데 피곤했던 탓인지 생각보다 쉽게 눈이 감겼다.

연애가 시작되었다. 늘 궁금했던 시간이었다.

연애가 시작된 다음 날. 더 이상 혼자 마음을 졸일 일도, 그에게 어떻게 마음을 전할까 고민할 일도 없는 날의 아침. 시작하는 연애에 대한 설렘과 지난밤보다 더 커진 그를 향한 마음, 여태껏 가지지 못한 감정들과 함께하는 아침. 사랑의 첫날.

일어나 늘 해 왔던 커튼을 여는 것도 잊고 그녀는 휴대폰을 집어 들었다.

주혁이 보고 싶다. 감정보다 앞서는 행동을 한 것은 이번이 처음이었다. 몇 번의 신호음이 울리고 잠에서 덜 깨 푹 잠긴 목소리로 주혁이 답했다. 응…….

푹 잔 강주와는 달리 밤새 잠들지 못하고 뒤척였던 주혁이 강주의 전화를 받은 것은 기적에 가까웠다. 몇 번의 알람에도 이불을 덮어쓸 뿐 깨어나지 못했던 그는 전화벨 소리에 힘겹게 휴대폰을 집어 들었다.

— ……선배.

"어……."

겨우 한 시간 눈을 붙였다. 끈적하게 나오는 목소리는 그 때문이었다. 햇빛을 피해 부드러운 이불 안으로 더 파고들며 주혁은 눈을 감은 채 강주의 말을 기다렸다.

— 보고…… 싶어요.

웃음이 났다. 눈을 꾹 감은 채 그가 웃었다. 눈 옆으로 몇 줄의 주름이 지어졌다. 아, 너, 진짜……. 감탄 섞인 단어들을 뱉으며 주혁이 침대에서 몸을 일으켰다. 보고 싶다는 그녀의 말은 강력했다.

"나와."

강주는 보고 싶다 해 놓고 막상 그가 그렇게 말하니 시계가 눈에 들어왔다. 아침 일곱 시. 어젯밤 그와 헤어지고 채 12시간도 되지 않았다.

"아, 아니에요. 미안해요. 나 때문에 깼죠? 더 자요."

— 괜찮아. 나와.

"지금 너무……."

쿵쿵 발소리를 내며 방에 있는 화장대 앞에 앉았다. 퉁퉁 부은 얼굴, 제멋대로 뻗친 머리카락.

"조, 조금 이따 약국에서……."

— 나와. 내가 보고 싶어져서 그래.

야외 테라스에 앉아 주혁은 길 끝을 바라봤다. 저 멀리서 강주가 보이자 그는 미소를 지었다.

그녀보다 더 먼저 도착해 기다리고 싶었다. 자신을 만나러 오는 강주의 모습을 처음부터 놓치지 않고 보고 싶었다. 젖은 머리가 마음에 걸리는지 몇 번이나 만지고, 입을 가리고 하품하던 강주의 모든 모습을 그는 사진을 찍듯 눈에 담았다.

멀리서 바라보는 그의 시선을 알아챈 것은 카페 옆 작은 베이커리를 지날 때였다. 갓 구워 낸 빵 냄새에 배가 고파졌다. 빠른 걸음으로 걷던 그녀는 주혁을 발견하고 그를 향해 손을 번쩍 들었다. 토도도도. 귀여운 발소리를 내며 그녀가 내달렸다.

헤엑……. 주인을 보고 달려온 강아지처럼 가쁜 숨을 내뱉으며 강주가 주혁 앞에 앉았다. 뭐하러 뛰어와, 달려오는 강주를 보고 행복한 미소를 지었던 그는 괜히 마음에도 없는 소리를 뱉었다.

"많이 기다렸……."

앉아 있는 강주의 발을 끌어 올렸다. 자신의 무릎에 신발을 신은 강주의 발을 올려놓고 그가 픽 웃었다. 끈이 풀린 운동화를 한 번, 그리고 당황해하는 그녀의 얼굴을 한 번 바라봤다.

"놔, 놔둬요. 제가…… 해도 돼요."

이미 묶고 있는 그의 손을 붙잡고 그녀가 말렸다. 다시 풀리지 않게 힘줘서 매듭을 한 번 지은 뒤 그는 예쁜 리본을 위해 고리를 만들었다.

"천천히 넘어와."

"언젠 끌리면 넘어오랬으면서."

그랬지, 그가 말을 덧붙이며 리본을 완성시켰다. 또다시 풀리지 않게 한 번 더 꽉 묶어 주는 그의 손을 따뜻한 눈길로 강주는 바라봤다.

예전 학부생일 때 TV에서 남자가 신발끈을 묶어 주는 뮤직비디오 장면을 본 적 있다. 컵을 들고 제 방으로 들어가면서 주혁은 조용히 뒤에서 읊조렸다. 저 여잔 신발끈 하나 못 묶나. 신발끈 하나 제 손으로 못 묶는 여자가 쟨 좋은가. 로맨틱한 분위기를 깨부수는 그의 말에 그의 형은 박수를 치며 웃었고 그의 어머니는 채널을 돌렸었다.

누군가가 자신을 보면 자신처럼 말할지 모른다. 저 여잔 신발끈 하나 못 묶나. 신발끈 하나 제 손으로 못 묶는 여자가 좋은가. 그러나 강주의 신발끈이 풀린 것을 봤을 때 자동적으로 손이 먼저 나갔다. 그 행동을 자신이 이전에 어떻게 평가했고, 다른 사람들이 자신을 보고 어떻게 이야기할지에 대해 그는 전혀 생각지 않았다.

"그렇게 감동적이야?"

강주의 발을 내려놓으며 주혁이 물었다. 어렸을 때 엄마가 묶어 주던 것을 제외하면 처음으로 다른 사람이 자신의 신발끈을 묶어 주는 것이었다. 혹시나 다시 끈이 풀려 넘어질까 걱정하는 그의 마음이 느껴졌다. 사랑받는 기분에 저절로 양 볼이 올라갔다.

벅찬 감동이 조금 사그라질 때쯤, 강주가 커피를 사겠다며 자리에서 일어났다. 야외 테라스 의자에서 일어나 유리벽으로 된 카페 안으로 들어가는 강주의 모습을 다시 또 눈에 담았다.

카페 유니폼을 입은 채 주문을 받는 남자가 강주를 보고 살짝 놀라는 것이 보였다. 이전에 자신이 주문했을 때는 보이지 않던 하얀 이를 내보이며 남자는 강주의 주문을 받았다.

일부러 느릿하게 움직이는 것 같은 점원에게 블랙티를 받아 들고 강주가 나왔다. 자신의 옆을 지나치는 그녀에게서 은은한 샴푸향이 풍겼다. 앞에 있는 커피 한 모금을 마시고 주혁은 마치 방금 생각난 듯 물었다.

"누굴 꼬시려고 아침부터 이렇게 예쁘냐?"

그의 질문에 강주가 헤헤 소리 내며 웃었다. 예쁘단다. 어렸을 때부터 꾸준하게 들었던 말인데 주혁의 방식대로 툭 던지는 그 말이 이상하리만큼 새롭게 느껴졌다.

"꼴려요?"

"뭐?"

"끌리면 넘어와요."

푸핫, 주혁이 소리 내어 웃었다. 몇 시간 자지 못해 어깨를 누르던 피로감이 그녀의 말 한마디에 사라졌다.

주혁과 함께 시작한 아침은 좋았다. 따뜻한 차와 샌드위치를 같이 먹고 각자의 직장이 있는 건물을 향해 나란히 걸었다. 한결 따뜻해진 날씨에 대해서 이야기하고 또 동네에서 맛있기로 소문난 떡볶이에 대해서도 얘기했다.

주로 강주가 뭐라 말하면 주혁이 대꾸하는 식이었다. 여기 떡볶이 저 중학교 때부터 먹었는데요, 아이 같은 목소리로 강주가 말하면 그는 이야기엔 잘 집중 않고 그녀의 얼굴만 빤히 봤다. 그의 검은 눈동자에 비치는 자신의 모습이 좋아 그녀는 수다쟁이처럼 쉴 새 없이 재잘거렸다.

약국 앞에서 아쉬운 인사를 나누고 저녁에 보자며 헤어졌다. 그를 향해 흔드는 그녀의 손을 주혁이 잠깐 잡았다 놨다. 지극히 자연스러운 움직임이었는데 주혁이 2층으로 올라가자마자 그의 온기가 아직 남아 있는 손바닥을 가만히 봤다. 제 것인데도 낯선 느낌. 비실비실 흘러나오는 미소를 주체할 수 없었다.

아침의 좋은 기분이 오늘 하루 내내 이어지면 좋으련만 그녀의 미소는 그리 오래가지 않았다. 종소리는 손님과 불청객을 구별하지 못했다. 목이 말라 물을 마시고 있었던 그녀는 종소리에 반사적으로 몸을 일으켰다.

"안녕?"

방금까지 시원했던 물이 바로 미적지근하고 닝닝한 맛으로 바꿰었다. 입에 머금었던 물을 꼴깍 삼키고 강주는 대충 대답했다. 어, 그래.

"너한테 듣고 싶은 얘기가 있어서 왔어. 시간 오래 끌지 않을게. 주혁 오빠랑 너…… 진짜야?"

"가짜 같아 보여?"

"하……."

인혜는 저 멀리 어딘가를 봤다. 그녀는 치미는 분노를 누구에게 쏟아부어야 할지 몰랐다. 목에서는 쥐어짜는 듯한 목소리가 나왔다. 그러니까…….

"네가 나한테 복수하려고 다가온 걸 알고도?"

"……."

그녀는 대답 대신 안쓰러운 눈빛을 인혜에게 보냈다. 이미 인혜는 알고 있었다. 그녀가 듣고 싶은 얘기는 '아니다' 이지만 이미 그녀가 알고 있는 이야기는 '맞다' 였다.

와르르 그녀가 무너지듯 자리에 주저앉았다. 서 있을 힘이 없는지 풀썩 쓰러졌다. 강주가 나와서 괜찮냐며 어깨를 붙잡자 그녀는 신경질적으로 손을 쳐 냈다.

"건들지 마."

충격으로 어떻게 된 걸까. 허, 허, 하며 바람 빠진 소리를 내며 인혜는 웃었다. 허탈감에 나온 웃음이었다. 손바닥으로 두 눈을 가리는데 그 밑으로 눈물이 새어 나왔다. 입은 억지로 웃고 있었지만 저절로 나오는 눈물은 막을 수 없었다. 곧 아래턱이 움직이며 그녀는 결국 엉엉 울기 시작했다.

"정인혜."

"부르지…… 마. 내 이름."

들어오려던 손님이 문을 반쯤 열었다. 서글피 우는 울음소리에 손님은 급히 강주에게 목례만 하고 밖으로 나갔다.

서러웠다. 다른 말로 자신의 감정을 표현할 수 없었다. 항상 자신은 안 된다고 말했던 주혁이 왜 강주는 받아들였는지 이해할 수 없었다. 정말 갖고 싶었던 것을 빼앗긴 느낌이 들어 인혜는 자신이 했던 모든 못된 행동들은 잊어버린 채, 소중한 무언가를 도둑맞은 아이처럼 엉엉 울었다.

삐릭. 소리가 익숙했다. 엉엉 울고 있는 자신의 머리 위로 휴대폰 카메라가 동영상을 찍을 때 울리는 소리가 들렸다. 잔뜩 구겨진 얼굴을 하고 인혜가 고개를 올렸다.

"너, 뭐, 하……는 거야?"

"동영상 촬영."

쪼그려 앉아 있던 인혜는 바닥에 철퍼덕 주저앉았다. 강주의 휴대폰 카메라 렌즈가 정확하게 자신을 겨누고 있었다. 총을 들고 있는 사람처럼 다부진 얼굴에 짐짓 진지한 표정을 짓고 있는 강주를 인혜가 눈물이 채 마르지 않은 눈으로 바라봤다.

"저리 안 치워?"

"내가 왜?"

"야!"

"힘들 때마다 볼 거야. 네가 나한테 했던 못된 짓, 이걸로 용서해 줄게."

네가 뭔데 용서를 한다 만다야! 꽥 소리를 내지르며 일어났다. 여태껏 힘이 없었던 두 다리는 중력도 이기지 못했다. 비틀거리는 그녀를 강주가 꽉 잡았다.

"넌 네가 지금 세상에서 젤 힘들고 아픈 사람인 줄 착각하는 것 같은데……. 난 네가 울었던 것보다 더 많이, 더 긴 시간 울고 아파했어."

"……뭐?"

"해준 선배도 마찬가지고."

인혜의 말문이 막혔다. 자신이 지금 힘들고 아프다 해서 그녀가 했던 지난 행적이 모두 사라지는 것은 아니었다. 이제 막 사랑을 시작하는 행복한 강주 앞에서 자신은 더욱 비참했지만 강주도 마찬가지로 자신과 같은 감정을 느꼈을 것이다. 자신이 믿었던 친구에 대한 배신감도 함께.

이 순간 인혜는 완벽한 패자였다. 잊고 있었던 잘못에 대한 죄책감과 그를 빼앗긴 패배감이 온몸을 휘감았다.

무엇을 얻고자 이곳에 왔을까. 무작정 액셀을 밟아 이곳까지 온 자신이 원망스러웠다. 졌다. 자신의 눈을 똑바로 쳐다보고 있는 강주를 보며 그녀는 생각했다. 입술이 떨렸다. 졌다, 나는.

"그래, 내가 또 나쁜 년이지……."

여태껏 자신을 잡고 있었던 강주의 손을 뿌리치고 인혜는 걸어 나왔다.

청춘 약국, 그 위에 사랑 피부과.

간판을 눈으로 훑은 그녀는 아직 마르지 못한 눈물을 닦았다. 구질구질하게 굴어 봤자 지금보다 더 더러운 기분만 맛볼 뿐이다. 그녀는 자신의 차로 걸어갔다.

인혜가 떠난 뒤, 강주는 예정에 없던 청소를 했다. 점심시간인 것도 잊은 채 약국 바닥을 닦았다.

머리가 복잡했다. 무슨 말을 더 했어야 했나. 좌우로 흔들리던 그녀의 뒷모습이 떠올라 강주를 괴롭혔다. 마땅히 그녀가 받았어야 할 상처라 생각했는데 펑펑 우는 인혜의 모습이 마치 자신이 해준을 놓치고 나서 울던 그 모습과 겹쳐졌다.

그렇게 열심히 닦는다 해도 인혜가 울었던 사실이 없어지는 것도 아닌데 그녀는 열심히 닦았다. 약국 바닥을 대걸레로 다 닦고 굽히고 있던 허리를 폈다. 등에 손을 올리고 숨을 푹 내쉬는데 바깥에서 자신을 가만 바라보는 주혁과 눈이 마주쳤다.

딸랑. 아까와 같았지만 느낌은 다른 종소리가 울렸다. 그의 뒤로 키득 웃으며 사라지는 사랑 피부과 간호사들이 보였다.

"전생에 공주는 아니었을 것 같다."

"내 전생까지 보여요?"

"응. 지금 되게 잘 어울려."

강주의 모습을 눈으로 쭉 훑자 그녀가 '으씨!' 화를 내며 걸레를 바닥으로 던졌다. 내가 누구 때문에…… 됐다, 됐어. 말해서 뭐해……. 뽀로통한 표정을 짓고 강주는 방금 전 호기롭게 내던 졌던 대걸레를 다시 잡아 올렸다.

"점심은?"

"생각 없어요."

"점심을 무슨 생각으로 먹어? 가자, 밥 먹게."

고개를 까딱하며 건넨 그의 제안에 강주는 몸을 돌려 걸어가는 것으로 대답했다. 됐어요, 말하고 저 안쪽에 마련된 창고방에 대걸레를 가져다 놓았다.

"되긴 뭐가 돼. 빨리 와. 너 안 먹으면 나 같이 밥 먹을 사람 없어."

"간호사님들 있잖아요!"

"너랑 먹고 싶어."

원래 이렇게 떼쟁이였나. 거칠게 자신의 머리를 털어 내며 주혁 앞으로 걸어갔다. 훅……. 숨을 내쉬고 뭐라 쏘아붙이려는데 그가 먼저 선수를 쳤다.

"뭐야? 뭐가 불만이야?"

"네?"

"얼굴에 뭔 일 있다고 딱 써 있잖아. 뭔데 밥도 안 먹고 틱틱거려?"

자신이 전생에 공주가 아니었다면 주혁도 분명 왕자는 아니었을 것이다. 점쟁이 뭐 이런 것이 아니었을까. 별로 티도 내지 않은 것 같은데 변화를 알아채는 그의 모습에 강주의 눈이 살짝 커졌다. 그 탓에 주혁은 무슨 일이 있었음을 확신했다.

"설마……."

"아……."

"너 또 선봐?"

다 알겠다는 듯 고개를 끄덕이는 주혁을 강주는 가만히 봤다. 허. 무서운 눈을 하고 자신을 내려 보는 그를 보고 있으니 입술 사이로 어이없는 웃음이 튀어나왔다.

"몇 시, 어디야?"

휴대폰을 꺼내 들고 메모장 어플을 켜며 주혁이 물었다. 짚어

도 한참 잘못짚었는데 그는 진지했다. 아까 전의 복잡했던 감정
과 머리를 꽉 누르고 있던 생각들이 한순간에 사라지고 강주는
빙긋 웃음을 지었다.

"8시 30분, The Pasta요."

"어떻게 망쳐 줄까?"

절대 잊을 리 없으면서도 그는 강주가 말한 시간과 장소를 열
심히 적었다. 무엇을 그리 열심히 적나 까치발을 들고 목을 쭉
빼고 봤더니 자신이 말한 시간과 장소 말고도 또 무언갈 적고 있
다.

[8시 30분. 더 파스타. 동윤이 아들.]

"동윤이 아들은 뭐예요?"

"이번엔 좀 파격적으로 해 보려고. 친구 아들 데리고 가서 '성
원이 엄마!' 하게."

"미쳤어요? 누구 혼삿길 막으려고!"

있지도 않은 맞선이지만 울컥해 그의 휴대폰을 빼앗으려 손을
뻗었다. 그러나 주혁이 더 빨랐다. 손을 뻗어 강주의 이마를 밀어
내니 그녀의 팔은 허공만 휘저을 뿐이었다.

"너야말로."

"내, 내가 뭘요!"

"사귀는 첫날 딴 남자랑 맞선 보는 게 말이 돼?"

그의 투정 어린 질문에 강주는 뻗고 있던 손을 내렸다.

"······난이에요."

"뭐?"

"장난이라구요. 선 안 봐요."

"그럼 여덟 시 반, 더 파스타. 이건 뭐야?"

"색……다른 데이트 신청?"

그의 눈치를 살피기 위해 고개를 살짝 꺾으며 말했다. 주혁이 아무 반응이 없자 눈을 깜박이는 속도가 빨라졌다. 허, 참나……. 아까 전 주혁의 '맞선' 이야기에 강주가 그랬듯 그가 픽 웃음을 흘렸다.

"아오……."

귀여워서 봐주긴 하는데 맞선 이야기에 철렁했던 것이 억울했다. 주혁이 웃자 어색하게 따라 웃는 강주의 양 볼을 그가 꾹 잡았다.

"아! 느아요!"

"이강주."

"에?"

볼이 늘어진 탓에 말이 제대로 나오지 않았다. 불분명한 말인데도 다 알아듣는지 그가 말을 이었다.

"진짜 혼삿길 위에 시멘트 칠하기 전에 맞선 같은 거 보지 마."

강주의 말랑한 볼을 붙잡았던 손을 떼어 내고 그는 강주의 이마를 툭 쳤다. 장난이라니까요! 주혁에게 맞은 이마를 매만지며 소리치자 그가 갑자기 정색을 한다.

"뭐가 장난이야. 듣는 내가 짜증나는데."

"그……렇게 짜증나요?"

"나 선봐."

"……."

"기분 어때?"

나빴다. 순간 스트레스 지수가 확 올라가는 것이 느껴졌다. 눈에 보이지 않는 빨간 그래프가 약국 천장까지 쭈욱 올라갔다. 사실이 아님을 아는데도 그랬다. 아, 이런 기분이었구나.

"안…… 할게요."

"미안하면 같이 밥 먹어 줘."

결국 그와 함께 동네 분식점으로 들어갔다. 바닥을 박박 문질러도 사라지지 않던 복잡 미묘한 감정들이 주혁과 함께 있자 다 사라졌다. 참 이상한 힘이 있는 남자다. 아닌가. 사랑이 이상한 힘이 있는 건가.

여덟 시 반. The Pasta. 선을 보기로 했다던 그 시간, 그 공간에 두 사람이 마주 앉았다.

수염이 덥수룩하게 난 사장의 투박한 모습을 닮은 나무 간판을 지나 들어서자 따뜻한 빛의 실내가 펼쳐졌다. 주황빛 조명 바로 아래에서 주혁은 가만 강주의 얼굴을 봤다. 아까 잠깐 깜박했는데……. 입을 여는 그의 말에 강주가 눈을 올려 그를 쳐다봤다.

"그럼 뭐 때문이었어?"

"뭐가요?"

"무슨 일 있었어?"

자몽에이드를 쪼록 빨대로 마시고 강주가 담담히 말했다. 있었죠. 있었죠, 큰일이.

"뭐야?"

"저 인혜 만났어요."

"언제?"

"오늘. 아침에."

아침 일찍 찾아와 인혜가 무슨 말을 했을지 짐작이 가진 않았다. 항상 자신의 상상을 넘어서는 인혜였기에 어떤 말을 했을지 쉽사리 떠오르지 않았다.

"왜?"

"그냥…… 슬퍼서 화풀이하고 싶어서 온 것 같아요. 자신의 의지가 아닌데 스스로 마음을 접어야 하니까 힘들…… 거예요."

"아……."

"잘됐다, 해 줬어요. 아주 고소하다. 옆에서 잔뜩 약 올렸어요."

말과는 다르게 슬픈 표정을 짓는 그녀에게 건넬 말이 떠오르지 않았다. 괜히 빨대를 휘휘 젓는 그녀를 주혁이 가만히 바라봤다. 딱딱한 얼음을 쿡쿡 찌르다 빨대를 내려놓고 그녀가 말했다.

"잘 되겠죠?"

"잘 되겠지……."

조용하게 내려앉은 분위기에서 밥을 다 먹고 나자, 꽤 늦은 시간인데도 주혁은 강주의 손을 꾹 잡고 말했다. 영화 보자.

그의 눈빛이 진지해서 거절할 수 없었다. 이 영화 되게 보고 싶었나 보다. 혼자 그렇게 생각하며 깜깜한 영화관에 앉았는데 영화가 시작하자마자 주혁이 고개를 푹 꺾으며 잠이 들었다. 스크린 한 번, 고개를 푹 숙인 채 자고 있는 그의 뒤통수 한 번 번

갈아 바라보며 강주는 안절부절못했다.

열두 시가 넘어 날짜가 바뀐 지금. 어제의 시련이 인혜였다면 오늘의 시련은 보는 사람 목이 다 아플 정도로 고개를 푹 숙이고 자고 있는 주혁이었다.

어디선가 본 것으로는 그를 자신의 어깨에 기대게 하는 것이 맞는 것 같은데 그러다 갑자기 주혁을 깨울까 걱정이 되었다. 아침 일찍 깨운 자신 때문에 잠을 자지 못해 피곤했던 그였다.

주먹을 몇 번 쥐었다 폈다 반복하다 강주는 그냥 모른 척하기로 했다. 괜히 서툰 자신의 손길 때문에 그를 달콤한 잠에서 끌어내긴 싫었다. 몇 번씩 그를 바라보긴 했지만 결국 그는 고개를 푹 숙였던 처음 그 자세로 영화 상영 시간 내내 잠을 잤다.

영화가 끝이 나고, 조명이 밝았다. 몇 명 안 되는 심야 관람객들이 다 빠져나가자 영화관 아르바이트생들이 빗자루를 들고 들어왔다. 톡, 그의 팔을 아이의 머리 만지듯 건드렸다. 이미 깊은 잠에 빠진 그는 별 반응이 없었다. 이번엔 툭, 다시 그의 팔을 쳤다.

"으……음……."

다문 입술 사이로 힘겨운 소리를 내며 그가 눈을 찌푸렸다. 선배…… 영화 끝났어요……. 조용한 목소리, 강주의 음성이었다. 왼쪽 눈을 세게 감으며 그가 힘겹게 오른쪽 눈을 떴다. 자신의 옆에 있는 강주를 보고 그는 다시 또 음…… 하는 소리를 냈다.

"많이 피곤했어요?"

"어……. 미안, 나 때문에 재미없었어……. 아!"

목에 힘을 줘 똑바로 들려는데 근육이 너무 땡겼다. 아…….

신음을 흘리며 그가 목 뒤를 붙잡았다. 인상을 찌푸리는 그를 강주가 걱정스러운 눈으로 바라봤다.

"괜찮아요?"

"아······. 아니, 안 괜찮아."

자리에서 일어나는 와중에도 그는 계속 목을 붙잡고 있었다. 두 시간 내내 고개를 숙이고 있었으니 그럴 만도 했다. 역시 좀 더 편하게 잘 수 있도록 자신의 어깨에 기대도록 하는 게 맞았나.

자리에 앉아 그를 가만히 올려다보고 반성하고 있는데 주혁이 손을 내밀었다.

"가자."

남자답게 두툼한 그의 손을 보고 강주는 잊고 있던 것이 떠올랐다.

첫 데이트. 밥을 먹고 영화를 보고. 남들이 다 하는 것을 지금 자신이 하고 있단 생각이 번쩍 들었다. 비록 그는 상영 시간 내내 잔 데다 지금은 목까지 부여잡고 있지만 이것은 자신이 남자 친구와 함께하는 첫 데이트였다.

처음을 자각하니 기분이 좋아졌다. 걱정스러운 표정을 다 지우고 강주는 그의 손을 먼저 덥석 잡았다.

"그래요, 가요."

자신의 감정을 어떻게 정의 내리기 힘들 때가 있다. 출근길, 햇빛에 반짝이는 '사랑 피부과' 간판을 보고 괜히 벅차오르는 감정을 그녀는 어떻게 설명할 수 없었다. 셔터를 올리고 약국 안으로 들어가 가운을 겉에 걸치며 강주는 내내 미소를 짓고 있었다.

사귀기 시작한 지 벌써 일주일이 지났다. 매일이 크게 다르지 않았다. 출근길에 서로 잠깐 얼굴을 보거나 차를 마셨고, 점심시간에 같이 식사를 했다. 저녁이 되면 같이 주변 맛집으로 가서 저녁 식사를 하고 그의 차를 타고 집으로 돌아왔다.

직장이 가까운 덕분에 꽤 많은 대화를 나누었음에도 집에 돌아오면 또 할 말이 생각이 났다. 샤워를 마치고 침대에 누워 전화로 조잘거리다 보면 하루가 끝이 났다.

약국 문을 열자마자 아이의 손을 잡은 젊은 여자가 들어왔다. 짧은 단발머리가 잘 어울리는 여자는 아이를 약국 의자에 앉히고 강주 앞으로 걸어왔다.

"여기 2층 피부과 아직 안 열었네요. 보통 몇 시에 여나요?"

"아, 이제 곧 열 것 같은데……. 여기서 조금 더 기다리세요."

제 손님도 아닌데 강주는 더 공손히 말했다. 따뜻한 차 한 잔 드릴까요, 묻고는 예쁜 머그컵에 자신이 좋아하는 국화차를 우려 냈다. 괜찮다는 여자의 두 손에 잔을 넘겨주니 여자는 활짝 웃었다.

"되게 친절하시네요."

"아, 아니에요……."

"여기 피부과 의사 선생님은 진료 잘하세요?"

여자는 아이 옆에 앉으며 물었다. 세 살 정도 되어 보이는 여자아이는 주먹만 한 얼굴에 사탕을 문 것처럼 양 볼이 볼록 튀어나와 있었다.

아이가 국화차의 향을 맡고는 컵을 향해 손을 뻗자, 여자는 눈에 힘을 빡 주었다. 안 돼. 뜨거워. 귀여운 얼굴의 여자가 짓는 무서운 표정은 전혀 무섭지 않다. 오히려 더 귀여울 뿐이다.

여자 몰래 미소 지으며 강주는 어제 끝내지 못한 서류들을 정리하며 질문에 답했다.

"환자분들이 좋아하세요. 되게 꼼꼼하게 보신다고. 나쁜 소리는 별로 못 들은 것 같아요."

"그래요? 저는 이 동네 잘 몰라서……."

"이사 오신 지 얼마 안 되셨구나."

자신의 또래로 보이는 단발머리 여자는 결혼을 일찍 한 것 같았다. 이십 대 중반쯤 결혼을 해서 아이를 낳고 이 동네로 이사 왔나 보다. 새로 짓는 아파트에 젊은 부부가 많이 이사 온다는 이야기를 종종 들었다. 이마도 그 아파트겠지, 강주는 혼자 생각했다.

여자가 무엇이라 대답하려 할 때, 약국의 문이 열렸다. 통화를 하며 들어오던 주혁은 강주에게 손으로 인사를 했다. 어, 어, 그래서, 어, 어, 그럼 나는 뭘 해야 하는데, 어, 어……. 옆에 환자가 있는 것도 보지 못하고 그는 강주 가까이로 걸어갔다.

"알았어. 나 병원 도착했어. 나중에 연락할게."

통화 종료 버튼을 누르고 주혁은 강주를 바라봤다. 밤새 달라진 점이 있나 빠르게 살핀 뒤 그는 강주가 좋아하는 긴 미소를 지었다.

"립스틱 색깔 예쁘네."

"아! 이거 옛날에 아영이한테…… 선물 받은 건데……. 아, 저기! 환자분 기다리고 계세요."

예쁘게 보이려고 바른 건데도 그가 딱 집어내니 창피했다. 괜히 말을 돌리기 위해 주혁 뒤편을 가리켰다. 아이의 손등을 반 덮은 소매를 접어 주던 여자가 그제야 고개를 들어 주혁을 바라봤다. 약사와 다정하게 대화를 나누던 그가 2층 피부과 의사구나, 뒤늦게 그의 얼굴을 살피다가 여자는 잡고 있던 아이의 손을 놓아 버렸다.

"아!"

두 사람에게서 같은 소리가 나왔다. 서로를 알아보는 네 개의

눈빛 사이로 강주의 두 눈이 흔들렸다. 옳고 그름을 따질 상황은
아니었다. 하지만 어쩐지 옳지 않은 상황 같단 느낌이 들었다. 다
시 자신을 돌아보지 않는 주혁의 뒷모습이 이 순간 굉장히 낯설
게 느껴졌다.

"남주혁?"

단발머리 여자가 자리에서 일어났다. 여자의 동그란 눈을 닮은
아이의 눈도 커다래졌다. 여자의 눈은 단순히 오랜만에 만난 친
구에게 보이는 반가운 표정이 아니라 설명할 수 없는 어떤 묘한
무언가가 저 아래에 덮여 있는 표정이었다. 강주는 주혁의 얼굴
이 보고 싶어졌다.

"어, 오랜만이다."

"네가 여기 의사야? 와아…… 대단하다."

오랜만에 만난 두 남녀는 곁에 강주가 있는데도 없는 양 행동
했다. 그때 아이가 여자의 카디건 끝을 붙잡으며 칭얼거렸다. 흐
잉, 소리를 내자 여자는 능숙한 몸짓으로 아이를 안아 올렸다.

"너 의사 됐구나, 몰랐네. 최근에 해준이랑 연락할 때까지만
해도 너 해준이랑 같이 약대 다닌다고 들었었는데."

"아, 전과했어."

두 사람 사이를 깊이 알게 된다면 어쩐지 자신이 상처받을 것
같아 강주는 최대한 신경 쓰지 않으려 노력했다. 하지만 그녀의
입에서 '해준'의 이름이 나오자 고개가 여자에게로 다시 향하는
것을 막을 순 없었다.

"그렇구나……. 멋있다. 남주혁."

"진료받으러 왔어?"

"나 말고, 얘. 팔 접히는 부분에 땀띠 같은 게 나서."

아무것도 모른다는 순진한 얼굴을 하고 있는 아이를 여자가 턱짓으로 가리켰다. 여자의 품에 안긴 아이는 자신을 빤히 바라보고 있는 강주를 향해 손을 흔들었다. 멍한 표정으로 반사적으로 아이를 따라 손을 흔들자, 주혁이 그제야 고개를 돌려 강주를 봤다.

"아, 여긴……."

"주혁이 첫사랑이에요. 송정윤입니다."

별처럼 밝게 웃으며 정윤이 말했다. 여전히 강주를 향해 손을 흔드는 아이를 따라 강주도 힘없이 손을 따라 흔드는 중이었다. 여자의 말이 처음엔 바로 이해되지 않았다. 아, 첫사랑이구나……. 그리고 잠시 멈칫하던 그녀는 순간 아찔한 기분이 들었다. 첫, 처, 첫사랑?

놀란 강주의 표정을 보고도 주혁은 딱히 아무 말이 없었다. 진짜 첫사랑이구나. 순간 앞에 있는 정윤이 커다랗게 보였다. 자신이 모르는 옛 주혁을 아는 여자, 주혁의 '처음'을 가져간 여자. 갑자기 커진 정윤의 중압감을 이기지 못하고 강주가 먼저 뒤돌아섰다.

"빨리 올라가 봐야 하지 않아요?"

두 사람, 아니 세 사람을 보내려는 의도로 강주가 말했다. 테이블 위에 컵을 내려놓으며 정윤이 먼저 인사했다. 차 잘 마셨어요. 그녀를 보는 둥 마는 둥, 대충 고개를 끄덕하며 강주는 바쁜 척 조제실로 들어가 버렸다.

"연락할게."

네. 굳은 목소리로 대답했다. 곧이어 한 번의 종소리가 울리고 주혁과 정윤이 약국을 나갔다.

괜히 조제실 약들을 살펴보다 강주는 그 안에 마련된 원형 스툴에 털썩 앉아 버렸다.

첫. 사. 랑. 소리 내서 한 자, 한 자, 뱉을 때마다 입 안이 텁텁하게 느껴졌다.


"원래 아토피 있어?"

"응. 언니 말로는 어렸을 때부터 이랬대. 겨울 동안엔 없었는데 최근에 갑자기 이렇게 뭐가 나서……."

"알레르기는 없고?"

"알레르기? 없어. 간지러운지 요새 계속 긁는대……."

강주의 바람과 달리 귀여운 꼬마 환자는 정윤의 아이가 아니었다. 맞벌이를 하는 그녀의 언니가 어젯밤 급하게 동생을 집으로 불렀다. 아침 일찍 예린이 데리고 피부과 좀 갔다 와, 그 부탁을 들어주기 위해 찾은 피부과에서 그녀는 오랜만에 주혁을 만났다.

끝이 아름다운 기억은 아니었지만 가끔씩 떠오르던 주혁을 만나니 정윤은 마냥 좋았다. 마지막으로 봤던 교복 입은 주혁의 모습과 의사의 상징인 흰 가운을 입은 그는 같은 사람이지만 다르게 보였다. 엄마라도 된 것처럼 뿌듯한 표정으로 정윤이 진료실에 오고 처음으로 질문을 했다.

"어떻게 지냈어?"

"그냥…… 개원하고……."

정윤은 주혁의 냉랭한 반응에도 아랑곳하지 않았다. 오랜만에 만나는 그가 마냥 반가웠다. '어떻게 지냈어?'로 시작한 질문은 줄줄이 이어졌다. 이 동네에 살아? 병원은 잘 되니? 몇 시에 닫아? 파도처럼 끊임없이 밀려오는 그녀의 질문에 주혁은 처방전에 약의 이름을 입력하며 꼬박꼬박 대답했다.

"그렇구나. 이거 네 명함이야?"

모니터 뒤편, 주혁의 이름 세 글자가 박혀 있는 명함을 한 장 집어 들며 그녀가 물었다. 모니터에서 눈을 떼며 주혁이 고개를 한 번 끄덕거렸다. 데구루루 눈을 굴리며 긴 생각을 하던 정윤은 명함을 제 주머니에 집어넣었다.

"먹는 약, 바르는 약 둘 다 처방해 줄게. 목욕 너무 자주 하지 말고. 아이 방 습도 체크해서 너무 건조하지 않게 해."

"응? 으응……. 그러라고 할게."

정윤은 칭얼대는 예린을 안아 들었다. 오랜만에 만난 주혁을 반가워하는 그녀와 달리 주혁은 냉랭하고 딱딱했다. 갈게, 짧게 인사를 하고 그녀는 진료실을 빠져나왔다.


아니, 뭐, 그러니까요, 그게, 저, 신경이 쓰인다는 것이 아니라, 딱히, 그러니까, 그냥…….

강주는 말을 꺼내지 못했다. 그런 그녀를 향해 해준이 큭큭 소리를 내며 웃었다. 선배 궁금한 게 있어서요, 먼저 전화를 해 놓고는 막상 질문을 하지는 못했다. 여태 자신의 이야기를 들어 주기만 해서 그런가. 질문하기를 겁내 하는 그녀에게 해준이 따뜻하게 말했다.

— 뭔데 그래. 말해 봐. 내가 아는 한 다 대답해 줄게.

"아, 그러니까……."

— 응, 응.

전화상으로 물어도 되는 질문일까. 꿀꺽. 침 한 번 삼키고 강
주는 휴대폰을 반대쪽 귀로 옮겼다.

"주혁 선배 첫사랑…… 아세요?"

해준은 방금 전 자신이 했던 말을 다시 떠올렸다. 내가 아는
한 다 대답해 줄게. 아…… 이걸 다 말해도 되려나.

강주는 저녁을 먹자는 주혁의 제안을 거절했다. 어지러운 마음
때문에 무언가가 입속으로 들어가면 멀미가 날 것 같았다.

먼저 집으로 가겠다, 했더니 주혁은 그녀의 손을 잡고 공원으
로 갔다. 편의점에서 간단하게 뭐 먹을래? 아니요. 그럼 우유라
도. 됐어요. 계속 음식을 거절하는 강주를 주혁이 당혹스럽단 표
정으로 바라봤다.

"왜 그래?"

"……."

"너 혹시 송정윤……. 이강주, 걔는……."

말하는 주혁을 강주가 꼭 안아 버렸다. 그의 허리 위로 강주의
팔이 휘감겼다. 그의 가슴에 턱을 기대고 고개를 들어 주혁을 바
라보자 갑작스런 강주의 행동에 넋이 나간 그는 황당한 표정으로
강주를 바라보고 있었다.

"미안해요."

"뭐……가?"

"많이 아팠죠?"

"아픈 건 너 아니야?"

그는 강주의 이마 위로 손을 얹었다. 갑자기 이렇게 안길 애가 아닌데……. 좋으면서도 걱정이 되어 그는 꽤나 진지하게 그녀의 체온을 어림했다. 열은 없는데……. 그가 고개를 갸웃했다.

"다 들었어요. 많이 아팠죠?"

"앞에 이야기 다 잘라 먹지 말고 이야기해 봐. 무슨 말 하는 거야?"

"해준 선배랑 그 여자분……. 그리고 선배랑 어떤 일이 있었는지 들었어요."

자신이 사랑을 믿지 못하게 된 큰 이유가 되었던 사건.

강주에게 숨기고 싶은 이야기는 아니었다. 그렇다고 꼭 알리고 싶은 이야기도 아니었다. 얼떨떨한 그는 가만히 강주를 내려다봤다.

"내가 선배한테 같은 방법으로 다시 상처를 준 것 같아서……."

그제야 그녀가 왜 이렇게 의기소침해 있었는지 알 것 같았다. 잔뜩 주눅 든 그녀는 미안하단 말을 전하고 나자 그와 눈을 마주치는 것도 힘들어했다. 스르륵. 팔을 내리며 강주가 고개를 푹 숙였다.

그녀가 자신에게 꺼내지 않았다면 잊고 넘어갈 일이었다. 몇 년간 자신을 붙잡고 있었던 정윤의 그늘이 강주를 만난 후 완벽히 걷혔다. 자신도 인식하지 못했던 과거 얘기에 주혁은 오히려 차분해지는 느낌이 들었다.

강주를 만난 후, 자신의 사랑은 이제 더 이상 진심을 갈구하지 않았다. 상대를 의심했던 마음도, 사랑 자체를 의심했던 마음도 더는 들지 않았다. 달라진 자신의 모습을 스스로 확인하며 그는 침착하게 말했다.

"알고서 한 행동 아니잖아. 그렇게 너무 미안해할 필요 없어."

"그래도……."

"그렇게 미안하면 색다른 방법으로 사과를 한번 해 보든가."

그는 자신의 볼을 손가락으로 가리켰다. 자신이 하고도 뻔뻔한 스스로의 행동에 주혁의 입꼬리가 위로 올라갔다.

"뭐, 뭐예요!"

"미안하다며. 사과해 봐. 받아 줄지 말지는 하는 거 봐서 결정할게."

"저는 진짜…… 미안해서……. 일부러 그러려는 의도는 아니었지만 또다시 선배한테 상처를…… 준 것 같아서……."

그의 장난에도 강주는 여전히 힘이 없었다. 축 처진 어깨에 힘빠진 목소리로 다시 미안하다 말하는 그녀의 손을 잡았다. 상처를 받았던 자신보다 더 고통스러워하는 강주에게 그는 자비를 베풀기로 했다.

"괜찮아. 너 지금 내 옆에 있잖아."

"……."

"앞으로도 계속 있을 거잖아."

마치 확인을 받듯 말하는 그를 향해 강주는 고개를 끄덕였다.

"옆에 계속 있을게요."

강주도 주혁의 손을 꼭 잡았다. 매일 자신을 짓누르던 죄책감을 따뜻한 밤과 주혁이 함께 위로하고 있었다.

　모르는 번호로 전화가 걸려 왔다. 받으니 상대는 잠시 말이 없었다. 잘못 걸린 전화인가, 종료 버튼을 누르려는데 여자가 목소리를 가다듬는 소리가 들렸다.

　— 나야, 정윤이.

　자신의 집에 혼자 있음에도 불구하고 그는 느리게 주위를 살폈다. 그를 탓할 사람이 아무도 없다는 것을 확인한 후에도 그는 이상한 죄책감에 소파에서 허리를 떼어 꼿꼿이 세웠다. 한 손으로 이마를 감싸며 그는 조용히 말했다. 어, 그래.

　— 놀랐어?

　잊고 있었던 정윤의 목소리를 다시 듣길 바란 적은 없었다. 기대치 않던 그녀의 목소리가 예전의 기억들을 우르르 상기시켰다.

　"조금."

— 나…… 부탁하고 싶은 게 있어서.

"뭔데?"

— 나…… 애들 다 한번 보고 싶어. 어떻게 들릴지 모르겠지만 나 그렇게 가 버리고 너희 되게 보고 싶었거든. 이젠 시간도 많이 지났고…… 너희만 괜찮다면 나, 그냥 가볍게 옛 동창 만나듯 한번 너희 보고 싶어.

그녀는 조심스럽게 말했다. 자신의 부탁이 주제넘어 보일까 걱정스러워하는 맘이 담겨 있는 말이었다. 이마를 매만지던 손을 툭 떨군 주혁은 한참 말이 없었다. 자신의 기억과 정윤의 추억 사이엔 깊고 넓은 간극이 존재했다.

— 어려울까?

아직도 그녀의 눈을 기억하고 있다는 사실은 그를 신중케 만들었다. 사랑에 대한 불신은 걷혔지만 그렇다고 정윤을 완벽히 용서하거나 잊은 것은 아니었다. 그 어떤 결정에도 확신이 서지 않았다.

친구들과 함께 정윤을 만나는 것, 그리고 자신의 선에서 정중히 거절하는 것. 그 사이에서 한참 그는 고민을 했다.

진료가 모두 끝났음에도 불구하고 사랑 피부과 진료실은 불이 꺼지지 않았다. 퇴근하는 간호사들에게 밝게 인사를 한 뒤 강주는 곧장 피부과 안으로 들어갔다. 똑똑. 노크를 하니 굵은 주혁의 목소리가 들렸다. 죄송합니다, 오늘 진료 끝났어요. 똑똑똑. 강주는 새어 나올 것 같은 웃음을 꾹 참으며 다시 두드렸다.

"아…… 죄송한데……."

참 말 안 듣는 환자란 생각 반, 혹여나 정말 급한 상황일지도 모른다는 생각 반으로 주혁은 진료실 문을 열어젖혔다. 그제야 강주는 입을 열어 웃었다. 헤헤헤.

"뭐야?"

"간호사님들 퇴근하시는 것 보고 선배 혼자 있을까 봐 올라왔어요. 할 일 남았어요? 왜 혼자 남아 있어요?"

보호자들이 앉는 소파에 앉으며 강주가 물었다. 의사인 주혁은 자신이 아는 그와 조금 다른 것 같아 이상한 뻘쭘함에 그녀는 제 손을 허벅지 아래로 쏙 넣었다.

"이제 곧 마무리하고 가려 했어."

말하는 그의 목소리가 많이 가라앉아 있었다. 강주는 눈을 크게 뜨며 주혁에게 다가갔다.

"어디 아파요? 목소리가……."

잠을 제대로 자지 못한 탓이었다. 푹 꺼진 눈 밑엔 그늘이 져 있었다. 피곤한 날이면 항상 환자가 많았다. 점심시간을 제대로 챙기지 못할 정도로 바쁜 하루를 보내니 머리가 멍했다.

"괜찮아. 어제 잠을 제대로 못 자서……."

"괜찮은 것 맞아요?"

가운을 입은 사람은 주혁인데 제가 마치 의사처럼 강주는 걱정스레 물었다. 그의 이마에 손을 얹었다가 곧바로 자신의 이마의 온도와 비교했다. 열은 없는데……. 고개를 갸웃하며 강주가 자신을 쳐다보자 주혁은 그녀의 눈을 가만 바라봤다.

어젯밤 자신을 괴롭혔던 일들이 그녀의 눈빛 하나로 정리가 되었다. 엉망으로 움켜쥐고 있던 자신의 생각들을 그녀 앞에서 풀어내고 싶었다. 어제의 일을 말해 주려 입을 열려는데 그의 전화가 울렸다.

"여보세요."

— 무슨 말이야? 방금 해준이랑 통화했는데……. 너랑 어제 통화했다며.

"어."

— 그래서? 송정윤이 우리 보고 싶어 하니까 같이 만나자고?

그렇게 간단하게 말할 수도 있겠군.

해준에게 주절거렸던 어젯밤 자신의 말들이 떠올랐다. 정윤에겐 그녀가 원하는 답을 주지 못했다. 그건 나 혼자 결정할 문제가 아닌 것 같다. 애들한테 물어보고 연락 줄게. 그렇게 말했지만 유범과 해준에게 전화를 걸기까지 꽤 긴 고민의 시간이 있었다.

한참 후 건 전화를 유범은 받지 않았고, 해준은 잠들기 직전에 전화를 받았다.

— 걔는 어떻게 끝까지 그렇게 이기적이냐.

해준보다 더 격한 반응이었다.

— 송정윤이 무슨 생각인지 모르겠는데……. 나는 이해가 안 된다. 어떻게 걔가 너한테 전화해서 그런 말을 할 수 있는 건지……. 아무리 시간이 지났다고 해도 네가 걔 때문에 얼마나…….

주혁을 곁에서 보면서 항상 안타까워했던 유범이었다. 타다다

뱉던 말끝에 한숨이 걸렸다. 하아⋯⋯. 도무지 이해할 수 없다는 듯 말하는 그의 목소리에서 주혁은 직감했다. 절대 예전처럼 만날 수는 없다는 것을.

"됐어. 지난 일 계속 얘기해서 뭐해."

— 그게 지난 일이야? 너 만약⋯⋯.

"그래서. 너는 송정윤 못 만난다는 거지?"

정윤이라는 이름에 강주가 그를 직시했다. 송정윤? 어제 그⋯⋯.

머릿속에 첫사랑이라는 단어가 떠오르자 그녀는 눈을 질끈 감았다. 또렷한 그녀의 이목구비와 함께 해준에게 들었던 이야기, 주혁의 상처가 한꺼번에 떠올랐다. 귀를 쫑긋 세우고 강주는 주혁의 목소리를 집중해서 들었다.

"알았어. 해준이는 괜찮대. 그럼 우리 셋이 볼게."

옆에서 집중하고 있는 강주가 걸렸는지 그는 급하게 통화를 마무리 지었다. 그녀의 표정이 그리 좋지 않았다. 자신의 건강을 염려하던 눈빛이 사라지고 그 자리에 의심이 자리 잡았다.

"어제⋯⋯."

입을 떼자 그녀가 자신의 가슴 위로 팔짱을 꼈다. 어디 한번 해 봐라, 하는 듯한 몸짓에 그는 숨을 훅 들이마셨다. 그러니까 어제⋯⋯.

"송정윤한테 연락이 왔어."

"만나자고 연락이 왔고, 그래서⋯⋯ 선배는 만나겠다고 했구요."

"다 같이 보기로 했어."

음⋯⋯. 그의 이야기를 듣고 가만 고민하는 사이, 주혁이 그녀

곁으로 가까이 얼굴을 내밀었다.

"무슨 생각 하는데?"

"음……. 싸우지 않고 적당히 질투 내는 방법을 고민 중이에요."

팔짱을 풀며 말하는 강주의 어깨에 그가 팔을 둘렀다. 그녀가 하는 말은 항상 그를 움직이게 만들었다.

"잠 못 잤다는 것도 그럼…… 나 때문이 아니라 송정윤 씨 때문인 거죠?"

"아니, 그건……."

"내가 어떻게 말하든 선배는 첫사랑을 만나러 갈 거고……."

그녀를 감싸고 있던 팔이 어색해졌다. 마냥 어리고 귀엽게만 보였던 강주가 똑 부러지게 이야기하자 그는 살짝 놀란 상태였다. 잘못 대답했다간 그대로 그녀가 토라져 가 버릴 것 같아 주혁은 가만 그녀의 얼굴만 바라봤다.

"이거 풀어요. 나 질투 중이잖아요."

제 어깨를 감싸고 있던 그의 팔을 툭 쳐 내고 강주는 그의 앞에 서서 다시 가슴 위로 팔짱을 꼈다. 잘 만나고 오십쇼. 뱉진 않았지만 '흥!' 소리가 뒤에 붙은 것 같았다.

쾅. 문이 닫히자 주혁은 멍한 눈으로 입을 살짝 벌렸다.

네 사람이 자주 찾던 분식집. 교복이 아닌 옷을 입고 이곳을 찾은 것은 처음이라 낯선 느낌에 세 사람은 자꾸만 주변을 둘러

보았다.

크게 변한 것이 없었다. 정수기 위치, 조리대의 위치, 떡볶이의 벌건 색깔 모두 그대로였다. 시간이 꽤 흘렀지만 세 사람을 알아본 주인아주머니가 끊임없이 말을 쏟아 냈다. 어떻게 살았냐, 졸업 후에 한번 찾아오지 그랬냐, 다들 뭐 하고 사냐, 유범이는 어디 갔냐…….

아주머니의 질문에 답하고 나니 테이블 한가득 고등학교 시절 먹던 음식으로 가득 찼다. 오랜만이라 더 많이 줬다며 생색내는 아주머니께 감사 인사를 하고 그제야 세 사람은 서로의 얼굴을 바라봤다.

어색한 만남이었다. 이미 긴 시간이 흘렀기에 만나자는 정윤의 제안을 거절하는 것이 두 남자에겐 큰 의미가 없을 듯싶었다. 아직도 상처에서 헤어 나오지 못한 찌질한 남자로 기억되긴 싫어 만나자 답했지만 이 만남이 쿨해지기까지는 꽤 긴 시간이 필요할 듯했다.

"맛있겠다. 우선 먹자."

빙긋 웃으며 정윤이 젓가락을 두 남자에게 건넸다. 정윤이 먼저 떡볶이를 먹었다. 양념을 듬뿍 묻혀 한 입 먹고 그녀는 물을 한 모금 마셨다. 여전히 맵네……. 별 의미 없는 말이 아련하게 들렸다.

"너 원래 그거 잘 못 먹었잖아."

분식집 문을 열며 유범이 들어왔다. 이 두 놈들도 잘 못 먹고. 내가 맨날 남은 거 다 먹었지……. 주절주절 말하는 그의 깜짝 등장에 다들 놀랐다. 심지어 주인아주머니도 '어머나' 하며 놀랐건만 정작 유범은 자연스레 의자를 끌어당겨 앉았다.

"이럴 거면 뭐하러 튕겨."

"좀 비싸 보이려고."

허세 가득한 목소리로 말했지만 유범의 얼굴은 잔뜩 벌게져 있었다. 오히려 직접적으로 정윤에게 상처받은 사람이 아니어서 그는 더 객관적인 눈으로 일련의 사건들을 바라봤다.

유범이 맞았다. 이 자리에 나온 모두 그때 우리가 어렸음을 받아들이자며 이 자리에 나왔지만, 사실 그냥 이렇게 어영부영 '참 오랜만이다' 하고 오래전 일처럼 치부하기엔 각자가 지닌 상처들이 너무 컸다.

"고마워, 나와 줘서."

유범이 나오지 못한다는 이야기에 살짝 서운한 기색을 보였던 그녀는 결국 그 앞에서 울었다. 죄책감 때문인지 엉엉 소리 내어 울지는 못했지만 그녀는 두루마리 휴지를 홀홀 풀어 끊임없이 눈물을 찍어 냈다. 떡볶이 불면 맛없어, 유범의 장난 섞인 말에도 그녀의 눈물은 멈추지 않았다.


시큼털털한 맛이 느껴지는 오래전 이야기들을 다들 직접적으로 꺼내진 못했다. 네 사람은 모두 졸업 후 자신이 어떻게 살아왔는지, 그리고 지금은 어떻게 살고 있는지를 이야기했다.

해준의 이야기가 끝나자, 세 사람의 눈이 동시에 주혁에게로 향했다. 여태껏 아무런 질문도 없이 묵묵히 듣고 있던 그는 꼬고 있던 다리를 풀며 맥주를 한 모금 마셨다.

"뭐. 뭐가 궁금한데."

"음……."

모든 질문은 정윤에게서 나왔다. 이미 서로 어떻게 살아왔는지 잘 알고 있는 세 남자들은 서로에게 질문을 할 필요가 없었다. 마치 인터뷰처럼 정윤이 몇 가지를 물으면 상대가 자세하고 꼼꼼하게 답했다.

"직업으로 의사를 택한 이유가 있어?"

"형이 의대 갔으니까."

"음……."

정윤은 턱을 괴었다. 살짝 풀린 눈은 날카로운 기자의 그것과는 많이 달랐지만 그녀는 충분히 이 질답 시간을 즐기는 중이었다.

"너 아직도 나 미워?"

정윤의 질문에 유범의 눈이 커졌다. 얘 봐라, 얘 봐. 어이없다는 듯 숨을 몇 번 헛헛 뱉으면서 그는 그녀에게 삿대질까지 했다.

"이제 와서 그런 걸 왜 묻냐? 너는? 내가 다 알아봤어. 너 진짜…… 이상한 계집애야. 밀다 그러면 어쩔 거고 안 밀다 그러면 어쩔 건데? 왜? 너도 아직 미련 남았냐?"

"너도……? 남주혁 아직 나한테 감정 남았어?"

유범이 '아차' 하며 얼굴을 일그러뜨렸다. 테이블 끝에 앉은 해준은 고개를 몇 번씩이나 좌우로 움직이며 세 사람의 얼굴과 입을 바라봤다.

"얘가 너한테 감정이 왜 남아! 얘 엄청 예쁜 여자 친구 있어. 야, 강주 씨, 너, 너, 너보다…… 예뻐!"

틀린 말도 아닌데 이상하게 말이 잘 나오지 않았다. 개인마다 미의 관점은 다르겠지만 적어도 유범은 강주 쪽이 좀 더 제 취향이었다.

"그래, 그런데…… 너 나한테 감정 남았냐구. 주혁이 너한테 물었잖아, 난."

주혁 앞 테이블을 손가락으로 톡톡 치며 정윤이 빙긋 웃었다. 그녀가 왜 이런 행동을 하는지 그는 어쩐지 알 것 같았다.

"남았지, 감정."

"엑? 야! 남주혁! 너 강주 씨……!"

"악감정."

용수철처럼 의자에서 튕기듯 일어선 유범이 금방 그의 말을 수긍하며 고개를 끄덕였다. 악감정? 주혁의 말을 따라 하곤 정윤은 소리 내어 웃었다. 흐흐, 그래, 말 되네. 흐흐흐…….

웃다가 그녀는 고개를 푹 숙였다. 다시 또 그녀가 눈물을 흘리는 것 같아 세 사람은 다른 이야기를 했다. 유범아, 너 이번에 꽤 큰 건 잡았다면서. 해준이 의도적으로 대화 주제를 바꾸자 유범은 난생처음으로 두 사람 앞에서 일에 대해 상세히 설명할 기회를 잡았다.


강주는 시계를 바라봤다. 아니, 노려봤다.

만났다고 메시지를 보내온 것이 8시쯤. 지금은 12시가 넘었다. 그녀는 어떻게 해야 할지 판단이 서지 않았다.

그에게 쿨하고 마음씨 고운 여자 친구이고 싶다는 천사와 첫사랑을 만나러 간 남자 친구에게 자비를 베풀 필요가 없다는 악마와의 싸움이 계속되었다. 들들 볶는 아내처럼 느껴질까 전화도 하지 못하고 휴대폰을 쥐었다 놓기를 수차례.

결국 그녀 맘속 악마가 승리했다.

뚜르르, 뚜르르……. 연속해서 울리는 신호음이 길어질수록 강주의 마음의 폭은 좁아졌다. 속 좁은 여자처럼 되기 싫었는데……. 받기만 해 봐라……. 혹여나 그가 받을까 소리는 내지 못하고 그녀는 마음속으로 웅얼거렸다.

— 어, 강주야.

"……어디예요?"

모든 감각이 청각으로 집중되었다. 바람 소리, 엔진 소리, 옆에 지나가는 차 소리. 그는 지금 도로 위다!

— 집으로 가는 중.

통과.

"이제야 집으로 가요? 내일 어쩌려고……."

여태껏 기다렸단 티는 내고 싶지 않아서 그녀는 최대한 친절한 어투로 말했다. 살짝 서운한 목소리가 삐져나왔지만 그는 알아채지 못했다.

— 괜찮아. 곧 도착할 것 같아.

— *아저씨! 여기서 좌회전해 주세요.*

강주는 휴대폰을 더욱 귀에 가까이 가져다 댔다. 방금 들린 여자 목소리는 분명 자신이 들었던 정윤의 목소리였다. 지금까지 함께…….

한편 강주가 아무 말 않자 주혁은 전화가 끊겼나 액정을 확인했다.

— …….

"이강주?"

강주는 전화를 확 끊어 버렸다.

끊긴 전화를 멍하니 보고 있는 주혁을 정윤이 팔꿈치로 툭 쳤다. 여자 친구? 다 안다는 듯 웃는 그녀에게 살짝 고개를 끄덕이고 그는 다시 강주에게 전화를 걸려 했다.

"지금 전화하면 오히려 마이너스야."

그의 손가락을 잡아 멈추게 하고 정윤은 배시시 웃었다. 오늘 하루 몇 번씩 울었다 웃었다를 반복했던 그녀였다.

"전화하지 말고 여자 친구 집으로 가."

"시간이……."

"그러니까 집으로 가라고, 바보야!"

주혁은 정윤이 무슨 의도로 하는 말인지 감이 오지 않았다. 하지만 그녀의 말처럼 강주에게 당장 달려가고 싶은 마음이 치솟았다.

강주의 방. 이불을 머리끝까지 덮은 강주는 잠이 오지 않아 몇 번이나 뒤척였다. 오늘따라 시계 소리는 왜 이렇게 큰지. 째깍거리는 소리가 얄미운 정윤의 목소리처럼 들렸다.

같이 차에 타 있을 수 있다. 뭐, 그럴 수 있다. 그런데도 이상하게 강주는 마음이 뒤숭숭해 미칠 것 같았다.

첫사랑이었다. 첫사랑. 남자가 무덤까지 간직한다는 그 첫사랑. 마음의 방 깊숙이 자리 잡고 있는, 트라우마까지 남긴 여자였다. 모른 척하려야 할 수가 없었고, 그를 믿으려 했지만 쉽지 않았다.

결국 그녀는 원래의 자신의 결심을 모두 무너트리고 뿔난 못된 마누라처럼 전화를 끊었다.

문제는 그다음이었다. 그렇게 뚝 전화를 끊었으면 다시 연락이 와야 할 텐데 그는 하지 않았다. 그러니 더 미칠 노릇이었다. 전화를 할 수 없는 상황이 뭘까?

이상하게 자꾸만 19세 이상 관람가 영화가 떠올라 강주는 결국 이불을 발로 차며 몸을 일으켰다.

왜 하필 이때, 이제 막 시작하는 지금! 첫사랑이 나타났을까. 그와의 사이가 조금 더 돈독하게 다져졌을 때 나타났다면 이처럼 불안하진 않았을 것 같은데…….

쿵쿵쿵. 문을 두드리는 소리가 들렸다. 새벽 한 시가 다 된 시각에 자신 혼자 사는 집에 찾아올 사람은 없었다.

강주는 일부러 대답을 않고 기다렸다. 다시 또 쿵쿵쿵. 침을 꼴깍 삼키고 강주는 최대한 소리 나지 않게 거실로 나갔다.

"누구……세요?"

경계 가득한 목소리로 물었지만 문밖의 상대는 답이 없었다. 다시 한 번 질문을 하기 위해 강주는 잠겨 있는 목을 풀었다.

"크흠!"

"나야. 열어 줘."

현관문 가까이로 다가갔을 때 그의 목소리가 또렷이 들렸다. 그래도 믿지 못하겠어서 강주는 그의 얼굴을 제대로 확인 후 문을 열었다.

"어쩐 일이에요?"

강주의 말에 대답을 하지 않고 그는 대뜸 현관문 안으로 발부터 들이밀었다. 살짝 술 냄새가 풍겼다.

"취했어요?"

"아니."

"무슨 일 있어요?"

"일 있지."

남은 한 발을 마저 강주 집으로 들이밀며 그가 팔을 뒤로 뻗어 문을 닫았다. 쾅. 문이 닫히자 강주의 눈이 커졌다. 이 남자…… 지금 뭐하는……거지?

"무슨…… 일이요?"

"질투하는 여자 친구는 어떤 얼굴인가…… 궁금해서."

"뭐요?"

인상을 구기고 강주는 그의 어깨를 힘껏 밀었다. 지금 잠도 못 자고 괴로워하고 있는데 생글생글 웃으며 놀리는 그가 얄미웠다.

"얼굴 봤으니 됐겠네, 그럼. 이제 가요, 가!"

그는 일부러 강주가 미는 손길에 뒤로 넘어가 줬다. 화나니까 힘이 더 세졌네, 능글맞게 웃으며 말하는 통에 약이 바싹 오른 그녀는 얼굴이 벌게졌다.

"나 졸려요! 잘 거예요! 가요! 얼른!"

"나도 졸려. 나도 자야 돼."

"그러니까……."

가라구요……. 마지막 말은 나오지 못했다.

바보가 되기 싫어 왔지만 딱히 이렇게 하고 싶어서 온 것은 아니었다. 질투로 뾰로통해 있는 강주를 보니 저절로 눈에 힘이 들어갔다.

눈에 힘을 준 그를 보자 강주가 아무 말 못 하고 주춤거렸다. 묘한 분위기가 흘렀다. 강주가 슬그머니 그의 눈을 피했다. 한쪽 팔이 그에게 잡힌 채 고개를 푹 숙이는 강주의 턱을 그가 잡았다.

"읏……."

억지로 고개를 들게 된 그녀의 입에서 작은 소리가 새어 나왔다. 그 소리가 문제였다. 그냥 오늘 어떤 일이 있었는지 이야기해 주려 찾아왔었는데 그 순수했던 목적을 잃고 그 안에 들어 있던 늑대가 깨어났다.

키가 더 큰 그가 고개를 한참 내려 강주의 코 바로 위쯤에서 움직임을 멈췄다. 정말로 고지가 코앞이었다. 그녀는 눈을 질끈 감았고 이미 자신의 이성은 반쯤 나가 있는 시기적절한 지금, 그는 남아 있는 이성을 붙잡았다.

"미안. 질투하게 만들어서."

무언갈 기대한 것은 아니었지만 강주는 실망이 가득한 눈을 떴다. 처음부터 그러지 않으면 됐잖아요, 아이 같은 목소리로 말하고 집 안으로 들어간 그녀를 그가 뒤따랐다.


주혁이 내리고 난 뒤, 유범과 정윤이 남은 차 안엔 적막만이 가득했다.

방향이 다른 해준만 다른 택시를 타고 세 사람은 같은 택시를 탔었다. 방금 전까지 '너 입장 바꿔 생각해 봐라! 강주 씨가 해준이를 만나러 가서 여태까지 연락 한 번 안 했으면 어떨 것 같냐?'라고 주혁을 향해 소리를 바락바락 지르던 그가 입을 다물자 택시 안은 마냥 평화로웠다.

"범아……."

"나부터…… 말하자."

주혁과 해준 앞에서 하지 못한 말들이 많았다. 과연 그녀가 어떤 마음으로 우리 앞에 나타난 것인지 유범은 감히 그녀의 속을 가늠할 수 없었다. 예전 친구 보듯, 쿨하게 만날 수 없는 사이였다. 그녀와 가장 직접적인 관련이 없는 유범의 객관적인 시각이었다. 이렇게 만나서는 안 되는 사람들, 그 사람들이 오늘 만난 것이다.

해준과 주혁, 그리고 자신. 이 세 남자가 정윤을 만나러 오는 발걸음은 결코 쉽지 않았다. 저마다 지닌 이유들이 없었다면 그들은 그녀를 만나지 않았을 것이다.

해준은 정윤이 어떻게 살아왔는지 궁금해했다. 쫓기듯 자신들을 떠난 그녀가 아무런 상처 없이 행복한 시간을 보냈을지 궁금했다. 예전 짝사랑의 상대가 어떻게 지내는지 궁금한 마음, 그는 그 마음으로 정윤을 찾았다.

주혁은 달랐다. 그는 확실히 하고 싶었다. 이기적일지 몰라도 그는 그녀가 더 이상 자신에게 아무런 영향을 끼치지 못한다는 것을 정윤에게, 또 자신 스스로에게 다시 한 번 상기시키고 싶었다. 결국 그 자리에서 그는 그녀에게 자신의 마음을 말했다. 네가 떠나고 나서 조금 힘들긴 했었지만 이제 괜찮다고.

유범이 그 자리에 뒤늦게 나타난 것은 추억을 더듬으려고도, 그리고 주혁처럼 과거에서 발을 빼기 위해서도 아니었다. 그는 정윤과 대화를 하고 싶었다. 이렇게 갑자기 나타나 뻔뻔하리만큼 당당히 자신들 앞에서 이야기하는 이유를 듣고 싶었다.

"나는 네가 이해가 되질 않는다. 내가 속이 좁은 사람이라 그런 건지는 모르겠는데……. 다른 사람은 몰라도 주혁이한테 네가 어떻게 당당할 수 있는지 난 이해가 안 돼."

"범아……."

"주혁이가 그냥 간단하게 얘기했지만 걔 너 떠나고 나서 많이 힘들어했어. 뭐 정확히 따지자면 너를 그리워하거나 너를 다시 만나고 싶어서는 아니지만. 너 덕분에…… 그 새긴 사랑이 뭔지, 사랑을 믿어도 되는지 여태 헤매다 이제 겨우 눈뜨기 시작했다, 이제야."

왜 항상 자신이 주혁을 대변하는 역할인지 본인도 알 수 없었지만 그는 정윤에겐 꼭 말해 주고 싶었다. 그녀는 아무래도 모르는 것 같았다.

"미안하지도 않냐?"

"나는……."

정윤에게 이야기할 기회도 주지 않고 쏘아붙이던 유범이 드디어 그녀의 말을 들으려는 자세를 취했다.

"아직도 너희들한테 미안해하고 있어. 어떻게 들릴지 모르겠지만 난 아직도 감옥에 갇혀 사는 기분이야. 너희랑 이렇게 무너질 줄 알았으면 난 주혁이한테 그렇게 안 했을 거야. 그땐 내가 주혁이 고백을 거절하는 게 더 위험하게 느껴졌어. 어렸지, 나도……."

어렸다. 결국 네 사람의 이야기의 결말은 그 단어로밖에 설명되지 않았다. 성숙한 성인의 눈으로는 이해 안 되는 그 시절 자신의 모습을 항상 그들은 '어렸다' 라고 표현할 수밖에 없었다.

그 단어가 없다면 그들은 자신의 치부를 모두 자신의 잘못으로 끌어안아야 했다.

"되게 괜찮은 사람들을 만나도 이상하게 연애는 할 수 없겠더라. 나도 무서웠어. 내가 또 다른 사람한테 상처를 주면 어쩌지 하는 걱정이랑 지금 내가 가지고 있는 호감이 계속 이어질까 하는 두려움 때문에 결국 다 잘 안 됐어. 그래서 혼자 많이 생각해봤는데 난 아무래도 너희를 만나야 사랑을 할 수 있을 것 같더라."

"……."

"주혁이랑, 해준이랑 어떻게 해 보려 나타난 거 아니야. 나 그 정도로 못된 년 아니야. 그냥 난 너희한테 용서받아야 할 것 같았어."

이기적인 거 나도 알아. 정윤의 말이 끝나자 택시가 멈춰 섰다. 아직 할 말이 더 남아 있는 듯 그녀가 입을 달싹거렸다.

"잘 들어가……."

결국 속에 있는 이야기는 다 털어놓지 못하고 그녀는 택시에서 내렸다. 유범은 자신의 말을 모두 이해했을까. 아닐 것이다. 함께 하지 못한 시간 동안 그들과의 거리는 잔뜩 벌어져 있었다. 그 간격을 메우기엔 이 밤은 너무 짧았다.

"야!"

유범이 택시에서 내렸다. 쿵 소리가 쩌렁하게 울리도록 차 문을 닫고 그는 정윤 가까이로 걸었다.

"맥주나 한잔 더 하자. 뭔가 아쉽다."

밤이 늦었으니 이만 집으로 돌아가래도 싫다며 버틴 노력의 결과로 그는 결국 안방을 차지했다. 술도 그리 많이 취하지 않았고 지갑엔 현금도 있었다. 마음만 먹으면 제집으로 갈 수 있는 상황이지만 그는 그녀와 함께 있고 싶었다.

부모님이 쓰시던 안방으로 그를 안내하고 강주는 나갈 참이었다. 침을 삼켜야 하는데 평소 자신이 어떻게 침을 삼켰는지 떠오르지 않았다. 침을 삼키며 소리가 나지 않는 것이 가능했던가. 평생 동안 아무렇지 않게 해 왔던 모든 일들이 오늘 이 순간엔 낯설고 부끄러웠다.

"이강주."

"……네?"

강주가 돌아서자 그가 손을 까딱거렸다. 상대의 의도가 잔뜩 담긴 비언어적인 그의 몸짓. 그의 작은 동작에 강주가 고개를 갸웃거렸다.

"이리 오라고."

제, 제가 왜요? 말하면서 그녀는 한 발 앞으로 갔다. 언젠가 읽었던 글에서 남자들의 낮고 중후한 목소리가 상대를 복종하게 만든다고 했다. 그의 목소리가 저음에 묵직하기 때문에 자신이 이렇게 쉽게 움직이는 것이라 변명하며 그녀는 그의 곁으로 천천히 다가갔다.

이불을 열어 자리를 만들었다. 툭툭 침대를 두드리니 그녀가 앉았다. 눈에 힘을 주고 정신을 차리려 노력하는 강주와 반대로 그는 잔뜩 풀린 눈을 하고 그녀를 바라보고 있었다.

"왜요? 자장가라도 불러 줘요?"

어색한 분위기를 깨 보려 장난스레 말했다. 툭 던진 그 말에 그는 재미없단 얼굴이다. 부끄러워진 그녀가 다시 일어서려 하자 그가 그녀의 팔을 붙잡아 다시 또 그 자리에 앉혔다.

"확실히 매듭짓고 싶었어. 나는 널 만나서 내가 사랑을 할 수 있는 사람이란 걸 알게 됐고, 지금 충분히 행복해."

"……."

"근데 걘 아닌 것 같더라고. 아직 미안한 감정 때문에 힘들어하기에 우리가 괜찮다 말해 줘야 할 것 같았어. 그래서 만난 거야, 오늘."

강주는 고개를 끄덕였다. 긴 시간이었다. 그녀가 주었던 상처를 수치로 나타낼 순 없지만 그가 느낀 것과 크게 다르지 않은 힘든 감정을 그녀도 느꼈을 것이다. 주혁의 마음이 이해되었다.

그 자리에 나가기까지 그도 나름대로 많은 고민을 했을 것이란 생각이 들자 방금 전까지 했던 불순한 상상들이 창피하게 느껴졌다.

"그리고 지금 하는 말 잘 들어. 낯간지러워서 두 번은 못 하니까."

"네?"

"만난 지 얼마 안 된 너한테 이런 말 갑작스러울 수도 있겠지만, 나 너 만나기 전까지 설레는 감정 느낀 적 없어."

그녀는 대답 대신 눈을 깜박였다.

"근데 지금은……."

그를 뚫어져라 강주가 바라봤다. 그의 입에서 나오는 말, 작은 숨소리, 미묘한 표정의 변화까지 모두 놓치지 않겠단 마음으로 주혁만 바라봤다.

"다른 감정의 간섭 없이 매일 설레고 있어."

그의 말에 강주는 이상하게 눈물이 고였다. 다른 감정의 간섭 없이 오롯이 설렘만 느끼고 있다는 그의 말이 그녀를 묘한 기분으로 몰아넣었다. 담담했던 이전 그의 고백과 달리 따스한 그의 말에 강주는 눈물이 그렁한 상태로 그를 껴안았다.

"정말 이런 말, 다신…… 안 해 줄 거예요?"

그의 목에 팔을 두르고 강주는 눈에 차오른 눈물을 찍어 냈다. 들키지 않으려 빨리 눈물을 닦아 내는데 훌쩍이는 소리 덕분에 그에게 모두 들켰다.

"울어?"

"아니……에요."

"그럼 이거 놔. 그러고 나서 시간 남으면 네가 지금 어디에 있는지 좀 보고."

그의 말에 후다닥 강주는 팔을 풀었다. 마저 닦아 내지 못한 눈물을 닦으려는데 그가 강주의 손을 붙잡았다.

"이강주, 눈물도 참 많다."

엄지손가락으로 눈물을 닦아 주었다. 이 방에 들어오면서 절대 건드리지 않겠다 혼자 다짐했지만 제 다짐은 아무도 못 들었을 것이다. 그는 참지 못하고 그녀의 입에 살짝 입을 맞췄다. 살과 살이 맞붙었다 떨어지며 나는 소리가 적나라하게 들렸다.

"허……!"

한껏 숨을 들이마시며 그녀는 눈을 크게 떴다. 인생의 첫 뽀뽀였다.

다음 날 아침. 계란 프라이를 하고 있는 강주 뒤로 그가 다가 갔다. 놀래키려는 의도는 아니었는데 소금을 집으려다 그를 발견한 그녀가 화들짝 놀랐다. 아후, 깜짝이야. 가슴을 쓸어내리고는 다시 요리를 하려는데 주혁은 비켜날 생각이 없는 듯했다.

"잠깐 물러나 있어요. 아침 먹고 가야죠."

혼자 살게 되며 흥미를 붙이게 된 요리. 좋은 솜씨는 아니었지만 간단히 커피와 함께 먹을 수 있는 아침을 그에게 대접하고 싶었다.

"네? 조금……만."

"너 그 말 알아?"

"뭐요?"

강주는 팬에 올려 둔 계란이 탈까 봐 불의 세기를 줄였다. 그때 뒤에 있는 그의 팔이 그녀의 어깨를 꽉 잡았다. 금방이었다. 그의 숨결이 가깝게 느껴지고 온몸이 긴장에 꽉 사로잡혔다. 목이 긴장으로 빳빳해졌다.

"처음이 어렵지……."

"네?"

"그다음은……."

강주가 홱 하고 돌아 그를 바라봤다.

"아침부터 그러고 싶어요?"

타박하는 그녀의 말투에 그는 쿡쿡거리며 웃었다. 아침부터 뭐? 어깨를 으쓱하더니 뒤돌며 그가 웅얼거렸다.

"너 나한테 이렇게 밥 차려 주는 거 처음이 어렵지, 그다음부턴 쉬워질 거다. 그 말 하는 건데, 왜?"

"진짜……."

"너야말로 무슨 생각 하는 거야, 아침부터."

강주는 억울함에 얼굴을 찌푸렸다. 에이씨…….

♡　　　♥　　　♡

출근을 하니 초청하지 않은 손님이 병원에 미리 와 있었다. 지난번과 마찬가지로 잡지를 훌훌 넘기며 보던 승혁이 손을 들어 인사했다. 어, 이제 오냐.

"뭐야? 아침부터."

"오후엔 병원에 다시 들어가 봐야 해서."

"그렇게 바쁜데 뭐하러 여기까지 와?"

대답을 듣지 않고 주혁은 진료실 안으로 들어갔다. 이제 익숙한 걸음이었다. 간호사들에게 인사를 간단히 하고 진료실에 들어가 흰 가운을 입는 것. 봄이 끝나고 여름이 찾아오는 계절의 변화 안에서 그는 사랑 피부과 의사라는 역할에 젖어 들고 있었다.

"형이 동생 보러 오는 데 꼭 특별한 이유가 있나."

"특별한 이유 없이 날 보고 싶어 한 적이 있었나."

승혁의 말투를 따라 하며 그는 흰 가운을 입었다. 진료실 문을 꼭 닫고 그는 환자가 앉는 의자에 앉아 아이처럼 뱅그르르 돌았다.

"이 좁은 동네에 갇혀 있으면 답답하지 않아?"

"앞뒤 자르고 본론만 말해. 곧 진료 시작해야 하니까."

"네가 이렇게 고여 있는 거 난 계속 마음에 걸린다."

주혁은 말하는 승혁의 얼굴을 가만 바라봤다.

고여 있다.

승혁의 표현이 그를 아프게 찔렀다. 고여 있다라, 고여 있다……. 이해 안 되는 단어를 몇 번씩이나 읽는 학생처럼 그는 그 단어를 소리 내어 읊었다.

"괜한 반발심에 이러는 거라면……."

"남들 눈엔 내가 고여 있는 것처럼 보이나? 난 그냥 나한테 맞는 우물에 있는 것 같은데."

"너한테 맞는 우물이 여기라고? 남주혁…… 너 그거 겸손이냐?"

승혁은 그의 능력이 아까웠다. 의사로서의 능력을 수치화해서 계산하고 비교할 순 없겠지만 형이 아닌 선배의 눈으로 주혁을 봤을 때 그는 분명 유능한 의사였다.

그는 난치 피부병과 피부암에 관심이 많았다. 그가 떠난 후 병원에서는 아직도 그의 능력을 아까워하는 교수들이 많았다. 주혁이는 더 공부하기 싫대? 넌지시 물어보는 교수들의 질문엔 주혁을 향한 애정과 그의 실력을 아까워하는 마음이 가득 담겨 있었다.

주혁이 개인병원을 차리겠다며 집을 나갈 때만 해도 가족들은 며칠 버티지 못하고 그가 돌아올 것이라 믿었다. 그러나 그는 자신이 모아 둔 돈으로 작은 아파트를 구하고 대출을 받아 병원을 차렸다.

그제야 가족들은 주혁의 상처가 보였다. 내내 꺼내지 못했던 주혁의 상처는 곪아 터지고 나서야 가족들 눈에 들어왔다.

"무슨 말을 하는 건지 대충 알겠는데, 싫어."

"황 교수님께서 네 얘기 많이 하시더라. 너 어디 있는지 궁금해하셔서 병원 위치 알려 드렸어."

제 잘못도 있을 것이다. 유난스러운 부모님이 자신을 편애하는 것을 그는 말리지 않았다. 어렸을 때부터 받아 온 관심이라 특별히 별다른 생각을 가지지 않았던 것이 사실이었다. 공부하느라 바빠 그 뒤에서 상처받고 아파하는 주혁은 잘 보이지 않았다. 이제라도 형 노릇을 제대로 해야겠단 생각에 그는 바쁜 시간 짬을 내 이곳을 찾았다.

대학병원에서 연구를 하고 열심히 일을 한다고 해서 그의 가족이 주었던 상처가 치유되는 건 아니다. 하지만 승혁은 가족들이 주었던 상처 때문에 그가 진정으로 자신이 하고 싶던 일들에서 떠난 것이라면 다시 돌아올 길을 터 주어야겠다 생각했다.

무심한 형의 뒤늦은 사과였다. 원하는 길이 아닌 샛길로 빠지게 한 미안한 감정에 승혁은 장난기를 쏙 빼고 말했다.

"너한테 맞는 게 우물일지, 강가일지, 바다일지…… 한번 잘 생각해 봐."

바쁜 하루를 마치고 두 사람은 카페에 앉아 따뜻한 차를 마셨다. 커피를 마시겠단 주혁에게 숙면에 방해가 된다며 따뜻한 차를 권한 강주는 그가 차를 마시는 모습을 가만 바라봤다. 그의 취향과 맞지 않을까 걱정하는 그녀의 눈빛에 안심시키려 그가 말했다. 좋다.

강주가 밤하늘 또렷한 보름달처럼 밝게 웃었다. 그와 같은 차를 마시며 미소 짓는 그녀의 귀로 주혁이 이어폰을 꽂았다.

"내가 밤에 듣는 노래."

잔잔하게 시작하는 피아노 연주곡이었다. 가사는 없었다. 연주곡에 큰 관심이 없는 유범에게 이 곡을 들려줬을 때, 그는 바로 '좋네.' 하곤 자신이 좋아하는 걸그룹 노래를 틀었다. 요새 얘네 귀엽지 않냐, 나 진짜 삼촌 팬클럽이라도 들까 봐. 껄껄 웃는 유범에게 그는 더 이상 자신이 좋아하는 노래를 들려주지 않았다.

사실 강주에게 노래를 들려주고 싶단 마음보다 이 분위기에 어울리는 노래라 듣고 싶었다. 초여름, 시원한 바람과 함께 듣고 싶은 곡. 마침 강주가 있었고 그는 이어폰을 나눠 꼈다.

아무 말 없이 들었다. 강주는 가사도 없는 음악에 몰입했다. 그가 좋아하는 곡. 4분 37초간의 감상 시간이 끝나서야 그녀는 입을 열었다.

"이 곡 진짜 좋다. 제목 알려 줘요, 나도 나중에 듣게."

사실 이 곡을 들은 여자는 강주가 처음이 아니었다. 몇 년 전부터 좋아하는 곡이기에 그와 만났던 여자 몇 명에게도 들려준 적이 있었다. 같이 조용히 감상하고 싶어서 플레이 버튼을 누르면 여자들은 대부분 곡의 첫 마디만 듣고 '좋다.' 라고 거짓 감상평을 뱉었다. 그러고는 자기가 하고픈 말을 했다. 우리 그래서 지금 어디 가? 뭐 먹을 거야? 이런 말들.

강주는 달랐다. 곡을 집중해서 듣는 모습에 그는 또 한 번 그녀에게 반했다. 자신이 좋아하는 곡을 진지한 자세로 감상하는 그 모습이 검은 밤, 시원한 날씨와 한데 어울려 아름다움을 자아냈다.

"네? 무슨 노래예요?"

"All of Me. 나중에 한번 들어 봐."

"All of Me……."

메모장 어플에 제목을 저장하고 강주는 실쭉 웃었다. 고마워요, 좋은 곡 알려 줘서. 주혁도 그녀를 따라 미소 지었다. 고맙다, 매일 너한테 반하게 만들어 줘서.

황 교수의 추진력은 예전부터 유명했다. 그는 머릿속에 어떤 생각이 떠오르면 실행하지 않고는 못 버티는 사람이었다. 승혁에게 주혁의 주소를 받은 그 즉시 달려가고 싶었지만 마무리해야 할 일들이 많았다. 그 일들을 모두 넘긴 다음 그는 며칠 동안 가지 못한 집이 아닌 주혁의 병원으로 달려갔다.

마침 점심시간이었다. 간단히 분식을 먹은 간호사들이 그를 맞이했다. 주혁은 강주와 점심을 먹으러 나가고 없었다. 좋아하는 제자를 기다리며 그는 병원을 죽 둘러봤다. 동네에서 괜찮은 피부과, 딱 그 정도구먼.

"여기 환자가 많습니까?"

"네? 그건 왜……."

뒷짐을 진 채 병원 곳곳을 검사하듯 돌아다니는 황 교수가 간호사들 눈에는 영 믿음직스럽지 못했다. 간단히 할 수 있는 대답인데도 꾸물거리며 답을 피하자 그는 다른 질문을 했다.

"주혁이는 언제 옵니까?"

그의 질문에 답이라도 하듯, 주혁이 들어왔다. 간호사들에게 전해 주라며 강주가 사 준 아이스크림을 들고 들어오던 그는 평소 존경하던 스승의 얼굴을 보고 허옇게 질려 버렸다.

"교수님."

주혁은 꾸벅 인사를 했다. 바쁘다는 핑계로 찾아뵙지 못한 그는 허리를 숙여 인사를 하면서도 내내 불안한 모습이었다. 죄스러운 마음과 놀란 마음을 정리치 못하고 그는 진료실 문을 열었다.

"들어오세요."

"점심시간이 몇 시까지인가?"

"아, 1시 10분까지입니다."

"아직 시간이 있군."

황 교수는 주혁이 열어 준 진료실 안으로 들어갔다. 그곳에서도 아까와 마찬가지로 뒷짐을 진 채 방 안을 죽 둘러보았다. 360도, 꼼꼼히 다 살핀 그는 환자용 의자에 툭 앉았다.

"그래, 재미있나?"

"……예."

"대답이 늦군."

커다란 뿔테 안경이 트레이드마크인 황 교수는 주혁의 짧은 대답에도 많은 것들을 알아낸 듯했다. 주혁이 주춤거리며 보호자용 의자에 앉았다.

"왜 거기 앉나, 자네 자리는 여기인데."

"아닙니다."

스승보다 상석에 앉을 순 없었다. 예의 바른 자세로 그는 황 교수를 바라봤다. 황 교수는 여태껏 선생과 교수들에게 존경의 마음을 갖지 않았던 주혁이 처음으로 인정한 교수였다. 황 교수는 워낙 실력이 출중하고 인품도 훌륭해 존경을 하지 않는 제자들이 없었다. 그런 그가 자신의 병원까지 찾아왔으니 주혁은 긴장을 하지 않을 수 없었다.

"들었을지 모르겠지만 내가 S병원 피부암 센터로 가게 되었어."

"……예."

황 교수에겐 익숙했지만 다른 누군가에게는 너무나 낯설 예의 바른 모습으로 주혁은 황 교수의 말을 경청했다.

"나는 내 연구진을 꾸리고 싶다 말해 놨고, 허락도 받았어."

"……"

"이쯤 되면 똑똑한 자네는 내가 무슨 말을 하고 싶어 하는지 알겠지. 지금 자리가 하나 남았고, 나는 나와 마음이 맞고 재능 있는 사람과 함께하고 싶네."

정중한 어투로 그가 제안을 했다. 제안은 황 교수의 손을 떠나 주혁에게 넘겨졌다. 그는 생각이 많아지는지 입술을 살짝 깨물었다. 어떤 대답도 입 밖으로 나가기를 두려워하고 있었다.

"개원한 지 얼마 되지 않았다는 이야기도 들었고, 잘 자리 잡았다는 이야기도 들었지만 나는 원래 욕심이 많은 사람이라……."

"……."

"자네가 내 제안을 좋게 받아들여 줬으면 하네."

황 교수는 수십 년 동안 차고 있는 손목시계를 확인했다. 1시 8분.

"진료 시작해야 할 시간이니 이만 가 보마."

"교수님, 차라도 한 잔……."

"마신 걸로 하지. 환자들 기다리는데 내가 자네 시간을 뺏을 수는 없지."

건물 문 앞까지 나와 황 교수를 배웅했다. 빨리 들어가라 호통 치는 그에게 허리를 몇 번씩이나 숙이고 주혁은 자신의 병원으로 올라갔다. 발이 아까 전과 다르게 무거웠다.


7시 38분. 강주는 들어오는 손님을 미소로 맞았다. 환한 그녀의 미소에 남자는 잠깐 멈칫했다. 주춤거리며 계산대로 다가온 그는 침을 꿀꺽 삼키고 나서 말했다.

"바, 반창고 주세요."

"그냥 일반적인 반창고 드릴까요? 아니면 습윤 밴드?"

어, 어, 그러니까……. 남자는 제 손을 꼭 잡고 있었다. 제가 한번 봐도 될까요? 하니 쭈뼛거리며 남자는 손을 숨겼다.

"살짝 데여서……."

강주는 화상전용 반창고를 꺼냈다. 이것만 드릴까 하다 말을 덧붙였다. 카운터 아래에서 화상전용 연고를 꺼내 같이 내밀었다.

"이건 화상전용 연고예요. 그냥 밴드 붙이는 것보다 훨씬 회복 속도가 빠를 거예요."

"아, 네."

"근데 어쩌다……."

"오븐에서 뭣 좀 꺼내다……."

오븐? 그를 바라보는 강주의 눈이 호기심으로 가득했다. 딱히 질문을 한 것도 아닌데 남자는 답을 해야 할 것 같았다.

"저 여기 앞에 카페에서 일해요. 오늘은 빵 굽다가……."

괜한 것을 말하나 싶어 잠깐 주춤했다. 이런 것까지 약사한테 말할 필요 있을까, 하는데 그녀의 눈을 보니 말을 멈출 수 없었다. '카페'와 '빵'이란 단어에 그녀의 눈빛이 반짝였다.

"혹시 아세요? 여기 얼마 전에 개업한 카펜데……."

"아! Daydream이요? 사거리 건너편 카페!"

"네. 약국 맞은편에 있는 거."

"알아요. 전에 거기서 베이글 먹은 적 있는데 되게 맛있어서 기억하고 있어요. 그 베이글도 직접 만드신 거예요?"

남자는 고개를 끄덕였다. 예쁜 여자라 말이 예쁘게 들린 것인지, 아니면 예쁜데 말까지 예쁘게 하는 것인지. 강주의 목소리를 듣는 것이 좋았다. 평소 낯선 사람과 말도 제대로 못 하는 수웅이었지만 그는 용기를 냈다.

"언제 한번 오세요. 빵 나오는 시간에 맞춰서. 따끈할 때가 더 맛있거든요."

"꼭 갈게요. 거기 있는 다른 빵들도 먹어 보고 싶었거든요."

지나가다 한 번 들렀던 그 카페를 강주는 기억하고 있었다. 약국 바로 앞에 생긴 카페는 지날 때마다 은은히 풍기는 커피 향과 빵 굽는 향기로 그녀를 유혹했다. 어느 날 유혹에 못 이겨 들어

선 카페에서 맛본 베이글의 맛이 잊히지 않았다. 나중에 주혁과 함께 와야지, 다짐했던 것이 지난주 금요일의 일이었다.

"네, 꼬……꼭 오세요."

남자는 계산을 하고 나갔다. 바로 앞에 카페를 두고도 그는 멈칫했다. 머리가 하얘진 탓에 길도 가물가물했다. 정신을 차리기 위해 고개를 세차게 흔들고 그는 앞으로 걸어갔다. 오른쪽 다리와 함께 오른쪽 팔이 나갔다.


수웅은 그다음 날 약국을 찾았다. 바스락거리는 종이봉투 안에는 따끈한 빵이 가득했다. 혼자서 다 먹을 수 없는 양의 빵을 받고 강주는 놀란 목소리로 물었다.

"허어……! 이게 뭐예요?"

"아, 그……. 방금 전에 구운 건데 모양이 흐트러진 게 몇 개 있어서……. 카페 알바들한테 몇 개 나눠 줬는데도 좀 남아서요……."

거짓말이었다. 그는 이번에도 빵을 완벽하게 구워 냈다. 봉투 안에 있는 빵들은 그중 가장 예쁘고 맛있게 구워진 것들이었다. 노릇한 색깔이 빛나는 빵들을 골라 담았다. 그녀에게 빵을 건네줄 생각에 그는 콧노래까지 불렀다.

"정말요? 저 이렇게 주셔도 돼요?"

"네. 어제 친절히 잘 대해 주셔서……."

수웅은 뒷머리를 긁적였다. 억지로 만든 이유 같지 않은 이유에 그는 이상하게 선생님께 검사를 받는 학생처럼 초조해했다.

"감사해요. 잘 먹을게요."

강주는 별다른 생각 없이 그의 말을 그대로 믿었다. 활짝 웃으며 봉투를 꽉 안았다. 그녀의 미소에 긴장이 탁 풀린 그는 안도하는 표정으로 뒤돌아 나갔다. 이번에도 마찬가지였다. 같은 방향의 팔과 다리가 앞으로 나갔다. 이상하게 그녀 앞에선 몸이 제 말을 듣지 않았다.

주혁과 함께 식사를 하다가 강주는 웅웅 울리는 휴대폰 액정을 봤다. 아빠. 두 글자에 가슴이 철렁했다. 일에, 사랑에, 잠시 잊고 있던 이름이었다. 아빠에게 혹시나 어떤 문제가 생겼을까 겁난 얼굴로 강주는 통화 버튼을 밀었다.

"응, 나 강주."

— 바쁘냐?

"아니. 괜찮아……."

— 밥은 먹었고?

묵직한 목소리에 강주는 잡고 있던 포크를 내려놓았다. 다행히 별다른 일은 없는 목소리였다. 응, 먹는 중이야, 아빠는? 다정히 묻는 목소리에 주혁도 식사를 멈추고 그녀를 바라봤다.

— 나도 먹었지. 시간이 몇 신데……. 네 엄마가 오늘은 청국장을 끓였는데 물을 많이 넣어가지고…….

— 아이! 아예 방송을 해라, 방송을 해!

전화 건너편으로 투닥거리는 부모님의 목소리가 들렸다. 엄마와 아빠의 표정이 그려져 강주는 미소 지었다.

— 흠. 별다른 게 아니라 나 이번 주 금요일에 네 엄마랑 올라간다.

"정기 검진 날이지?"

— 응. 뭐 필요한 거 있나? 전에 가져다준 보리는 다 먹었고?

"아니. 아직 남았어. 필요한 거 없어. 괜히 무겁게 뭐 가져오지 마세요."

아빠와 통화를 하며 빙긋 미소 짓는 강주가 그는 새로웠다. 자신 앞에서 보이는 설렘 가득한 미소와 가족과 통화하며 짓는 그녀의 미소는 달랐다. 따스함이 감도는 그녀의 미소에 그는 강주를 바라보는 시선을 거둘 수 없었다.

— 그래, 알겠다. 지난번에 네 엄마가 봤다던 2층 의사랑은 잘 지내고 있고?

여태껏 다정한 딸처럼 대답을 했던 강주의 목소리가 순식간에 바뀌었다. 모른 척 '어?' 를 몇 번이나 반복하더니 산만한 어투로 금방 대화를 마무리 지었다. 어, 어……. 그럼 금요일 날 조심히 올라오세요오……. 전화를 툭 끊고 강주는 숨을 내쉬며 고개를 푹 숙였다.

"무슨 일 있어?"

"아니요. 갑자기 아빠가 선배랑 잘 지내냐 물어서……."

"부모님도 아셔?"

"아뇨. 아직……."

강주는 쭈뼛거리며 포크를 집었다. 앞에 있는 샐러드를 먹으려는데 이상하게 손이 떨렸다. 부모님께 말해야 했나, 자신도 모르게 주혁의 눈치를 살피게 되었다.

"우리 엄마 전에 봐서 알겠지만…… 선배 만난다고 하면 당장 예식장 잡을 분이에요. 그러면서 선배도 귀찮게 할 거고……."

그가 서운할지도 모른단 생각에 강주의 말이 길어졌다. 자신의 가족에 대해 장황한 설명을 마친 그녀는 아이같이 순수한 눈을 하고 그에게 물었다.

"선배는요?"

"어?"

"선배 부모님은 어떤 분들이세요?"

남에게 이런 질문을 받는 것은 오랜만이었다. 부모님의 직업, 재산 규모, 연구 내용이 아닌 '어떤 사람'인지를 묻는 사람은 그의 주변에 많지 않았다. 익숙지 않은 질문에 대답이 잘 나올 리 없었다. 얼떨떨한 표정으로 그가 자신 없이 말했다.

"좋으셔."

"그게 다예요?"

그의 답에 강주는 그냥 웃어 버렸다. 이렇게밖에 답하지 못하는 그의 속사정을 그녀는 알지 못했다. 히히 귀여운 소리를 내며 웃다 또다시 궁금하단 눈으로 그녀가 주혁을 바라봤다.

"그럼 형은요?"

"형……."

"선배랑 정말 많이 닮았던데……."

그는 입을 열지 못했다. 궁금해하는 그녀에게 해 줄 말이 없었다. 아니, 어디서부터 어디까지 말해야 할지 감이 오지 않았다. 자신의 모든 것들을 쏟아 내듯 말하는 것이 정말 맞는 일일지 확신이 서지 않았다. 제 고통을 덜자고 괜히 강주까지 힘들게 만들고 싶지 않았다.

"형, 잘난 사람이지."

♡　　　♥　　　♡

"멍청이들!"

글자 하나하나에 힘을 주며 아영이 소리쳤다. 결혼 후 통화는 몇 번 했지만 직접 얼굴을 본 것은 오랜만이었다. 그녀의 신혼집에 찾아간 강주는 의기소침한 자세로 아영의 말을 들었다.

"너희가 지금 초등학생이냐? 껴안고 뽀뽀하고."

"내가 너 이럴까 봐 말하기 싫었어."

결혼 후 좀 더 아줌마스러워진 아영은 거침없이 강주에게 진도 상황을 물었다. 뽀뽀……? 강주가 말하자 아영은 당장이라도 그녀가 먹던 과일을 빼앗을 것처럼 굴었다.

"야. 적어도 성인 남녀가 마음이 통했으면 그다음엔……."

"아! 알아서 할게. 난 이게 좋아."

"과연 주혁 선배도 그게 좋을까?"

시사 고발 프로그램의 MC처럼 아영이 물었다. 의구심 가득한 목소리를 들으니 강주도 저절로 생각에 빠졌다. 우리가 좀…… 느린가?

"이제 곧 있으면 한 달이다, 한 달. 너 요새 애들이 얼마나 빠른지 알아?"

"난 요새 애들이 아니잖아."

"그치, 요새 애들보다 못한 년이지."

친구한테 못 하는 소리가 없어. 따지고 싶었지만 강주는 여전히 주눅 든 상태였다. 인생의 가장 큰 행사인 결혼을 마친 아영은 그녀에게 큰 존재처럼 보였다. 아영의 충고에는 힘이 있었다.

"주혁 선배가 너처럼 아예 모르는 사람도 아니고……. 이러다 다른 여자한테……."

"설마! 스킨십 때문에 다른 여자를 찾는다고?"

"너 뉴스도 안 보냐? 아무리 멋진 부인, 여자 친구 있어도 다 뒤에서 다른 여자 만나는 게 남자야."

아영은 자신의 주장에 힘을 더하려는 듯 몇 명의 연예인 이름을 줄줄 댔다. 뉴스에서 몇 번 본 이름이라 그녀는 입을 꾹 다물었다. 이미 그녀는 아영에게 반쯤 설득당한 상태였다.

"요샌 여자가 적극적이어야 하는 시대야. 가만히 나 여기 있어요, 하는 시대는 갔어. 적극적인 여자가 결국 모든 걸 다 쟁취하는 시대지."

말하면서 아영은 아무것도 없는 공기를 확 휘어잡았다. 잔뜩 힘이 들어 간 아영의 행동에 강주는 고개를 끄덕였다. 아차, 하며 정신을 차린 건 이미 일을 저지른 후였다. 그녀는 그에게 방금 전 자신이 보낸 메시지를 한참 바라봤다.

[선배. 오늘 선배네 집 놀러 가도 돼요?]

허락을 구하는 문자였지만 어쩐지 선전포고 같은 그 메시지를 받아 든 주혁은 입 안의 살을 어금니로 꾹 깨물었다. 아릿하게 아픈 것이 이것이 꿈이 아님을 확인시켜 주었다.

점심 이후에 환자가 몰렸다. 아영을 만나러 간단 이유로 약국을 닮은 강주가 친구의 집에 잘 도착했는지, 그곳에서 점심은 잘 먹었는지 궁금했지만 연락을 할 시간이 없었다. 진료 시간이 한참 지난 뒤에야 휴대폰을 쥔 그는 그녀에게서 온 메시지를 확인할 수 있었다.

[선배. 오늘 선배네 집 놀러 가도 돼요?]

뭐, 뭐, 뭐라고? 벙쪄 버렸다. 이것은 그녀의 선전포고였다. 당당히 받아들이고 싶지만 그는 그럴 자신이 없었다. 그 전투에서 이길 자신이 없었다. 아니 그보다 이 전투에서 어떤 행동을 취해야 하는지 그는 매뉴얼을 갖고 있지 않았다. 메시지 하나로 순식간에 낯설어져 버린 자신의 휴대폰을 길게 바라보다 답장을 보냈다.

[아니.]

메시지를 보내자마자 그의 단호한 두 글자 옆에 있던 숫자 1이 사라졌다. 그리고 곧바로 그녀에게서 답장이 왔다.

[늦었어요. 저 이미 선배 집 앞이에요.]

허……. 그가 주춤거린 것은 길게 숨을 뱉은 몇 초뿐이었다. 진료 차트를 급히 마무리 짓고 그는 의자에서 일어나며 흰 가운을 벗었다. 마음이 급해서인지 흰 가운이 매끄럽게 벗겨지지 않았다. 팔 중간에 걸려 끙끙거리다 겨우 벗겨진 가운을 내던지고 그는 진료실을 나왔다.

"원장님!"

"어, 저 먼저 가 볼게요. 마무리하고 퇴근들……."

간호사들은 그의 말을 다 듣지 못했다. 그는 말을 다 끝내지 않은 채 밖으로 나갔다. 계단을 성큼성큼 걸어 내려온 그는 혹시

나 하는 마음에 청춘 약국을 슬쩍 바라봤다. 셔터는 닫혀 있었다.


교통법규는 어기지 않은 선에서 그는 최고의 속도를 냈다. 자신의 집에 도착해 지상 주차장에 차를 세우고 나서 그는 주위를 살폈다. 주혁은 예민해져 있었다. 그녀를 찾기 위해 각도를 조금씩 틀어 가며 주위를 살폈다.

"왁!"

그의 뒤로 조용히 다가온 강주가 그의 등을 두 손으로 두드리며 소리를 냈다. 놀란 얼굴로 돌아보자 강주는 입을 가리며 웃었다. 놀란 표정이 재밌었는지 좀처럼 웃음을 멈추지 못하는 그녀를 그는 재미없는 표정으로 바라봤다.

"너 여기서 뭐해?"

"말했잖아요. 저 오늘 선배네 집 놀러……."

"네가 뭔가 잘 모르는 것 같은데……."

중요한 말인지 그는 그녀의 눈을 똑바로 바라봤다.

"내 집은 놀러 오는 곳이 아니야."

그의 말뜻을 금방 이해하지 못할 만큼 강주는 바보가 아니었다. 차가운 얼음을 먹은 듯 순식간에 얼어붙은 그녀 앞에서 주혁은 아무렇지 않다는 듯 손목 위 시계를 봤다.

"저녁 먹었어?"

"아, 아, 아, 아뇨."

"같이 먹자. 우리 동네에 고기 맛있는 집 있어."

그녀의 팔목을 잡고 걸어가려는 그의 팔을 강주가 붙잡았다. 말보다 행동이 먼저 나왔다. 고개를 저은 뒤 그녀는 큰 결심과 함께 침을 꼴깍 삼켰다.

"선배네 집에서 먹을래요."

얘가 진짜……. 그는 제 앞 머리카락을 거칠게 털었다. 너 갑자기 왜 이래? 묻고 싶었지만 그랬다간 더 이상해질 것 같았다. 그 질문은 그녀가 어떤 대답을 하든 자신이 건전하지 않은 생각을 했다는 것을 증명하는 것이었다. 순수한 그녀의 얼굴에선 그 어떤 불순한 의도가 느껴지지 않았다.

주혁도 뭐 어떻게 하겠단 생각 없이 순수한 마음으로 자신의 집 문을 열었다. 저녁 먹으면 바로 돌아가, 강주에게 당부의 목소리로 말했지만 마치 그는 꼭 자신에게 그 말을 하는 것 같았다. 저녁 먹으면 꼭 돌려보내야 해. 문을 닫으며 그는 입 안쪽을 다시 깨물었다.

"재료는 있어요?"

막상 그의 집에 발을 들이니 기분이 이상했다. 그의 공간. 그 안에 자신이 있었다. 그의 원룸에는 딱히 몸을 숨길 공간이 없었다. 자꾸만 부끄러워 몸을 숨기고 싶어지는 마음을 이겨 내고 그녀는 대범하게 행동하기로 했다.

그가 막아선 냉장고 문을 활짝 열어 보고 까치발을 들어 찬장 안쪽에 있는 그릇과 냄비들을 살폈다. 그의 허락도 없이 컵을 꺼내 물을 마시는데 그만 주혁과 눈이 딱 마주쳐 버렸다.

"케, 케엑……. 켁."

"지금이라도 늦지 않았어. 그렇게 긴장한 채로 있는 것보단 나가서 편안히 밥 먹는 게 나을 것 같은데."

"누가, 누……가 긴장을 했어요? 내, 내가? 그냥 목이 말라서 물 마신 것뿐이에요."

잠시 후 이 공간에서 벌어질 일들을 강주는 생각지 않기로 했다. 어색하게 움직이다 괜히 그에게 또 한 소리 들을 것 같아 그녀는 식탁에 자리를 잡고 앉았다. 일어날 일들은 어떻게든 일어날 것이다. 이 집에 발을 들인 것은 자신이었다. 이제 무를 수 없었다. 모든 것을 받아들여야 했다.

주혁은 입고 있던 옷을 편안한 옷으로 갈아입었다. 화장실에 들어가 옷을 갈아입은 후 그는 요리를 시작했다. 네가 처음으로 내가 요리한 음식 먹는 사람이야, 그가 말하자 강주가 주혁 쪽으로 몸을 기울였다.

"진짜요? 여태껏 사귄 여자들한테 요리해 준 적 없어요? 거짓말."

"없어."

"허……."

"먹은 적은 많지만."

"그 말만 안 했어도 더 감동적이었을 텐데……."

멸치 육수에 된장을 풀다 피식 웃었다. 돌아 있어도 그녀의 표정이 그려졌다.

그가 칼질을 시작하자 투닥투닥거리는 소리가 그녀를 잡아끌었다. 강주는 몸을 일으켜 그의 등 뒤로 다가가 고개를 쭉 빼고 도마 위를 봤다. 정갈하게 잘려 나가는 두부와 호박들을 보며 강주는 감탄했다. 칼질 진짜 잘하네요, 하며 그의 팔을 툭 건드렸더니 그가 정색을 하고 강주를 바라봤다.

"만지지 마. 집중해야 하니까."

"네에……."

주혁의 맘을 모르는 그녀는 주눅이 들었다. 실수로 그의 몸을 또 건드릴까 봐 그녀는 뒷짐을 지고 제 손을 꼭 맞잡았다. 그 자세로 고개만 쑥 뺀 채 그의 요리를 감상했다. 뭔가 뚝딱뚝딱하니 된장찌개와 달걀 프라이, 채소볶음이 완성되었다. 냉장고 속 밑반찬 몇 개를 꺼내니 꽤 근사한 저녁 식사가 완성되었다.

"잘 먹겠습니다."

박수까지 치며 강주는 맛있게 밥을 먹었다. 정작 열심히 요리를 한 그는 그녀를 보느라 제대로 된 식사를 하지 못했다. 강주등 뒤로 보이는 제 방의 모습 때문에 그녀가 자신의 공간에 있음을 잊어버릴 수 없었다.

"안 먹어요?"

"먹어."

억지로 한 숟가락을 떠서 먹으려는데 강주가 제 앞에 있는 나물 반찬을 집어 그의 숟가락 위에 올렸다.

"이거 맛있어요!"

그는 피식 웃어 버렸다. 내가 자꾸 무슨 생각을……. 이런 애를 상대로…….

눈을 내리깔고 조용히 미소 지으며 주혁은 강주가 준 나물과 함께 밥을 먹었다. 자신보다 고작 몇 살 어린 강주였지만 서로 경험한 것엔 많은 차이가 있었다. 강주와의 연애를 시작하면서부터 그는 그녀의 속도에 맞춰 주기로 결심했다.

미쳐 버릴 것 같을 때도 몇 번 있었지만 꾹 참았다. 자신을 보며 귀엽게 활짝 웃을 때, 남자라면 누구나 가지는 욕구가 솟구쳤을 때도 그는 자신만의 방법을 찾았다. 입 안쪽 여린 살을 위아래의 어금니로 꾹 물었다. 의도하지 않았겠지만 예쁜 짓만 내내 했던 어느 날은 입 안이 흐물흐물해져 돌아왔다.

데이트 장소가 바뀌었다 생각하자. 자신의 집에 그녀가 있다는 사실이 불러일으킨 남자의 욕구를 그는 꾹 눌렀다.

식사를 마치고, 그는 설거지를 시작했다. 다 먹은 그릇이 싱크대 위에 있는 것이 싫었다. 심심해하는 강주를 무시하고 그는 그릇에 묻은 거품을 닦아 냈다. 흐르는 물소리 위로 강주가 다가오는 발소리가 들렸다. 그는 익숙한 듯 입속 살을 깨물었다.

"심심해요."

"참아."

그의 옆에 서서 괜히 흐르는 물을 툭 건드리던 강주는 아영과의 대화 후 생긴 궁금증을 풀어 놓기로 했다.

"선배……."

"응."

"나랑 키스하고 싶어요?"

그릇을 헹구던 손을 멈추고 그가 천천히 고개를 움직여 그녀를 봤다. 창피한 표정 하나 없이 그녀는 자신을 바라보고 있었다. 정말 궁금하단 눈을 하고.

"그게 궁금해?"

"그냥……. 선배는 별로 하고 싶어 하지 않는 것 같은데……."

질문 그 자체를 하는 것은 별로 창피하지 않았는데, 질문을 꺼낸 의도를 설명하는 것은 좀 창피했다. 주절주절 그녀의 말이 꼬여 들어갔다.

"저 오늘 아영이 봤잖아요. 아영이가…… 아니 아영이 핑계를 대는 건 아니고……. 그냥 일반적인 남자는 좋아하는 여자가 있음……."

그는 그릇을 내려놨다. 강주가 한 마디 한 마디 말을 뱉을 때마다 그녀에게로 걸어갔다. 서로의 간격이 줄어들수록 그녀는 당황에 휩싸여 말을 잇지 못했다.

그는 무언가를 할 기세로 강주에게 가까이 다가가다 한순간에 멈춰 섰다. 말 그대로 코앞에 멈춰 선 주혁 때문에 강주는 눈조차 제대로 뜨지 못했다.

괜한 말을 했다……. 후회했지만 이미 늦었다. 강주는 방어하듯 아랫입술을 꾹 깨물었다. 두려움에 눈빛이 흔들리는 반면에 쿵쿵쿵 온몸 속 혈관들이 환희의 북을 두드렸다.

그녀의 콧등 위에 그의 입술이 닿았다 떨어졌다. 쪽. 짧은 입맞춤 소리가 났다. 그 소리에 강주의 입술이 살짝 열렸다. 벌어진 입술을 그가 놓칠 리 없었다.

도톰한 그의 입술이 강주의 입술 위로 포개졌다. 제자리를 찾듯 더듬거리며 그가 움직이자 강주는 가만 눈을 감았다. 물기를 머금은 그의 손이 그녀의 볼과 귀를 감쌌다. 맞물린 입술이 주는 따스함과 황홀감에 강주는 자꾸만 다리에 힘이 풀릴 것 같았다. 안전벨트를 붙잡듯 그녀는 그의 옷깃을 꼭 쥐었다.

입속에서 벌어지는 일들은 기억할 수도, 문자로 기록할 수도 없었다. 자신의 야성이 의심당한 것이 꽤나 불쾌했는지 그는 조금 거칠었다. 자신의 팔소매를 붙잡은 강주의 손에 힘이 꾹 들어가자 주혁은 입술을 천천히 뗐다.

"피 맛 나요……."

눈을 올려 그를 바라보며 강주가 말했다.

"어쩔 수 없어. 너 때문이니까."

그는 다시 입을 맞췄다. 이번엔 부드러운 숨결이 그녀의 입속으로 파고들었다.

입술이 떨어졌을 때, 강주는 직감했다. 이것이 끝이 아님을. 어디가 아픈 사람처럼 밭은 숨을 내쉬면서 그녀는 눈을 감았다. 그의 따뜻함이 스쳐 간 입술은 아직 아릿했다. 들썩거리는 그녀의 어깨를 손에 힘줄이 튀어나올 정도로 꽉 쥔 그는 거친 숨과 함께 입을 열었다.

"도망가도 돼."

바닥만 바라보고 있던 그녀의 눈이 지루할 정도로 느리게 올라왔다. 그와 눈이 마주치자 그 눈빛을 피할 수 없었다. 답을 기다리는 간절한 눈빛. 그녀의 입술 사이 공간이 넓어지자 주혁은 그녀를 와락 껴안았다. 벅차오르는 감정이 그대로 전해지는 그의 품에서 강주는 열렸던 입을 다시 닫고 눈을 감았다.

"이렇게 꽉 잡는데 어떻게 도망을 가요……."

그녀의 말에 오히려 주혁은 덜컥 겁이 났다. 빠른가. 자신의 넘치는 욕구가 그녀를 상처 내는 것이 아닐까. 자신의 품에 안겨 모든 것을 받아들이고 기다리는 그녀의 모습이 오히려 그를 조심스럽게 만들었다.

그녀의 진심을 확인하려는 듯 그는 천천히 고개를 숙여 강주를 바라봤다. 흔들리지 않는 그녀의 눈빛에 그는 오히려 자신이 달아나고 싶었다.

아무것도 모르는 그녀는 입술 밖으로 숨을 몰아쉬고 있었다. 하아……. 잔뜩 달아오른 그는 강주를 안고 새하얀 목에 입술을 박았다.

그녀는 자신의 입에서 생전 자신이 듣지 못한 목소리가 나오는 것을 막지 않았다. 그 소리에 주혁이 반응하는 것이 좋았다. 입술을 뗀 그가 강주에게 다시 입을 맞췄다. 그녀의 등을 받치며 그는 강주를 자신이 매일 하루를 시작하는 곳으로 밀었다.

뒷걸음질 치던 그녀의 발이 침대 프레임에 부딪히며 멈췄다. 목적지에 다다른 그는 입술을 떼고 처음 맛본 그녀의 흰 목덜미에 입술을 다시 내렸다. 힘이 빠진 다리는 얼마 버티지 못했다.

주저앉은 그녀가 눈을 감았다. 앞에 있는 그를 느끼면서도 불렀다. 선배, 선배, 선배…….

주혁은 그녀가 자신을 찾을 때마다 대꾸했다. 그래, 응, 으응……. 그의 세 번째 대답이 끝났을 때 강주는 그의 침대에 완전히 누운 상태였다.

"선배……."

그는 더 이상 답하지 않았다. 아니, 답할 수 없는 것이 보다 정확했다. 흐트러진 머리칼을 침대에 펼쳐 놓은 채 자신을 올려다보는 강주를 보고 그는 더 이상 입을 열 수 없었다. 그녀가 입고 있는 흰 카디건을 벗겨 내고, 연한 핑크색의 티셔츠를 끌어 올렸다. 그녀의 살갗과 말려 올라가는 옷이 내는 바스락거리는 소리. 창피함에 자신의 손등을 깨물며 강주가 고개를 돌렸다.

그녀가 달구는 침대 위에서 그는 더 이상 이성을 붙잡을 수 없었다. 잘근잘근 씹고 있던 그녀의 손을 입술에서 떼어 내고 제

셔츠 단추 위에 올려 놓았다.

의도가 분명한 그 행동에 피했던 시선을 마주한 그녀는 살짝 몸을 들어 그의 단추를 열었다. 떨리던 손은 그의 가슴 가장 가까이에 있는 단추에 닿았을 때 멈췄다. 마치 제 마음을 여는 듯 조심스레 단추를 풀고 그녀는 빨갛게 부어오른 입술을 마른 혀로 핥았다.

짐승처럼 내달릴 것 같아 그는 어금니를 꾹 깨물며 참았다. 바득거리는 소리가 났다. 그녀의 행동 모든 것이 자신을 자극했다. 이 순간만큼 자신은 그녀를 위해 존재하는 사람이었다. 마찬가지로 강주도 꼭 자신만을 위해 존재하는 사람 같았다.

이마, 눈 위, 코, 볼, 입술……. 그녀의 얼굴을 지분거리던 입술은 미끄러지듯 그녀의 몸으로 올라탔다. 거추장스럽게 느껴지는 옷가지들을 모두 던져 버리고 앓는 소리를 내는 그녀를 그는 품에 가뒀다. 아무런 틈도 느껴지지 않게 맞닿은 두 사람. 강주는 그의 허리를 끌어안았다.

"넌…… 진짜…… 사람 미치게 만드는 데 뭐 있어."

읊조린 그의 말에 강주는 부정도 긍정도 하지 않고 그를 안은 손에 힘을 꽉 주었다. 부풀어 오른 가슴 위에 그가 얼굴을 묻었다. 그의 움직임에 그녀는 완벽한 나체가 되었다. 그는 차갑게 느껴지는 공기를 막아 주려는 듯 자신 가까이로 그녀의 몸을 당겨 위로 올렸다.

강주는 생긋 웃었다. 낯선 감촉의 것이 아무것도 알지 못하는 피부에 닿았을 때 강주는 이전의 것보다 더 큰 신음을 흘렸다. 강주를 달래듯 그는 몸을 천천히 움직였다. 가까워졌다 멀어지는 그의 움직임에 고양이처럼 그르렁거리며 그녀는 그의 등 위에서 몇 번이나 손을 꽉 쥐었다 폈다.

꼭 잠시 후면 정신을 잃을 것 같았다. 끓어 넘치는 쾌락과 고통으로 그녀는 자신을 놓아 버릴 것 같았다. 그전에 그에게 꼭 하고픈 말이 있었다. 그녀는 신음과 함께 말을 터트렸다.

사랑해요, 사랑해, 사랑해요…….

날숨과 함께 말을 뱉는 그녀의 머리를 주혁은 제 가슴으로 꽉 안았다.

알아. 나도……. 나도……사랑해.


힘들어하는 그녀 옆에서 그는 어쩔 줄 몰라 했다. 몸을 움직일 때마다 미간을 찌푸리는 강주를 보고 그는 제 뒷머리를 벅벅 긁었다.

이미 아침에 한차례 사과를 했다. 아프냐 걱정스럽게 묻는 질문에 그녀가 고개를 끄덕이자 그는 곧바로 '미안'이라 말했다. 그녀가 차에 올라타는 것을 힘들어하자 그럴 필요 없다는 강주의 말을 무시하고 그는 그녀를 안아 제 차에 태웠다.

로맨틱한 그의 행동엔 미안한 감정이 가득했다. 어제는 여태껏 참아 온 자신에게 강주가 준 선물 같은 밤이었다. 첫 경험보다 더 강렬했던 밤의 기억. 평생토록 자신을 취하게 만들 것 같은 그 기억을 선사해 준 그녀에게 그는 진심으로 고마워하며 동시에 미안해했다.

"참……아야 했……었는데…….."

참을 수 없었단 말을 돌려 말했다. '처음'의 크기를 모르는 그가 아니었다. 그녀의 '처음'을 한꺼번에 두 개나 가져간 미안함에 그는 힘 빠진 목소리로 말했다.

"아니에요."

그와는 달리 그녀는 자신의 처음을 그와 함께해 다행이라 생각했다. 누군가와의 처음을 상상했을 때 구체적으로 무엇을 그리진 않았지만 항상 상대는 자신이 제일 사랑하고, 자신을 제일 사랑하는 사람이길 바랐다. 주혁은 그런 사람이었다. 자신이 사랑하고, 자신을 사랑해 주는. 어젯밤은 그녀에게도 선물 같은 밤이었다.

♡　　　♥　　　♡

누군가를 만날 때 그 사람에 대해서 100퍼센트 알고 시작을 하는 사람은 아무도 없다. 그녀도 마찬가지였다.

주혁을 좋아하는 마음 하나로 시작한 연애 기간 동안 강주는 그에 대해 알아 가는 것이 즐거웠다. 그가 좋아하는 작가, 그가 좋아하는 가수, 영화, 음식, 잡지, TV 프로그램……. 그는 좋아하는 것이 분명한 사람이었다. 좋아하는 것을 대하는 태도와 관심 없고 싫어하는 것을 대하는 태도가 분명했다.

그런 그를 보고 있으면 자꾸만 입에 미소가 걸렸다. 좋아하는 것 앞에서 짓는 표정이 자신을 보는 표정과 늘 같아서.

출근길 아침. 그녀는 수웅이 운영하는 카페 앞을 지나다 발을 멈췄다. 코를 유혹하는 빵 향기에 그녀는 문득 주혁이 빵과 함께 커피 마시는 것을 좋아한다는 것이 떠올랐다. 분명 오늘 아침도 거르고 왔겠지……. 그녀는 카페 문을 열었다.

주문대 앞에 서자 수웅이 눈을 크게 뜨고 그녀를 바라봤다. 못 볼 것이라도 본 듯 자신을 바라보는 그 앞에서 강주는 어색한 웃음소리를 냈다.

"주문 안 받으세요?"

"아, 아……. 받아요, 받아죠, 아니 받아야죠."

"베이글 샌드위치 두 개랑 따뜻한 아메리카노 한 잔, 얼그레이 차 따뜻하게 한 잔 주세요."

포스를 누르는 그의 손가락이 떨리는 것을 그녀는 보지 못했다. 금방 드리겠다고 힘주어 말하는 수웅에게 살짝 미소 지으며 그녀는 주문대와 가까운 테이블에 자리를 잡고 앉았다.

"상처는 많이 아물었어요?"

"네?"

"전에 화상 입으신 곳……."

그는 아직 반창고를 붙이고 있었다. 손바닥 4분의 1을 가리는 반창고. 수웅은 그것을 가리려는 듯 주먹을 꽉 쥐었다.

"아직……."

"꽤 심한 상처인가 보네요. 병원은……."

"아니, 그 정도로 심하진 않아요."

수웅은 그녀의 말을 막고 먼저 대답했다. 타의로 말이 끊긴 그녀는 입을 닫고 그를 바라봤다. 카페 유니폼을 입은 그는 약국에서보다 더 안절부절못했다. 분명 익숙한 일일 텐데도 긴장한 채 움직이며 그는 종이봉투에 샌드위치를 담았다.

뜨거운 음료 두 잔을 덜덜 떨리는 손으로 만들어 내고 수웅은 강주를 부르기 위해 고개를 들었다.

"나왔습니다……."

강주가 자신의 가게에 왔다! 그 감동에 젖어 말을 하는 수웅의
목소리가 파르르 떨렸다.

♡　　　♥　　　♡

금요일. 검사를 마친 부모님이 약국에 찾아왔을 때부터 강주는
제 귀를 반쯤 닫고 있었다. 호전되었다는 결과를 받고서 더 기뻐
져서일까. 좀처럼 마음이 맞지 않아 매일 투닥거리던 부모님이
모처럼 한목소리를 내었다.

"너 결혼 안 해?"

"엄마."

"잔소리하긴 싫다만 요샌 나도 너 이대로 두면 안 되겠단 생각
이 든다."

"아빠!"

주변 친구 자식들의 결혼식을 다녀와서도 별다른 말 없었던 그
녀의 아버지가 이번엔 달랐다. 자신의 약국을 혼자 운영하는 그
녀를 보고 있자니 안타까운 마음이 솟구쳤다. 옆에 든든한 남자
한 명 있으면 딱 좋겠구만.

"당신 나랑 위에 피부과 한번 갔다 올래요? 거기 의사가 괜
찮……."

"안 돼. 절대 안 돼."

"뭐가 또 절대 안 돼. 네 아빤 모르겠지만 난 초면도 아니

고……. 지난번에 우리 즐겁게 영화도 봤던 사인데……. 오랜만에 와서 인사 좀 하고, 이웃끼리 친하게 지내면……."

"초면이 아니니까 더 문제야. 그때 엄마…… 아후……."

예전의 기억이 떠오른 강주는 말을 잇지 못했다.

"안 그래도 돼, 엄마. 제발, 어?"

부모님이 걱정스러운 표정을 지워 내지 못해도 그녀는 완고했다. 자신의 연애 사실과 그 상대가 주혁임을 강주는 말하고 싶지 않았다. 이후에 벌어질 일들이 너무나 선명했다. 별명마저 주책바가지인 엄마에 이젠 딸의 결혼을 노골적으로 바라는 아빠. 두 사람은 그에게 부담을 안겨 줄 것이다. 그녀는 그러고 싶지 않았다.

"그럼 선이라도 꾸준히 봐. 알아볼 테니까. 너 탐내 하는 사람들 내 주변에 많아. 네가 하도 소개팅, 맞선 싫다 난리치니까 그냥 모른 척했는데 이젠 안 되겠어. 강주 너 절대 젊은 나이 아니다? 지금 결혼해서 애 낳아도……."

"아빠. 엄마 안 말려 줄 거야?"

"왜 말리냐. 옳은 소리 하는데. 노산은 위험해."

"아후……."

사랑도 제대로 못 하던 시절, 결혼은 너무 멀게 느껴지는 단어였다. 자신과 가깝지 않은 그 단어는 어쩐지 제 것이 아닌 것 같아 대놓고 꿈꿔 보지도 못했었다. 그러나 주혁을 만나고 그와 연애를 시작하자 '결혼'이라는 단어를 듣고 나면 꼭 그가 떠올랐다.

자신이 결혼을 꿈꿔도 될까. 그리고 그 상대가 주혁이길 바라도 될까. 말하지 않으면 아무도 모를 상상을 하면서도 강주는 겁이 났다. 자신이 그리는 미래와 주혁이 그리는 미래가 같을까.

일이 있다며 부모님은 결국 강주와 함께 하룻밤도 보내지 않고 집으로 돌아갔다. 섭섭함 가득한 인사를 마치고 차가 저 멀리 사라지자 강주는 훅 숨을 내쉬었다. 자고 가지…… 서운한 목소리로 작게 말한 강주는 조용히 뒤돌아섰다.

"그냥 가셨어?"

마침 환자가 없었던 덕분에 그는 창밖으로 그녀가 부모님을 배웅하는 장면을 모두 지켜봤다. 축 처진 어깨가 너무 쓸쓸해 보여 그는 진료시간임에도 불구하고 그녀 곁으로 올 수밖에 없었다.

"네……."

"아쉽겠네."

"어쩔 수 없죠, 뭐. 만약 계셨으면 오늘 저 잠도 못 자고 하루 종일 엄마 잔소리 들었을지도 몰라요."

"잔소리?"

제 눈에 완벽한 그녀가 부모님께 잔소리 듣는 것이 상상되지 않았다. 뭐라 할 것이 있나, 이강주한테.

"빨리 남자 만나라, 결혼해라, 애기 낳아라……. 노처녀한테 부모님께서 하는 잔소리들이요."

"아……."

알겠다는 듯 고개를 끄덕이는 그 앞에서 강주는 그제야 아차 싶었다. 괜히 결혼을 종용하는 말인 것 같아 황급히 말을 덧붙였다.

"아! 물론 저는 아직 결혼할 생각 없어요. 아직 약국 일도 익숙하지 않고…… 해야 할 일, 하고 싶은 일도 아직 많아서……."

"그래? 나는 빨리 하고 싶은데……."

"빨리? 누……구랑요?"

강주의 질문에 주혁이 어이없다는 듯 미소를 지었다. 누구냐니……. 당연한 걸 왜 묻냐 그의 목소리에 그녀가 검지로 자기자신을 가리켰다.

"저요?"

"너지, 누구야."

"지, 진짜요?"

질문도 어이없었지만 그녀의 반응도 그는 도무지 이해가 가지 않았다. 충분히 사랑을 표현한다 생각했는데 아직 부족했던가. 당황하는 그녀 앞에서 주혁은 살짝 기분이 상했다.

"뭘 그렇게 놀라. 넌 아냐?"

"아…… 뭐…… 저는……."

뜸 들이는 그녀의 반응에 주혁은 살짝 인상을 찌푸렸다. 맞아요, 맞는데에…….

"그냥 좀 놀랐어요. 나랑 선배가 같은 생각을 한다는 게……."

"우리 이강주는 말을 안 해 주면 모르니까 또 말해 줘야겠다."

마치 아기에게 말하듯 그는 살짝 무릎을 굽혀 그녀와 눈을 정면으로 마주쳤다. 그녀 머리 위에 손을 얹고서 다정하게 웃었다.

"나 너 가벼운 마음으로 만나는 거 아니야. 아주 무거운 마음으로 만나고 있어."

"……."

"한 20톤 정도?"

진지한 자신의 말이 부끄러웠는지 그는 장난스러운 말을 덧붙였다.

"너도 그러니까 날 무거운 마음으로 만났으면 좋겠어. 근데 또 네가 너무 무거운 마음으로 만나면 내가 부담스러우니까……."

"……."

"한 19.9톤 정도가 좋겠다."

"아, 진짜……."

그게 뭐예요, 툴툴거리면서도 강주는 미소를 지었다. 슬그머니 올라가는 입꼬리는 내려오지 않았다.

딸랑하는 종소리에는 몸이 절로 일으켜졌다. 아무 생각 없이 약 상자들을 정리하다 강주는 손을 탁탁 털며 인사했다. 어서 오세요.

"엇?"

"아…… 또 왔어요……."

머리를 긁적이며 수웅이 얼굴을 일그러트리며 웃었다. 쑥스러운지 그는 약국이 무엇을 하는 곳인지 잊은 듯했다. 분명 약을 파는 곳인데 그는 카운터 위에 각종 쿠키와 빵, 자신이 직접 내린 커피를 내려놓았다.

"이게 다 뭐예요?"

"아, 단골 선물이에요. 자주 찾아 주셔서 감사해서……."

"아니에요! 제가 좋아해서 자주 가는 건데요, 뭘⋯⋯. 이러실 필요 없는데."

"드세요. 저희 카페에서 구운 빵 좋아하시잖아요."

그의 카페에 들르는 것은 출근길 그녀의 중요한 일 중 하나였다. 입맛이 까다로운 주혁이 수웅이 직접 구운 빵과 커피는 좋아했다. 아침에 만나면 함께 빵과 따뜻한 차와 커피로 배를 채웠다.

어젯밤 끝내지 못한 이야기들을 하며 같이 시작하는 아침, 강주는 그 시간이 좋아 자꾸만 수웅의 카페를 찾았다.

"수웅 씨는 카페가 아니라 빵집을 열어도 잘 됐을 것 같아요."

"우리 커피는 맛없단 얘기예요?"

"아니, 그게 아니라⋯⋯."

강주가 당황해서 손을 쭉 뻗어 세차게 흔들었다. 그 모습에 수웅이 활짝 웃었다. 긴장하던 예전의 모습과 달리 한껏 풀어진 웃음이었다.

"그러지 말고 한번 마셔 보세요. 저번에 카페인 때문에 커피 잘 안 마신다 하셔서 디카페인 커피로 가져왔어요. 저희 카페 커피 괜찮아요."

"네. 꼭 마셔 볼게요. 근데 이거 주시려고 오신 거예요?"

"아니⋯⋯ 그게⋯⋯. 연고가 다 떨어져서."

화상 부위를 만지작거리며 수웅이 말했다.

"아직도요? 수웅 씨가 여기 처음 온 지 꽤 됐죠? 화상 심하게 입은 거 아니에요? 아직까지 피부 재생이 다 안 된 걸 보면⋯⋯."

"아, 뭐⋯⋯. 나이가 먹어서 그런가. 좀⋯⋯ 더디네요."

"그러지 말고 여기 2층에 피부과 한번 가 봐요."

"아니에요! 병원에 갈 정도까진……."

강주의 제안을 수웅이 단박에 거절했다. 그러나 그녀는 이미 카운터를 빠져나와 그의 팔을 붙잡았다.

좀처럼 병원을 가지 않을 것 같은 손님을 만나면 늘 이렇게 했었다. 질질 끌어 병원에 데려가기. 의사의 정확한 진료가 있어야 그에 알맞은 약을 줄 수 있다. 그녀는 자신보다 큰 덩치의 그를 붙잡고 2층 사랑 피부과까지 단박에 올라갔다.

"어머! 약사님!"

반기는 간호사에게 인사를 하고 수웅을 그 앞에 세웠다. 아, 화상을 입어서요……. 수웅은 그녀의 눈치를 살피며 말했다. 도망가기 위해 선생님 눈치를 보는 학생 같아서 강주는 그의 옆을 떠나지 않고 계속 있었다.

"강수웅 씨, 들어가세요."

"예! 저 그럼 들어가 볼게요. 강주 씨는 이제 그만 돌아가세요. 저 때문에 약국도……."

"같이 들어가요. 제가 보호자 해 줄게요."

"아니요! 아니…… 괜찮은……."

강주가 진료실 문을 열고 들어갔다. 주혁은 모니터에 떠 있는 환자의 이름, 그리고 강주를 번갈아 봤다. 개명이라도 한 거야? 장난스레 물으려 했는데 그녀의 뒤에서 강주보다 머리 하나가 더 큰 수웅이 쭈뼛거리며 들어왔다.

"수웅 씨, 여기 앉아요."

몇 번 찾아온 진료실. 강주는 환자용 의자로 그를 안내했다.

천천히 앉는 그를 주혁이 응시했다. 머리부터 발끝까지 한번 훑고는 강주를 바라봤다. 설명을 바라는 눈빛으로.

"저희 약국에 오신 환자분인데…… 손에 화상이 꽤 오래 간다고 하셔서요. 아무래도 의사 선생님한테 보여 드리고 진찰받는 게 필요할 것 같아서 모시고 왔어요."

"음……."

그냥 이강주의 오지랖인가. 강주의 설명에 주혁은 딱딱하게 굳었던 표정을 풀고 수웅을 바라봤다. 화상 입으신 곳이 어디죠? 진찰이 시작되자 안심이 된 강주는 문밖으로 나갔다.

"아, 저, 그게……."

"손 내미세요."

환자에겐 다정히 구는 주혁이었지만 이상하게 수웅에게는 그게 되지 않았다.

딱딱한 어투와 힘있는 목소리에 수웅이 뒤쪽에 숨겨 놓았던 손을 살짝 내밀었다. 아, 그게……. 수웅은 무언가 할 말이 있는 듯 자꾸만 뜸을 들였다. 강주는 이미 나가고 없는데도 자꾸만 뒤를 살폈다. 마치 아무도 들어선 안 되는 말을 할 사람처럼.

"제가 약사님을 좋아해서요."

이건 또……. 무슨……. 수웅은 입이 마르는지 연신 입술을 혀로 적셨다. 강주에게도 하지 못한 고백을 처음 만난 의사에게 하다니. 자신이 생각해도 어이없는 일이 벌어지고 있었다. 그러나 한편으론 아무에게도 말하지 못한 자신의 속마음을 누군가에게 터놓자 후련한 감정도 느꼈다.

"사실은 다 나았어요. 그렇게 심한 화상도 아니었고……. 근데 약사님 얼굴을 보고 싶으면 약국에 가야 하니까 계속 화상 핑계를 대게 되더라고요. 다 나았는데 반창고도 계속 붙여야 하고……."

수웅은 제 손에 붙어 있던 반창고를 떼어 냈다. 아문 상처가 보였다.

"아! 제가 이 얘길 왜 의사 선생님께……. 죄송합니다. 방금 제가 한 얘기는 비밀로……. 부탁드립니다."

주혁은 아무 반응이 없었다. 사실 수웅에게서 들은 내용이 너무 충격적이었다. 제 여자 친구를 좋아한단 이야기를 그 당사자에게서 직접 들으니 기분이 묘했다. 강주도 듣지 못한 고백을 그녀의 남자 친구인 자신이 듣는다는 것, 이상한 고백이 이상한 감정을 이끌어 냈다.

아까 전 강주와 같이 들어왔던 환자의 모습은 사라지고 제 앞에는 강주와의 사랑을 가로막을 방해자가 앉아 있었다. 전형적인 미남형 얼굴은 아니었지만 둥글둥글 깔끔하게 생긴 것이 어쩐지 해준을 떠오르게 만들었다.

"저는 여기 약국 앞에 있는 카페에서 일해요. 다음에 한번 찾아 주시면……."

"제가 찾아갈 일은 없을 겁니다."

"예? 아, 예……. 다시 한 번 죄송합니다. 시간 뺏어서……."

수웅은 공손히 인사를 하고 진료실을 빠져나왔다.

평이 좋던 피부과 원장은 자신이 보기에 좀 별로인 듯싶었다. 아무리 자신이 가짜 환자라 해도 저렇게 무뚝뚝하고 차갑게 대하다니. 대체 뭐가 그렇게 괜찮다는 것인지……. 얼굴 잘생긴 것

빼곤 별거 없는 것 같은데…….

생각에 잠긴 채 수웅은 병원을 빠져나왔다.


강주는 충분히 사랑스러운 여자였다. 주위의 사랑을 받는 것이 당연했다. 하지만 자신이 아닌 다른 남자의 사랑은 필요 없을 것이다. 아니, 필요 없다.

두 사람이 좋아하는 동네 공원. 벤치에 앉아 주혁은 강주를 뚫어져라 바라봤다.

"넌 좀 못생겨질 필요가 있어."

"네?"

주혁은 강주의 얼굴을 고무 찰흙 만지는 것마냥 주물렀다. 찐빵처럼 푹 눌렀다가 코를 들어 올렸다. 그래도 뭔가 부족한지 고개를 갸웃거리며 눈을 아래로 쭉 찢었다.

"뭐예요."

뜬금없는 그의 행동에도 강주는 침착함을 잃지 않았다. 씨……. 짜증 섞인 소리를 내며 주혁이 그녀의 얼굴에서 손을 뗐다.

"다른 사람한테 너무 친절하게 굴 필요 없어. 가끔은 화도 내고, 짜증도 부리고……."

"무슨 일 있어요? 나 선배가 지금 무슨 말을 하는지…… 하나도 이해 안 돼요."

무슨 일? 있지, 있어. 그런데 말할 수 없었다. 수웅의 부탁 때문이 아니다. 괜히 그녀가 수웅을 특별한 눈으로 보는 것이 싫었다. 예쁜 것이, 친절한 것이 그녀 잘못도 아니니 딱히 화를 낼 수도 없었다.

그녀의 질문에 답할 말이 없었다. 사방이 막혀 있는 곳에 자신이 덩그러니 놓인 기분. 갑갑함을 느끼며 그가 숨을 푹 내쉬자 강주가 조용히 그의 팔을 끌었다.

"따뜻한 차라도 마실래요?"

그에게서 답을 듣기 위해선 조용한 공간이 필요했다. 공원 카페로 걸어가다 말고 강주가 발을 멈췄다.

"아, 선배 여기 카페 커피 별로라 그랬죠? 그럼 우리 약국 앞 카페로……."

"거긴 안 돼."

"예? 왜요? 선배 거기 커피 맛있다고……."

"내가 언제."

자신은 그 카페에 간 적이 없었다. 수웅은 오늘 낮에 처음 본 사람이었다. 처음 본 사람이 강주를 좋아한다 고백해 충격이 두 배였었지. 그는 눈썹을 찌푸리며 다시 물었다. 내가 언제.

"아침에 먹는 커피요. 제가 전에 말했잖아요. 우리 약국 앞 카페 커피라구."

젠장. 강주 앞이라 욕을 할 수도 없어 그는 속으로 거친 말을 내뱉었다. 자신이 매일 아침 마신 커피가 그 자식이 만든……. 아후……. 낮에 자신에게 쑥스러운 표정으로 고백을 한 수웅의 얼굴이 다시 떠올랐다. 그 자식이, 그놈이 만든 커피였다니.

"그럼 너 아침마다 거기…… 간 거야?"

"네. 거기 빵 되게 맛있죠? 아, 오늘 좀 가져다주셔서……."

강주는 제 가방을 뒤적였다. 낮에 몇 개 먹었지만 수웅이 워낙 많이 가져다줘 조금 남았었다. 곱게 포장된 치즈 베이글을 꺼내자 주혁이 그 빵을 뭉개듯 잡고 다시 그녀의 가방에 넣었다.

"넣어."

"왜 그래요? 아까부터……."

"너는……. 아, 진짜……."

정말 궁금하단 눈으로 물어 오는 강주를 그는 차마 바라볼 수 없었다. 질투가 끓어넘쳤다. 매일 아침 자신을 만나기 전 수웅을 만났을 것이란 생각에 닿자 그는 머리가 폭발할 것 같았다. 주먹을 꽉 쥐며 그는 조용히 말했다.

"들어가자, 데려다줄게."


술 없인 잠에 들지 못할 것 같아 주혁은 해준과 유범을 불러냈다. 강주에겐 하지 못했던 수웅과의 일화를 말했더니 두 사람은 배를 잡고 웃었다. 푸하하하……. 웃음소리는 좀처럼 작아지지 않았다. 그만해라. 무섭도록 낮게 깔린 주혁의 말에도 두 사람은 끅끅 소리를 내며 웃었다.

"야! 그럼 강주 씨한테 할 고백을 네가 먼저 들은 거네? 소감이 어떠냐?"

"어떨 것 같냐?"

그는 유범의 잔을 빼앗아 마셨다. 이 새끼 진짜 화났나 보네. 뒤늦게 주혁의 눈치를 살피며 웃음을 거둔 두 사람은 맥주를 더 주문했다.

"야, 너 이 정도로 뭘 그렇게 그러냐? 몰랐어? 강주 씨 좋아할 남자가 많을 거?"

"그래. 강주 진짜 괜찮은 여자잖아. 대학 때도 걔 좋아하는 애들 되게 많았어. 그 옛날에 경영과에 유명한 애 있었잖아. 걔 이름이 뭐였더라? 그 검사 아들도 강주한테 빠져서 주변 여자들 다 정리하고 막 그랬지. 아, 넌 모르나?"

유범과 해준은 약간 신이 난 듯 보였다. 조잘조잘하는 이야기에 주혁이 아무 반응도 하지 않는데도 자꾸만 말을 덧붙였다. 맞다, 그 일도 있었지! 불난 집에 기름을 끼얹으며 일그러지는 주혁의 표정을 보는 것이 두 친구는 재미있었다.

질투라니. 남주혁은 절대 느끼지 못하고, 이해하지 못할 것 같았던 그 감정에 빠진 그가 두 사람은 마냥 신기하고 재미있었다.

"그래서 그 카페 남자한테는 뭐라고 했어?"

"아무 말 못 했어. 그래서 지금 후회 중이야. 이강주 내 거라고 확실히 말했어야 했는데 그때 너무 당황해서……."

"당황했대! 크하하! 남주혁이 당황을!"

유범이 다시 또 큰 소리로 웃었다. 호프집 주변 사람들이 다 쳐다볼 정도로 쩌렁한 웃음소리에 주혁은 제 머리를 거칠게 매만졌다.

"'네, 알겠습니다. 앞으로 제 여자 친구 열심히 좋아하세요.' 이런 말이라도 해 주지 그랬냐? 아님 '좋아해 주셔서 감사합니다.' 이런 말이라도."

유범은 제가 해 놓고도 그 말이 웃긴지 또다시 큰 소리로 웃었다.

깐족거리는 유범의 말에 평소라면 한마디 했을 주혁이지만 그는 그럴 여력이 없었다. 복잡한 제 머리를 정리하기도 바빴다. 내일 그 카페에 찾아가? 말아? 가서 건들지 말라고 해? 아님 곧 결혼할 거라고 말할까?

좀처럼 답이 나오지 않아 심각한 표정으로 맥주를 한 모금 마시는데 그의 휴대폰이 울렸다.

[나는 아직 자네 연락을 기다리고 있네.]

황 교수의 문자였다. 그 문자가 아니었다면 그는 오늘 하루 종일 그 남자만 생각했을지도 모른다.

주혁은 문자를 확인하자마자 술자리를 빠져나와 그에게 전화를 했다. 통화는 길지 않았다. 여전히 황 교수는 주혁을 위한 한 자리를 남겨 두었고, 그 자리에 주혁이 오길 기대한다는 말뿐이었다. 한번 병원으로 찾아오란 말도 덧붙였다.

지난번 자신의 병원을 찾아주셨으니 이번엔 자신이 가겠단 약속을 하고 전화를 끊었다. 이젠 두 남자의 생각으로 머리가 복잡했다.

술을 꽤 마셨는데도 취하지 않았다. 생각이 많은 날은 취하고 싶어도 잘 취하지 않는다. 침대 위에서 뒤척이다 그는 휴대폰을 꺼냈다. 몇 장 찍어 놓은 강주의 사진을 넘기다 그는 자신도 모르게 미소를 지었다. 그러다 문득 수웅이 다시 떠올랐다. 아까 그 빵! 쳐다보기도 싫어 다시 그녀의 가방에 도로 넣은 빵이 떠올랐다.

그냥 빼앗아 먹었어야 했다. 그 빵이 마치 수웅의 분신처럼 느껴졌다. 강주의 가방 안에서 뒹굴다 그녀의 집까지……. 아무래도 자신이 미친 것 같지만……. 아, 그냥 내가 먹었어야 했다.

♡　　　♥　　　♡

질투라는 감정 앞에서 성숙한 어른이란 없다. 질투는 그런 것이다. 누구든 유치하고 치사하게 만드는 것. 주혁은 일어나자마자 강주에게 전화해 말했다. 나 오늘 커피 안 마셔. 빵도 안 먹어. 죽 사 갈게. 같이 죽 먹자.

한편 강주는 주혁의 말에 그냥 알겠다 말했다. 어제부터 자꾸 이상해지는 그를 그녀는 그냥 지켜보기로 했다. 언젠간 이유를 말해 주겠지. 궁금증이 계속되었지만 주혁을 믿고 기다리기로 했다. 그때 약국 안으로 종이봉투를 들고 주혁이 들어왔다. 약국 안쪽에 있는 작은 테이블 위에 죽을 꺼내 놓는 그의 표정은 사뭇 비장했다.

"오늘 죽이 먹고 싶었어요?"

"앞으로 계속 죽이 먹고 싶을 거야."

"음……."

무언갈 묻고 싶었지만 강주는 입을 닫았다. 주혁은 아무 답도 안 해 줄 것 같았다. 기다려야지, 생각하면서도 자꾸만 대답을 재촉하고 싶어진다.

"오늘 오후에 나랑 갈 데 있어."

"어디요?"

"가면 알아."

아침에 오면 지난날 하지 못했던 일들을 우선 해치우고 그 후엔 그 날 해야 할 일을 적어 놓는다. 학창시절부터 해 온 일이었다. 다이어리를 펼치고 주혁은 오늘 날짜가 인쇄되어 있는 칸 위에 펜을 올려놓곤 한참 동안 가만히 있었다.

수옹이 계속 걸렸다. 그에게 어떤 식으로든 강주가 자신의 여자라는 것을 알리고 싶었다. 그런데 그보다 먼저 일러야 할 것이 있었다. 아니라 말하지만 자꾸만 한쪽으로 쏠리는 자신의 마음, 황 교수의 제안에 대한 자신의 입장을 좀 더 확고히 해야 했다. 그러기 위해 그는 강주가 필요했다.

그의 차에 올라탄 강주는 먼저 주혁의 얼굴부터 살폈다. 아침의 진지한 얼굴 그대로였다. 꽤 중요한 자리에 가는 것 같아 그녀는 약국 문을 닫기 전 급하게 화장을 고쳤다. 립스틱도 다시 바르고, 옷도 다시 한 번 살폈다. 그렇게 준비를 마치고 주혁을 봤다. 이만하면 어떤 일인지 말해 줄 법도 한데 그는 입을 좀처럼 열지 않았다.

"어디 가는 거냐고 또 물어도 답 안 해 줄 거죠?"

"응."

"그럼 다른 얘기라도 해요. 아무 말 안 하니까 괜히 불안해요."

핸들을 잡은 채 그가 살짝 강주를 봤다. 목적지도 모르는 곳으로 가는 차 안, 답답함과 궁금함이 뒤섞인 표정이었다. 강주는 잠시 입술을 삐죽이다 뭔가 생각이 난 듯 박수를 짝하고 쳤다. 차 내에서 꽤 큰 소리라 주혁의 신경이 그녀에게 훅 쏠렸다.

"아! 어제 수옹 씨 치료 잘 받고 갔어요? 왜 약국에 다시 안 왔지? 약 처방 안 해 줬어요?"

"수웅 씨?"

"네. 그 카페……."

그는 강주의 이마를 한 대 쳤다. 주혁에게 수웅에 대해 설명하려던 입이 멈추고 그녀는 댕그란 눈을 하고 주혁을 바라봤다.

"누가 수웅 씨야. 그냥 카페 사장이라 불러."

"그게 뭐예요. 이름을 아예 모르는 것도 아니고 삭막하게……."

"삭막하게 해도 돼. 말했지, 아무한테나 다 친절하게 굴 필요 없다고."

그는 최대한 속내를 숨기며 말했다. 이미 들킨 것 같지만. 피식하더니 강주는 웃기 시작했다.

"수웅 씨가 왜 아무나예요? 우리 약국 환자이자 손님이고, 매일 아침마다 본 사인데……. 가끔가다 빵도 가져다주고 커피도 가져다주고……."

"너 일부러 이러지?"

엇, 들켰다. 강주는 혀를 쏙 빼고 웃었다. 그녀는 수웅이 자신을 좋아한단 사실은 전혀 모른 채 그냥 주혁이 질투를 한다 생각했다. 무심한 듯 이야기하지만 그 말속에 뜨거운 질투의 감정이 그득해서 강주는 모른 척하려야 할 수 없었다.

넌 이게 재밌어? 짐짓 무서운 표정을 하고 물었다. 웃음이 멈추지 않았다. 아, 이 남자는 질투도 어쩜 이렇게 귀엽게 할까. 이제야 그가 아침에 했던 행동들이 이해가 되었다. 갑자기 죽을 먹겠다 하고, 죽이 먹고 싶다 해 놓고 몇 숟갈 제대로 먹지 못한 것, 그녀가 커피 마시자 제안했을 때 단박에 거절한 것도.

"선배, 수웅 씨는……."

"카페 사장은."

"그래요, 그 카페 사장님은…… 그냥 착하신 분이에요. 저랑
뭐 그런 거 없어요."

그건 네 생각이지. 뭐가 없긴…….

어제 진지하게 자신에게 고백하던 수웅의 얼굴이 떠올라 주혁
은 가슴이 무거워지는 것을 느꼈다. 둔한 거야, 멍청한 거야. 세
상 어떤 남자가 아무 목적도 없이 막 빵을 퍼주고 커피를 내려
주냐 말이다. 착하신 분은 또 뭐야. 세상에 착한 남자는 없다. 착
한 척하는 늑대만 있을 뿐. 안타깝게도 강주는 그 사실을 모르고
있다.

"그러니까 걱정 안 해도 돼요."

주혁의 오른손을 잡고 강주가 싱긋 웃었다. 정말 아무것도 모
르는 듯한 그녀의 표정 덕분에 주혁은 더 머리가 아팠다.


S병원. 주혁을 따라 내린 강주의 표정이 심상치 않았다. 여길
왜 온 거예요? 물어 오는 그녀의 눈빛을 보고도 그는 아무 답을
하지 않았다. 선배 혹시……. 강주의 동공이 흔들렸다. 그런 거
아냐. 간단히 답하고 그는 병원 안으로 들어갔다.

암 센터, 표지판을 찾아 주변을 살피는데 흰색의 가운을 입은
사람이 두 사람에게로 가까이 다가왔다.

"남주혁?"

"어? 형!"

영석은 주혁의 팔을 툭 쳤다. 친근함의 표현이었다. 어릴 적부
터 승혁의 친구인 영석은 주혁에게도 친숙한 사람이었다.

"여긴 어쩐 일이냐? 나 보러 온 건 아닌 것 같고."

"나 잠깐 볼일이 있어서……."

"황 교수님?"

"어."

황 교수의 주혁에 대한 짝사랑을 영석은 알고 있었다. 승혁과 친한 탓에 몇 번 같이 황 교수를 만나 뵈었고 그때마다 황 교수는 승혁에게 이야기했다. 네 동생 주혁이 자신과 같이 일했으면 한다고. 늘 형에게 치여 산 것처럼 주혁은 말하지만 객관적으로 본다면 두 사람은 그냥 둘 다 잘난 형제였다. 승혁에게 그가 조금 가려졌을 뿐이지.

"결정은 했고?"

"아니."

"그래. 같은 병원에서 일하게 되었으면 좋겠다. 안 그래도 너 주변에 네 실력 아까워하는 사람 많았는데……. 다들 이상하다 하더라. 네가……."

영석이 말을 멈춘 것은 그의 옆에서 숨죽인 채 자신의 이야기를 듣는 강주를 발견했기 때문이었다. 조막만 한 얼굴의 강주는 영석의 말이 마치 선생님 말이라도 된 것처럼 집중해서 듣고 있었다.

"누……구?"

"여자 친구."

"아, 안녕하세요. 저는 주혁이 형 승혁이 친구 김영석이라고 합니다. 이렇게 얘기하면 우리가 좀 멀어 보이는구나. 얘 학교 선배였어요."

"안녕하세요……. 이강주입니다."

누군가가 자신을 '여자 친구'라 소개한 것은 이번이 처음이었다. 낯선 단어가 주는 따뜻함. 강주는 미소 띤 얼굴로 영석에게 인사했다.

"와, 되게 미인이시네. 여기 가만히 앉아 있으면 병원 남자들이 우르르 구경 나오겠는데?"

"형……."

"칭찬이야, 칭찬. 아! 승혁이랑 연락은 좀 하냐? 저번에 보니까 너 걱정 엄청 하던데. 너 집 다 뒤집고 나간 거라며?"

주혁이 강주의 손을 잡고 제 뒤쪽으로 숨겼다. 그런다고 해서 이야기가 들리지 않는 것이 아닌데도 그는 왠지 그녀를 이 대화에서 최대한 멀리 떨어뜨려 놓고 싶었다.

"뭘 또 뒤집어……."

"그게 뒤집은 것 아니면 뭐가 뒤집는 거냐? 네 형 좋은 사람이야. 일할 때 인간미가 좀 떨어져서 문제지만."

나중에 밥 한번 먹자. 남자들이 헤어질 때 하는 인사말을 끝으로 영석이 로비에 있는 카페로 들어갔다. 궁금증을 잔뜩 남긴 두 사람의 대화가 끝나자 강주가 그 옆으로 찰싹 달라붙었다.

"황 교수님 뵈러 가는 거예요?"

"황 교수님 알아?"

"아뇨. 방금 황 교수님 뵈러 간다고 하셔서……."

잘못한 것도 아닌데 금방 목소리가 작아지는 강주를 보고 주혁이 피식 웃었다. 긴장할 거 없어, 말하니 더욱 긴장한 표정이다. 잔뜩 얼어 있는 그녀에게서 긴장이 옮았다. 주혁은 아무렇지 않은 척 강주의 손을 꼭 붙잡았다.


똑똑. 노크 소리 뒤에 황 교수의 목소리가 들렸다. 이미 주혁에게 연락을 받은 황 교수는 그를 맞이할 모든 준비를 마친 뒤였다. 그러나 황 교수도 미리 예측하지 못한 것이 하나 있었다.

"교수님, 제 여자 친구입니다."

"아! 어, 어, 그래……. 어서 와요."

"처음 뵙겠습니다. 이강주입니다."

맑고 가느다란 목소리로 강주가 인사를 했다. 공손히 손을 모은 채 인사하는 강주는 마치 시아버지께 첫 인사를 드리는 예비 며느리 같았다.

"만나는 여자 친구가 있었구먼."

"예. 얼마 되지 않았습니다."

"얼마 되지 않았는데 나한테까지 데리고 온 것 보면 꽤 진지하게 만나는 중이란 뜻일 테고……."

두 사람이 자리에 앉자 황 교수는 그 맞은편에 앉았다. 흰 서류 뭉치들이 가득한 책상 위. 그 서류들은 모두 주혁을 위해 황 교수가 준비한 것이었다.

"쉽진 않겠군. 자네의 마음도 얻고, 여자 친구의 마음도 얻어야 하니."

"부담을 드리려고 같이 온 건 아닙니다. 제가 결정하는 과정에 강주도 같이 있었음 해서……."

"그래, 본격적으로 두 사람을 설득하기 전에 제 소개를 먼저 합시다. 나는 자랑 같아서 내 소개 하는 것을 별로 좋아하지 않는데 오늘은 좀 해야겠구만."

황 교수는 제 명함을 내밀었다. 자신이 S병원 피부과 암 센터 장이라 말한 뒤 그는 강주의 표정을 살폈다. 강주는 단박에 모든 내용을 간파한 듯했다. 황 교수가 무엇을 설득할지, 그리고 주혁이 어떤 것을 결정해야 하는지.

"여기까지 연구 진행 사항이네."

누군가의 발표를 듣는 데 익숙한 황 교수가 두 사람 앞에서 발표를 한다는 것. 주혁을 정말로 필요하다 생각지 않았다면 절대 벌어질 수 없는 일이었다.

자신이 하고 있는 연구에 대해 간단히 설명한 후 그는 그 연구가 어떻게 진행되고 있는지까지 상세하게 말해 주었다. 주혁은 고개를 몇 번이나 끄덕였다. 자신이 관심 있어 하던 주제였고, 이를 황 교수도 알고 있었다.

"진료하고 연구를 같이하는 게 쉽진 않지만 그만큼 자네도 얻는 것이 많을 테지. 개인병원에서 많은 사람들을 치료하는 것도 의미 있는 일이지만 나는 사람은 제 그릇에 맞게 살아야 한다 생각하는 사람 중 한 명이고……."

황 교수는 빙긋 웃으며 두 사람을 바라봤다.

"그리고 자네는 내가 본 가장 큰 그릇이야."


"참 멋진 분 같아요."

황 교수를 보는 내내 강주는 신 교수를 떠올렸다. 자신에게 신 교수가 약사란 꿈을 짙게 만들어 주신 분인 것처럼 그에게도 황 교수가 그런 역할을 했을 것이라 그녀는 지레 짐작했다. 강주의 칭찬에 주혁은 동의를 표하며 고개를 끄덕였다.

"가장 큰 그릇……. 칭찬도 참 멋있게 하시고."

"응."

"선배가 교수님과 가까운 곳에 있었으면 좋겠어요. 곁에서 많은 걸 배울 수 있다면 좋을 것 같아요."

강주는 주혁이 자신을 이곳에 왜 데리고 왔는지 알았다. 그의 결정에 힘을 실어 주어야 한다. 중요한 결정일수록 많은 사람들의 의견이 필요하다. 그리고 그에게 가장 중요한 의견이 바로 강주 자신의 의견일 것이었다.

그녀는 황 교수를 만난 순간, 그리고 황 교수가 주혁을 원한다는 것을 알아챈 순간 자신이 어떤 위치에서 어떤 역할로 서 있어야 할지 바로 알아챘다.

"선배는 어때요?"

질문하며 강주는 주혁의 팔짱을 꼈다. 자신의 바로 왼쪽 아래에서 물어 오는 강주를 바라보며 주혁은 잠시 말을 잃었다. 네? 강주가 되묻지 않았다면 그는 한동안 멍하니 그녀를 바라보고 있었을지도 모르겠다. 그의 대답을 기다리며 강주가 인형처럼 눈을 깜박였다.

"우선 머리 좀 식히자."

그는 병원 비상계단으로 그녀를 끌고 들어갔다. 6F라고 쓰여 있는 벽 아래에 강주를 가둬 두고 사자가 먹이를 앞에 두고 지을 법한 미소를 지었다. 그가 식혀야 할 것은 머리가 아니라 뜨겁게 들끓는 피였다.

둥둥둥, 제 심장이 두근거리는 것이 느껴졌다. 여태껏 그의 팔

351

을 붙잡고 있던 강주는 모든 것을 체념한 초식동물처럼 눈을 꾹 감았다.

차가운 벽의 감촉이 등 전체에 느껴졌다. 따뜻하게 불어올 그의 숨결을 기다리는데 그에게선 아무런 움직임이 없었다. 그녀는 살짝 오른쪽 눈을 떴다. 반쯤 뜬 눈으로 그를 바라보니 그는 달콤한 시선으로 그녀를 내려 보고 있었다.

정확히 무엇이 어떻게 부끄러운 것인지 설명할 순 없지만 그의 눈을 마주하자 강주는 얼굴이 화륵— 불타오르는 것을 느꼈다. 얼른 눈을 뜨고 마치 아무것도 안 한 양 연기를 했다. 괜히 큼, 큼 목을 가다듬고 후 숨을 내쉬고 제 목을 손으로 매만졌다.

"왜 그래?"

"크, 큼. 뭐가요?"

강주를 가둬 두었던 팔을 거두고 그는 제 목을 죄고 있던 와이셔츠의 단추를 풀었다.

"다시 해 봐."

"네?"

"예쁘게 기다리는 거."

그의 말을 분명히 들었는데도 그의 의도대로 강주는 움직일 수 없었다. 기다리라 해 놓고 그가 먼저 움직였다. 방금 전 황 교수 앞에서 진지한 태도로 연구에 대해 질문하고 답을 듣던 주혁은 사라졌다. 자신의 여자에게 입을 맞추는 남성만 남았을 뿐.

짐승이 낼 법한 낮은 그르렁거리는 소리가 그의 목 저 안쪽에서 흘러나왔다. 그 낮은 소리는 맞닿은 무언가를 타고 그대로 강주에게 전해졌다. 양손으로 강주의 얼굴을 세게 감싸며 그는 입을 맞췄다. 그리고 더욱더 깊은 곳을 향해 갔다.

거친 그를 버거워하던 강주는 살짝 그의 허리를 감싸 안았다. 스킨십 앞에서 항상 부끄러워하는 강주의 유일한 표현이었다. 부드럽게. 금방 그녀의 뜻을 알아채고 그는 깨지면 안 되는 유리 그릇 대하듯 살짝 그녀의 입술을 물었다.

가늘게 터지는 숨소리에 덧붙여 입술과 입술이 부딪히며 내는 소리가 두 사람의 귀를 간질였다. 그 소리는 어떤 살이 맞닿은 소리보다 커다란 울림을 일으켰다.

그의 입술엔 묘한 힘이 있었다. 그 힘에 강주는 온몸에 힘이 빠지고 있었다. 그가 자신의 얼굴을 감싸고 있지 않았다면 그녀는 그대로 풀썩 주저앉아 숨을 정리했을 것이다. 야릇한 소리까지 덧붙여지니 그녀는 금방 한계에 다다랐다.

귀를 막고 싶었다. 자신과 주혁이 함께 만들어 내는 소리, 그 소리를 피하기 위해.

더 이상 버틸 수 없단 생각에 강주는 살짝 고개를 틀었다. 그 바람에 주혁의 입술이 비틀어졌다. 그녀의 입술을 잃은 그는 으스러질 듯 자신의 입술을 깨물었다.

"하아……."

1층에서 6층까지 달려온 사람처럼 거친 숨을 강주가 내뿜었다. 두 무릎을 붙잡고 헥헥거리자 주혁은 입맛을 다시던 것을 멈추고 살짝 몸을 숙여 그녀와 눈을 맞췄다.

"폐활량 좀 늘려, 이강주."

갑작스러운 키스로 멈추었던 이야기가 차에 올라타서야 다시 이어졌다. 주혁은 자신의 생각을 이야기했다. 그러기 위해선 그가 개원하기 전까지 자신이 한 행동을 그녀에게 말해야 했다. 남들에게 잘 내비치지 않은 속내였지만 그는 거침없이 그녀에게 보였다.

"남들이 보면 그냥 집 나오고 병원 하나 차렸다, 간단하게 보였겠지만 우리 집에선 그게 아니었지. 부모님 입장에선 처음으로 자식이 본인들 뜻을 어긴 거고, 이젠 앞으로도 부모님 뜻대로 움직이지 않겠다 선언한 거나 다름없었으니까."

"……."

"그 뒤로도 집은 종종 찾아가. 나는 가족들이랑 연을 끊으려는 목적이 아니라 그냥, 그냥……. 내 존재 자체를 인정받고 싶었어.

남성욱 아들이니까, 남승혁 동생이니까, 뭐 이런 거 말고, 그냥 남주혁으로."

그의 이야기는 들을수록 멀게 느껴졌다. 책이나 잡지, 드라마에서나 볼 법한 이야기. 평범한 가정에서 평범하게 살아온 강주가 듣기엔 참 현실감이 없는 이야기였다.

"그래서 고민되는 거야. 단순히 황 교수님 밑으로 들어가는 것으로 끝나지 않을까 봐. 또다시 부모님 영향 아래서 남성욱 아들로 살게 될까 봐."

주혁이 알고 있는 강주의 장점 중 하나는 상대의 이야기를 항상 경청한다는 것이었다. 가만히 작은 소리도 없이 그의 이야기를 들으며 그녀는 그를 다그치지도, 그에게 어떤 질문도 하지 않았다. 주혁이 모든 이야기를 스스로 꺼내 놓길 가만히 기다려 주었다.

그가 말을 끝마치자 그제야 강주는 낮게 소리를 내었다. 아…….

"어렵네요."

"쉽진 않지."

"만약 나라면요, 선배. 제가 만약 선배였다면…… 전……. 음……. 우선 부모님을 뵈러 갈 것 같아요. 그리고 말씀드리고 싶어요. 선배가 방금 저한테 했던 이야기, 그대로."

"말해 봤자……."

"선배. 해 봤자라는 말 지금 하면 안 돼요. 아마 선배가 눈치채지 못할 만큼 작은 변화라도 생길 거예요."

주혁의 말을 끊고 꽤나 힘 있는 어투로 강주가 말했다. 눈에 힘까지 빡 주며 말하는 통에 주혁은 무슨 말을 덧붙이려다 그냥 입을 닫았다.


다음 날 아침. 강주는 일어나자마자 그에게 전화해 물었다. 오늘도 죽 먹을 거예요? 아직 채 깨어나지 못해 어눌한 목소리로 하는 질문에 주혁은 아니라 답했다. 잠을 씻어 내기 위해 화장실로 걸어가며 강주는 또다시 물었다. 그럼 어떻게 할래요?

"그 카페 앞에서 봐."

그리고 얼마 지나지 않아 강주가 수웅의 카페 앞에 도착했을 때 그녀는 잔뜩 힘을 주고 나온 주혁을 볼 수 있었다. 헤어 제품을 발라 깔끔히 넘긴 머리, 강주가 좋아하는 푸른색 셔츠에 남색 면바지를 입은 주혁은 먼발치에서도 한 번에 알아볼 수 있었다.

콩콩콩 뛰어가 그의 팔을 붙잡자 그 손을 더 끌어당겨 강주가 제 몸으로 바짝 붙게 만들었다.

"준비됐어?"

"네? 무슨 준비요?"

"난 준비됐어."

자기 혼자 묻고 답할 거면 왜 질문을 하지? 고개를 갸웃거리며 강주는 그와 팔짱을 낀 채 카페 안으로 들어갔다. 아침부터 찰싹 달라붙어 들어오는 커플을 아르바이트생이 곱게 볼 리 없었다. 선남선녀네. 조용히 속으로 중얼거리다 두 사람이 계산대 앞에 서자 억지로 밝은 웃음을 지었다.

"주문하시겠습니까?"

"네. 아, 그런데 사장님은 아직……."

"아, 지금 뒤에서 빵 굽고 계세요. 저희 카페는 사장님께서 직접 모든 빵과 쿠키를 구우시거든요. 여기 앞에 보시면 베이글, 샌드위치, 치아바타……. 다 저희 사장님께서 구우시는 거예요."

누가 입력이라도 해 놓은 듯 줄줄 설명하는 아르바이트생 앞에서 주혁은 연신 수웅이 있다는 뒤쪽을 살폈다. 나와야 하는데, 아, 지금 우릴 봐야 하는데.

"저는 따뜻한 아메리카노 한 잔이요. 디카페인으로요."

"너 커피 안 마시잖아."

"전에 수웅 씨가……."

"카페 사장."

그는 즉각적으로 강주의 말을 고쳤다. 이미 입에 붙은 호칭이었다. 뒤늦게 카페 사장이라는 삭막한 호칭을 쓰는 것은 왠지 수웅에게 미안했다. 그녀는 호칭을 생략하고 말을 이었다.

"디카페인 커피 마셔 보라고 주셨는데 되게 괜찮더라고요."

내 뒤에서 그런 짓도 했었군. 주혁은 미간을 찌푸리며 강주를 한 번 노려봤다. 잘못을 한 사람은 이쪽이 아니란 것을 알면서도 확 짜증이 이는 것은 막을 수 없었다.

"선배는요?"

"저는 따뜻한 아메리카노 한 잔이요. 샷 추가해 주세요."

"네. 또 뭐 더 필요하신 건 없으세요?"

"여기 샌드위치 맛있어요. 우리 샌드위치……."

신나서 이야기를 하던 강주는 주혁의 표정을 보자 입을 멈출 수밖에 없었다. 진지하고 무서운 그의 표정에 강주는 아르바이트생에게 말했다. 네, 그냥 그렇게만 주세요…….

테이블에 앉아서 커피가 나오기를 기다리는 내내 주혁은 계속 카운터 뒤만 바라봤다. 카페 사장이면 커피를 내려야지 왜 거기 안에서 빵을 굽고 있는 거야, 대체…… 답답한 마음에 그냥 그를 불러낼까도 싶었지만 그는 조금 더 기다리기로 했다.

"선배, 진짜 빈속에 커피만 마셔도 괜찮아요? 베이글이라도……"

"괜찮아. 너는 여기서 커피 마시지 말고 약국 가서 뭐 다른 거랑 같이 마셔."

"에? 왜요?"

"속 버려."

내 속만 속인가, 강주가 대꾸하는 새에 수웅이 등장했다. 주혁은 하마터면 자리에서 일어나 그를 맞이할 뻔했다. 기다리던 수웅의 얼굴이 보이자 주혁은 활짝 웃으며 강주의 어깨에 턱하니 팔을 올렸다.

"이강주, 너 오늘따라 되게 예쁘다."

"뭐예요. 갑자기."

"뭐, 매일 예쁘지만 오늘따라 더 예쁘네."

주혁은 강주의 볼을 살짝 만졌다. 이 남자가 갑자기 왜 이래. 안 하던 짓을 하고. 강주가 살짝 몸을 뒤쪽으로 빼자 곧바로 그가 다시 그녀를 끌어당겼다.

"엇! 여보세요, 오늘 정말 왜 이래요?"

그는 남들 앞에서 민망한 짓은 잘 하지 않았다. 공공장소에서 스킨십은 늘 자제해 왔던 주혁이었다. 그런데 탁 트인 카페, 그 중심에 떡하니 앉아 어깨동무에 능글맞은 대사까지 하니 강주는 고개를 갸웃거릴 수밖에 없었다.

"여보? 하! 하! 하! 그 호칭 좋다. 앞으로 선배 말고 여보라고
해 봐, 강주야."

일부러 강주의 이름을 크게 불렀다. 어색한 웃음소리와 강주라
는 이름에 수웅이 카운터에서 목을 쭉 빼고 두 사람을 바라봤다.
황당함에 말을 잃은 강주를 가운데에 두고 두 남자의 시선이 마
주쳤다.

"그럼 나는 뭐라고 불러야 하나. 여자 친구? 애인? 자기? 아,
자기는 좀 그렇다."

"선배, 뭐…… 잘못…… 먹었어요?"

"선배라니. 남자 친구한테. 우리 이제 사귄 지도 거의 백 일이
다 되어 가는데."

수웅이 고개를 푹 떨구는 것을 주혁은 봤다. 그가 안쓰러웠지
만 어쩔 수 없었다. 강주는 제 것이었다. 그녀 앞에서 그는 어떤
동정도 누군가에게 줄 수 없었다.

드르륵……드르륵……. 커피가 나왔음을 알리며 진동 벨이 울
리자 주혁이 팔을 거두고 자리에서 일어났다. 당당한 걸음새였다.
터벅터벅 카운터 앞으로 가서 그는 수웅이 내미는 커피를 받아
들었다.

"맛……있게 드세요."

"예, 감사합니다."

수웅은 다시 조리실로 들어가 버렸다. 그리고 주혁은 그녀의
손을 잡고 당당히 카페 밖으로 걸어 나왔다.

"방금 진짜 이상했던 거 알아요? 하. 하. 하. 그 웃음소리는 뭐
예요? 어색한 웃음소리."

"있어, 그런 게."

"뭐가 있는데요?"

"나중에 알려 줄게."

나중. 좀 더 확실히 강주가 제 여자가 되었을 때. 세상 모든 사람이 강주가 자신의 여자임을 알게 되었을 때 그때쯤에나 이 이야기를 해 줘야겠다, 그는 혼자 생각했다.

약국과 병원이 있는 건물은 횡단보도 건너편에 있었다. 자꾸만 고개를 갸웃거리는 강주가 귀여워 주혁은 그녀의 머리를 한 번 쓰다듬고 다시 손을 잡았다.

"주혁아!"

초록불이 아직 깜박였다. 횡단보도를 다 건너자 병원 앞에서 두 남녀가 주혁과 강주를 향해 걸어왔다. 중년의 부부. 기품이 흐르는 두 사람의 분위기. 주혁과 닮은 남자의 이목구비. 강주는 쥐고 있던 커피를 놓쳐 버렸다.

"웃!"

"괜찮아?"

"아, 괜찮아요."

다행히 커피는 바닥으로 곧장 떨어졌다. 몇 방울이 신발과 바지 위로 튀었지만 화상을 입는 무서운 일은 벌어지지 않았다. 주혁이 허리를 숙여 강주의 바지를 털었다. 그러면서도 쥐고 있는 그녀의 손은 놓지 않았다.

"이러지 않아도……."

"괜찮은 거 맞아? 한번 보자."

"괜찮아요. 하나도 안 튀었어요. 그보다……."

강주는 주혁의 손을 끌어당겼다. 제 앞에 있는 그의 부모님의 시선이 따가웠다. 난생처음 보는 아들의 모습에 얼이 빠진 두 사람이 강주를 멍하니 보고 있었다.

"아, 우리 부모님이셔."

"안, 안녕…… 아니, 처음 뵙겠습니다. 이강주라고 합니다."

주혁이 꼭 잡고 있는 손을 뿌리치고 강주는 두 손을 모아 공손히 인사했다. 인사를 하기 위해 고개를 푹 숙이니 제 왼쪽 가슴에서 쿵쾅거리는 소리가 들렸다. 침을 꼴딱 삼키고 고개를 든 그녀는 자신을 찬찬히 살피는 시선을 피해 고개를 푹 숙였다.

"어쩐 일이세요?"

"병원으로 올라갔더니 네가 아직 출근 전이라 하기에…… 여기서 기다리고 있었지……. 요새 통 전화도 안 받고 집에도 안 오기에 한번 와 봤어."

어제 주혁의 이야기를 들을 때 상상했던 부모님의 모습과 실제 그의 부모님의 모습은 달랐다. 전형적인 한국인 어머니상인 그의 어머니는 나긋한 목소리로 그에게 설명했다.

"아침부터 와서 많이 놀랐지? 진료시간에 오면 너랑 얘기도 못 나누고 갈까 봐 일부러 일찍 왔다. 너희 아버지도 예전부터 네 병원 한번 보고 싶어 했어. 나도 그렇고. 너 오기 전 잠깐 둘러봤는데 잘 해 놨더라."

"……."

"아, 내 정신 좀 봐. 강주 씨라고 했죠? 강주 씬…… 우리 주혁이랑……."

"사귀는 사이입니다."

그녀를 향한 질문을 가로채 주혁이 답했다. 강주는 입술을 꾹 깨물었다. 분명 조용하고 다정한 목소리였지만 혼나는 기분이 들었다. 해서는 안 될 일을 한 것 같은 죄책감에 강주는 숙이고 있던 고개를 더 푹 숙였다.

"아…… 많이 놀랐겠네, 우리가 불쑥 이렇게 찾아와서. 만나서 반가워요, 나는 주혁이 엄마 되는 사람이에요."

그의 어머니가 손을 내밀었다. 잠깐 멈칫하다 강주는 공손히 손을 내밀어 그녀와 악수를 했다. 강주는 용기를 내어 그의 어머니와 눈을 살짝 맞추고는 다시 고개를 푹 숙였다.

"뭐 죄지었어? 고개 들어."

"아니, 그게……."

"정말 단순히 제가 보고 싶고 제 병원이 궁금해서 오신 것 같진 않은데…… 무슨 일이세요?"

아니, 주혁아, 우린…… 대답을 하려는 그의 어머니의 말을 성욱이 막았다.

"황 교수한테 얘기 들었다."

"아……."

주혁이 시리게 웃었다. 개원을 하고 몇 달이 지나는 동안 찾지 않은 그의 병원을 이렇게 갑작스럽게 찾아온 데에는 다 그만한 이유가 있을 것이라 생각했다. 잠시 품었던 기대를 털어 버리고 그는 잔뜩 얼어 있는 강주의 손을 잡아끌었다.

"약국 열어, 늦겠다."

"아, 저, 저는 약국 문 열 시간이 돼서요……. 죄송합니다. 먼저 들어가 보겠습니다."

그 말을 하면서 강주는 몇 번이나 고개를 숙였다. 이럴 필요까지 없다는 것을 잘 알면서도 이상하게 두 사람 앞에선 자꾸만 굽실거리게 되었다. 약국 셔터를 올린 강주는 도망치듯 약국 안으로 들어가 버렸다.

"집에 안 들어오고 뭐하고 사나 했더니…… 혼자 잘 살고 있었구나."

성욱의 말에 주혁은 아무런 대꾸도 하지 않았다. 어머니가 그 사이에서 안절부절못하며 두 남자의 얼굴을 번갈아 봤다. 여보, 말을 좀 예쁘게 해요…… 몇 십 년째 계속되는 부탁이었다.

"저 혼자 잘 살려고 나온 거니까요."

"주혁아. 너도 아버지께 좀…… 공손히 말하면 안 되겠니?"

"내버려 둬. 저놈 저러는 것엔 아주 익숙하니까."

강주가 떠난 지 얼마 되지 않았는데도 그는 숨이 막힐 것 같았다. 집에서 느꼈던 그 갑갑함이 다시 찾아왔다.

"황 교수가 널 기다리고 있다던데 넌 뭘 꾸물거리고 있는 거야. 너한테 다시 또 그런 기회가……."

"여보, 제발……! 당신 여기 싸우러 온 거 아니잖아요."

"크흠……. 저 여자애 때문이야? 계속 여기 있겠다 고집하는 이유가."

참 아버지다운 생각이다. 고작 생각해 낸 것이 그 이유라니. 주혁은 다시 또 피식 웃음을 흘렸다.

"뭔가 오해를 하시는 것 같은데……."

"주혁아."

"제가 집을 나오고 병원을 나온 건 남성욱의 둘째 아들, 남승혁 동생의 그림자 아래에서 살기 싫어서예요."

강주가 말한 것은 이런 것이 아니었겠지만 그는 처음으로 그의 부모님께 제 마음을 털어놓았다. 시린 미소, 공허한 눈, 단박에 말을 뱉어 내는 입술에서 그의 진심이 잔뜩 흘러나왔다. 아무런 결과도 얻지 못했지만 주혁은 이만하면 됐단 생각이 들었다. 자신의 마음을 전했다. 그래, 이 정도면 됐다. 이것만도 참 큰 발전이었다.

"주혁아……."

안쓰러운 목소리로 그의 어머니가 한 발 다가오자 주혁이 반 발 뒤로 물러났다. 여기서 더 무너지고 싶진 않았다. 주춤주춤 물러나며 그는 예의를 차려 인사했다.

"이만 올라가 보겠습니다. 조심히 들어가세요."

"주혁아!"

어머니가 애타게 부르는 소리가 들렸지만 주혁은 그대로 2층 사랑 피부과로 걸어 올라갔다. 발이 멈추는 순간 여태껏 다져 왔던 모든 것이 무너질 것 같았다. 계단을 오를수록 그는 발끝에 더욱 힘을 주었다.

#25. 어려운 것

점심시간. 강주는 꽉 닫혀 있는 진료실 문에 노크를 했다. 그는 아무런 인기척도 내지 않았다. 간호사들의 말에 의하면 그는 점심을 먹지 않겠다고 했다 한다. 식사를 거르고, 자신을 보러 오지도 않았으니 분명 아침의 일이 잘 해결되지 않았다는 뜻이다.

"들어갈게요."

승낙은 얻지 못했지만 그녀는 조용히 문을 열었다. 그리고 의자에 등을 기댄 채 텅 빈 눈을 하고 있는 주혁을 봤다.

"점심 안 먹어요?"

"생각 없어."

"무슨 밥을 생각으로 먹어요."

언젠가 그가 했던 것 같은 말을 똑같이 그에게 해 주고는 그녀는 환자용 의자를 끌어와 앉았다. 가만 주혁을 보니 그가 눈의

초점을 찾고 그녀를 바라봤다.

"너는."

"선배가 이렇게 있는…… 아니, 남자 친구가 이렇게 있는데 어떻게 밥을 먹어요."

그녀의 애교가 통했는지 그가 살짝 웃고는 고개를 숙였다. 주혁은 오늘 자신의 생각을 정리하는 데 힘썼다. 단단히 얽혀 있는 생각들을 풀어내고 또 풀어냈다. 집을 나오기 전 했던 것처럼 자신이 진정 원하는 것이 무엇인지 찾고 그것에 집중하려 노력했다.

그 생각들에 배고픔도 잊었다. 오늘 하루 멍하니 생각에 잠겨 있던 그는 마치 잘 빚어 놓은 밀랍인형 같았다. 강주를 보자 그 밀랍인형이 조금 생기를 찾았다. 무슨 말을 하기 전 망설이는 표정으로 입술 끝을 살짝 깨물더니 그는 고개를 들어 말했다.

"잘 안 풀렸어."

그랬구나, 강주는 따스함을 담아 말했다. 그들의 감정의 골을 그녀는 가늠할 수 없었지만 방금 전 만난 그의 아버지는 시린 사람이었다. 자신의 아들을 향해 따뜻한 눈길을 보내는 것을 치부로 여기는 사람처럼 주혁을 바라봤다. 그것이 그녀가 오늘 느낀 감정이었다.

힘없이 책상 위에 내려놓은 그의 두 손을 강주가 꽉 잡았다. 그의 아버지로 인해 어쩐지 쌀쌀한 분위기를 풍기는 주혁에게 온기를 전해 주고 싶었다.

"말했어."

"잘했어요. 처음이 가장 어렵고, 가장 중요하다잖아요."

짧은 대화가 끝이 나고, 강주는 조용히 자리에서 일어났다. 갈 거야? 아쉬운 목소리로 묻는 주혁에게 고개를 끄덕이고 나왔다. 주혁에겐 시간이 필요한 듯 보였다. 그리고 강주에게도 시간이 필요했다.

그가 그렇게 가족에게 처음으로 속마음을 내비친 그 날 오후, 결국 주혁은 몸이 좋지 않다 말했다. 아마 하루 종일 많은 생각들을 했기 때문이리라.

강주는 자신은 신경 쓰지 말고 그에게 들어가 쉬라 이야기하곤 혼자 남아 약국을 정리했다. 오늘 들어온 약들을 거의 다 정리했을 때 종소리와 함께 문이 열렸다. 인혜였다.

"이젠 놀라지도 않네?"

"워낙 놀랄 일들이 요즘 많아서."

강주는 숙이고 있던 허리를 쭉 펴고 인혜를 바라봤다. 쓰고 있던 선글라스를 벗어 핸드백에 넣고 그녀는 손님용 소파에 앉아 다리를 꼬았다. 당당하게 자리를 꿰차곤 고개를 쳐들고 자신을 바라보는 인혜에게서 무어라 설명할 수 없는 기운이 느껴졌다.

"나 회사 때려치웠어."

"뭐?"

"내가 다니고 싶어서 다닌 회사도 아니었어. 그냥 너 따라 들어간 거야. 뭔가 좋아 보여서."

자신이 회사를 나오고 곧이어 인혜가 자신의 자리로 들어갔단 이야기를 들었다. 우연의 일치라 생각했던 것이 인혜의 고작 그런 이유였다 생각하니 갑자기 소름이 쫙 끼쳤다.

"이제야 놀란 표정을 좀 짓네."

"나는 진짜 네가 이해가 안 된다, 정인혜."

"나도 그래."

후, 숨을 내뱉은 인혜는 짧게 자른 머리를 한 손으로 넘겼다. 주혁을 잊기로 결심하고 그녀는 먼저 심리상담센터에서 상담을 받았다. 제 스스로 생각해도 이해하지 못할 집착이었다. 마치 기억력이 3초인 사람마냥 끊임없이 주혁에게 달려가는 자신을 이제 바꾸고 싶었다. 카운슬러는 딱 잘라 그녀에게 말했다. 당신이 하는 것은 사랑이 아니다. 절대 사랑이 될 수 없다.

받아들였다. 그럴 수밖에 없었다. 이미 주혁은 자신에게 몇 번이나 거절의 의사를 밝혔으며 강주와 만나고 있었다. 이제 자신이 할 수 있는 것은 없었다.

며칠 멍하니 눈물만 흘렸던 그녀는 머리를 자르고, 회사에 사직서를 내고, 비행기 티켓을 끊었다. 주혁에게서 멀어질 필요가 있다, 생각하니 모든 일이 빠르게 진행되었다.

떠나겠단 결심을 먹고 나자 주변이 보였다. 주혁에게 모든 것을 내걸고 난 뒤의 자신의 모습. 아무것도 남지 않았다. 여행 다녀오겠다 말할 사람이 아무도 없었다. 그녀가 한국에 없는 동안 자신을 찾을 사람이 없었다.

"나 여행 가는데 뭐 사다 줄까?"

"뭐?"

"뭐…… 갖고 싶은 거 있어?"

약국에는 자신과 인혜뿐이었다. 자신이 한 말이 아니니 분명 인혜의 말이 분명한데도 강주는 놀라움을 금치 못했다. 결국 손가락으로 관자놀이 주변을 뱅뱅 돌리며 물었다. 너 미쳤니?

"원래 여행 가면 주변 사람들한테 선물 사다 주잖아. 나도 한 번 해 보고 싶어서."

"너 무슨 일 있었어?"

"없어. 그냥 사과의 의미로 뭐 하나 주고 싶은 거야. 내 죄책감이 사라졌으면 하는 마음으로."

죄책감이라. 그런 감정을 느끼지 못하는 것 같았던 그녀의 예전 모습이 떠올랐다. 멍하니 인혜를 바라보고 있자 그녀는 쑥스러운지 고개를 홱 돌려 버린다.

"됐어. 갖고 싶은 거 없으면 말아. 돈 굳고 좋지, 뭐."

"뭐야. 진짜야?"

"이미 늦었어."

"너…… 그거 물어보러 온 거야? 나한테 선물하고 싶어서?"

설마, 그럴 리 없단 눈으로 자신을 바라보는 강주를 못 본 척한 뒤 인혜는 자리에서 일어났다. 괜히 손을 탁탁 부딪쳐 털고 다시 가방에서 선글라스를 꺼냈다.

"짝사랑 그만두는 기념으로 나 오늘 유럽으로 떠나. 가족들한테 말하고 나니까 이제 더 이야기할 사람이 없더라고. 그래서 너한테라도 말하러 왔어. 기뻐하라고. 나 이제 같은 나라에 없으니까."

인혜에 대한 감정이 모두 사라진 것은 아니었다. 그녀는 아직 자신에게 상처를 준 가해자였고, 자신은 피해자였다. 당당히 말하는 말투는 여전했고, 그런 그녀의 태도는 여전히 이해가 가지 않았다. 그러나 마치 작별인사처럼 말을 하는 그녀에게 못되게 굴고 싶지는 않았다. 강주는 차분히 그녀에게로 다가갔다.

"잘 다녀와."

"……."

"나쁜 사람들 조심하고."

인혜는 아무 말 없이 선글라스를 꼈다. 무엇을 감추고 싶어서 그랬는지도 모르겠다. 강주 앞에서 자신의 지난 시간이 모두 허무하게 느껴져 버리는 것을 견딜 수 없었는지도. 패배감에 허우적거리던 자신의 몇 주 전 모습이 떠올랐다. 대충 인사를 마치고 그녀는 들어왔을 때완 반대로 뭐에 쫓기는 사람처럼 약국을 나갔다.

♡　　　♥　　　♡

새로운 날의 시작. 두통약을 찾는 첫 손님을 맞이한 후 강주는 의자에 앉아서 인터넷 검색창을 켰다. 그의 부모님과 주혁과의 관계 회복을 위해 여러 단어들을 검색했다. 학술적 용어들이 주르륵 나오고 부모가 가져야 할 태도, 자식이 가져야 할 태도들에 대해 설명하는 글들이 있었다.

집중해 읽느라 누군가가 들어온지도 몰랐다. 계산대를 노크하는 소리에 강주가 고개를 들자, 그녀 앞에 있는 사람이 부드러운 미소를 지었다.

"뭘 그렇게 열심히 봐요?"

"아, 잠깐 찾아봐야 할 게 있어서."

"많이 바쁘세요?"

오랜만에 만난 수웅 앞에서 그녀는 약간 미안한 감정이 들었다. 의도적으로 그의 카페를 멀리했다. 주혁이 가지 말라 하니 그녀는 그럴 수밖에 없었다. 별다른 이유를 말하진 않았지만 요새 부모님과 진로문제로 힘겨워하는 그에게 괜한 스트레스를 주고 싶지 않아 그녀는 그의 카페로 가는 발걸음을 자제했다.

"아뇨. 괜찮아요. 뭐 필요한 거 있으세요?"

"음……. 남자 친구한테 뭐 들은 거 없어요?"

"뭐…… 없는데……."

강주는 잠시 뒷목을 긁적였다. 그의 입에서 나온 '남자 친구'라는 단어를 자연스럽게 받아들였다. 주혁을 남자 친구라 칭해지는 것이 익숙해졌나 보다. 주혁이 수웅에 대해 뭐라 얘기한 것이 있었던가…….

"남자 친구 맞았구나……."

수웅은 고개를 푹 숙이고 뒷걸음으로 환자용 의자에 털썩 앉았다. 에? 그제야 강주는 자신이 방금 뱉은 짧은 말이 남자 친구의 존재를 인정한다는 것임을 알아차렸다. 남자 친구가 있다. 그리고 그 사람은…….

"사랑 피부과 원장님, 맞죠?"

"……네에……."

숨길 필요가 없어서 그녀는 대뜸 인정했다. 고개까지 끄덕이며 답해 주니 수웅은 더욱 슬픈 표정을 지었다. 내가 뭔 짓을 한 거야……. 조용히 읊조리는 소리에 강주가 '뭐라구요?' 하고 묻자 그는 모든 것을 체념한 목소리로 말했다.

"저번에 피부과 갔을 때……. 의사 선생님한테 고백했어요."

"네? 고백요?"

어머, 수웅 씨……. 입을 떡 벌리고 있던 강주는 황급히 손으로 제 입을 가렸다. 그래, 그럴, 그럴 수도 있지, 뭐……. 사람이 사람을 좋아하는 것인데, 뭐어…….

"아, 아니! 그런 게 아니라……. 강주 씨를 좋아한다고 의사 선생님께 말했거든요."

"네?"

확실히 수웅의 성 정체성에 관한 이전의 말이 덜 충격적이었다. 수웅이 자신을 좋아하고, 그리고 그것을 주혁에게 말했다. 이쪽이 강주에겐 더 충격적이었다.

"의도한 것은 아닌데 어쩌다 그렇게 되었어요. 그땐 강주 씨가 원장님이랑 사귀는지 몰랐으니까……."

"아, 아……. 아……그래요, 그래."

"너무 바보 같은 고백이지만 이렇게라도 말해야 할 것 같아서요. 어떻게든 제 입으로 전해야 마음 정리도 잘 될 것 같고……."

그래요, 그래, 그렇죠……. 그녀의 말엔 음의 높낮이라곤 없었다. 충격에 휩싸여 미지근한 목소리로 그녀는 의미 없는 호응을 계속했다.

"처음 두 분이서 사귀는 거 알았을 땐 저도 꽤 충격을 받아 어떻게 해야 할지 몰랐는데……. 그래도 이게 맞는 것 같아요. 제 입으로 한 번 더 고백하고, 깔끔하게 차이고 잊는 것이……."

"아……. 그죠……."

"그러니까 제대로 한 번 차 줄래요?"

수웅의 부탁에 강주는 곤란한 표정을 지었다. 몇 번, 아니, 몇 십 번 누군가에게 거절의 말을 해 왔던 그녀였지만 그 일이 한 번도 쉬웠던 적은 없었다. 미안한 표정을 연신 짓는 그녀에게 수웅은 괜찮다며 웃었다.

"미안해요, 수웅 씨. 저한텐 소중한 사람이 있어요."


병원 문을 닫을 시간에 맞추어 강주는 피부과로 올라갔다. 요새 도통 얼굴을 잘 비치지 않는 그에게 어떤 식으로 복수할 것인지는 이미 계획을 끝낸 상태였다. 실행에 옮기기만 하면 된다. 부디 성공하길.

"선배, 저 강주예요."

"어."

그의 대답이 곧 허락이었다. 문을 열고 들어서니 그는 모니터 화면을 뚫어져라 보고 있었다.

타닥, 타다닥. 키보드를 치는 그의 손이 빨라졌다. 마음이 급한 탓이다. 일을 빨리 마무리 짓고 그녀와 함께 데이트를 할 것이다. 최대한 그녀에게 신경을 쏟지 않으며 그는 일에 집중했다. 살짝 인상을 찌푸린 채 일에 빠져 있는 그에게 불쑥 강주가 말을 던졌다.

"선배."

어, 무심한 목소리로 그가 대답했다. 평소엔 잘 끼지 않던 안경까지 찾아 쓴 그는 짧게 그녀를 바라보고 다시 키보드를 두드렸다. 눈부시게 흰 가운 아래에는 회색 니트가 있었다. 그리고 그 니트 아래에는 그의 길쭉한 손이 열심히 일을 하는 중이었다. 그가 걷어 올린 팔과 손목엔 힘줄이 솟아 있었다.

"선배 일하는 모습 섹시한 거 알고 있어요?"

아아……. 그는 그대로 키보드에 얼굴을 파묻었다. 매번 이런 식이다. 이강주는. 주혁은 입술을 깨문 채 그 틈으로 말했다.

"강주야, 나 이것만 끝내자……."

어린아이를 달래는 어투로 그가 말했다. 말끝엔 한숨이 섞여 있었다. '제발'이라는 단어가 붙는 것이 어울릴 것 같은 목소리와 표정. 그러나 그의 간곡한 부탁의 말에도 불구하고 강주는 천천히 주혁에게 다가와 그의 책상에 앉았다.

"그럼 선배 일 끝내는 동안 전 약국 앞 카페 가 있어도 돼요?"

"……뭐?"

"수웅 씨 카페에 있어도 돼요?"

이건 분명 무언갈 아는 거다. 그는 서둘러 저장 버튼을 누르고 그녀를 바라봤다. 끼고 있던 안경을 벗고 그는 눈빛으로 말했다. 뭐야, 말해.

"오늘 수웅 씨 다녀갔어요. 그리고……."

"고백했어?"

"네. 제가 듣기 전에 이미 다른 사람이 들은 것 같지만."

천진난만한 얼굴로 이야기하는 강주가 그는 맘에 들지 않았다. 웃음기를 싹 뺀 얼굴로 그는 강주의 팔을 잡아 그녀가 자신 쪽으로 상체를 숙이도록 만들었다.

"그놈이 한 말 잊어."

"왜요? 난 오랜만에 고백받아서 조금 설레었……."

"혼난다."

이번엔 그녀의 뒷목이었다. 그의 얼굴 가까이로 강주의 얼굴을 당긴 채 그가 무서운 표정을 지었다. 잊으라 한다 해서 잊힐 것 같진 않지만 그녀는 그냥 고개를 두어 번 잘게 끄덕였다. 살짝 두려워하는 그녀의 마음을 읽었음에도 불구하고 그는 강주를 잡아당기는 손을 풀지 않았다.

"키스 안 돼요."

"왜?"

"선배 일 다 해결될 때까진 안 돼요."

그런 게 어디 있어. 주혁이 말하는데 강주는 그의 손을 떼어놓고 뒤로 한 발 물러났다.

"그냥 이렇게 어영부영 넘어가는 건 안 돼요. 이제 첫발 내밀었잖아요. 어떤 결과가 나올지 몰라도 부딪혀 봐야죠."

"그거랑 키스가 대체 무슨……."

"여튼 안 돼요. 손잡는 것도 안 돼요. 부모님이랑 일 마무리 지을 때까진."

강주는 생각보다 치밀했다. 데이트 내내 그의 앞에서 주혁을 안달 나게 만들었다. 몸이 달아 있는 그 앞에서 뭐가 그리 즐거운지 예쁜 눈웃음을 계속해서 지었다. 쫑알쫑알 떠들다 그가 손을 뻗으면 미모사처럼 몸을 움츠렸다. 안 돼요, 하면서.

그는 일부러 앞에 있는 스테이크를 반 넘게 남겼다. 주혁 나름 대로의 투정이었다. 포크와 나이프를 소리 나게 내려놓고 팔짱을 낀 채 강주를 바라봤다.

"안 먹어요?"

"입맛 없어."

"그래요?"

평소라면 아주 걱정스러운 표정을 지은 채 안절부절못해야 하는 것이 정상이었다. 그러나 그녀는 조금도 아랑곳하지 않았다.

"그럼 제가 먹을게요."

몰래 그녀의 손을 잡으려다 찰싹 소리가 나게 손등을 얻어맞은 주혁은 계속 한숨을 내뿜었다. 같이 저녁을 먹고 카페에서 이야기를 나누는 내내 그녀는 조금의 틈도 보이지 않았다. 병원에서 그녀의 말을 들었을 때만 해도 그저 귀엽게 들렸던 그 이야기는 이젠 그에게 저주처럼 들렸다.

강주의 집 앞에서 차를 세워 두고 그는 꾹 눌러 참던 소리를 꺼냈다.

"이강주, 아버지랑 나는……."

"아직 아무것도 안 해 봤잖아요. 며칠 전에 선배가 속마음 이야기한 게 처음이었잖아요."

그렇다고 이건 너무…….

"가혹하잖아. 손은 잡게 해 줘."

그는 애원하듯 말했다. 그러면서 그녀 앞으로 손을 뻗었다. 간절함이 담긴 그의 손을 흘긋 바라보더니 그녀는 똑 부러진 표정과 말투로 말했다. 안. 돼. 요.


강주를 그렇게 보내고 나서 주혁은 제집에서 맥주 한 캔을 따서 마셨다. 그도 알고 있었다. 부모님께 그렇게 말을 한 이상 어떻게든 일의 매듭을 지어야 함을.

그렇지만 어떻게든 피하고 싶었다. 미룰 수 있다면 최대한 미루고 싶었다. 그러나 강주가 이렇게 나온다면 말이 달라진다.

어떻게 해결해야 할까. 어디서부터 시작해야 할까. 취기와 함께 그의 고민이 깊어지는 밤이었다.

♡　　　♥　　　♡

그는 아침부터 강주의 약국을 찾았다. 혹시 어제 저녁과 조금 달라졌을까 하는 기대를 가지고.

"이거 네가 좋아하는 초콜릿."

"우와!"

초콜릿을 향해 강주가 손을 뻗자 주혁이 낼름 손을 뒤로 빼 버렸다. 허공에 붕 떠 버린 그녀의 손, 강주는 불쌍한 아이 같은 얼굴로 주혁을 바라봤다.

"어……어?"

"손."

주혁은 초콜릿이 아닌 제 손을 내밀었다. 네가 나와 손을 잡아 주면 이걸 줄게. 딱 그것이었다. 강주가 그에게 했던 것과 조금은 다르지만 어쨌든 두 사람이 느끼는 감정은 닮아 있었다.

"허! 안 먹어요."

"진짜?"

서운하단 표정을 금세 지우고 강주는 제 손목을 그에게 보였다. 뭐하는 거야. 궁금해하는 그에게 강주가 싱긋 웃었다.

"향수 바꿨는데 맡아 볼래요?"

"뭐?"

그의 앞으로 다가가서 그의 콧등을 손목으로 톡 쳤다. 어떤 향기도 맡을 새 없이 정신이 아득해진 그는 멍한 눈으로 그녀를 바라봤다.

"어때요? 좋아요?"

"몰라. 다시 한 번……."

"목 뒤에도 뿌렸는데……."

그녀가 나른한 표정으로 목을 살짝 꺾었다. 뛰는 놈 위에 나는 놈 있다더니 딱 그 짝이었다. 더 안달 난 쪽은 주혁이었다. 미친 사람처럼 그녀에게 달려들어 꽉 안아 버리고 싶었다. 바뀌었다는 그녀의 향기도 듬뿍 맡으면서.

"너 진짜……."

"아, 안 되지. 선배가 다 해결할 때까지는……."

주혁은 바지 주머니에서 휴대폰을 꺼냈다. 누르기 싫은 번호를 꾹꾹 누르며 주혁은 인상을 찌푸렸다.

"이강주. 이런 거 어디서 배운 거야."

뚜르르, 뚜르르……. 신호가 끝나고 상대의 목소리가 들렸다. 그 목소리가 들리는 순간 기다렸다는 듯 그는 강주에게 다가가 그녀의 손을 꽉 잡았다. 도망가지 못하게 손을 으스러질 듯 잡고 그는 힘겹게 말했다.

"주혁입니다. 오늘 좀 뵙고 싶습니다."


강주의 역할은 작지 않았다. 그는 부모님이 계시는 집으로 차를 몰면서도 몇 번이나 유턴을 하고 싶었다. 그 순간에 강주의 얼굴이 떠오르지 않았다면 그는 머뭇거림 없이 차를 돌렸을 것이다. 퇴근 후에 잠깐 만났을 때, 강주는 그의 손을 꼭 붙잡고 말했다. 잘 이야기해요, 선배 마음과 생각이 전해지도록. 그 당부가 자꾸만 속에서 울렸다.

차를 멈추고 집으로 들어가면서 그는 훅 하고 숨을 내쉬었다. 다른 사람들은 집에서 편안함을 느낀다고 하던데 그는 달랐다. 짓누르는 중압감, 답답함과 갑갑함. 집은 자신이 남주혁이 아닌 다른 사람이 되어 버리는 듯한 기분을 느끼게 했기에 늘 벗어나고 싶었던 곳이었다.

그 안에 발을 디뎠다. 오랜만이라며 반가워하는 어머니께 살짝 목례 후, 그는 소파에 앉아 TV를 보고 있는 그의 아버지 앞으로 갔다.

"저 왔습니다."

"크흠……."

"식사하셨어요?"

그의 말에 성욱이 소파에서 일어났다. 주혁과 함께 먹기 위해 미룬 저녁상이었다. 성욱이 식탁에 앉자, 어머니는 그 옆에 앉았다.

"너 온다고 기다리고 계셨다. 원래 밥때 놓치시면 안 되는 분인데도 계속 너 기다리고 계셨어."

"먼저 드시지 그러셨어요."

"오랜만에 아들 오는데 같이 저녁 한 끼 하고 싶으셨나 보지."

그의 어머니는 조금이라도 이 분위기가 부드러워지길 바랐다. 딱딱하고 팍팍한, 차가운 공기를 풀어 보려 여태껏 노력했지만 한 번도 성공한 적은 없었다. 성욱은 주혁에게 냉정했고 그런 냉정함이 주혁을 아버지로부터 멀어지게 만들었다. 걷잡을 수 없이 멀어진 두 사람의 관계에서 그녀는 중심을 잡으려 노력했지만 그 땐 이미 너무 늦은 상태였다.

"네가 원하는 남성욱 아들이 아닌 남주혁으로 사는 건 어떤 거냐."

처음이었다. 성욱이 그가 한 말을 귀담아듣고 또 궁금해하는 것이. 비록 그 내용이 서로의 상처를 들쑤시는 것이라 해도 처음은 항상 그것만의 특별한 의미를 갖는다.

주혁은 대답을 하기 전 물을 한 모금 마셨다. 밥 먹으며 하긴 좀 무거운 말이지만 어쨌든 해야 했다.

"아버지만큼 큰 야망이나 꿈, 전 없습니다. 형처럼 연구가 엄청 재밌지도 않고."

"……."

"그냥 저는 그런 인간이에요. 그러니까 아버지의 기준에 저를 맞추지도, 또 형이 하는 것만큼 제가 무언가를 이뤄 주길 바라지 않으셨음 합니다."

부모님의 기대. 그것이 주혁을 힘들게 만들었다. 둘째 아들이 맏아들만큼 해 줄 것이란 높은 기대. 그는 일부러 부모님의 기대를 실망으로 변하게 만들었다. 자신을 보는 사람들의 시선, 남주혁이라는 이름 앞에 붙는 가족들의 이름. 그것들이 지긋지긋해 일부러라도 더 엇나갔다. 실망한 부모를 보며 태연할 자식은 그 어디에도 없다. 그에게 부모님의 기대는 반드시 따라야 할 법이었으며, 실망한 그 표정은 곧 형벌이었다.

부모님들은 관심이라 부르는 자식을 향한 어떤 욕망으로부터 그는 자유롭고 싶어졌다. 주혁은 주절주절 자신의 생각을 말했다.

그동안 어떤 감정을 느꼈는지, 하고 싶은 일이 아닌 해야 하는 일을 하는 사람의 심정은 어떤지 모두 풀어 놓고 나니 어느새 국은 다 식어 있었다.

"황 교수님 밑으로 들어가고 싶습니다."

"어머!"

"근데 그게 두 분의 기대에 맞춰 주겠단 말은 아닙니다."

그래, 잘 생각했다. 어찌 되었든 아들이 좀 더 큰 병원에서 많은 일을 했으면 좋겠다라는 그의 어머니의 바람이 이루어졌다. 기특하다며 주혁의 어깨를 토닥거리는 아내 옆에서 성욱은 진지한 표정을 풀지 않고 있었다.

"그래. 나도 너한테 이제 그런 기대 없다."

차가운 목소리였지만 주혁이 들은 가장 따뜻한 말이었다. 본의 아니게 아들을 짓눌렀던 기대를 접어 주겠다 하신 것이다. 그것은 주혁이 그토록 원하던 일이었다.

네 뜻대로 살아라. 성욱이 자리에서 일어났다.

"네 얘기 듣고 나서 아버지도 생각 많이 하셨어. 고민이 많으신지 잠도 제대로 못 주무시고……."

"……."

"주혁아. 네 아버지도 이제 늙으셨다. 가만히 네 이야기를 들어 주시는 것을 보니까……. 예전 같았으면 벌써 숟가락 내려놓으시고 들어가셨을 텐데."

그녀는 둘째 아들이 마냥 안쓰러웠다. 한 번도 주혁의 편을 대놓고 들어준 적이 없었다. 성욱의 비위를 맞추려 그녀는 항상 주혁의 반대편에 서 있었다. 미안한 감정이 솟구쳐 올라 결국 그의 어머니는 눈물을 뚝뚝 흘렸다.

"네가, 주혁이…… 네가……. 얼마나 힘들었을까……. 누구하나 네 편 들어주는 사람 없이 이 차가운 집에서……."

"……."

"미안하다. 주혁아, 엄마가……미안해."

어머니의 눈물에 마음이 먹먹해지는 것을 느끼며 주혁은 눈을 꾹 감았다. 그 눈물의 의미를 잘 알고 있어서 더는 볼 수 없었다.

자신의 방 침대에 눕는 것은 꽤 오랜만의 일이었다. 물기를 채 닦지 않은 얼굴 위로 팔을 올리며 그는 방금 전 식탁에서 일어난 일들을 다시 떠올렸다. 제가 벌인 일이었지만 믿기지 않았다. 아버지께 마음을 모두 털어놓았고 남주혁으로 살겠다 공표했으며 그것을 그의 아버지가 받아들여 주었다.

"허……."

30년 넘게 짊어 온 짐이 고작 몇 십 분의 대화로 끝이 났다. 놀랄 만큼 간단한 그 일이 긴 세월을 돌고 돌아 끝이 났다.

팔뚝으로 가린 그의 눈에서 허탈함이 흘렀다. 이제 세상 밖을 나온 갓난아기 같은 울음소리를 그는 숨죽여 냈다.

침대에서 눈을 뜨자 보인 것은 그의 형 승혁이었다. 마치 사랑하는 연인을 보는 것처럼 주혁을 내려다보던 그는 주혁이 화들짝 놀라자 서운한 표정을 지었다.

"뭘 그렇게 놀라?"

"뭐야. 변태처럼."

"야, 변태라니! 형한테."

주혁은 이불을 발로 차고 승혁처럼 침대에 걸터앉았다. 간단히 스트레칭을 하는 주혁의 엉덩이를 그가 톡하고 건드렸다.

"아! 뭐야!"

"강주 씨냐?"

"뭐가!"

"다 들었어, 인마. 어제 들어왔는데 어머니가 거실에서 잠도 못 주무시고 울고 계시더라."

그의 어머니가 어떤 표정으로, 어떤 말투로 승혁에게 말을 전했는지가 그려졌다. 그는 괜히 더 아무 일도 아니라는 어투로 말했다. 갑자기 강주가 왜 나와.

"네가 하루아침에 이렇게 변한 거…… 강주 씨 덕분이냐 묻는 거다."

"음…… 뭐……."

"그래. 역시 사랑의 힘이 크구나. 내가 아무리 노력해도 안 되던 것이 이렇게 갑자기……. 아니다. 뭐 누가 도와줬든 잘 해결되는 것이 중요한 거니까."

승혁은 일부러 섭섭한 목소리를 내었다. 다 큰 아들 장가보내는 엄마마냥 서운하고 슬픈 목소리로 말하자 주혁은 자리에서 벌떡 일어났다.

"왜 아침부터 이상한 분위기 만들어. 닭살 돋게."

"기뻐서 하는 소리야, 그냥."

"……."

"강주 씨한테 꼭 전해라. 고맙다고."

아래층에서 형제를 부르는 목소리에 두 남자는 부엌으로 내려갔다. 안녕히 주무셨습니까. 예전처럼 같은 목소리로 인사를 하고 두 사람은 그의 부모님 맞은편에 자리를 잡았다.

"아, 승혁이 너는 주혁이 여자 친구 있는 기 알았어?"

"여자 친구 없었던 적이 있었나. 이리저리 통해 들은 여자만 해도……."

손가락 열 개를 승혁은 몇 번이고 접었다 폈다. 놀라는 그의 어머니 앞에서 주혁은 아무렇지 않게 국을 떠먹었다. 그건 성욱도 마찬가지였다.

"그렇게나 많이 만나는 동안 왜 나는 한 번도 몰랐지?"

"남주혁 특기예요. 조용히 여자 만나는 거."

"그럼 지금 만나는 여자도 조용히 만났다 조용……."

"그건 아닐걸요."

"강주는 다릅니다."

동시에 두 남자의 말이 튀어나왔다. 어머머머……. 놀라는 그녀 옆에서 조용히 식사를 하던 성욱이 입을 열었다.

"그래, 어떻게 다른데?"

주혁에게 던진 질문을 승혁이 받아 답했다.

"우선 어마어마하게 예뻐요. 지금 미스코리아 나가도 20대 애들 다 이길 것같이 예뻐요. 성격도 좋고. 예쁘면 성격이 별로란 말이 있잖아요, 근데 그것도 아닌 것 같아. 강주 씨를 보면. 거기다 순수하고, 똑똑하고, 생각도 깊고. 야생의 남주혁을 애완동물마냥 잘 길들이기까지 했으니……."

"어떻게 그렇게 잘 아냐. 나 몰래 이강주 만나?"

주혁은 형이 한 어떤 말도 부정하지 않았다. 쑥스러움을 숨기려 괜히 툴툴거렸지만 핏줄로 연결된 그의 가족들은 주혁의 본심을 읽었다.

"결혼하고 싶으면 미리 집에 데리고 와라."

"그래, 언제든 시간 괜찮을 때 집에 와서 같이 저녁 먹고 가."

짧은 만남이었지만 부모님의 강주에 대한 이미지는 그리 나쁘지 않았다. 무엇보다 주혁을 움직일 수 있다는 점이 그녀가 지닌 가장 큰 강점이었다. 대체 어떻게 저놈을 움직이는지 주혁의 부모는 두 눈으로 확인하고 싶었다.

"뭐야. 장가가고 싶다고 노래를 부르는 건 난데 남주혁부터 보낼 기세네, 이거."

어린아이 투정 같은 승혁의 말에 세 사람은 빙긋 미소 지었다. 정말 오랜만에, 아니, 처음으로 가족처럼 대화를 나누었다.

주혁은 강주의 약국 앞에서 그녀를 기다렸다. 터덜터덜 힘없이 걸어오는 강주를 보고 그는 팔을 넓게 뻗었다. 편안한 미소를 지으면서.

멀리서도 그의 표정이 보였다. 빙그레 웃고 있는 그의 표정에 전날 밤 그가 호기롭게 떠나던 그 얼굴이 겹쳐졌다. 토도도도. 달려온 강주는 그의 품에 푹 안기기 직전에 멈춰 서서 그를 올려다봤다.

"해결됐어요?"

"응."

"잘?"

"어, 잘."

포옥. 강주는 그의 품에 안겼다. 출근하는 사람들, 등교하는 학생들이 흘긋거리며 보는 것도 신경 쓰지 않고 두 사람은 서로를 꽉 껴안았다.

"축하해요."

"고마워."

"정말 축하해요, 선배."

데이트 중 해준에게서 연락이 왔다. 해준과 유범, 그리고 정윤이 모였으니 이제 주혁이 올 차례였다. 강주와 함께 있다 돌려서 거절했더니 오히려 그 세 사람은 더 목소리 높여 말했다. 둘이 같이 와!

이미 한 번씩은 다 본 사이고 어떤 관계인지도 다 알고 있었다. 그러면서도 그의 친구들이 있는 자리에 간다는 것은 그녀를 긴장하게 만들었다. 자꾸만 자신의 손을 주물거리는 강주를 주혁이 가만 바라봤다.

"긴장돼?"

"아니, 뭐, 그런 건……. 선배! 저 입술 색 괜찮아요?"

"몇 번 물어보는 거야. 괜찮아."

"너무 빨갛지 않아요?"

어디 얼굴을 비춰 볼 데 없나 두리번거리는 강주의 어깨를 주혁이 꽉 잡았다. 진정해, 말하고는 강주를 눈빛으로 옭아맸다.

"좀 빨간 것 같기도 하고……. 지워 줄까?"

"나 이제 선배가 어떤 생각하는지 다 보여요."

"그래서……. 지워 줘, 말아?"

피식 웃고 강주는 눈을 감았다. 기다리는 것이 그녀의 입술에 닿았다.


두 사람이 룸에 들어오자 세 남녀는 연예인이라도 본 것처럼 환호했다. 두 손을 번쩍 들고 환영을 하는 통에 겨우 긴장을 풀었던 강주는 다시 긴장 가득한 얼굴이 되었다.

"애 놀래."

"애래, 애. 송정윤, 이해준 들었어? 대체 언제부터 우리나라에서 서른 살 넘은 사람이 애라고 불리게 된 거냐? 이거 법적으로 문제없는 거야?"

유범의 장난에 주혁이 그의 복부를 주먹으로 치는 시늉을 했다. 까르르 웃는 정윤을 강주는 곁눈질로 바라봤다.

저번에 잠깐 만났었지만 이렇게 제대로 따로 자리를 마련해 만난 것은 처음이었다. 신경 쓰지 않으려 해도 신경이 쓰였다. 어쨌거나 그녀는 주혁의 첫사랑이었다. 거기다 여전히 예쁘고, 아직 싱글인.

"또 뵙네요. 강주 씨?"

"아, 네. 안녕하세요."

"강주 씨 오시기 전에 얘네 둘한테 얘기 많이 들었어요. 진짜…… 대단하던데요?"

"네? 뭐, 뭐가요?"

투닥거리던 유범과 주혁이 동작을 멈추고 두 여자를 바라봤다. 흥미로운 이야기라면 빠질 수 없는 유범이 고개를 쑥 들이 밀었다.

"뭐긴 뭐예요. 남주혁을 아주 조물조물 주무르는 거. 그거 여태까지 아무도 못 한 거거든요."

"아, 그……래요?"

강주는 주혁의 표정이 궁금했다. 그는 주먹을 말아 쥔 손으로 입을 가리고 큼큼거렸다. 그가 부정을 하지 않는 것은 곧 긍정의 의미와도 같았다. 아무것도 아닌데 괜히 기분이 좋아져 강주는 밝게 웃었다.

"이렇게 만나니까 우리 되게 웃긴 인연이네. 서로 이리 얽히고, 저리 얽히고."

술에 취한 유범이 느릿느릿 말했다. 이리저리 손가락으로 가리키는데 아직 술이 덜 취한 네 남녀는 아무 말 못 하고 서로 눈치만 봤다.

"너는 얘 첫사랑이고, 강주 씨는 여기, 여기 있는 이해준을……."

"어머! 얘 취했네. 야, 엎어져 자라, 자!"

정윤은 유범의 이마를 꾹 눌러 밀었다. 소파에 억지로 눕게 된 유범은 툴툴거리는 소리를 냈지만 이내 잠에 빠져들었다. 드르릉, 드르렁. 코를 고는 유범 옆에서 네 사람은 조용히 잔을 부딪쳤다.

"강주 씨 저 신경 쓰여요?"

"아, 뭐……. 엄청 편하다고 하면 거짓말이겠죠?"

"그죠……. 제가 좀…… 그런 존재죠?"

정윤은 다 안다는 듯 웃어 보였다. 그녀는 괜히 오버하며 아무 사이도 아니라 말하지 않았다.

누구에게나 첫사랑은 있다. 그리고 그 첫사랑은 현재 연인에겐 불편한 존재일 수밖에 없다. 자신이 아무리 우리 아무 사이도 아니에요, 우린 진짜 친한 친구예요, 같은 소리는 오히려 강주의 감정을 상하게 만들 것 같았다.

"그래도 나 너무 미워하진 마요. 나는 주혁이 절대 안 건드릴 테니까."

"이제 네가 건드려도 못 넘어가. 이강주가 나 꽉 잡고 있어서."

"선배가 절 잡고 있는 거죠."

아, 맞다. 능청스럽게 받아치는 주혁의 말에 네 사람이 다시 또 같은 타이밍에 웃었다.

"근데 강주 너 아직도 주혁이한테 선배라고 불러? 사귄 지 꽤 되지 않았나?"

"아…… 그게……."

유범이 깊은 잠에 빠지고 나자 커플을 괴롭히는 사람은 해준이 되었다. 어떻게 아직도 선배라고 부를 수 있냐며 강주를 몰아세웠다.

"그치. 사귄 지 꽤 되었는데 아직도 선배라고 부르는 건 좀 그렇지. 대학 졸업한 지 꽤 지났잖아, 우리."

정윤까지 합세하니 더 할 말이 없었다. 호칭에 대해 별생각 없던 주혁은 잠자코 강주의 반응을 살폈다. 어떻게 할 줄 몰라 안절부절못하는 모습이 안쓰러우면서도 귀여워 그는 고개를 돌려 웃음을 참았다.

"그럼 주혁이는 선배고. 너 나한테도 선배라고 부르잖아. 그럼 유범이는 뭐라고 불러?"

"아직 불러 본 적이…… 없는데……."

"만약 부를 상황이 되면요? 그때 되면 어떻게 부를 거예요?"

"그럴 상황이 되면…… 유범 오빠?"

해준과 정윤은 일부러 더 놀라는 표정을 지었다. 히익…… 소리까지 내며 두 사람이 눈을 크게 뜨자 강주는 더 당황했다.

"음…… 어? 어? 나……?"

자고 있던 유범이 부스스 일어났다. 술이 얼추 깼는지 아까보다 붉은 기가 많이 가라앉아 있었다. 잘 떠지지 않는 눈을 부비는 유범을 그 누구도 신경 쓰지 않았다.

"남주혁 씨. 이 사태에 대해서 어떻게 생각하십니까?"

취재하는 기자마냥 정윤이 숟가락을 들어 주혁의 앞으로 뻗었다. 뭔가 재미난 일이 벌어진 것 같은 분위기에 잠을 다 털어 낸 그는 옆에 있는 해준에게 짤막하게 상황을 들었다. 주섬주섬 휴대폰을 꺼낸 그는 갑자기 자리에서 일어났다.

"남남끼리에서 나이 어린 여자가 손위 남자를 정답게 이르거나 부르는 말! 강주 씨, 나 정다워요? 내가 강주 씨한테 정다운 존재였구나. 몰랐네, 나는?"

"앉아, 인마."

"왜? 질투나? 나를 정답게 여겨서?"

주혁은 억지로 유범을 끌어 앉혔다. 유치한 친구들의 장난이라 상대하고 싶지 않았지만 질투 비슷한 것이 올라왔다. 난 선배고, 걘 오빠라니.

"그런 게 아니고……. 선배는 진짜 선배였으니까……."

"그렇죠. 한번 선배는 영원한 선밴 거죠, 강주 씨. 한번 오빠는 영원한 오빠고."

"더 자라, 너."

정윤과 해준은 주혁을 보며 끅끅거리고 웃었다. 주혁의 성격상 그녀가 어떻게 자신을 부르는지는 크게 신경 쓰지 않았을 것이다. 그리고 두 사람이 놀릴 때까지만 해도 별 큰 반응이 없던 그는 강주가 유범을 '오빠'라 칭하자마자 표정이 변했다.

"선배……도 오빠 소리가 듣고 싶어요?"

"난 네가 날 어떻게 부르든지 크게 상관은 없는데, 얘한테만 오빠라 부르지 마. 그냥 유범, 아니, 김유범 씨라고 불러."

"그럴까요? ……오빠?"

'오빠'라는 단어엔 누가 마법을 걸어 놓은 것이 분명하다. 없는 힘도 샘솟게 만드는, 그리고 상대를 아름다워 보이게 만들어 주는 마법.

주혁은 제 허벅지를 꾹 눌렀다. 창피한 듯 고개를 푹 숙이는 강주를 주혁은 사랑스러워 미치겠단 표정으로 바라봤다. 정말, 미치겠다.

일들은 빠르게 진행되었다. 그는 황 교수에게 병원을 정리할 시간을 달라 말했고, 흔쾌히 승낙을 얻어 냈다. 일주일에 두세 번씩 병원을 알아보는 사람들이 찾아왔다. 목이 좋은 자리라 주혁의 병원을 보고 간 사람들 모두 그 자리를 탐냈다. 결국 지방에서 올라온 한 피부과 의사에게 넘기기로 했다.

그 모든 과정을 강주와 함께했지만 어쩐지 주혁은 그녀에게 미안한 마음이 자꾸 들었다. 곁에 있어 주지 못하는 미안함. 왠지 그녀를 놓고 떠나는 것 같은 기분에 그는 자꾸만 그녀의 의사를 물었다.

"괜찮아요. 선배 오기 전부터 혼자 일했는데요, 뭐. 그리고 간호사님들이랑 친해졌고……."

병원을 넘기는 조건 중 하나는 지금 그의 병원에서 일하는 간호사들을 모두 고용한다는 것이었다. 새로 오는 의사는 동네 사람들과 잘 지내고 환자들에게 친절한 그녀들과 같이 일하겠다 말했다.

"내가 안 괜찮을 것 같아. 일하다 보고 싶으면 어떡하지."

닭살스러운 말도 이제 술술 하는 주혁이 따뜻한 눈빛으로 강주를 바라봤다. 바로 앞에 앉아서 자신을 뚫어 버릴 듯 바라보는 그의 시선이 따가워 강주는 살짝 고개를 돌리며 말했다.

"전화하면 되죠."

"전화해도 보고 싶으면?"

주혁은 질문을 던지며 그녀 쪽으로 몸을 숙였다.

"그땐 제가 찾아가면 되고."

"찾아왔는데 내가 바빠서 너를 못 보면?"

"그럼 끝날 때까지 기다리면 되죠."

"끝날 때까지 기다렸는데 내가 또 일이 생기면?"

"그 일이 끝날 때까지 또 기다리면……. 왜요, 무슨 말이 하고 싶어요?"

슬며시 다가오는 주혁을 바라보며 강주가 물었다. 대체 무슨 말이 하고 싶어서 이래요. 다그치는 강주의 말에 그가 코를 살짝 찡그렸다.

"결혼할까?"

그의 프러포즈는 실패였다. 강주는 그렇게 호락호락한 상대가 아니었다. 감동의 물결에 허우적거리지 않을 것이란 것은 알았지만 그토록 냉정한 모습이라니.

'선배, 그냥 계속 보고 싶어서 결혼을 하는 건 아닌 것 같아요.'

좀처럼 당황하지 않는 주혁도 그녀의 이성적이고 냉정한 모습에 말을 잃어버렸다.

'저희 만난 지 얼마 되지도 않았지만 우리 아직 서로에 대해 모르는 것 많잖아요. 저는 우리가 지금 서로 알아 가면서 맞춰 가는 단계라 생각해요. 선배한테 지금은 되게 중요한 시기잖아요. 상황이랑 환경도 많이 바뀌는데…… 우선 거기에 적응하는 것이 먼저라

생각해요, 전.'

그래, 그 말이 맞다. 맞는데 서운함을 감출 수 없었다. 그는 어 떤 말도 하지 못하고 있다 괜한 것을 꼬투리 잡았다. 뭐야, 왜 갑 자기 또 선배야. 언제는 오빠라며.

그 시각, 강주는 전자레인지에서 뜨거운 우유 한 잔을 꺼냈다. 좀처럼 잠이 들지 않아 결국 침대에 겨우 눕혔던 몸을 일으켰다. 호호 입김으로 우유를 식히며 그녀는 몇 시간 전 보았던 주혁의 얼굴을 떠올렸다.

그저 멍한 표정. 강주가 조곤조곤 자신의 생각을 말하자 그는 실망한 표정을 감추지 않았다. 그 표정을 보는 순간 멈칫했다. 스 스로도 놀랄 만큼 이성적이고 논리적으로 말을 뱉는 자신에게 그 는 살짝 상처를 받은 듯했다.

결혼 이야기를 꺼냈을 때 그냥 '그래요' 하면 쉬웠다. 당장 내 일 하자는 것도 아니고 다음 주에 하잔 이야기도 아니니 그냥 '그래요' 하면 됐었다. 결혼하지 않은 커플들도 서로 '여보', '마 누라' 잘 부르다 헤어지는 이 마당에 그게 뭐가 그렇게 어렵다 고.

하지만 강주에게는 어려운 일이었다. 자신이 꾸게 될 꿈이 이 뤄지지 않았을 때 받을 상처가 두려웠다.

이렇게 쉽게 결혼을 이야기했다가 헤어지게 된다면?

상상만으로 끔찍했다. 자신의 입 밖으로 '결혼'을 말하고 나면 정말 더욱더 그와의 미래를 갈망하게 될 것 같았다. 불안하지만 완벽한 미래보다는 안전하지만 부족한 현재가 나았다. 그것이 그녀가 이토록 간단한 대답을 머뭇거리는 이유였다.

뜨거운 우유를 한 모금 마시고 그녀는 방으로 돌아와 침대에 앉았다. 휴대폰으로 괜히 실시간 검색어를 살피는데 드르륵 하며 진동이 울렸다.

[자?]

그의 문자메시지였다. 그녀는 곧바로 '네.' 하고 대답을 했다. 곧바로 전화가 울렸다. 우웅, 우웅 울어 대는 휴대전화를 붙잡고 강주는 목을 가다듬었다. 큼, 크흠.

"여보세요?"

— 그 얘기 알아?

"무슨 얘기요?"

— 놀아 본 남자들이 결혼 뒤엔 되게 가정적이라는 말.

강주는 하마터면 우유를 이불 위에 뿜을 뻔했다. 푸핫, 터지는 웃음에 주혁은 미간을 찌푸렸다. 얘가 장난인 줄 아네.

— 그런 말 못 들어 봤어?

"그 얘기 하려고 이 밤에 전화한 거예요?"

— 중요한 얘기니까.

도대체 뭐가 중요하다는 것인지. 그의 진지하고 낮은 목소리와 어울리지 않는 이야기에 강주는 미소 띤 얼굴로 고개를 살짝 숙이며 말했다.

"놀았다는 거 인정하는 거예요?"

— 아.

"그럼 선배 혹시 그런 얘기도 들어 봤어요? 여자는 남자 많이 만나고 결혼해야 한다는 말, 안 그러면 나중에 되게 억울하대요."

그 말을 하는 강주에게 그런 얘기 믿지 마, 무거운 목소리로 말하곤 주혁은 제 머리를 헝클어트렸다. 또 말렸다. 담판 지어야 겠단 생각으로 전화를 걸었다가 강주의 말에 머리가 새하얘졌다.

"아, 나 몰래 나중에 결혼할 남자 따로 숨겨 놨어? 아니면 부모님께서 점찍어 둔 사윗감이라도 따로 있어?"

— 이 얘기가 밤 열두 시에 할 만큼 중요하고 진지한 얘기예요?

"어."

못 말리겠다, 정말. 들릴 듯 말 듯 한 목소리로 작게 말하고 강주는 '그런 사람 없어요.' 했다.

— 결혼할 남자 숨겨 놨으면 제가 동네에서 유명한 노처녀가 되어 있진 않았겠죠?

"그럼 그냥 알겠다 대답만이라도 해 줘."

— 음…….

"어? 나 잠 좀 자자."

분명 잠을 자려 누웠음에도 불구하고 주혁은 잘 수가 없었다. 대체 왜, 왜, 왜. 질문이 질문을 낳았다. 늦은 시간이란 것을 알지만 전화를 걸 수밖에 없었다. 당장 결혼하자는 것도 아니니 나랑 하겠단 대답만이라도 해 줘라. 그의 부탁에 강주는 또다시 머뭇거렸다.

— 내가 알겠다고 대답하면 선배가 더 힘들지도 몰라요. 나중에 일 욕심 생기고, 결혼을 미루고 싶어질 수도 있잖아요. 근데 괜히 오늘 내가 한 대답 때문에 부담 되면 어떡해요.

"나는 네가 나한테 그런 부담을 좀 줬으면 좋겠어. 너도 좀 가지고."

강주는 기다란 생각의 끈을 뚝 잘랐다. 어쩔 수 없다. 주혁도 원하고 또 자신도 원하니 이제는 다른 변명거리가 생각나지 않았다. 방금 전까지 했던 걱정들을 모두 던져 버리고 그녀는 대답을 할 준비를 했다.

"선배는 몰라도 난 이제 진짜 노처년데……."

— 그러니까 구제해 주겠다 할 때 꽉 잡아.

그의 말에 강주가 웃더니 천천히 말했다.

"그래요. 우리 꼭 결혼해요."

#27. Good morning

　늦은 아침이었다. 부스스 일어난 강주는 옆에 있는 주혁을 흔들었다. 모처럼의 휴일. 같이 바다 보러 가자 약속한 날이었다.

　주혁이 제 옆에 누워 있는 것은 어젯밤 그녀를 데려다주며 자신을 잘 꼬신 덕분이었다. 바다를 보러 가려면 아침 일찍 가야 하는데 우리 집에서 너희 집까지 거리도 있고, 괜히 왔다 갔다 기름만 낭비하고…….

　결국 아무 짓도 안 하겠단 약속을 받아 내고 집으로 주혁을 들였다. 그리고 그의 약속은 지켜지지 않았다.

　"선배."

　그를 흔들 때마다 허리가 저릿했다. 이크…….

　아픔에 그녀가 허리를 매만지는 사이 주혁은 잠에서 깨어나 실눈으로 그녀가 있는 위치를 파악해 그녀를 다시 품으로 끌어안았다. 아아…….

자신의 품에 폭 안긴 그녀가 끄응하는 신음을 흘리자 내내 잠에서 덜 깬 척했던 그는 눈을 커다랗게 떴다.

"어디 아파?"

"끄으……. 지금 선배 손이 있는 데, 딱 거기가 아파요."

주혁은 바로 허리를 끌어안은 손에 힘을 풀었다. 강주와 자신 사이의 공간이 넓어지는 것은 싫었지만 아침부터 그녀를 아프게 만들고 싶진 않았다. 강주의 이마에 입술을 맞추며 그는 조심스레 물었다. 괜찮아?

"괜찮아요. 근데 벌써 10시예요."

알람을 맞추는 것을 깜박한 두 사람은 지난밤 자신들의 계획이 얼마나 터무니없었는지를 뒤늦게 깨달았다. 어제 그들의 계획에 따르면 오전 10시는 벌써 바다에 도착해 발을 담그고 있어야 할 시간이었다.

잘 떠지지 않는 눈을 부비는 강주를 보고 그는 조용히 미소 지었다. 바다가 아니면 어떠랴. 눈을 뜨자마자 보는 그녀의 얼굴이 새파란 바다보다 자신을 더 상쾌하게 만드는데.

"천천히 준비해서 가면 돼."

"그럼 준비하게 일어나요."

강주가 먼저 몸을 일으켰다. 좀 더 있다간 오늘 하루는 침대에서 살을 부비는 데 남은 시간을 써 버릴 것 같았다. 헝클어진 머리를 손으로 대충 빗고 그를 재촉하듯 바라봤다.

그녀와 반대로 주혁은 여유로웠다. 자신의 침대에서 느긋한 표정으로 자신을 올려다보는 그는 언젠가 봤던 예술작품을 떠올리게 만들었다. 그의 부드러운 미소, 따뜻한 눈빛에 강주는 허리 통증도 잊고 다시 주혁의 품에 안겼다.

"10분 뒤에 일어나요."

아침에 사랑하는 사람과 같이 눈을 뜨는 것. 그것은 참 행복한 일이었다. 그 행복을 지금껏 모르고 있다는 것이 억울해질 만큼.

커튼 사이로 내려온 햇살이 두 사람 위로 떨어졌다. 갈등이 전혀 없는 영화의 한 장면을 연기하는 배우처럼 두 사람은 서로를 부둥켜안고 상대가 주는 행복감을 만끽하고 있었다. 그리고 그때, 갈등의 씨앗이 그들 위로 떨어졌다.

"이강주!"

벌컥, 열리는 문. 빠르게 교차되는 시선들. 어머머, 하는 소리와 함께 닫힌 문. 침대 위의 두 남녀는 고개를 떨어뜨렸다. 헐……

분명 제집인데도 낯설게 느껴지는 공간 속에서 강주의 엄마, 연숙은 부러 한숨을 크게 내쉬었다. 현행범으로 체포된 죄인 두 사람이 그 소리에 놀라 살짝 고개를 들어 그녀의 눈치를 살피곤 다시 가슴 가까이로 고개를 푹 숙였다.

소파에 앉아 아무 말 못 하고 있는 두 남녀를 노려보듯 바라보다 연숙은 끼고 있던 팔짱을 풀고 테이블을 살짝 쳤다.

"너 왜 만나는 사람 있단 말 안 했어?"

연숙은 꽉 막힌 사람이 아니었다. 서른을 넘긴 딸이었다. 제집에서, 그리고 자신이 그 장면을 직접 봤다는 것이 조금 걸리긴

하다만 그렇다고 딸을 혼낼 수도 없는 일이었다. 이미 성인인 딸한테 무슨 말을 한단 말인가.

"만난 지 얼마 안 됐어."

입술 끝을 살짝 깨물며 강주가 말했다. 죄책감보다는 부끄러움에 고개를 들 수 없었다. 보이는 모양이야 별다를 게 없지만 아직 깨끗한 호적을 가진 처녀가 남자와 침대에서 몸을 일으키는 장면은 그 누가 봐도 민망한 장면이었다.

"경황이 없어 인사 못 드렸습니다. 강주랑 만나고 있는 남주혁입니다. 진지하게 만나고 있습니다. 미리 찾아뵙고 인사드리지 못해 죄송합니다."

"흐음……."

"허락만 해 주신다면 다음에 꼭 다시 제대로 인사드리고 싶습니다."

주혁의 말이 어떤 의미인지 연숙은 단박에 알아차렸다. 처음 2층 피부과 의사로 주혁을 봤을 때부터 탐나던 사윗감이었다. 강직하게 생긴 데다가 말도 잘하네. 그를 향한 관심이 몸짓으로 표현되었다. 그쪽으로 상체를 살짝 숙인 채 연숙이 물었다.

"그 말은 우리 강주랑…… 결혼까지 생각하고 있단 얘긴가요?"

"엄마! 그렇게 막……."

"네."

순식간에 엄마의 표정이 바뀌는 것을 보았다. 이참에 딸로 확 넘겨 버리자는 그녀의 속마음이 강주에겐 또렷하게 보였다. 당장이라도 날짜를 잡을 것 같은 그녀의 엄마를 막기 위해 강주는 벌떡 자리에서 일어났다.

"이거 내 생에 첫 연애야!"

강주를 포함한 세 사람이 모두 아는 이야기였다. 그 이야기를 이렇게 크게 할 필요가 있나. 당황스러운 표정으로 연숙과 주혁은 서로 시선을 교환했다. 내 딸이, 내 여자 친구가 지금 왜 이러는 걸까요. 눈으로 질문을 주고받은 후 곧장 강주를 바라봤다.

"데이트도 맘껏 하고, 손도 오래 잡아 보고, 정말 갈비뼈가 으스러질 정도로 포옹도 하고, 키스도 셀 수 없을 만큼 해 보고, 또……."

"아, 아, 알았어. 당장 결혼하란 얘기 안 할게."

어디로 튈지 모르는 그녀의 다음 말을 막기 위해 연숙이 먼저 뜻을 굽혔다. 그래도 만나는 사람이 있다는 하나에 커다란 안도감을 느꼈다. 세상 모든 노처녀 부모의 마음이 이와 같을 것이다.

"형제 관계는 어떻게 돼요?"

당장 결혼하란 소리는 안 한다면서 연숙의 질문은 마치 따발총처럼 그를 향해 날아갔다. 매번 잘 대답을 하긴 했지만 가끔은 강주마저도 놀랄 정도의 질문을 하기도 했다.

예를 들어, '결혼 전에 아기를 갖는 것은 어떻게 생각하는가.' 같은.

그때마다 강주는 엄마의 별명을 큰 소리로 외쳤다. 아, 정말 주책바가지!

딸이 좋아하는 깍두기가 맛있게 익어 전해 주려 온 것인데 그 목적도 잊고 연숙은 한참이나 주혁과 대화를 나누었다. 이야기를 할수록 점점 더 마음에 드는 청년이었다. 나이가 들면 사람을 보는 눈이 생긴다. 그녀는 주혁에게서 좋은 인상을 받았다.

"이제 일어나 봐야겠다."

가져온 깍두기로 늦은 점심을 먹고 난 뒤 연숙이 갈 채비를 했다. 온 지 얼마나 되었다고, 하며 강주가 아쉬워하자 연숙은 집에 혼자 있을 아빠가 걱정된다 했다.

"그래도 환잔데 오래 혼자 두면 서운해해. 어두워지기 전에 가야지."

"그래도……. 좀 더 있다 가지."

"됐어. 우리 딸 첫 연앤데 나 없는 동안 데이트도 하고 손도 잡고……. 그래라, 응?"

짧게 딸을 만나고 다시 내려갈 때면 혼자 남은 강주가 걱정되었다. 현관 앞에 서서 인사를 할 때면 큰 집에 혼자 덜렁 남아 인사하는 그녀가 안쓰럽게 보이기까지 했었다.

그러나 오늘은 달랐다. 강주 옆에 넓은 어깨를 가진 주혁이 떡하니 서 있었다. 배웅하러 아파트 밖으로 나오는 동안에도 강주의 손을 꼭 붙잡고 있는 그를 보니 이전과 같은 걱정은 들지 않았다.

"다음에 다시 한 번 찾아뵙겠습니다."

"그래요. 우리 남편도 되게 궁금해하고 보고 싶어 해요. 강주가 어떤 사람을 만날지. 그게 주혁 씨인 걸 알면 아마 되게 좋아할 것 같아요."

예비 장모님의 자세로 연숙은 주혁에게 손을 내밀었다. 주혁은 허리를 숙이며 그녀와 악수했다.

집으로 돌아온 강주는 소파에 앉았다. 강주는 본능적으로 그의 어깨에 머리를 기댔다. 끝나지 않은 하루였지만 단정 지어 말할 수 있었다. 그 어떤 날보다 스펙터클했다고.

"우리 엄마가 그렇게 꽉 막힌 사람이 아니어서 다행이에요. 침대에서 내 머리채나 선배 머리채 붙잡을까 봐 엄청 걱정했는데……."

"머리채 잡으시면 가만히 잡혀 드려야지."

"엑? 잘못한 것도 없는데?"

"귀하게 키운 딸 데려가겠다는 거니까."

그는 기다란 다리로 강주의 다리를 마치 묶듯 감싸며 말했다. 연숙이 떠난 것을 제 두 눈으로 확인했다. 이제 다시 이 집을 찾을 객은 없었다. 흐릿한 미소를 지으며 자신의 어깨에 기대고 있는 강주의 얼굴에 커다란 손을 올리자 눈치 빠른 강주가 펄쩍하고 주혁에게서 떨어졌다.

"왜 갑자기 이런 분위기로 넘어간 거예요?"

그는 전혀 모르겠단 소년의 얼굴을 하고 고개를 저었다. 몰라……. 그녀가 좋아하는 낮은 그의 목소리가 마음의 바닥을 훑으며 퍼져 나갔다.

"늦지 않았다면 지금 시계 좀 볼래요? 이제 겨우……."

주혁은 단단한 근육을 뽐내기라도 하듯 강주의 허리를 양손으로 잡아 제 무릎 위에 앉혔다. 당황한 그녀의 눈이 멈춰야 할 곳을 찾아 이리저리 흔들렸다. 제아무리 연애 초보라 하더라도 다음에 벌어질 일을 모를 순 없었다.

"이제 겨우 다섯 시."

"그래요, 그래. 이제 겨우 다섯…… 시!"

"내일까지 일곱 시간이나 남았지."

그의 말에 정처 없이 떠돌던 그녀의 시선이 주혁에게 꽂혔다. 진중한 그의 입에서 흘러나온 그 말이 너무 매혹적으로 들려서 강주는 그냥 웃으며 그의 입에 입술을 맞췄다. 평소보다 더 길게 내 것이라고 도장을 찍듯 꾹 누르고 떨어지자 잔뜩 달뜬 그의 눈이 보였다. 붉은빛이 도는 것 같은 그의 눈빛을 바라봤다.

"선배…… 지금 눈빛…… 되게 섹시한 거 알아요?"

"그래?"

흥미로운 이야기라는 듯 그가 눈썹을 살짝 추켜올렸다.

"네……."

"눈빛이 되게 섹시하면…… 이강주가 상이라도 주나?"

핏, 웃음을 흘리며 강주는 그의 품에 쏙 안겼다. 마치 자신이 그 상이라는 것처럼.

잠에서 깨어난 주혁은 가만히 강주의 머리카락을 매만졌다. 자신에겐 없는 긴 머리카락이 마치 신기하다는 듯 부드럽게 가지고 놀면서도 그는 혹여나 강주가 자신의 몸짓 때문에 잠의 바다에서 빠져나올까 조심스럽게 행동했다.

창문 밖에서 비추는 햇빛에 강주의 펼쳐진 머리카락이 작은 보석을 머금은 것처럼 반짝거렸다. 머리카락조차도 자신을 유혹한다. 강주의 몸, 말, 눈빛, 행동 모든 것들이 작정이라도 한 듯 주혁을 미치게 만든다. 스스로 여자 앞에서 이성적이라 생각했던 예전의 자신을 비웃듯 그는 강주 앞에선 어제의 일을 떠올리는 것조차 힘들었다.

자신도 모르게 위로 올라가는 입꼬리, 그는 요새 인상이 좋아졌단 이야기를 들었다. 진정한 사랑엔 자신을 바꾸는 힘이 있었다. 나는 절대 변하지 않을 것 같다 생각했건만 강주를 만나고 나서는 원래 자신이 어떤 인간이었는지도 잊을 만큼 많이 변해 버렸다.

그래서 더 불안했다. 강주가 주는 힘이 얼마나 큰 것인지를 알기에.

자신의 눈앞에 어젯밤을 같이 보낸 그녀가 곤히 자고 있는 이 와중에도 겁이 났다. 이 순간 자신이 강주를 떠올리듯 누군가가 그녀를 떠올릴까 봐. 알지 못하는 가상의 인물의 생각마저 그는 질투했다.

일어나, 일부러 숨소리를 가득 섞어 속삭이듯 말했다. 귓가에 이는 숨이 간지러운지 그녀는 눈썹을 꿈틀거렸다. 너 지금 안 일어나면 약국 문 못 열지도 몰라, 작게 말하자 이번엔 눈을 끔벅였다. 그러나 아직 잠에게서 완전히 벗어나지 못한 강주가 힘들어하자 주혁은 미소 지으며 강주의 귀에 다시 속삭였다.

"사랑한다."

피곤에 괴로워하던 표정을 지우고 강주는 주혁의 미소와 닮은 미소를 얼굴에 띠었다.

"저도요."

온몸의 신경이 잠깐 멈춘 것 같은 느낌이었다. 강주의 대답에 그는 금방 벅차올랐다.

♡　　　♥　　　♡

　둘이서 같은 건물을 향해 가는 길이 얼마 남지 않았다는 것을 두 사람 모두 잘 알고 있었다. 그래서일까. 주혁은 맞잡은 그녀의 손에 더욱 힘을 주었다. 그가 어떤 마음일지 잘 알고 있는 그녀는 살짝 손이 아팠지만 그 어떤 불평도 하지 않았다.

　"오늘 다 정리될 것 같아."

　담백한 그의 말에 강주는 그냥 고개를 끄덕이는 것으로 대답을 대신했다. 서운한 마음이 없는 것은 아니었지만 그것을 어린아이처럼 모두 표현해선 안 될 것 같았다.

　"저녁엔 황 교수님께 인사드리러 가려고. 같이 갈래?"

　"아니요, 저도 오늘 오후에 약 새로 들어와서 바쁠 것 같아요. 오피스텔은요?"

　"다음 주쯤 정리하려고. 황 교수님께서 우선 빨리 출근하라 하셔서."

　"그럼 오늘부터 본가로 들어가는 거예요?"

　"응."

　아…… 이미 알고 있는 이야기였지만 강주는 예전에 그에게 들었던 이야기를 다 잊은 것처럼 고개를 끄덕였다. 그녀가 낼 수 있는 최대한의 서운함의 표시였다. 그런 강주의 마음을 읽은 주혁은 그녀의 머리를 쓰다듬었다.

　"연락 자주 해."

　"전 자주 할 수 있어요! 선배……가 문제지……."

"나도 자주 할 수 있어. 도무지 휴대폰을 잡을 시간이 없으면 텔레파시라도 보낼게. 늘 내 생각만 하고 나한테 집중하고 있어."

뭐예요, 그게, 하면서 강주는 뾰로통한 표정을 지우고 웃었다.

쾅, 쿠당, 쿠우웅…….

지난번에도 들었던 그 소리를 두 사람은 같이 들었다. 이번엔
사랑 피부과의 간판이 내려오고 있었다. 전에 본 적 없는 표정을
지으며 강주는 금방이라도 울 것 같은 눈으로 주혁을 올려다봤
다.

"슬퍼지려고 해요."

"나도."

벽과 간판이 마주치며 나는 커다란 굉음이 아득하게 들릴 만큼
서글픈 마음이 들끓었다. 눈물을 글썽이던 강주가 고개를 떨어뜨
리는 순간, '톡' 하고 눈물 한 방울이 떨어졌다. 여기서 울면 안
된다는 생각에 꾸역꾸역 눈물을 집어넣고 강주는 괜히 흠, 흠, 소
리를 냈다.

"크흠, 흠! 잘돼서 나가는 거니까, 뭐. 축하해요, 선배!"

짝, 짝, 짝……. 힘없는 박수를 치며 강주가 웃었다. 눈물방울이 아직 눈에 걸려 있는 것을 잊은 채 억지로 밝은 미소를 짓는 그녀가 안쓰러워 그는 강주를 꼭 껴안았다. 제 얼굴에도 씁쓸한 미소가 걸렸다.

"이강주."

"네?"

"너 그냥 나 따라갈래? 내 책상 밑에 숨어 있어라, 그냥."

누가 보면 휴전선을 사이에 둔 연인처럼 두 사람은 진지하게 '떨어짐'을 슬퍼했다. 몸의 거리 따위 상관없는 사랑이었지만 보고 싶을 때 재깍 얼굴을 볼 수 없다는 것이 둘에겐 큰 슬픔이었다.

가만히 그의 품에 쏙 안겨 있던 강주가 먼저 몸을 움직였다. 주혁을 살짝 밀어내곤 그녀는 고개를 바짝 쳐들었다.

"예쁜 간호사나 의사, 환자가 사적으로 말 걸면 모른 척할 거죠?"

"너야말로."

"저는 잘할 자신 있……."

"나 아직도 그 카페 앞길로 안 걸어. 저 뒤쪽으로 뱅 돌아서 걷는다."

누군가가 들으면 유치하다고 놀릴 만한 대화를 한참이나 했다. 자신이 없는 자리에서 딴 이성에게 눈을 돌렸을 때 일어날 수 있는 참사를 말하며 두 사람은 서로를 협박했다. 급기야 주혁이 안 되겠다고 약국 앞에 현수막을 걸어야겠다 말하자 강주는 뒤로 넘어갈 듯 큰 목소리로 웃었다. 크하하하······.

♡　　　♥　　　♡

　아침 식사를 하는 자리. 주혁이 자리에 앉자 네 식구가 모두 숟가락을 들고 식사를 시작했다. 한참이나 잊고 있었던 자리에 낯설어했던 것도 잠시, 주혁과 그의 가족들은 어느새 네 사람이 함께하는 식사자리에 익숙해졌다.

　"이번에 황 교수 연구에 너도 이름 올리는 거냐?"

　"네."

　"병원에 취재 요청 들어왔다던데. 메디컬다큐라며."

　"교수님께선 별로 내켜 하지 않는 것 같으신데 하실 것 같아요. 병원이나 연구에도 도움이 될 것 같아서."

　으음······. 그가 본가로 돌아온 지 벌써 3개월이 지났지만 부자 사이에 나눌 수 있는 대화는 그리 많지 않았다. 두 사람이 같은 직업이 아니었다면 그마저도 없었을 것이다. 그만큼 세월의 틈이 넓고 깊었다. 그러나 그 누구도 서두르거나 조급해하지 않았다. 남들이 보기엔 평행한 것 같은 성욱과 주혁의 관계지만 아주 작은 각도로 서로를 향해 움직이고 있었다.

　"병원 얘기 말고 다른 것 좀 하면 안 돼요? 의사 아닌 사람도 대화에 좀 낄 수 있게."

　"예를 들면 우리 남씨 둘째 아들 연애사 같은 거요?"

　꼭 이럴 때 쓸데없는 말을 하지, 주혁이 형을 날카로운 눈빛으로 바라봤다. 숨길 것은 없지만 그렇다고 대놓고 식사자리에서 강주 이야기를 할 순 없었다. 뭐라 말할 것인가. 이러다 행복해 죽어 버릴 것처럼 강주가 좋다고 사실대로 말할 수도 없고.

"그래, 그 아가씨 한 번 더 보고 싶네. 내가 보기엔 너희 형은 이미 물 건너간 것 같다. 선 자리에서도 병원이나 환자 얘기한다고 선 자리에 나온 여자들이 다 한마디씩 욕한다더라. 이렇게 된 이상 그냥 네가 먼저 가 버려."

"난 찬성! 아직 내 인연을 찾는 데 좀 더 시간이 필요한 것 같으니 네가 먼저 장가가도 괜찮다, 나는."

"당신은요? 기억하죠? 전에 본 그 아가씨. 왜 저번에 우리 집에도 왔었잖아요."

"집에요?"

강주가 집에 왔다니? 언제? 주혁이 놀라 물었다. 헤헤헤, 소리 내며 승혁이 웃는 것을 보니 이 집의 장남이 계획하고 실행한 일 같았다. 뭐야, 뭔 일이 있었던 거야. 낮은 목소리로 묻자 승혁이 자신을 결백하다는 듯 어깨를 으쓱했다.

"나는 강주 씨가 나한테 연락해서 어머니 연락처 물어보기에 답해 준 것뿐이야."

"뭐? 강주가?"

"그래. 너희 엄마 전화번호면 내가 말 안 해 줬지. 근데 내 엄마 연락처 물어보길래 답해 줬어."

무슨 말도 안 되는……. 주혁은 강주가 왜 그런 행동을 했는지 단박에 이해가 가지 않았다. 식탁 위에서 밥 먹는 것도 잊고 조용히 생각에 잠긴 그를 그녀의 어머니가 툭 쳤다.

"너도 그 아가씨 어머니 찾아뵙고 인사했다며. 그래서 자기도 그러고 싶다 연락 와서 그렇게 한 거야."

"언제요?"

"한 3개월 전쯤?"

그제야 주혁은 자신이 강주의 어머니를 만나 인사를 드렸다는 사실을 떠올렸다. 정확히 말하면 찾아뵌 것이 아니라 그녀의 어머니가 들이닥친 것이 맞지만.

자신도 모르는 사이에 강주가 이 삭막한 집에 혼자 앉아 자신의 부모님을 만났다는 생각에 이르자 그는 과거의 그 사건에 대해 자세히 알고 싶어졌다.

"혼자 왔어요? 아, 혼자 왔겠지. 무슨 말씀 하셨어요?"

"별말 안 했어. 그 아가씨가 워낙 싹싹하게 굴어서 너희 아버지도 어찌나 좋아하시던지."

"크, 크흠……."

"우리 집에 온 거 절대 말하지 말라 했는데……. 어쩌지? 이렇게 말해 버려서. 벌써부터 시어머니 입이 가볍다 생각하면 안 되는데."

입술을 죽 내밀며 승혁이 '아! 부럽네!' 외쳤다. 경건함이 가득했던 식사자리에 자리에도 없는 강주가 생기를 가득 불어넣었다. 안절부절못하는 주혁을 보고 세 식구는 빙긋 웃었다.

"집에 꽃이랑 과일을 한 바구니 들고 와서는 말하더라. 저번에 그렇게 만나고 나서 제대로 인사하고 싶었다고. 만약 자신이 부모라면 제 자식이 어떤 사람을 만나는지 궁금할 것 같았대. 그래서 우리 둘 궁금증 풀어 주려 왔다고 말하는데, 너희 아버지는 거기서 벌써 눈에서 하트가……."

"그래서 그런 거 아닐걸요? 아버지 원래 예쁜 여자 좋아하잖아요."

"무슨…… 말도 안 되는 소릴……."

목석같이 딱딱했던 성욱의 얼굴에 생기가 피어올랐다. 창피한 표정으로 그는 숟가락을 식탁에 놓고 자리에서 일어났다.

"곤란하게 하신 건 아니죠?"

"안 했어. 그냥 같이 식사하고 과일 먹고……. 네 앨범 보고. 아! 너 어릴 때 사진 하나를 너무 귀여워해서 그거 한 장 줬다."

오랜만에 주혁을 만나는 자리라 열심히 화장했다. 어젯밤 찾아본 뷰티 프로그램에서 말한 대로 볼을 핑크빛으로 물들이고 입술을 붉게 칠해 힘을 준 강주는 주혁과 만나기로 한 카페 안으로 들어갔다.

강주는 지난번에 잘 어울린다 칭찬했던 차콜색의 카디건을 입은 주혁을 보고 힐을 신은 것도 잊은 채 그에게 달려갔다.

"선배!"

활짝 웃는 그녀의 두 뺨이 볼록하게 솟아올랐다. 헤실헤실 웃는 강주 앞에서 주혁은 진지하게 하려던 말도 다 잊은 채 강주를 껴안았다. 포옹은 이제 두 사람에게 첫 인사나 다름없었다. 여태껏 떨어져 있던 시간과 거리를 원망하듯 세게 껴안고 그리워했던 서로의 향기를 맘껏 맡았다.

"보고 싶었어요!"

"나도……."

주문을 한 머핀과 아메리카노 한 잔, 커피를 잘 마시지 못하는 강주가 최근부터 마시게 된 카페라테 한 잔을 사이에 두고 두 사람은 서로를 눈으로 새길 듯이 바라봤다.

"지갑 좀 줘 봐."

"지갑요?"

강주는 가방에서 베이지색의 장지갑을 그에게 건넸다. 지갑을 한 번, 강주를 한 번 번갈아 보고 난 후 주혁은 지갑을 열었다. 역시…….

"이거 뭐야?"

주혁이 가리킨 것은 본인 사진이었다. 3개월 전엔 자신의 앨범에 있던 바닷가에서 수영복을 입고 활짝 웃고 있는 4살의 남주혁.

"아……. 그게, 그 사진을 어쩌다 얻게 되었……."

"어떻게?"

"그러니까, 누, 누가 줬어요."

당황하면 말을 더듬는 그녀를 알고 있는 주혁은 조금 더 몰아쳤다.

"누가?"

"그…… 선배를 잘 아시는 분께서……."

"나를 잘 아는 분, 누구?"

아……. 패색이 완연한 얼굴로 강주는 고개를 툭 떨어뜨렸다. 흐잉……. 애교 섞인 한숨이 그녀의 입에서 뿜어져 나왔다.

"선배네 집에 놀러 갔었어요."

"……."

"어머니, 아버지께 인사드리러……. 그냥 선배한테 알리기 싫어서 몰래…… 잠깐……."

크게 잘못한 것이 없다는 것을 알면서도 그녀는 자꾸만 주혁 앞에서 작아지는 자신을 느꼈다. 좀 더 당당한 목소리로 말하고 싶은데 자꾸만 목소리가 작아졌다.

"너…… 큰일 났어."

거짓말.

"우리 부모님 완전 고지식해서 인사 오면 당연히 결혼하는 줄 알아. 난 여태 모르고 있다가 오늘 아버지가 왜 상견례 날짜 안 잡느냐면서, 인사를 왔으면 그다음엔 상견례 하고, 약혼하고, 결혼해야 하는 것 아니냐고……."

강주는 토끼처럼 눈을 동그랗게 뜨고 주혁을 바라봤다. 주절주절 말이 길어졌지만 결론은 하나였다. 너 나랑 결혼해야 돼.

사귀는 시간이 길어질수록, 함께하는 추억이 많아질수록, 결혼에 대한 서로의 생각이 윤곽을 잡아 갔다. 두 사람은 서로에게 확신을 주었다. 이 사람이면 평생을 함께해도 되겠다 하는 확신.

요즘은 다들 상견례 하고 결혼 날짜도 다 잡고 프러포즈를 한다고 했다. 프러포즈의 목적이 '나와 결혼해 주겠소?'인데 엉망이 된 순서로 그 질문을 하고 싶지 않았다. 그래서 주혁은 프러포즈를 계획했다.

첫 번째 프러포즈는 자신의 차를 이용한 것이었다.

날씨 좋은 날, 푸르른 잔디 위에 차를 세워 두고 잠깐 트렁크 좀 열어 달라 부탁했다. 자동으로 열리지 않아요? 묻는 강주를 떠밀어서 차 뒤로 보내고 버튼을 눌러 트렁크를 열었다. 좌르륵 하늘로 올라가는 풍선들. 주혁은 주머니에 있는 반지함을 만지작거리며 그녀 앞으로 갔다.

그런데 강주의 반응이 영 이상했다. 빨강, 핑크, 흰색의 하트 풍선이 하늘로 훌훌 올라간 뒤였는데 그녀는 감동받은 표정은커녕 아무것도 못 본 얼굴이었다.

'너 여기서 뭐…… 못 봤어?'

'아, 잠깐 차 밑으로 고양이가 들어가서……. 트렁크 안에 뭐 있었어요?'

있었……었지. 풍선들은 하늘로 모두 다 올라간 뒤였다. 주혁은 괜히 푸른 하늘만 멍하니 바라봤다.

두 번째 프러포즈는 거의 성공할 뻔했었다.

약국 건물 옥상에 그는 양초들로 하트를 만들었다. 그 안에 자신이 선 채로 꽃을 전해 주며 프러포즈를 할 계획이었다. 그런데, 그런데…….

'선배! 비 오는데 여기서 뭐해요?'

비가 왔다. 잠도 제대로 자지 않고 달려와 한 시간이 넘도록 붙인 양초의 불이 한 번에 다 꺼졌다. 투두둑, 투두둑……. 빗소리에 강주는 우산을 가지러 내려갔고 두 번째 프러포즈도 실패했다.

카페 안, 가을에서 겨울로 넘어가는 어느 날. 주혁의 병원 앞 카페에 강주가 놀러 왔다.

"엣취!"

오랜만에 보는 강주 얼굴 앞에서 제대로 된 인사도 하지 못하고 그는 기침부터 했다. 지난번에 비를 쫄딱 맞은 덕분에 걸린 감기였다.

"괜찮아요? 환절기라 요새 감기 독하다던데……."

주혁 가까이 몸을 숙이며 강주가 걱정스레 물었다. 주혁은 그냥 고개를 몇 번 주억거렸다. 또다시 기침이 나올 것 같아 손수건으로 입을 막고 고개를 돌렸다. 프엣취!

"어떡해요……. 따뜻한 거 뭐 마실래요? 제가 주문……."

"아니! 내가 주문할게. 뭐 마실래?"

"저는 얼그레이요."

감기 때문에 힘든지 비틀거리며 주혁이 카운터로 걸어갔다. 그리고 머그컵 두 잔을 들고 걸어왔다.

"여기, 얼그레이."

강주는 따뜻한 컵을 받아 들고 주혁을 바라봤다. 감기 탓인지, 아니면 바쁜 일 탓인지 주혁이 핼쑥해져 보였다. 원래도 얼굴에 살집이 있진 않았지만 볼이 더 움푹 들어간 것 같아 여간 걱정되는 것이 아니었다. 손을 쭉 뻗어 그녀는 그의 까칠해진 얼굴을 매만졌다.

"많이 피곤해 보여요."

"요새 계속 바쁘네. 연구 일정에 수술 일정이 조금 **빡빡해서.**"

"어떡해요……. 제대로 쉬지도 못하고……."

걱정하는 강주를 보고 주혁은 괜찮다는 의미로 살짝 미소를 지어 보였다. 자신의 얼굴을 만지는 그녀의 손을 그대로 잡아 손등에 살짝 입술을 맞췄다.

"이거 볼래요? 아영이 애기."

강주는 며칠 전 메신저로 온 초음파 동영상을 주혁에게 보여 주었다. 꼬물꼬물 움직이는 작은 생명은 머리, 팔, 다리의 형상을 가지고 있었다.

"손가락 두 마디 크기래요. 이 정도인 건데……. 되게 작죠?"

"그러게. 아영이 지난번에 계획한 임신 아니라고 조금 서글퍼한다더니, 그건 어떻게 되었어?"

"금방 괜찮아졌어요. 지금은 마냥 행복하대요."

따뜻한 머그컵을 감싸 쥐며 강주가 말했다. 얼마 남지 않은 차를 한 모금 머금고 강주는 차를 그대로 컥 하고 뿜어 버릴 **뻔했다.**

흰 머그컵 안에 주혁의 글씨로 무언가가 쓰여져 있었다.


[나랑 결혼해 줄래?]


강주는 주혁의 글이 쓰여 있는 컵을 조심스럽게 올려놓으며 함박웃음을 지었다. 그는 쉬는 시간을 쪼개어 도예가에게 컵을 만드는 법을 배웠다고 했다. 몇 번의 수업으로 제 손으로 컵을 만들고, 컵 안에다 앙큼한 그 문장을 적었다고 했다.

삐뚤빼뚤 수평이 맞지 않는 컵이 왜 이리 예뻐 보이는지. 강주는 그 컵 앞을 떠날 수 없었다. 향긋한 꽃, 러블리한 풍선, 로맨틱한 촛불이 없어도 행복한 순간이었다.

자신의 네 번째 손가락 크기에 딱 알맞은 반지를 받고 강주는 그대로 주혁의 목을 감아 안아 버렸다.

그리고 그의 귓가에 대고 그녀의 진심을 전했다.

그래요, 결혼해요. 우리.

결혼식장. 버진로드에 잔뜩 놓인 꽃들로 인해 식장은 은은한 향기로 가득했다.

신랑, 신부 입장! 신부와 신랑이 팔짱을 낀 채로 첫발을 내딛자, 잔잔한 음악과 함께 박수 소리가 크게 울렸다. 행복해하는 신부의 발그스름한 뺨, 그리고 흰 치아를 내보이며 웃는 신랑의 모습이 '행복' 을 장면으로 집약해 놓은 것만 같았다.

한 시간가량의 식순이 진행되고, 사진을 찍겠다는 안내 멘트에 강주와 주혁은 자리에서 일어섰다. 손을 꼭 잡은 채로 두 사람은 유범의 뒤에 섰다. 유범은 연신 싱글벙글이었다.

요새는 오히려 노총각, 노처녀에게 장려한다는 속도위반으로 인한 결혼. 그 바람에 결혼을 계획하고 있던 강주와 주혁보다 3개월이나 먼저 식을 올리게 되었다.

"부케 받으실 분 나오세요!"

그 소리에 강주가 부끄러운지 쭈뼛거리며 신부 뒤로 다가갔다. 하나, 두울, 세엣! 연보랏빛 부케가 포물선을 그리며 날아와 강주의 품으로 쏙 들어갔다. 강주는 제 손에 들어온 부케를 주혁을 보며 살짝 흔들었다.

공항으로 향하는 웨딩카가 떠나고 강주는 한 손엔 부케를, 다른 한 손엔 주혁의 손을 잡고 방긋 웃었다.

"이젠 제가 결혼할 때가 되어서 그런가. 결혼식장, 드레스, 신부 화장⋯⋯. 이런 게 자꾸 눈에 들어와요."

"그거 좋은 현상이네."

"유범 오빠, 진짜 행복해 보였어요. 오늘."

"나보단 아닐걸."

치이⋯⋯. 삐져나오는 웃음을 숨기며 강주가 살짝 그의 허리를 팔꿈치로 쳤다.

"선배도 나보단 아닐걸요."

살짝 찌푸리는 코끝이 너무 귀여워 주혁은 그대로 강주의 허리를 감아 안았다. 어머, 하고 잠깐 놀란 강주는 금방 웃음을 가득 머금으며 주혁을 바라봤다.

"뭔가 신기하지 않아요? 선배랑 나⋯⋯. 이렇게 사귀고, 또 결혼을 앞두고 있다는게⋯⋯."

"신기해."

"나는 가끔 잘 때 생각해요. 정말 운명이란 게 있나 싶기도 하구⋯⋯. 어떻게 우리가 이렇게 사귀게 되었나, 어떻게 그렇게 만날 수 있었을⋯⋯."

진지하게 말하려는 강주의 입을 막고자 하는 의도는 아니었지만 그는 강주의 허리를 조금 더 끌어당겨 입술을 훔쳤다. 강주에게 주혁은 제 입술의 상습적인 도둑이었다. 이만하면 그의 범죄 패턴을 모두 파악했어야 했지만 그의 범죄 솜씨는 너무나 뛰어나 매번 그녀를 깜짝 놀라게 만들었다.

"그러게, 놀랍네."

하나도 놀랍지 않은 표정과 말투로 말하곤 그가 다시 강주의 입을 탐했다. 자신의 말이 무시당한 것 같아 잠시 움찔했다가 그녀는 힘 있게 파고드는 그에게 굴복하고 그냥 주혁의 허리를 꼭 안아 버리고 말았다.

"운명이야."

짧게 말하곤 그는 또다시 강주의 턱을 두 손으로 꼭 잡은 채 입을 맞추었다. 살짝 입술을 떼고 주혁은 강주의 도톰한 입술 바로 위에서 개구진 눈을 하고 물었다.

"운명적으로 만난 주인공들은 결국 어떻게 끝나는지 알아?"

"네?"

"그래서 그들은 오래오래 행복하게 살았습니다."

*—fin*

에필로그

부산스러운 소리가 가득한 아침. 결혼 3개월 차. 남들은 신혼의 절정이라 말하는 때였다. 대부분 이때 새댁들은 잠을 못 자 피곤하다던데 그녀는 늘 혼자 킹사이즈 침대에서 대자로 **뻗어** 잤다. 바쁜 주혁은 일주일에 한두 번 집에 올까 말까였다.

　토토토톡……. 참으로 오랜만에 도마에 부딪히는 칼의 소리가 경쾌했다. 보글거리는 된장찌개에 넣을 호박을 썰며 강주는 콧노래를 불렀다.

　오늘은 그 일주일에 한두 번인 날이었다.

　"아침 안 해도 된다니까."

　어젯밤. 잘 절여진 배추의 꼴을 하고 신혼집에 들어온 그는 낯설게 느껴지는 제 침실에서 강주를 꼭 안고 말했다. 나 내일까지 오프. 그러니까 내일까지 침대 벗어날 생각 하지 마. 장난처럼 넘겼던 그 말이 진심이었나 보다. 그는 강주를 뒤에서 안으며 미간에 주름을 짓고 눈썹을 찌푸렸다.

"놀랐잖아. 사라진 줄 알고."

따뜻한 강주의 온기를 온전히 느끼고 나서야 그의 표정이 풀렸다. 잠을 머금은 그의 눈이 다시 감겼다.

"다 끝나려면 좀 더 있어야 해요. 그때까지 잠깐이라도……."

"싫어."

주혁은 강주 뒤에서 두 눈을 감고 그녀의 어깨에 머리를 기댔다. 아기 같은 투정에 그녀는 푸훗, 하고 웃어 버렸다. 자신의 허리를 감은 손을 떼어 내며 뒤를 돌았다. 부스스 눈을 부비며 주혁은 강주를 봤다.

"얼굴에 피곤이 가득해요."

"싫어."

뭘 권할지 알았다. 아침 다 될 때까지 잠깐 눈이라도 붙여요.

똑똑하고 현명한 그녀였지만 강주는 주혁이 진짜 원하는 것이 무엇인지 모르는 듯했다. 허기가 느껴지는 것은 위가 아닌 다른 곳이었다. 피곤을 떨쳐 내지 못한 이유는 지금 그가 있는 곳이 침실이 아닌 부엌이기 때문이었고.

어젯밤의 서운했던 감정이 떠올랐다. 싱글 사이즈 이불 두 개를 침대에 올려놓으며 강주는 오늘은 푹 자라 말했다. 한 침대에서 두 이불을 덮자고? 오랜만에 본 어여쁜 부인 옆에서 어떻게 잠이 올 수 있겠는가.

그녀의 이불을 살짝 들추자 이대로 잠들지 않으면 정말 내일까지 아무것도 없을 것이란 협박이 돌아왔다. '깨갱' 소리만 내지 않았지 잔뜩 풀이 죽은 주혁은 잠이 들었다.

다행히 지금은 그 '오늘'이 아니었다. 강주의 턱과 뺨을 두 손으로 부여잡자 눈치 빠른 그녀가 미소를 지었다.

"어? 여기 칼 있는데?"

그 칼을 쓸 수 없도록 강주를 뒤로 살짝 밀며 입술을 맞췄다. 얇게 벌어진 틈 사이로 혀를 밀어 넣었다. 강주는 피하지 않고 눈을 감았다. 잔잔한 아침과는 어울리지 않게 그가 깊숙이 파고들었다. 그의 티셔츠 뒷부분을 붙잡고 있던 강주의 손에 힘이 잔뜩 들어갔다. 그 작은 움직임에 주혁이 더 바짝 몸을 붙였다.

"읏……."

기다리고 원했던 것은 제 예상보다 더 달콤했다. 팔 위에서 간질거리는 그녀의 머리카락의 느낌은 늘 새로웠다. 거짓말 같게 느껴지는 모든 감정이 끝나는 것이 싫어 더 열심히 강주를 탐했다. 부드러웠던 평소와는 조금 달랐다. 그는 그녀의 볼을 잡았고, 강주는 그의 허리에 팔을 걸고 세게 끌어안았다.

방금 일어난 사람치고 꽤 많이 달궈진 얼굴 탓에 주혁이 입술을 떼자 그녀가 미소 지으며 말했다. 우리 아침 먹어야 하는데. 주혁은 푸핫 웃었다. 그녀의 말이 야하게 들렸다. 그건 자신이 제정신이 아니란 뜻이었다.

주혁이 좋아하는 따뜻한 아침이었다. 잡곡밥에 된장찌개. 충분히 완벽한데 거기에 갖가지의 나물 반찬과 생선구이까지 곁들여져 있었다. 밥을 먹는 그의 젓가락 끝을 강주의 시선이 집요하게 좇았다.

"넌 안 먹어?"

"먹고 있어요."

그의 말에 젓가락을 들어 올리는 모습이 영 어색했다. 무슨 할 말이 있는 것 같기도 하고. 참지 못하고 결국 주혁이 물었다.

"이강주."

"네?"

"뭐 하고 싶은 말 있어?"

입술을 달싹거렸다. 자신이 차린 식탁 위를 한 번, 그리고 그를 다시 한 번 바라본 뒤 그녀는 결심한 듯 말했다.

"이거 오늘 처음 한 거라……."

그녀가 손끝으로 달래무침을 가리켰다. 자신이 별 반응을 보이지 않아 서운했는지 눈꼬리가 축 처져 있었다. 시무룩한 그녀 앞에서 주혁은 자신이 방금까지 꽤 긴 시간 키스를 했다는 것을 잊을 뻔했다. 어떻게 이렇게 자신을 못 견디게 만드는지. 그는 강주를 보며 푸스스 웃었다.

"맛있어."

"거짓말."

"아냐. 다 맛있어, 진짜."

그는 증명하듯 달래무침을 한 젓가락 집어 먹었다. 벙글벙글 웃으며 강주를 바라보자 그녀도 그를 따라 웃었다. 자연스러운 웃음이었다.

마지막 데이트도 벌써 2주 전이었다. 그것도 강주가 병원 앞으로 가 간단히 저녁을 함께한 것이었다. 투정 부린 적은 없지만 못내 서운했었나 보다. 강주가 먼저 후식은 밖에서 하자 말했다.

옷을 갈아입으러 드레스룸에 같이 들어가서는 강주가 귀여운 제안을 했다. 선배는 내가, 내 옷은 선배가 골라 주는 거 어때요?

"이거."

그는 길게 고민하지 않았다. 뭘 입어도 다 예쁘니 그냥 아무거나 건네면 됐다. 그렇다고 막 집어 넘기면 또 귀엽게 입술을 삐죽일 것이 뻔해 그는 꽤 고심하는 척하며 하늘색의 원피스를 건넸다.

"저는 이거에다, 이거."

주혁이 골라 준 원피스 색과 비슷한 하늘색 셔츠와 짙은 남색의 슬랙스. 입고 나가면 커플룩처럼 보일 것 같은 옷이었다. 옷을 건네는데 주혁이 받을 생각을 하지 않았다. 쥐고 있는 옷을 말없이 흔들자 그가 약간 상기된 얼굴로 강주를 바라봤다.

"입혀 주기까지 하는 거 아니었어?"

기대 가득한 그의 눈을 보고 그녀는 입술을 살짝 떼고 놀란 표정을 지었다. 장난이 아니었다. 짓궂은 그에게 대항하는 법은 단 하나. 그녀는 긴 머리카락을 들어 올리고 뒤를 돌았다.

"벗기는 것도 할 거죠?"

이렇게 나오니 사랑하지 않을 수 있나.

그는 피어 나오는 웃음을 참지 않고 강주의 흰색 티셔츠를 끌어 올렸다. 굴곡 있는 그녀의 몸에서 한 번, 그녀의 높은 코에서 한 번, 옷이 살짝 걸렸다. 그때마다 두 사람의 경쾌한 웃음소리가 터졌다. 모처럼만에 느끼는 신혼의 행복이었다.

신혼집 가까이에 있는 카페. 모처럼만의 데이트였지만 멀리 나가면 그가 피곤해질까 강주는 집 근처에서 커피 향이 가장 좋은 카페로 들어갔다.

2인용의 작은 테이블 위로 맛있는 디저트 케이크 하나와 따뜻한 얼그레이, 그리고 아메리카노가 놓여졌다. 동네에선 꽤 유명한 곳이라 사람들이 꽤 북적거렸지만 두 사람은 서로를 바라보는 데 여념 없었다.

"아, 맞다. 어제 황 교수님 전화 왔어요."

"왜?"

"선배 빵 떴다구. 저보고 긴장하라 하시던데요?"

최근에 그가 수술한 환자의 다큐가 방영되었다. 어린 나이에 피부암을 앓는 환자였는데 주치의인 황 교수보다 그 옆에서 얼굴을 잠깐씩 비춘 주혁에게 포커스가 맞춰졌다. 그의 인터뷰 장면이 캡처 되어 인터넷 곳곳에 올랐다. 제목은 '다큐에 나온 피부과 훈남 의사'.

게시글에서 끝나지 않고 기사까지 났다. 다큐를 보지 않은 사람들이 뒤늦게 영상을 찾아봐 그가 나온 한 편의 다시 보기 조회 수가 엄청나단 이야기를 들었다. 댓글엔 다큐멘터리의 감동적인 스토리에 대한 감상평 반, 여자들의 앓는 소리 반이었다.

그 댓글을 모두 살펴본 강주가 가장 좋아하는 댓글은 '볼에 뾰루지 올라왔는데 수술 가능한가요?' 였다.

"긴장은 무슨……. 알지? 나 너밖에 없는 거."

모르겠는데요, 하면서 강주는 따뜻한 얼그레이 한 모금을 마셨다. 장난스러운 그녀의 말에 그가 진지한 눈빛으로 말했다. 보여줄까? 여기서? 그 말의 뜻을 너무 잘 알고 있는 그녀는 고개를 절레절레 흔들었다.

"아, 정말……. 선배 앞에선 장난도 못 치겠어요."

"교수님께서 그 말밖에 안 했어?"

"선배 좀 설득하라고."

내용을 아는 강주가 풋 웃었다.

섭사리 그에 대한 관심이 식지 않자 한 토크쇼에서 그를 섭외했다. 딱히 홍보비를 들이지 않고 병원을 홍보할 수 있는 일이니 황 교수는 적극적으로 그에게 출연을 권했다. 네가 유명해져야 연구비도 더 두둑이 들어올 테고 병원 네임밸류도 좀 높아지지 않겠나. 별로 그런 일에 토크쇼까지 나가 제 얘기를 하고 싶지 않아 그는 단박에 거절을 했다. 황 교수는 자신의 결정을 번복하지 않는 그의 성격을 잘 알고 있었다. 그리고 그 결정이 번복되려면 누가 필요한지도.

"전 좋을 것 같던데요? 다들 피부과 하면 미용적인 것만 생각하잖아요. 선배가 연구하고 있는 것이나 실제로 사람들에게 도움이 필요한 피부과 환자들 이야기도 같이 하면……."

"아……."

그가 풀썩 고개를 숙였다. 주혁은 정말 강주에게 약했다. 그녀와 결혼을 하곤 더 그랬다. 바쁜 일 탓에 강주에게 늘 미안한 마음이었다. 줄 수 있는 것은 물론, 줄 수 없는 것까지 모두 그녀에게 주고 싶은 마음이었다. 자신의 얼굴을 가만 바라보며 부탁의 말을 하면 그는 승낙을 할 수밖에 없었다.

"할 거죠?"

"어. 당연히 해야지. 우리 이강주가 원하니까."

그날 밤에는 유범이 친구들을 불러 모았다. 임신한 아내가 오 랜만에 친정을 가 저녁에 시간이 생겼다고 급히 부른 것이다. 밖 에 나와 있던 강주와 주혁, 일을 끝낸 정윤과 해준이 모였다. 정 작 이 자리를 마련한 유범이 제일 늦게 도착했다. 장모님께서 예 상보다 늦게 내려가셔 가지고……. 변명의 내용이 딱 잡혀 사는 남편의 전형이었다.

"맥주야, 이게 얼마 만이냐?"

유범은 오랜만에 첫사랑을 만난 것처럼 설레 하며 맥주를 마셨 다. 임신한 아내가 혹시 술이 마시고 싶어질까 봐 그는 스스로에 게 금주령을 내렸단다. 오늘은 그 금주령이 잠시 해지되는 날이 었다. 아무도 같이 마셔 주지 않는데도 홀짝홀짝 맥주를 마시는 유범은 정말 행복해 보였다.

"요새 어떻게 지내, 다들?"

해준의 질문에 유범이 답했다. 나는 10·24 해방의 날을 맞았 지. 다소 과장스러운 그의 말에 다들 소리 내어 웃었다.

"요새 핫하신 남주혁 씨는 어떻게 지내시나? 실시간 검색어 1위 도 하셨던데……."

정윤의 장난스러운 질문에 강주는 주혁의 표정을 살폈다. 예전 엔 이런 이야기를 하면 쑥스러운 표정을 짓더니 이젠 익숙해졌는 지 제법 덤덤하다.

"이게, 이게 우리나라의 문제라니까. 다큐멘터리를 보면 그 스 토리를 봐야지. 잠깐 구석에 몇 번 나오고, 인터뷰 짧게 하고, 수 술 장면에서 뭐 좀 멋지게 나왔다고 바로 난리가 나니……. 그다큐멘터리 PD랑 친해졌어?"

"친해졌음 뭐하게."

"이번엔 미남 건축가, 뭐 이런 주제로 어떠냐? 연락 한번 해 보게."

"넌 해방의 날 축하하며 이거나 더 마셔."

해준이 유범의 맥주잔을 그의 입에 가져다 대며 말했다. 세 남자의 모습을 보며 웃고 있던 정윤이 슬쩍 강주에게 몸을 숙여 물었다.

"신혼 생활은 어때?"

그녀는 마치 비밀 이야기를 하는 것처럼 조용하게 묻고는 반짝이는 눈을 한 채 대답을 기다리고 있었다. 몇 번 만나게 되면서 자연적으로 정윤이 말을 놓았다. 그편이 강주도 편했다. 친한 언니. 주혁의 첫사랑이었던 정윤이 이젠 그녀에게 친한 언니가 되었다.

"좋아요."

고민 없이 답했다. 봄꽃같이 예쁘게 웃는 표정에서 행복이 드러났다. 그 표정에 정윤이 부러워하며 해준을 팔꿈치로 툭 쳤다.

"해준아, 들었어?"

"뭘?"

"결혼하니까 되게 좋대. 강주 웃는 것 봐. 엄청 좋은가 봐."

해준과 정윤은 사귀기 시작했다. 주혁과 강주가 결혼하는 날이 그들의 연애가 시작된 날이었다. 기념일이 겹친다며 주혁은 기분 나쁜 척했지만 모두가 진심으로 축하했다.

사실 우리 모두 예상한 결과였다. 적극적으로 먼저 움직인 것은 정윤이라고 했다. 그것 역시 모두가 예상한 것이었다.

"그래? 정말 좋아?"

해준이 주혁을 보며 물었다. 주혁은 당연하다는 듯 고개를 끄덕였다. 그 대답으로 부족했는지 말을 덧붙였다.

"이 좋은 걸 왜 이제 했나 싶다."

"윽……. 나 진짜 남주혁 이러는 거 볼 때마다 소름 돋는다, 진짜."

증명하듯 정윤이 소름 돋은 팔을 문질렀다. 강주는 그냥 웃었다. 정윤과 달리 그녀는 그 말이 그렇게 싫지 않았다. 고개를 돌려 그를 보자 주혁은 입술로 '진짠데' 조용히 속삭였다. 강주는 눈을 꾹 감았다 뜨며 '알아요' 답했다.

"우리 이해준은 너무 담백해서 탈이야."

"내가 뭘."

해준이 정윤의 어깨에 팔을 둘렀다. 툴툴거리는 여자 친구의 마음을 풀어 주려는 행동이었다.

주혁에게 전해 들은 이야기로는 해준도 결혼을 준비 중이라고 했다. 내년 봄쯤 생각하고 있는데 정윤의 성격이 급해 이번에도 그녀가 먼저 프러포즈 할 것 같다고 걱정하고 있다 했다. 그 말이 생각나 강주는 조용히 웃었다.

"여기 맥주 한 잔 더요."

두 커플 사이에서 유범은 오랜만에 만난 맥주 양과 회포를 풀었다. 너무 많이 마시는 거 아니에요? 걱정스런 강주의 말에 그는 손을 저었다.

"아니, 절대, 네버! 그런 걱정 안 해도 되요, 제수씨."

"형수님이라니까."

강주는 호칭에 예민하게 구는 주혁이 이해되지 않았다. 유범이 자신을 제수씨라 부르면 꼭 저렇게 말을 바로잡았다. 제수씨는 뭔가 강주를 낮춰 부르는 것 같아 싫다며 꼭 '형수님'이라고 부르라고 말했다.

"아, 진짜······. 내가 너보다 생일이 빠르니까 '제수씨'가 맞다니까. 강주 씨, 이 위아래도 모르는 놈이랑 대체 어떻게 같이 살아요?"

유범의 말에 주혁이 그의 뒷머리를 툭 쳤다. 머리를 맞은 그를 제외하고 모두가 소리 내 웃었다. 옆 테이블까지 그 웃음소리가 넘쳐흘렀다. 다들 각자 무언가에 취해 갔다.


"내일이 안 왔으면 좋겠다."

불평하는 그의 옆에 누우며 강주는 헷, 하고 웃었다. 그의 눈을 보니 꽤 진지했다. 애들 만나지 말 걸 그랬어. 둘이 함께 보내는 시간의 끝이 다가오자 주혁은 평소엔 잘 하지 않는 투정 어린 목소리를 냈다.

그런 그를 달래듯 강주가 단단한 그의 허리를 감싸 안았다. 주혁의 시선이 느껴지자 예고 없이 그의 티셔츠를 살짝 들어 올리고는 싱긋 웃었다.

"방금 사랑한다고 말하려 했는데······."

"해 줘요."

"싫어."

그녀가 했던 것처럼 주혁이 그녀의 옷을 위로 올렸다. 사랑한다는 이야기를 듣지 못하다니. 히잉…… 아쉬운 신음을 흘리자 주혁이 그녀의 입술에 입을 가져다 대다 말고 말했다.

"네 탓이야."

네가 너무 예쁜 탓. 사랑한다 말하는 것도 잊게 만들 만큼 아찔한 탓. 뽀얀 어깨 위를 입술로 지분거리며 그는 소리가 아닌 행동으로 말했다.

사랑한다, 사랑해, 사랑하고 있어, 이강주, 사랑해…….

몸 위로 쏟아지는 그의 키스 세례에 아쉬움과 서운함이 순식간에 사라졌다. 들리지 않아도 알 수 있었다. 이 남자, 정말로 날 사랑하고 있다.

토크쇼 방송 당일. 약국 문을 닫을 시간. 육아에 잔뜩 지친 아영에게서 전화가 왔다. 강주의 '여보세요' 라는 말을 듣자마자 아영이 말했다.

— 노산은 절대 안 된다, 이강주.

"왜?"

— 그래도 내가 산부인과에선 그렇게 늙은 엄마는 아니었거든? 근데 힘들어, 몸이…….

아영의 앓는 소리에 적절히 위로를 해 주고 강주는 입고 있던 흰 가운을 곱게 벗어 놓았다. 육아 때문에 잠 한숨 못 자고 힘든 날엔 '넌 절대 애기 낳지 마' 하다가, 또 아기의 예쁜 모습이 나온 사진은 SNS 프로필 사진으로 걸어 놓았다. 그 사진에 큰 관

심을 주지 않으면 아영이 전화를 걸었다. '너 내가 보내 준 우리 애기 사진 봤어?'

— 아, 맞다! 정인혜 어떻게 사는지 모르지?

"인혜? 모르지, 난……."

— 정인혜 이탈리아에서 잘 살고 있더라. 거기서 연애하던데?

그래? 셔터를 내리며 강주가 말했다. 별로 놀라지 않는 강주의 반응에 재미가 없는지 아영이 서운한 목소리를 내었다.

— 뭐야, 뭔 반응이 이렇게 미적지근해. 근데 너도 이거 알면 좀 놀랄걸? 그 상대가 누군지 알아? 이탈리아 남자야! 외국인!

"잘됐네."

— 아……. 이강주, 진짜……. 재미없다, 진짜.

강주의 이런 반응이 야속하다는 듯 한숨을 푹 내쉬었다. 그리고 아영은 늘 그랬듯 제 하고 싶은 말을 계속했다. 너 걔 SNS 계정 모르지? 나는 가끔 훔쳐보거든. 거기 보니까 유럽 여행하다 이탈리아 남자랑 눈 맞은 것 같더라고. 남자 되게 잘생겼어. 코도 되게 높고…….

— 결혼도 할 것 같던데…….

인혜가 그렇게 떠나고 가끔 궁금해질 때가 있었다. 혹시 자신이 예전에 그랬던 것처럼, 그리고 주혁이 그랬던 것처럼 사랑이 두렵고 무서워지진 않았을까. 사랑이 너무 어려워지지 않았을까. 자신과 주혁이 인혜를 그렇게 만들었을지도 모른다는 생각에 죄책감을 키운 적도 있었다.

"진짜…… 잘됐네."

그녀는 진심으로 말했다. 인혜가 새로운 사람을 만나고 그 사람과 새로운 사랑을 시작했다. 이 이야기는 그동안 강주가 남몰래 가지고 있던 죄책감을 씻어 주었다. 그걸 느꼈는지 이번엔 아영도 딱딱한 강주의 반응에 투정 부리지 않았다.

— 오늘 주혁 선배 토크쇼 나오지?

"응. 오늘 11시."

— 꼭 봐야지. 너는 선배랑 같이 봐?

아니. 정작 방송되는 오늘은 조금 늦게 퇴근한다 했다. 방송 때문에 연구 스케줄과 수술 스케줄을 미뤄 요 며칠간 주혁은 꽤 바빴다. TV를 통해 얼굴을 볼 수 있어 다행이란 생각마저 들었다.

— 그래? 같이 보면 더 재밌었…… 어머, 야, 애기 깼다! 나중에 전화할게, 나중에.

전화가 끊겼다. 아줌마 다 됐네, 다 됐어. 웃음 섞인 말을 뱉으며 강주는 신혼집을 향해 걸었다.


방송에 푹 빠질 준비를 하고 강주는 TV를 뚫어져라 바라봤다. 15초의 광고 하나하나가 어찌나 길게 느껴지는지 기다리던 오프닝 음악이 울리자 그녀는 반가움에 소리를 지를 뻔했다.

화제의 의사, 훈남 의사. 인터넷에서 떠도는 댓글들 몇 개가 소개되고 그가 나온 다큐멘터리 장면이 나왔다. 대한민국에서 가장 핫한 의사, 남주혁 씨입니다! 커다란 목소리로 외치자 그가 스튜디오로 나타났다. TV에 나오는 남편의 모습에 강주는 두 손으로 입을 감쌌다. 마치 십 대의 어린 소녀 팬 같았다.

재치 있는 MC의 진행으로 다소 무거울 수 있을 법한 주제가 잘 흘러갔다. 도움이 필요한 아이들에게 관심과 사랑을 주시길 바란다고 당부의 말을 할 때엔 후원 방법이 자막으로 흘러나왔다. 사전 미팅 때 주혁이 부탁한 내용이었다.

— 아, 이제는 분위기를 좀 바꿉니다……. 남주혁 씨! 유부남이라면서요?

그 질문에 여태껏 진지했던 그의 표정이 순식간에 풀렸다. 그가 활짝 웃자 MC가 놀렸다.

— 보통 유부남들은 자신이 유부남이란 걸 숨기거든요. 막 이렇게 반지도 빼 놓고, 막……. 근데 유부남이란 단어에 이렇게 활짝 웃는 유부남은 처음입니다, 진짜.

그의 말에 주혁은 '그래요?' 하고 또 웃었다. 이해하지 못하겠다는 MC의 얼굴이 화면 가득히 잡혔다.

— 아니 정말, 왜 그렇게 웃으시는 거예요? 뭐가 그렇게 좋아서…….
— 그냥, 뭐……. 다 좋아요. 제가 결혼했다는 사실도, 그 상대가 지금의 아내인 것도……. 아내 얼굴 떠올리니까 웃음이 나네요, 자꾸.

그가 밖에서 자신을 '아내'라고 지칭하는 것을 듣는 건 이번이

처음이었다. 자신이 없는 곳에서 그 호칭을 자주 써 온 것인지 말하는 주혁은 전혀 어색해하지 않았다.

그래서일까, 강주도 처음 듣는 그 단어가 싫지 않았다. 아내, 생각만으로도 주혁을 웃게 만드는 사람, 그의 말에 의하면 그 사람이 바로 강주 자신이었다.

— 정말 사랑하는 게 막 느껴지는데……. 원래 남자들은 여자 얘기하면 꼭 이 질문부터 하거든요. 예쁩니까?

주혁은 고개를 크게 끄덕이며 답했다. 네, 진짜, 정말…… 예뻐요. 자신의 앞에서 하는 고백 같아 강주의 귀가 빨개졌다. 그때 도어락 소리와 함께 현관문이 열렸다. 늦게 퇴근할 것 같다던 주혁이었다.

토크쇼에 푹 빠져 있던 강주는 언제 그랬냐는 듯 자리에서 일어나 현관으로 달려 나갔다. 그 모습이 늦은 밤까지 아빠를 기다린 아이 같았다.

"잘 있었어?"

"네."

대답하며 강주는 그를 꼭 안았다. 품에 안겨 있는 그녀의 머리를 쓰다듬으며 그가 다정히 물었다.

"뭐 하고 있었어?"

"아! 선배 나오는 거 보고 있었어요."

"아직 하고 있어?"

그렇게 말하며 주혁은 곧바로 냉장고로 갔다. 이상하게 하루 종일 갈증에 시달렸다.

차가운 물을 꺼내려다 말고 그는 냉장고 가득한 요리 재료를
보고 피식 웃었다. 혼자 살 때와는 다르게 풍부해진 식재료와 그
내용물에 그는 자신이 진짜 결혼을 한 유부남이 된 것을 실감했
다.

냉장고 앞에서 사색에 빠진 그의 뒤로 강주가 걸어왔다. 그제
야 그는 자신이 냉장고를 찾은 이유를 다시 떠올렸다. 그는 얼른
차가운 생수 한 병을 꺼내 마셨다.

"배고파요?"

"아니."

강주는 주혁의 손을 잡고 거실로 갔다. 몇 마디를 놓쳤지만 아
직도 주제는 주혁의 사랑 이야기였다. 그건 곧 강주의 이야기이
기도 했다. 커다란 화면에 MC와 주혁이 나왔다. 주혁은 자신의
얼굴이 화면에 비치자 인상을 찌푸렸다. 매일 보는 제 얼굴인데
도 이상하게 낯설었다. 저 때 저런 표정을 지었었나. 화면이 바뀌
고 나타난 남자 MC는 꽤 진지한 눈을 하고 물었다.

— 지금 대한민국의 많은 여성분들이 궁금해하실 건 같은데요.
뭐, 저도 되게 궁금하고요. 남주혁 씨. 그럼 주혁 씨가 말한 그
'나랑'을 어떻게 만났나요?

주혁이 대답하기 전 효과음과 함께 주혁이 말을 준비하는 모습
이 비쳐졌다.

그런데 답을 기다리는 MC, 그리고 대답하려는 주혁이 동시에

화면에 잡혔을 때 주혁이 TV 전원을 꺼 버렸다. 망연자실한 얼굴로 강주가 주혁을 봤다. 화면에 나오는 자신이 민망한지 쑥스러운 표정을 짓고 주혁이 강주를 마주 봤다.

"넌 다 아는 얘기야."

"그래도……."

"다시 보기로 봐."

그래도……. 강주가 아쉬워하는 표정을 감추지 못하자 주혁이 빙긋 미소를 띠었다.

"지금은 나한테 집중해야지."

피이…… 소리를 내는 그녀의 입술에 주혁이 입을 맞췄다. 해맑게 웃는 그에게 차마 화를 낼 수 없었다. 다시 보기로 보면 되지, 뭐. 입술 끝에서 퍼지는 달콤함에 아쉬움은 금방 걷혔다.

그가 짧게 여러 번 입을 맞추며 웃었다. 그가 장난을 치는 것을 알고 강주가 그를 흘기며 올려다봤다. 낮게 울리는 웃음소리, 주혁은 그녀의 등을 다정히 토닥였다.

"너무 안 봐서 그런가. 보고 있어도 보고 싶네."

"그 말을 다른 말로 어떻게 하는 줄 알아요?"

"어떻게?"

"사랑해요."

귀여운 강주의 말에 이젠 참지 못하겠는지 그녀를 끌어당겨 깊게 안았다. 마치 그 말을 처음 배운 아이처럼 주혁이 조용히 귓가에 속삭였다. 나도, 사랑해. 저도요. 진짜 사랑해요. 내가 더. 아니, 제가 더요…….

마주한 두 사람은 더할 나위 없이 행복하게 웃었다. 이다음이 어떻게 이어질지 강주는 잘 알았다.

프힛, 귀여운 웃음이 두 사람의 두 입술에서 동시에 새어 나왔다. 오늘 밤은 꽤 길겠다.

사랑을 만난 서로의 눈이 마치 처음처럼 수줍게 빛났다.

사람을 만난다, 궁금해진다, 알아 간다, 호감이 생긴다, 좋아하는 감정이 솟는다, 자신의 감정이 사랑임을 알게 된다, 상대의 사랑을 받고 싶어진다, 자신의 사랑을 고백한다, 상대와 사랑을 주고받는다.

이런 일련의 과정들이 매끄럽게 이어지면 얼마나 좋을까요?

남들은 쉽다 말하는 사랑이 어렵게만 느껴지던 어느 날, 그런 제 자신을 위로하기 위해 이 이야기를 시작했습니다. 사랑이 두렵고 어려운 두 남녀가 결국 사랑에 푹 빠지는 이야기. '당신은 사랑을 어떻게 만났나요?'를 쓰고 읽으며 저는 따뜻한 위로를 받았습니다. 이 글이 저처럼 위로가 필요한 분들에게 작은 힘이 되길 진심으로 바랍니다.

가볍게 연재했던 글이 책으로 나온다는 것이 아직 잘 실감이

나지 않습니다. 부족한 부분이 많이 있지만 쓰면서 너무나 즐거
웠기에 아쉬운 마음보다 행복한 마음으로 이 글을 마치고 싶습니
다.

연재 내내 저와 함께해 주신 독자님들, 저에게 '처음'이라는
선물을 주신 출판사 관계자 여러분들 감사합니다. 그리고 책을
낸다고 하니 미친 듯이 웃었던 우리 엄마. 존경하고 사랑합니다.
엄마 딸로 태어난 게 저한테 가장 큰 축복이자 행운이에요. 병원
에 있는 우리 아빠. 어서 빨리 일어나길. 속 깊은 남동생과 제 곁
에서 지켜봐 주시는 많은 분들. 모두 고맙습니다.

앞으로도 저는 행복한 글을 쓸 수 있도록 열심히 달릴 생각입
니다. 저의 처음을 읽어 주신 것처럼 저의 다음도 지켜봐 주시길
부탁드립니다. 모든 분들에게 늘 행복한 일이 가득하길.

2015년 5월,
브리짓

# 당신은 어떻게 사랑을 만났나요?

1판 1쇄 찍음 2015년 5월 19일
1판 1쇄 펴냄 2015년 5월 26일

지은이 | 브리짓
펴낸이 | 정 필
펴낸곳 | (주)뿔미디어

편집장 | 이재권
기획 · 편집 | 정시연

출판등록 | 2002년 9월 11일 (제1081-1-132호)
주소 | 경기도 부천시 원미구 소향로 17, 303(두성프라자)
전화 | 032)651-6513 / 팩스 032)651-6094
E-mail | scarlets2012@hanmail.net
블로그 | http://blog.naver.com/dahyangs
홈페이지 | http://bbulmedia.com

**값 9,000원**

ISBN 979-11-315-6419-6 03810